Fantasy

Herausgegeben von Friedel Wahren

Das Schwarze Auge

1. Band: Ulrich Kiesow, *Der Scharlatan* · 06/6001
2. Band: Uschi Zietsch, *Túan der Wanderer* · 06/6002
3. Band: Björn Jagnow, *Die Zeit der Gräber* · 06/6003
4. Band: Ina Kramer, *Die Löwin von Neetha* · 06/6004
5. Band: Ina Kramer, *Thalionmels Opfer* · 06/6005
6. Band: Pamela Rumpel, *Feuerodem* · 06/6006
7. Band: Christel Scheja, *Katzenspuren* · 06/6007
8. Band: Uschi Zietsch, *Der Drachenkönig* · 06/6008
9. Band: Ulrich Kiesow (Hrsg.), *Der Göttergleiche* · 06/6009
10. Band: Jörg Raddatz, *Die Legende von Assarbad* · 06/6010
11. Band: Karl-Heinz Witzko, *Treibgut* · 06/6011
12. Band: Bernhard Hennen, *Der Tanz der Rose* · 06/6012
13. Band: Bernhard Hennen, *Die Ränke des Raben* · 06/6013
14. Band: Bernhard Hennen, *Das Reich der Rache* · 06/6014
15. Band: Hans Joachim Alpers, *Hinter der eisernen Maske* · 06/6015
16. Band: Ina Kramer, *Im Farindelwald* · 06/6016
17. Band: Ina Kramer, *Die Suche* · 06/6017
18. Band: Ulrich Kiesow, *Die Gabe der Amazonen* · 06/6018
19. Band: Hans Joachim Alpers, *Flucht aus Ghurenia* · 06/6019
20. Band: Karl-Heinz Witzko, *Spuren im Schnee* · 06/6020
21. Band: Lena Falkenhagen, *Schlange und Schwert* · 06/6021
22. Band: Christian Jentzsch, *Der Spieler* · 06/6022
23. Band: Hans Joachim Alpers, *Das letzte Duell* · 06/6023
24. Band: Bernhard Hennen, *Das Gesicht am Fenster* · 06/6024
25. Band: Niels Gaul, *Steppenwind* · 06/6025
26. Band: Hadmar von Wieser, *Der Lichtvogel* · 06/6026
27. Band: Lena Falkenhagen, *Die Boroninsel* · 06/6027
28. Band: Barbara Büchner, *Aus dunkler Tiefe* · 06/6028
29. Band: Lena Falkenhagen, *Kinder der Nacht* · 06/6029
30. Band: Ina Kramer (Hrsg.), *Von Menschen und Monstern* · 06/6030
31. Band: Johan Kerk, *Heldenschwur* · 06/6031 (in Vorb.)
32. Band: Gun-Britt Tödter, *Das letzte Lied* · 06/6032 (in Vorb.)
33. Band: Barbara Büchner, *Das Galgenschloß* · 06/6033 (in Vorb.)
34. Band: Karl-Heinz Witzko, *Tod eines Königs* · 06/6034 (in Vorb.)
35. Band: Hadmar von Wieser, *Der Schwertkönig* · 06/6035 (in Vorb.)
36. Band: Barbara Büchner, *Der Schatten aus dem Abgrund* · 06/6036 (in Vorb.)

Ein Roman aus der Welt des Schwarzen Auges
Gebundene Ausgabe mit Schutzumschlag:
Ulrich Kiesow, *Das zerbrochene Rad* · 06/6000

HANS JOACHIM ALPERS

DAS LETZTE DUELL

Die Piraten des Südmeers
Teil 3

*Dreiundzwanzigster Roman
aus der
aventurischen Spielewelt*

begründet
von
ULRICH KIESOW

Originalausgabe

WILHELM HEYNE VERLAG
MÜNCHEN

HEYNE SCIENCE FICTION & FANTASY
Band 06/6023

Besuchen Sie uns im Internet:
http://www.heyne.de

Umwelthinweis:
Dieses Buch wurde auf chlor- und
säurefreiem Papier gedruckt.

Redaktion: Friedel Wahren
Copyright © 1998 by Wilhelm Heyne Verlag
GmbH & Co. KG, München,
und Fantasy Productions, Erkrath
Printed in Germany 1998
Umschlagbild: Ruud von Giffen
Umschlaggestaltung: Atelier Ingrid Schütz, München
Technische Betreuung: M. Spinola
Satz: Schaber Satz- und Datentechnik, Wels
Druck und Bindung: Presse-Druck, Augsburg

ISBN 3-453-11945-2

INHALT

1. Kapitel: Auf Yongustra 7
2. Kapitel: In Ghurenia 40
3. Kapitel: Auf der *Seewolf* 67
4. Kapitel: Auf der Galeere des Ch'Ronch'Ra . . . 94
5. Kapitel: Auf der Festung 114
6. Kapitel: In Ghurenia 134
7. Kapitel: Auf der *Seewolf* 151
8. Kapitel: In Ghurenia 174
9. Kapitel: Auf der *Seewolf* 204
10. Kapitel: Auf der Festung 226
11. Kapitel: Im Südmeer 248
12. Kapitel: Im Südmeer 267
13. Kapitel: Im Südmeer 303
14. Kapitel: Die Bucht von Nosfan 321
15. Kapitel: Die Bucht von Nosfan 347
16. Kapitel: Die Insel Nosfan 380

ANHANG 394

1. Kapitel

Auf Yongustra

Ohne jede Erregung und beinahe mürrisch sah Murenius zu, wie der *h'vas* des Ch'Ronch'Ra die dunkelhäutige Shevanu bestieg. Shevanu hatte erst vor kurzem das Amt als Priesterin der Dienerschaft übernommen, und sie verdankte diese Auszeichnung vor allem ihren üppigen Rundungen. Die Diener saßen, den Harnisch bereits angelegt und die Waffen gegürtet, im Kreis um das Paar herum und gerieten immer mehr in Verzückung. Der *h'vas* nahm Shevanu hart und rücksichtslos, wie Ch'Ronch'Ra es liebte. Es dauerte nicht lange, bis der *h'vas* opferte und die Diener dabei in einen wilden Rausch versetzte.

»Ch'Ronch'Ra! Ch'Ronch'Ra' Ch'Ronch'Ra!« So erklang es frenetisch aus dem Rund.

Murenius schwieg. Dies entsprach seiner Würde als Hoherpriester. Tatsächlich verspürte er auch nicht die Verzückung der anderen Diener. Er dachte an die Zeiten zurück, als es noch keinen *h'vas* gegeben und der Hohepriester den rituellen Akt in der Gestalt einer Echse vollzogen hatte.

Für gewöhnlich gönnte Ch'Ronch'Ra seinem *h'vas* nur eine kleine Pause, bis er ihn zwang, so lange weitere Dienerinnen zu begatten, bis seine Manneskraft erschöpft war – für gewöhnlich fünf oder sechs Frauen, manchmal mehr, denn der *h'vas* war jung und kräftig.

Heute beließ Ch'Ronch'Ra es bei einer Besteigung. Er wollte seinen *h'vas* nicht erschöpfen. Seine Kraft wurde für wichtigere Dinge gebraucht.

Shevanu erhob sich, als sich der *h'vas* aus ihr zurückgezogen hatte. »Für Ch'Ronch'Ra!« schrie sie ein über das andere Mal und tanzte wild umher. Ihre schweren Brüste bebten und wackelten, als wollten sie sich selbständig machen, und ihre krausen Haarlocken wirbelten herum, so daß kaum noch etwas vom Gesicht zu erkennen war.

»Für Ch'Ronch'Ra!« kam es von den Dienern zurück. Die Männer und Frauen sprangen auf und zogen die Waffen.

Der *h'vas* des Ch'Ronch'Ra hatte sich ebenfalls erhoben. Es handelte sich um einen Mann mit einem sonst ebenmäßigen, schönen Gesicht, das jetzt zu einer Fratze verzerrt war. Der hüftlange Zopf aus glattem schwarzen Haar flog herum, als der *h'vas* sich ruckartig den Dienern zuwandte. Die hellbraune Haut war feucht vom Schweiß, das Glied immer noch größer als normal und leicht versteift. Die Augen versprühten ein dämonisches rötliches Feuer, was dem *h'vas* zusätzlich zu seiner Wildheit und Geilheit ein furchterregendes Aussehen verlieh.

Der *h'vas* stieß zischende Geräusche aus, und die Menge verstummte. Gleichzeitig spürte Murenius, wie Ch'Ronch'Ra seinen Geist berührte.

Sprich zu ihnen! befahl Ch'Ronch'Ra.

Murenius sprang in den Kreis. Ch'Ronch'Ra beherrschte den Körper des *h'vas*, aber es war ihm noch nicht gelungen, daß dieser mit menschlicher Zunge sprach. Aber er lernte stetig hinzu. Er verstand die Sprache der Menschen und nahm sie über die Ohren seines *h'vas* auf. Früher war er nur in der Lage gewesen, seinem Hohenpriester Zorn oder Wohlgefallen mitzuteilen. Inzwischen vermochte er sich klar und deutlich in Murenius' Kopf mitzuteilen. Daß er offensichtlich nicht in der Lage war, die Gedanken seines Hohenpriesters zu lesen, empfand dieser als eine glückliche Fügung.

»Diener des Ch'Ronch'Ra!« rief Murenius. »Zügelt eure Erregung! Spart sie auf für den Kampf, der vor uns liegt! Für Ch'Ronch'Ra!«

»Für Ch'Ronch'Ra!« kam es aus mehr aus zweihundert Kehlen zurück. Die Männer und Frauen, fast alle jung und stark, reckten tatendurstig Schwerter, Degen, Säbel, Armbrüste, Beile und Spieße.

»Abmarschformation!« befahl Murenius.

Die Diener, eben noch im Sinnestaumel, beeilten sich, ihre Plätze in den Marschgruppen einzunehmen, wie sie es vorher eingeübt hatten. Jeder der fünf Züge wurde von einem Hauptmann oder einer Hauptfrau befehligt. Es setzte Peitschenhiebe und Schläge mit der flachen Seite des Schwertes, als einzelne Diener nicht schnell genug ihren Pflichten nachkamen.

Murenius sah zufrieden zu. Er dachte an die Zeiten zurück, als die Dienerschaft nichts weiter als ein ungeordneter Haufen gewesen war, der außer ekstatischem Kampfeswillen und unzureichenden Waffen nichts zu einer Schlacht hatte beitragen können. Das war jetzt anders. Obwohl die eigentliche Ausbildung in der Hand der zumeist kampferfahrenen Hauptleute gelegen hatte, betrachtete es Murenius als sein Hauptverdienst, daß die Diener über eine ausgebildete Armee verfügten. Seiner Arbeit und seinem Geschick war es zu verdanken, daß die Diener von Brabak über Sylla, Charypso bis hin zu den Waldinseln insgeheim Anhänger geworben und auf Ch'Ronch'Ra eingeschworen hatten. Nur die besten und mutigsten Leute aus allen Regionen waren von Murenius für diesen Kampf ausgesucht und nach Yongustra gebracht worden.

Nur wenig hatte Ramon Murenius zuvor über die

Insel Yongustra gewußt und hätte sich kaum träumen lassen, daß er dieses öde, felsige Eiland jemals zu Gesicht bekäme. Yongustra lag etwa vierhundert Seemeilen südöstlich von Efferds Tränen und wurde äußerst selten von einem Schiff aus Ghurenia angelaufen. Der südöstliche Teil des Südmeers war kaum erforscht und nur spärlich besiedelt. Die Handelsgüter, die diese Region zu bieten hatte – Früchte, Wein, Gewürze, Nüsse und Felle –, konnten einfacher und billiger von nähergelegenen Inseln geholt werden. Dennoch gab es auf Efferds Tränen einen Kaufherrn namens Klabinto, der mit zwei Schiffen Südosthandel betrieb und offenbar mit den mageren Erlösen zufrieden war, die dieser Handel erbrachte. Yongustra allerdings ließen auch Klabintos Schiffe fast immer abseits liegen. Man ankerte dort nur dann, wenn es eine nennenswerte Nachfrage nach Artefakten und Kultgegenständen alter Achaz-Kulturen gab. Tatsächlich schien Yongustra in einer der frühen Achaz-Hochkulturen eine gewisse Rolle gespielt zu haben. Überreste einer alten Stadt waren noch vorhanden, die die jetzigen Bewohner plünderten, um die Ausbeute gegen jene wenigen Handelsgüter einzutauschen, die sie nicht selbst erzeugen konnten, vor allem Werkzeuge und Waffen. Das größte Wunder an Yongustra war denn auch die Tatsache, daß auf dieser Insel überhaupt Menschen lebten, und zwar mit angeblich fünfhundert erstaunlich viele und dazu höchst seltsame Bewohner.

Den Erzählungen der Seeleute hatte Murenius schon damals in Ghurenia entnommen, daß sie in einer straff geführten militärischen Gemeinschaft lebten und in einer großen und gut befestigten Burg lebten. Jetzt, da die Galeere des Ch'Ronch'Ra und die beiden Begleitschiffe in Yongustras unbewohnter Nordbucht vor Anker lagen, wußte Murenius einiges mehr. Späher der Dienerschaft des Ch'Ronch'Ra hatten herausgefunden, daß sich nur etwa sechzig Männer und Frauen ständig in der Burg aufhielten und dort neben rituellen Waffenübungen handwerklichen Tätigkeiten nachgingen. Weitere hundertfünfzig, höchstens zweihundert Menschen bewirtschafteten den Südteil der Insel, der als einziger fruchtbares Land bot. Sie bauten Getreide und Wein an, buken Brot, züchteten Vieh oder fuhren mit Flachbooten zum Fischfang auf das Meer hinaus. Diese Leute betrieben ihre Waffenübungen weniger sorgsam als die Burgbewohner.

Murenius hatte befohlen, alles sorgsam vorzubereiten und die Yongustraner über Monde hinweg zu beobachten. Einem Voraustrupp war diese Aufgabe übertragen worden. Gelegentlich hatten die Yongustraner einige Späher entdeckt und verjagt, schienen aber keinerlei Argwohn zu hegen. Offenbar hielten sie die Späher für Eingeborene der umliegenden Inseln, die auf der Insel jagten. Dabei hatte man entdeckt, daß am ersten Borontag eines jeden Mondes jeweils zwanzig Leute aus der Burg gegen zwanzig der Bauern und Fischer ausgetauscht wurden. Offenbar geschah dies nach einem festen Plan, dem Männer wie Frauen, Alte wie Junge, selbst die Kinder gehorchten. Jeder, so schien es, mußte in immer gleichen Abständen die Pflichten auf der Burg mit denen im Umland tauschen. Lediglich eine kleine Anzahl von Offizieren oder leitenden Ordensbrüdern – was das gleiche zu sein schien – war davon ausgenommen und blieb ständig auf der Burg.

Murenius folgte den beiden besten Zügen, die den Sturmangriff auf die Burg ausführen sollten. Shevanu tauchte neben ihm auf. Murenius' Miene verfinsterte sich. Shevanu hatte ihre Blößen mit einem ärmellosen schwarzen Leinengewand bedeckt – nur der rote Saum kennzeichnete sie als Priesterin –, das die Oberschenkel

nur knapp verhüllte, dazu plumpe Lederstiefel überge-
streift und trug wie Murenius ein Kurzschwert im
Gürtel. Sie sah ihn von der Seite an und bemerkte den
grimmigen Ausdruck auf seinem Gesicht. Shevanu, die
reiche Erfahrung im Umgang mit Männern besaß, deutete es richtig. »Eifersüchtig, Ramon?« fragte sie spöttisch.

»Eifersüchtig auf einen Gott?« gab Murenius ungehalten zurück. »Unsinn!« Er wandte sich von ihr ab, als
seine feine Nase den Geruch des Saftes wahrnahm, den
der *h'vas* in ihr vergossen hatte.

»Du hättest wahrhaftig auch keinen Grund dazu«,
sagte sie, noch immer überlegen lächelnd. Ihr war anzusehen, wie sehr sie das Vorrecht genoß, stets als erste
und wie heute als einzige von Ch'Ronch'Ras *h'vas* genommen zu werden. »Schließlich bist du bei mir noch
immer zu deinem Recht gekommen, oder?«

Murenius mußte zugeben, daß jene Sinnlichkeit, die
Ch'Ronch'Ra an Shevanu schätzte, auch ihm gefiel und
ihm ausreichend oft zu Diensten stand. Aber Shevanu
war im Grunde eine ungebildete und gewöhnliche
Frau, nicht zu vergleichen mit Hejara. Er trauerte seiner einstigen Geliebten noch immer nach und verfluchte den Praefos, daß er sie getötet hatte. Hejara
hatte Rahjas Gaben *genossen*, wozu auch gehörte, daß
sie *ihn* genoß, ob er sie nun als Echsenmann auf dem
Altar der alten Götter befriedigte oder bei anderen Ge-
legenheiten in seiner menschlichen Gestalt nahm. Es
bereitete ihr *Spaß*, es mit ihm zu treiben, auch und
gerade dann, wenn andere dabei zusahen. Inwieweit
dabei die Tatsache eine Rolle spielte, daß er als Stellvertreter Ch'Ronch'Ras auftrat, das hatte Murenius
stets nur wenig gekümmert.

Shevanu, wie derb sie auch sein mochte, schien seine
Gedanken zu erraten. »Oder ist es der Unmut darüber,
daß der Hohepriester gegenüber dem *h'vas* ins zweite

Glied zurücktreten mußte? Daß sein Schwanz buchstäblich nur das zweite Glied ist?« Sie lächelte über das eigene Wortspiel.

»Ich vermisse nichts«, gab Murenius schroff zurück. »Was ich getan habe und was ich tue, geschah und geschieht einzig und allein, um unserem Gott zu dienen.« Mit größere Schärfe fügte er hinzu: »Hüte deine Zunge, Priesterin des Ch'Ronch'Ra! Dein Rang in der Dienerschaft kann schon bald dahin sein, denn die Vorzüge, die du Ch'Ronch'Ra zu bieten hast, welken rasch. Du besitzt nichts, was andere Frauen nicht auch besitzen. Aber ich bin der Vertraute Ch'Ronch'Ras, sein oberster Diener, mit dem er spricht und den er auserkoren hat.«

Shevanus Lächeln war verschwunden, und ihr Gesicht zeigte nun einen Ausdruck von Unsicherheit. Sie schwieg. Offensichtlich hatte sie verstanden, daß sie zu weit gegangen war, als sie versuchte, sich auf eine Stufe mit Murenius zu stellen.

Wenn Murenius das Wort ›Gott‹ in den Mund nahm, so geschah dies aus Berechnung und nicht aus eigener Überzeugung. Er verachtete die aventurischen Götter und wollte sich auch den Echsengöttern der Achaz nicht unterordnen. Er selbst verstand sich als sein eigenes und einziges Maß. Zudem hatte er von Anfang an daran gezweifelt, schon als er zum erstenmal dem Steinkopf gegenüberstand und dieser ihm mitteilte, daß Ch'Ronch'Ra ein Gott sei. Aber er hatte die Möglichkeiten erkannt, die in einer Verbindung zwischen Ch'Ronch'Ra und ihm bestanden. Diese Verbindung versprach *Macht*. Ch'Ronch'Ra wollte als Gott angesehen werden, und die Dienerschaft betete ihn als ihren Gott an. In den Jahren, die Murenius mit Ch'Ronch'Ra verbracht hatte, war allerdings deutlich geworden, daß der dunkelrot glühende Echsenkopf aus Stein nicht im mindesten über göttliche Kräfte verfügte. Vermutlich steckte darin nur ein Dämon, noch dazu einer, der in der Rangordnung der Dämonen einen untergeordneten Platz einnahm.

Während Murenius und Shevanu hinter den Dienersoldaten über ein flaches Geröllfeld wanderten und gelegentlich größeren Felsbrocken auswichen, sah sich Murenius nach dem *h'vas* um.

Er hatte sich ein purpurrotes Gewand übergeworfen und seine Sänfte bestiegen. Vier der stärksten Männer trugen sie. Beschützt und angeführt von den zehn besten Soldaten, folgte sie ihnen in einigem Abstand. Zufrieden wandte sich Murenius wieder nach vorn. Das Gelände wurde abschüssig und erforderte höhere Aufmerksamkeit. Am anderen Ende des Tals erhoben sich die dunkelgrauen Hügel, die den Blick auf den Südzipfel der Insel verbargen.

Es hatte ihn Mühe gekostet, Ch'Ronch'Ra zu überreden, mit seinem *h'vas* an der Schlacht teilzunehmen. Es gab nur wenige, die als *h'vas* geeignet waren, und Ch'Ronch'Ra wollte den menschlichen Körper, den er zur Zeit benutzte, vor jeglichem Schaden bewahren. Ihn ernsthaft zu gefährden, lag auch nicht in Murenius' Absicht. Wenn Ch'Ronch'Ra keinen *h'vas* besäße, nähme er als Notlösung einen Teil seines Hohenpriesters in Besitz. Dies versuchte Murenius um jeden Preis zu vermeiden, denn er wollte nicht das gleiche Ende nehmen, das früher oder später jedem *h'vas* drohte. Andererseits wußte Murenius, daß nur die Anwesenheit ihres Gottes die Diener dazu brächte, ihr Bestes im Kampf zu geben und ihr Leben bedenkenlos zu opfern. Und das mußten sie tun, denn die Verteidiger der Burg mochten zwar zahlenmäßig unterlegen sein, waren aller Voraussicht nach jedoch zähe und gut ausgebildete Soldaten.

»Dort liegt der Paß, von dem die alte Vettel berichtet hat«, sagte Shevanu und deutete nach vorn.

Die erste Marschkolonne hatte den Felsspalt bereits

erreicht. Murenius nickte knapp. Ch'Ronch'Ra hatten die Auskünfte nicht genügt, die die Späher der Diener über die Bewohner der Insel eingeholt hatten. Er ließ eine alte yongustranische Frau entführen, foltern und schließlich qualvoll langsam töten, nachdem sie alles verraten hatte, was sie wußte. Von ihr stammten der Hinweis auf den Felspfad zum Süden und allerlei nützliches Wissen über die Gewohnheiten der Inselbewohner.

Die Yongustraner nannten sich Rondra-Legisten und pflegten eine höchst eigenartige Form des Dienstes an Rondra, der Göttin des Krieges und des Sturmes. Sie lebten in dem Glauben, irgendwann werde ihr Eiland, wenn das restliche Aventurien längst gefallen sei, zur letzten Bastion im Kampf gegen die Horden des Namenlosen werden, und dieser letzten Bastion sei es bestimmt, den Kampf zu gewinnen. Auf diesen Tag arbeiteten alle Inselbewohner hin und ließen deshalb in ihren rituellen Waffenübungen nicht nach. In gewisser Weise würde sich die Vision der Randra-Legisten in der Tat erfüllen. Allerdings würde nicht der Namenlose, sondern Ch'Ronch'Ra nach ihnen greifen; sie würden auch nicht die letzte Bastion sein, sondern die erste, und vor allem würde ihre Bastion fallen, statt zu überdauern.

Woher der seltsame Glaube stammte, wußte die alte Frau nicht. Sicher war nur, daß die Rondra-Legisten seit Jahrhunderten ihren merkwürdigen Ritualen nachgingen. Wahrscheinlich war der Orden von schiffbrüchigen Kultisten aus fernen Landen gegründet worden. Das Aussehen der Bewohner von Yongustra wie auch die Beschaffenheit der Sprache wiesen darauf hin, daß sich hier die Merkmale unterschiedlicher Rassen und Völker miteinander verschmolzen hatten. Vorherrschend waren allerdings dunkle und bronzefarbene Haut sowie schwarzes Haar. Vermutlich hatten der

Kultisten die einheimische Bevölkerung zunächst unterjocht und dann aufgesogen.

Die Rondra-Legisten lehnten fremde Einflüsse ab, um eine Verfälschung ihres Glaubens zu verhindern, und beschränkten die Kontakte auf das Notwendigste. Im Kern dienten diese wenigen Kontakte allein dem Zweck, Ersatz für zerbrochene Waffen und Werkzeuge zu bekommen.

Dies alles, ihre Wehrhaftigkeit, ihr Wachsamkeit, ihre zweifellos vorhandene Fähigkeit, mit Waffen umzugehen, machte sie für Murenius zu einem willkommenen Gegner für die Diener Ch'Ronch'Ras, um den Stand der eigenen Vorbereitungen zu messen. Vor allem jedoch die Einsamkeit des Ortes und die fehlende Einbindung in andere Machtgebilde gaben den Ausschlag. Wenn Yongustra fiele, würde dies außer den Rondra-Legisten niemanden in Aventurien kümmern. Mehr noch: Es würde überhaupt kaum jemand zur Kenntnis nehmen. Und auf keinen Fall war damit zu rechnen, daß Truppen anrückten, um Yongustra der Dienerschaft streitig zu machen. Anschließend wollte Murenius auf ähnliche Weise mit Efferds Tränen und weiteren Inselreichen des Südens verfahren. Bevor es den dort geschädigten Kaufherren anderer Reiche gelänge, Unterstützung für ihre Ziele zu erlangen oder gar selbst ein Söldnerheer aufzustellen, wäre die Dienerschaft stark genug für größere Auseinandersetzungen.

Soweit gingen die Ziele von Ch'Ronch'Ra und Murenius Hand in Hand. Obwohl Ch'Ronch'Ra seinen Willen inzwischen unmißverständlich kundtat und Befehle erteilte, kannte Murenius die wahren Absichten des Steinkopfes immer noch nicht. Es schien jedoch sicher zu sein, daß Ch'Ronch'Ra nicht ernsthaft versuchen würde, ein größeres Stück von Aventurien zu erobern, weil er sich dann zwangsläufig mit übergeordneten Mächten hätte anlegen müssen. Vielmehr richteten sich seine Anstrengungen auf ein Ziel, das für Dämonen, möglicherweise für Achaz und menschliche Anbeter von Echsengöttern von Wichtigkeit sein mochte, nicht aber für Murenius. Deshalb arbeitete Murenius seit geraumer Zeit an einem Plan, Ch'Ronch'Ra auszuschalten, sobald eine angemessene Machtbasis errichtet wäre, und die Dienerschaft auf ihn allein einzuschwören. Wäre dies gelungen, würde er den Steinkopf vernichten und den *h'vas* töten. Ch'Ronch'Ra mußte dann unvermeidlich in das Reich der Dämonen zurückkehren. Dann hätte Murenius freie Hand. Er würde natürlich behaupten, weiterhin mit Ch'Ronch'Ra in Verbindung zu stehen, und mit seiner Magie dafür sorgen, daß man ihm dies abnähme.

Der Kult des Ch'Ronch'Ra gründete zum einen auf der spürbaren Anwesenheit des Gottes, zum anderen auf der Ekstase des rituellen Beischlafs. Das eine würde er vortäuschen, das andere als Hoherpriester zelebrieren. Er würde den Dienern geben, was sie haben wollten, und auch die Männer unter ihnen wieder stärker daran teilhaben lassen, als es Ch'Ronch'Ra in seiner unersättlichen Gier erlaubte. Die Priesterin müßte sich wie früher auch von Dienern besteigen lassen, die sich besonders ausgezeichnet hatten.

Und du wirst es nicht sein, Shevanu, die mir und den auserwählten Dienern auf dem Altar ihren Schoß öffnet! Ich suche mir eine, die meinem Geschmack und nicht dem Geschmack eines Dämons entspricht! Du kannst in die Hurenhäuser Brabaks zurückkehren, aus denen du gekommen bist.

Kaum hatten Murenius und Shevanu den Paß betreten, da bildete sich unmittelbar vor ihnen plötzlich ein undurchdringlicher weißer Rauch oder Nebel. Zwei kleine, böse, rotleuchtende Augen starrten ihnen aus der Mitte des Gebildes entgegen. Shevanu stieß vor Schreck einen leisen Schrei aus und sprang einen Schritt zurück. Murenius, der sich schon gefragt hatte, wo der *curga* die ganze Zeit gesteckt haben mochte, ließ sich nicht aus der Ruhe bringen, obwohl auch ihm das Herz klopfte. Grimmig starrte er zurück, riß das Amulett aus dem schwarzen Umhang und reckte es dem *curga* entgegen. Das Amulett war ein achteckiger Stern, in dessen Mitte sich, gefertigt aus geschliffenem Granatstein, eine Miniatur des Echsenkopfes befand, in dem Ch'Ronch'Ra hauste.

Der Seelenräuber erzeugte ein Geräusch, das wie ein Röcheln oder Schlürfen klang. Murenius dachte schon, der *curga* wolle sich auf ihn stürzen. Aber dann lösten sich der Nebel und die Augen in nichts auf. Der *curga* war verschwunden.

Vor ihnen, in vielleicht zweihundert Schritt Entfernung, klirrten die Waffen der Soldaten, die von all dem nichts mitbekommen hatten. Hinter ihnen knirschten die Schritte von Ch'Ronch'Ras Eskorte, die gerade den Paß betrat, auf dem Geröll.

Shevanu hatte sich von dem Schreck erholt und spuckte aus, als hätte sie etwas von dem Nebel eingeatmet und wolle es schnell wieder loswerden. »Der *curga* sollte unseren Feinden angst machen und nicht uns!« fluchte sie.

»Der *curga* tut uns nichts«, erwiderte Murenius abfällig. »Auch er ist ein Diener Ch'Ronch'Ras. Er wird niemals einen anderen Diener Ch'Ronch'Ras angreifen, erst recht dann nicht, wenn dieser das Bildnis unseres Gottes mit sich führt. Du hättest ihm nur dein eigenes Amulett entgegenhalten müssen, um ihn zu vertreiben.«

»Ich bin Priesterin des Ch'Ronch'Ra und mit den Ritualen der Dienerschaft vertraut!« fauchte Shevanu verärgert. »Ich mag es trotzdem nicht, wenn er so plötzlich auftaucht.«

»Er kann nicht anders, das ist seine Art.«

»Seine Art ist es auch, Seelen zu fressen. Warum stürzt er sich nicht auf die Rondra-Legisten und macht sie zu plärrenden Narren? Das würde uns viel Arbeit ersparen.«

»Das ist nicht seine Aufgabe. Wir sind hier, um die Diener zu stählen. Wenn der *curga* ihre Arbeit täte, wäre für die Kämpfe, die uns noch bevorstehen, nichts gewonnen.«

»Er könnte uns zumindest helfen, wenn es brenzlig wird.«

Murenius seufzte. Einmal mehr zeigte Shevanu einen beklagenswerten Mangel an Einsicht, sowohl was die Strategie der Dienerschaft als auch was die Macht über den *curga* anging. Ersteres war unverzeihlich und machte sie in Murenius' Augen – von allen anderen Einwänden einmal abgesehen – ungeeignet für das Amt der Priesterin. Letzteres mochte ihr zur Not verziehen werden, zumal aus ihrem Wunsch die Erwartung sprach, Ch'Ronch'Ra gebiete über den *curga*. Murenius war sich dessen nicht so sicher. Tatsächlich stellte der *curga* ein kaum kleineres Rätsel als Ch'Ronch'Ra selbst dar, und Murenius war es bisher nicht gelungen, mehr als einen Zipfel der Wahrheit zu erfassen. Sicher schien nur die Tatsache zu sein, daß der *curga* der Dämonenwelt angehörte und weit unter Ch'Ronch'Ra stand, vielleicht ein Halbdämon war. Offenbar mußte er gewisse Verpflichtungen gegenüber Ch'Ronch'Ra erfüllen, war aber keineswegs sein Diener und verfolgte vor allem eigene Ziele. Aufgetaucht war er erst in dem Augenblick, als Ch'Ronch'Ra sich Murenius gegenüber verständlich mitteilen konnte. Murenius überlegte, wann das gewesen war.

Vor vier Jahren etwa. Als es mir mit Ch'Ronch'Ras Hilfe gelang, Gorms Gewalt und dem sinkenden Schiff zu entkommen. Ich flog in der Gestalt des Adlers zum versunkenen Tempel, und Ch'Ronch'Ra sprach zum erstenmal mit mir. Er forderte einen menschlichen Körper, einen h'vas. *Wenig später tauchte der* curga *auf.*

Murenius hatte nie ernsthaft darüber nachgedacht, wie es Ch'Ronch'Ra gelungen war, nach den anfangs nur undeutlichen Willensbekundungen auf einmal klare Befehle zu erteilen. Jetzt, als er an seine Rettung zurückdachte, wußte er plötzlich, wie es geschehen sein konnte. Ch'Ronch'Ra hatte weit über sich hinauswachsen müssen, um Murenius' Verwandlungsmagie über die große Entfernung hinweg zu verstärken. Murenius selbst hatte dies im Grunde für unmöglich gehalten. Aber es war geschehen und hatte zu einer engeren Verschmelzung zwischen ihm und dem Dämon geführt. Unsichtbare Zäune waren niedergerissen worden, die Verständigung wurde möglich. Die Erkenntnis versetzte Murenius in Sorge. War es möglich, daß ein Teil des Dämons in seinem Kopf hauste, ohne daß er etwas davon merkte?

»Er könnte diesen Praefos von Ghurenia töten.« Shevanus Nörgelei riß Murenius aus seinem dumpfen Brüten, in dem er die Umgebung kaum wahrgenommen und mechanisch einen Fuß vor den anderen gesetzt hatte.

»Kümmere dich nicht um Dinge, die dich nichts angehen, Priesterin«, gab Murenius ungehalten zurück. »Und verschon mich mit deinen Ratschlägen. Wenn du schlau bist, dann läßt du sie auch nicht an die Ohren des *h'vas* dringen.« In seinen Worten schwang eine unausgesprochene Drohung mit, und Shevanu schwieg endlich.

Wenn alles so einfach wäre! dachte Murenius. Das Verhalten des *curga* war überhaupt nicht einzuschätzen, selbst von Ch'Ronch'Ra nicht. Der Seelenräuber ließ sich nichts befehlen. Allerdings schien es eine der Aufgaben des *curga* zu sein, geeignete *h'vas* für Ch'Ronch'Ra ausfindig zu machen und für die Übernahme vorzubereiten. Daneben verwüstete er gelegentlich den Geist eines Feindes, offenbar auf Anweisung oder Bitten Ch'Ronch'Ras. Häufiger fiel der Seelenräuber jedoch aus eigenem Antrieb über Menschen her, möglicherweise deshalb, weil er sich von ihren Seelen ernährte. Murenius selbst hatte Ch'Ronch'Ra vorgeschlagen, Gorm mit Hilfe des *curga* zu beseitigen und Malurdhin an die Macht zu bringen. Ch'Ronch'Ra hatte geschwiegen. Als Murenius den Vorschlag wiederholte, befahl ihm Ch'Ronch'Ra barsch, zu schweigen und niemals wieder Pläne vorzubringen, welche die Mitwirkung des *curga* verlangten. Murenius deutete Ch'Ronch'Ras Verhalten dahingehend, daß der Vorschlag Ch'Ronch'Ras Möglichkeiten überstieg. So reagierte er stets, wenn er an seine Schranken stieß und nicht zugeben wollte, daß seiner Macht Grenzen gesetzt waren. Murenius hatte den Eindruck gewonnen, daß der *curga* nur solchen Anweisungen oder Bitten des übergeordneten Dämons nachkam, die die Belange anderer Dämonen – vielleicht auch Götter – nicht berührten. Er arbeitete an einer magischen Dämonenlehre zu diesem Thema, mußte aber zugeben, daß seine Studien noch nicht sehr weit gediehen waren. Immer wieder stieß er ins Leere.

Er schwitzte unter der sengenden Glut der Praiosscheibe. Schlimmer war, daß ihm die Füße weh taten. Die Riemen der Sandalen schnitten ihm ins Fleisch. Als Hoherpriester hatte er es für unter seiner Würde gehalten, außer einem Schwert militärische Ausrüstung anzulegen. Schließlich wollte er sich nicht an dem Kampf beteiligen. Jetzt bereute er, daß er nicht zumindest Stiefel verlangt hatte. Sandalen erwiesen sich in diesem Gelände als wenig geeignet, und das Barfußgehen schien noch weniger ratsam zu sein. Zumindest in diesem Punkt, gestand Murenius sich ein, hatte sich Shevanu mit ihrem unkleidsamen, aber robusten Schuhwerk als klüger erwiesen. Flüchtig überlegte er, den Verwandlungszauber zu sprechen, und tastete dabei unbewußt nach dem Kristall, der ihm neben dem Granatamulett um den Hals hing. Aber er verjagte den Gedanken. Es kostete zuviel Kraft, und es war zu früh dafür. Die Verwandlung in einen Adler war ein Akt, der sein Ansehen unter den Dienern festigte. Ohne Publikum war diese Anstrengung verschenkt. Er hätte es vor dem Abmarsch tun sollen. Jetzt mußte er damit warten.

Murenius setzte sich auf den nackten Felsen und massierte sich die wunden Füße. Shevanu sah ihm spöttisch dabei zu, sagte aber nichts.

Der Paß lag bereits weit hinter den Truppen. Der erste Zug hatte den letzten Ausläufer des Hügelrückens erreicht und lagerte hinter einem Felsvorsprung. Späher kletterten den Felsen hinauf, beobachteten das darunterliegende Land und kehrten zurück, um ihrer Hauptfrau zu berichten. Jetzt verharrte auch der zweite Zug vor dem Felsen und wartete auf weitere Befehle. Von den drei anderen Zügen war nichts mehr zu sehen. Sie hatten sich südöstlich gehalten, um in das landwirtschaftlich genutzte Gebiet vorzudringen. Ihre Aufgabe bestand darin, die größere Zahl der Feinde, die sich außerhalb der Burg befanden, in Kampfhandlungen zu verwickeln. Auf diese Weise sollte verhindert werden, daß sie den Leuten auf der Burg zu Hilfe kamen.

Die Hauptfrau des ersten Zuges schickte einen Boten zu Murenius. Der Hohepriester erhob sich, um einen würdigeren Anblick zu bieten. Es war alles so, wie die alte Frau es beschrieben hatte. Die Burg lag nur eine halbe Meile entfernt, der See zugewandt. Man rechnete also mit keinem Angriff von der unzugänglichen Landseite. Die Zugbrücke war herabgelassen. Es gab keinen Hinweis darauf, daß der Gegner gewarnt war.

Murenius entließ den Boten mit dem Auftrag, die Hauptleute zu ihm zu beordern. Wenig später eilten

Fenu, die Hauptfrau des ersten Zugs, und Xonto, der Hauptmann des zweiten Zugs, beflissen herbei. Befriedigt stellte Murenius fest, daß die Hauptleute ihn als Befehlshaber angenommen hatten, obwohl der *h'vas* des Ch'Ronch'Ra mit seiner Eskorte inzwischen eingetroffen war. Aber der *h'vas* starrte wie geistesabwesend, beinahe leblos vor sich hin, hinter den dunklen Augen glühte nur matt ein rötliches Leuchten. Offensichtlich langweilte sich Ch'Ronch'Ra, wenn er nicht sogar schlief. Seinem *h'vas* gab dies allerdings kein Freiheiten. Ohne seinen Meister war er nichts weiter als eine seelenlose Hülle. Wenn noch irgend etwas von dem Geist des Mannes zurückgeblieben war, dem dieser Körper einmal gehört hatte, dann war er eingesperrt im hintersten Winkel seines Hirns, ein ohnmächtiger Gefangener eines überlegenen Willens mit dämonischen Kräften. Ja, es sah in der Tat so aus, als sei der Dämon nicht bei der Sache. Murenius war dies nur recht.

Ein ›Gott‹ befaßt sich nicht mit Kleinkram wie militärischen Aufmärschen. Es genügt, daß sein h'vas *die Weiber vögelt und hin und wieder auf grausame Art Blut vergießt, aus eigener Lust und um seine Diener anzuspornen.*

Ganz abgesehen davon hätte Murenius ohnehin als Übersetzer herhalten müssen, falls es Ch'Ronch'Ra in den Sinn gekommen wäre, den Überfall persönlich zu leiten.

Murenius wandte sich den Hauptleuten zu und beachtete Shevanu nicht, obwohl diese so tat, als nähme sie an dem weiteren Vorgehen heftigen Anteil. Am liebsten hätte er sie weggeschickt, aber vor den Hauptleuten durfte er die Priesterin nicht abwerten.

»Sagt den Soldaten, sie sollen sich mir zuwenden und erleben, wie ich mich mit der Hilfe Ch'Ronch'Ras in einen Adler verwandle und in die Lüfte erhebe«, erklärte Murenius. »Ich werde über die Burg hinwegfliegen und dabei einen Zauber wirken, der die Rondra-

Legisten daran hindert, die Zugbrücke hochzuziehen. Sodann kreise ich dreimal über der Burg. Dies gilt als Zeichen, euch bereitzumachen. Schließlich wird der Kopf des Ch'Ronch'Ra über der Burg erscheinen. Dann greift ihr an. Der *h'vas* des Ch'Ronch'Ra wird bei euch sein. Beschützt ihn bis zum letzten Atemzug.« Murenius strich sich über den sorgsam gestutzten Kinnbart und sagte mit einem seltenen Anflug von Humor: »Und vergeßt bei alledem nicht, die Burg zu erobern.«

Er erzählte den Offizieren damit nichts Neues, obwohl sie ihm mit wachsender Erregung zuhörten, denn das Wesentliche hatte er diesen beiden Hauptleuten und den anderen drei mindestens schon ein halbes dutzendmal eingetrichtert. Das magische Erscheinen des Steinkopfes galt auch für die anderen Züge als Angriffssignal. Obwohl sich Murenius eine weitere Wiederholung hätte schenken können, hielt er sie für notwendig, denn sie unterstrich seine Stellung als Befehlshaber. Für die Dienersoldaten war es wichtig, daß sich die Offiziere vor der Schlacht noch einmal berieten. Und natürlich wollte Murenius ihre ungeteilte Aufmerksamkeit bei der Verwandlung erzwingen.

»Für Ch'Ronch'Ra!« verabschiedete er die Hauptleute.

»Für Ch'Ronch'Ra!« riefen die beiden begeistert und eilten zu ihren Zügen zurück.

Murenius wartete, bis sich alle Soldaten erhoben hatten und zu ihm herüberstarrten. »Priesterin!« zischte er. »Zeig, daß du mehr kannst als deine Schenkel öffnen!«

Shevanu sah ihn verärgert an, aber dann besann sie sich auf ihre Pflichten. Sie zog die Stiefel aus, legte die Waffe und das Gewand ab, nahm das Amulett mit dem Steinkopf, küßte es, legte es vorsichtig zu Boden und verneigte sich nackt in Richtung der Sänfte. Dann kniete sie vor Murenius nieder. Sie hob die Hände über den

Kopf, verdrehte die Augen, schaukelte mit dem Oberkörper hin und her und begann einen monotonen Singsang. Murenius stand kerzengerade da, die Augen Shevanu zugewandt. Allmählich kam Bewegung in seinen Körper. Erst kaum sichtbar, dann deutlicher wiegte er sich im Takt mit Shevanus Körper und ihrem Singsang. Die Darbietung war mehr für die Diener gedacht, und Shevanus schaukelnde schwere Brüste lenkten ihn eher ab, als daß die Sammlung seiner Gedanken gefördert wurde. Er hob den Blick von den Brüsten und schaute in den Himmel. Er griff in sein Gewand und zog den magischen Kristall hervor, der von Ch'Ronch'Ras Altar im versunkenen Tempel stammte. Er war etwa daumengroß und in Silber eingefaßt. Auch die dünne Kette, mit der er ihn um den Hals trug, bestand aus Silber. Murenius streifte die Kette über den Hals und reckte den Kristall hoch in die Luft, damit sich das Licht der Praiosscheibe in ihm brechen konnte. Eigentlich farblos, erglühte der Kristall plötzlich in einem hellroten Licht. Ch'Ronch'Ras Kräfte bewirkten dies. Der Dienerschaft galt dies als Beweis dafür, daß die Macht Ch'Ronch'Ras größer als die von Praios war.

Eine Weile verharrte Murenius in dieser Stellung, damit sich alle von dem Wunder überzeugen konnten. Dann ließ er langsam die Hände sinken und schloß sie in Brusthöhe um den Kristall. Das rote Glühen drang durch die geschlossenen Hände hindurch, und Murenius spürte, wie sich der Kristall erwärmte. Flüchtig kam ihm in den Sinn, daß Ch'Ronch'Ra zwar Dinge zum Glühen bringen und die Wirkung eines Zaubers um ein Vielfaches verstärken konnte, aber zu keiner eigenständigen Magie fähig war. Der Gedanke befriedigte ihn. Ohne ihn – ohne einen Magier – war Ch'Ronch'Ra hilflos! Er vertrieb den Gedanken, um sich ganz auf sein Werk zu konzentrieren. Der Singsang half ihm jetzt, in Trance zu fallen. Seine Lippen bewegten sich. Tonlos, weil Shevanu zuhörte, begann er mit der Litanei des Zauberspruchs. Er spürte, wie sich das arkane Netz formte und verdichtete. Fast gleichzeitig fühlte er die Kraft Ch'Ronch'Ras, die ihn stützte und höher hinaufhob in die arkanischen Gefilde, als ihm dies allein möglich gewesen wäre.

Die Verwandlung setzte ein. Die Umrisse des Hohenpriesters flackerten und zu verschwammen, als wäre er eine Gestalt aus Wachs, die von einer allzuheiß glühenden Praiosscheibe geschmolzen wurde. Der rotleuchtende Kristall schien in den verbliebenen restlichen Körper des Hohenpriesters hineinzuwachsen. In gleichem Maß, wie Murenius in sich zusammenfiel, formte sich sein neuer Körper. Schwarze Federn an breiten Schwingen wurden sichtbar, krallenbewehrte Füße formten sich, der mächtige Krummschnabel eines Adlers zeichnete sich ab.

Dann war es vollbracht. Murenius breitete die riesigen Flügel aus, schlug sie mehrmals zusammen und wieder auseinander, als wollte er ihre Tragfähigkeit und die Windrichtung erkunden. Mit einem kräftigen Stoß seiner Krallenfüße stieß er sich ab, peitschte mit schnellen Schlägen die Luft und schraubte sich unter dem Jubel der Diener in die Höhe.

Er genoß das unvergleichbare Gefühl, auf den Winden dahinzugleiten. Er fühlte Kraft und Stärke. Und er spürte den Kristall, der irgendwo unter den Federn verborgen war. Die dämonischen Kräfte des Ch'Ronch'Ra durchschnitten den arkanen Raum und umgaben seinen Schützling wie eine Glocke. Als Murenius zu den am Berg kauernden Dienern hinabsah, nahmen seine scharfen Augen selbst die kleinste Einzelheit wahr, obwohl er sich bereits eine halbe Meile hoch in der Luft befand. Er erkannte sogar Shevanus Brustwarzen und ihren immer noch feuchten Lustspalt, als sie sich erhob und ihr Gewand überstreifte.

Vor Murenius lag die Burg unmittelbar am Steilufer einer weitgeschwungenen Bucht. Wer die Burg besaß, beherrschte den südlichen Zugang zum Meer und die fruchtbare Tiefebene zwischen der Bucht und der Felskette im Norden. Ein dicker Söller und drei kleinere Türme ragten auf. Im Augenblick galt Murenius' Aufmerksamkeit allerdings nicht der Burg, sondern den Felsen im Nordwesten.

In der Ferne erspähte er die drei anderen Züge der Dienerschaft. Er flog über sie hinweg und stieß im Steilflug bis fast zu den Köpfen der Soldaten hinab, um auf sich aufmerksam zu machen. Aber sie hatten ihn längst gesehen, als er heranflog, stoben auseinander und winkten, als er wieder Höhe gewann und sich entfernte. Er sah bebaute Felder, Hütten aus Lehm und Holz, einzelne Dörfer, gelegentlich ein paar Leute auf den Feldern, zwei Baumfäller in einem Zedernwald und – den Truppen Ch'Ronch'Ras am nächsten – einige Frauen und Männer in einem Weinberg. Sie wären die ersten, die von den Dienern getötet würden. Er sah auch einige Kinder. Mit etwas Glück würden sie überleben und in die Reihen der Dienerschaft aufgenommen werden. Kinder waren am leichtesten für Magie und einen leuchtenden Steinkopf zu begeistern.

Nachdem sich Murenius der Aufmerksamkeit aller Soldaten sicher war, nahm er sich der Burg an. Er gab sich keine Mühe, den Burgbewohnern verborgen zu bleiben. Sie würden sich über den stolzen Adler wundern, der über ihnen kreiste, aber das blieb ihnen unbenommen. Selbst wenn sie ein Unheil ahnten, war es zu spät, um Vorsorge zur Verteidigung zu treffen. Murenius achtete lediglich darauf, außerhalb der Reichweite der Armbrustschützen zu bleiben, falls es einem von ihnen einfallen sollte, sich mit der Trophäe eines Adlers schmücken zu wollen.

Schon krächzte er den Blockierzauber, der für Stunden die Holzräder unbeweglich machte, mit denen die Ketten der Zugbrücke hochgezogen wurden. Es war der einzige Magierspruch, den er seinem Wissen in den letzten Jahren hinzufügen konnte. Einer halb verrückten alten Magierin, die sich kurz vor ihrem Tod den Dienern angeschlossen hatte, verdankte er diesen Spruch. Leider war das Gedächtnis der Frau so zerrüttet gewesen, daß Murenius nichts von ihrem sonstigen Wissen abzweigen konnte. Der Spruch ließ sich nur auf Holz anwenden. Wären die Räder aus Eisen gefertigt gewesen, hätte Murenius den Überfall wahrscheinlich abbrechen müssen. Allerdings war er ziemlich sicher gewesen, daß die Rondra-Legisten über keine Eisenräder verfügten. Ein darbendes kleines Inselreich, das seine kargen Überschüsse zusammenkratzte, um die allernotwendigsten Werkzeuge und Waffen zu kaufen, besaß mit Sicherheit keine Eisenräder. Sollte es einst derlei Gerät gegeben haben, dann war es längst eingeschmolzen worden.

Die Burg befand sich in tadellosem Zustand. In den Mauern, welche die vier Außentürme miteinander verbanden, fehlte kein Stein. Der Hof mit einer Anzahl von hohen, schmalen, verwinkelten, spitzgiebeligen Gebäuden wirkte aufgeräumt. Das wuchtige viereckige Gebäude in der Mitte der Anlage sah mit seinen schmalen Fenstern und den Zinnen wie eine Festung in der Festung aus. Die Zugänge zu den Wehrgängen und die Wehrgänge selbst waren gegen feindlichen Pfeilhagel überdacht, die Treppen und die Wehrgänge wiesen keine morsche Stelle auf. Sorgsam eingepaßtes Frischholz wies darauf hin, daß die Yongustraner schadhafte Bretter und Bohlen beizeiten gegen neue austauschten.

Dies alles erspähte Murenius, und er war höchst zufrieden damit. Die Diener wären nicht in der Lage, die Burg zu erobern, wenn die Zugbrücke hochgezogen würde. Sie führten weder Rammböcke noch Katapulte oder anderes schweres Gerät mit sich, um sich den Zugang zu erzwingen, und für eine Belagerung fehlte es Murenius sowohl an Nachschub als auch an Geduld. Aber es lag ihm auch daran, nach all den Jahren des Versteckens endlich ein wehrhaftes Quartier, eine Trutzburg, eine erste Hauptstadt der Dienerschaft in die Hand zu bekommen, von wo aus die weiteren Eroberungen geplant und eingefädelt werden konnten. Um die Burg der Rondra-Legisten in die Hand zu bekommen, lohnte es alle Mühe. Die verbohrten Kultisten begriffen ihre Burg als letzte Bastion gegen den Namenlosen, und sie taten offensichtlich alles, damit diese Bastion drohend und abweisend wirkte und bestens in Ordnung gehalten wurde.

Murenius entdeckte, daß auf jedem der Türme mehrere Wachen postiert waren und daß sich auf dem Burghof mindestens zwanzig gerüstete Kämpfer übungshalber miteinander maßen. Sie benutzen Holzschwerter, während die echten Waffen nahebei in Holzgestellen hingen. Dies alles scherte Murenius nur wenig. Daß die Rondra-Legisten wachsam, wehrbereit und in den Waffenkünsten erprobt waren, wußte er. Er konnte weder davon ausgehen, daß sie sich überrumpeln ließen, noch daß sie sich kampflos ergaben. Das war aus Murenius' Sicht auch nicht erwünscht. Die Diener sollten sich im Kampf beweisen. Wohlan, sie bekamen einen fähigen Gegner! Was sie daraus machten, mußten die Soldaten selbst entscheiden.

Einige Männer und Frauen, die den Übenden zusahen, blickten nach oben und zeigten auf den Adler. Die Kämpfer hielten inne und schauten ebenfalls herauf. Eine grauhaarige Frau, die offenbar den Kampf beaufsichtigt hatte, erteilte einen Befehl.

Murenius beachtete weder sie noch die Gaffer. Er schraubte sich steil nach oben, hoch genug, daß er sowohl von den Dienern im Nordosten als auch von denen im Nordwesten gesehen wurde.

Die Zeit für den Kampf war gekommen. Murenius konzentrierte sich auf den Kristall und leitete den Zauber der Magica Phantasmagorica ein. Flüchtig erinnerte er sich daran, wie er diesen Zauber vor Jahren auf dem Meer angewandt hatte, um die Schiffe des Praefos Piraten-Phantome jagen zu lassen. Der Zauber war ihm in Vollendung gelungen. Alle hatten die Schiffe gesehen und an ihr Vorhandensein geglaubt, von der gerissenen Kapitänin Chelchia einmal abgesehen, der merkwürdige Einzelheiten an den Piratenschiffen aufgefallen waren, die Murenius anderen Schiffen nachempfunden hatte. Der Zauber war gut gewesen – nur der Rest des Plans war leider mißlungen.

Heute war die Aufgabe noch einfacher. Das Phantombild erfüllte einzig und allein den Zweck, das Signal zum Angriff zu geben. Murenius hätte genausogut zurückkehren und persönlich den Befehl erteilen können. Aber das Phantombild war besser. Es würde den Dienern noch einmal die Macht ihres Gottes veranschaulichen – eigentlich die Macht ihres Hohenpriesters, was er bei Gelegenheit klarstellen wollte. Und was konnte sie besser dazu zu bringen, ihr Letztes zu geben, wenn das Antlitz ihres Gottes, der Steinkopf des Ch'Ronch'Ra, übergroß am Firmament unmittelbar über der Burg des Feindes erschien? Murenius wußte, daß sein Einfall vorzüglich war. Solche Einfälle hatte nur jemand, den man als den einzig wahren und würdigen Führer der Dienerschaft bezeichnen konnte und der diese Rolle früher oder später auch in alleiniger Würde für sich beanspruchen würde.

Der Kristall verstärkte die Fäden seines eigenen arkanen Netzes mit denen von Ch'Ronch'Ra. Aus dem Nichts erschien fünfzig Schritt über der Burg der leuchtende rote Steinkopf des Ch'Ronch'Ra, hundertmal hundert Schritt groß, ein Echsenhaupt mit glühenden Augen unter riesigen Augenwülsten, wundersam, unerklärlich, beängstigend greifbar, machtvoll und drohend.

Murenius, der sich noch inmitten der Luftwirbel befand, aus denen sich der Kopf geformt hatte, flog mit harten Flügelschlägen aus dem Kopf heraus und betrachtete sein Werk. Der Magiekundige erkannte am Flimmern der Luft, daß es sich um ein Truggebilde handelte, um eine Schimäre. Jeder andere jedoch mußte angesichts dieser drohenden Erscheinung um den Verstand fürchten. Erst allmählich, wenn sich herausstellte, daß die Erscheinung nichts weiter tat als zu glühen, würde der Schreck abflauen.

Murenius war von seinem eigenen Werk beeindruckt. Sobald Ch'Ronch'Ra entbehrlich und ins Dämonenreich zurückgeschickt worden wäre, wollte er Steinköpfe an verschiedenen Orten in Aventurien erscheinen lassen, um den Dienern neue Anhänger zuzuführen. Dies jetzt schon zu tun, war ihm von Ch'Ronch'Ra untersagt worden. Denn wieder einmal schien der Dämon zu fürchten, mit derart auffälligen Phantombildern andere dämonische Mächte auf den Plan zu rufen, denen er nicht gewachsen war. Murenius hatte keine Angst vor solchen Mächten, und sie würden ihm gewiß keine Aufmerksamkeit schenken, wenn Ch'Ronch'Ra nicht mehr im Spiel war. Es entbehrte nicht einer gewissen Ironie, mit Ch'Ronch'Ras Steinkopf zu werben, wenn der Dämon selbst seinen Steinkopf längst verloren hatte.

Aus der Burg drangen vielstimmige Schreckensschreie zu Murenius herauf. Erstaunlich schnell wurden die Schreie jedoch von herausgebrüllten Befehlen überlagert. Offenbar hatten die Führer der Rondra-Legisten das Erscheinen des Echsenkopfes als das begriffen, was er war: als Lug und Trug. Aber auch als Signal, daß die letzte Schlacht, auf die sie sich so lange vorbereitet hatten, endlich geschlagen wurde. In ihren Augen konnte es nur der Namenlose sein, der, aus welchen Gründen auch immer, einen Echsenkopf wählte, um seine Horden an die letzte Bastion heranzuführen.

Von den Hügeln im Nordwesten und Nordwesten wehte ein brausendes »Für Ch'Ronch'Ra!« heran, das sich an den schroffen Felsen brach, zurückhallte und ein um das andere Mal von den Dienern wiederholt wurde. Die fünf Züge der Diener strömten in das Tiefland – in der Ferne die drei Züge, die sich aufteilten und über die Landbevölkerung herfielen, nahebei die beiden Züge, die wild entschlossen auf die Burg zustürmten.

Das Angriffsgeschrei hatte die Verteidiger in ihrer Überzeugung bestärkt, daß die Horden des Namenlosen heranrückten und die letzte Schlacht angebrochen war. Die letzten Angstschreie verstummten, und ein vielstimmiges, nicht minder ekstatisches »Für Rondra!« rollte den Angreifern entgegen.

»Für die Zwölfgötter!« schrie einer der Rondra-Legisten, und auch dieser Ruf wurde begeistert aufgenommen. »Gegen den Namenlosen!« war der nächste Kampfruf der Verteidiger, der aus knapp hundert Kehlen wiederholt wurde, bis man sich wieder auf »Für Rondra!« einigte.

Murenius war verärgert über diese Entwicklung, die er nicht vorausgesehen hatte. Das Bild des Steinkopfes sollte die Diener anstacheln und nicht die Rondra-Legisten. Der Kampf würde härter werden, als dies vorauszusehen gewesen war. Irgendwelchen fremden Eroberern hätten sich die Reste der Yongustraner vielleicht ergeben, wenn sie gesehen hätten, daß die Sache aussichtslos stand. Aber der Glaube, es mit den Horden des Namenlosen zu tun zu haben, würde jeden Rondra-Legisten zum Äußersten treiben, und er würde lieber sterben, als diesen Horden nachgeben.

Nun gut, dann sterbt, ihr verdammten Kultisten. Ihr können uns nicht aufhalten! Ihr glaubt an Rondra, doch sie wird euch nicht helfen. Aber wir führen unseren ›Gott‹ mit uns! Jeder einzelne unserer Kämpfer hat ihn gesehen, seinen h'vas berührt und dabei zugeschaut, wenn unser ›Gott‹ die Priesterin vögelte. Was habt ihr zu bieten?

Innerlich aufgewühlt, flog Murenius durch das Phantombild und vergewisserte sich, daß sein anderer Zauber in gleichem Maß Wirkung zeigte. Er gewann sein inneres Gleichgewicht zurück, als er sah, wie ein halbes Dutzend Geharnischte ohne Erfolg versuchte, die Räder der Zugbrücke zu drehen. Er lachte, und aus dem Schnabel des Adlers drang ein heiseres Krächzen.

Ihr habt nur euren Irrglauben und eure Muskeln. Doch die Dienerschaft hat den Magier Murenius. Gegen ihn kommt ihr nicht an!

Murenius wandte sich seinen Truppen zu. Um die drei Züge, die aus Nordosten angriffen, machte er sich keine Sorgen. Obwohl sie die größere Zahl an Feinden überwinden mußten, hatten sie den Vorteil, auf keine ausgebauten Verteidigungsstellungen zu stoßen. Wie Murenius es nicht anders erwartet hatte, bewahrten die Bauern, Fischer und Viehzüchter ihre Waffen und Rüstungen in den Hütten und Häusern auf. Die ersten Yongustraner wurden in den Weinbergen und auf den Feldern niedergemetzelt, bevor sie sich rüsten konnten. Aber auch jene, denen es gelang, zu ihren Waffen zu gelangen, standen einer Übermacht gegenüber, der sie nicht gewachsen waren. Erst allmählich sammelten sich die Bewohner des burgnahen Geländes zu größeren Gruppen. Sie verschanzten sich in größeren Gehöften oder stellten Kolonnen zusammen, die sich den Angreifern entgegenwarfen. Befriedigt stellte Murenius fest, daß die Yongustraner die Verteidiger der Burg nicht zu verstärken versuchten. Offenbar vertrauten sie darauf, daß die Burg dem Ansturm auch ohne sie gewachsen war. Daß die Zugbrücke ihren Dienst versagte, fiel in der allgemeinen Verwirrung nicht auf. Und wer sich darüber wunderte, daß sie noch nicht hochgezogen worden war, hatte Dringenderes zu tun, als diesem Rätsel nachzugehen.

Als Murenius über seine Nordosttruppen hinwegflog, sah er, daß die Diener verbissen kämpften und nicht müde wurden, »Für Ch'Ronch'Ra!« zu brüllen und vorwärts zu eilen. Aber wer immer sich ihnen in den Weg stellte, tat es mit der gleichen Inbrunst und einem »Für Rondra!« auf den Lippen. So gut die Diener auch kämpften, selbst ältere Männer und Frauen oder sogar Kinder hatten ihnen jahrelange Übungen mit Schwert, Spieß oder Langbogen voraus. Fast immer waren vier oder fünf Diener nötig, um einen einzigen Yongustraner zu töten. Und oft genug gelang es dem Unterlegenen, sich lange genug der Hiebe und Stiche von allen Seiten zu erwehren, um auch einen oder zwei der Diener niederzustrecken. Die Nordosttruppen kamen langsamer voran, und die Verluste waren höher, als Murenius dies erwartet hatte. Aber sie folgten den Anweisungen, die Murenius ihnen erteilt hatte, und kämpften sich Hof für Hof zur Burg vor.

Der Adler verließ den Nordosten und kehrte zur Burg zurück. Die beiden Züge, die von Westen aus angriffen, stürmten der Burg entgegen. Auch hier durchbrausten auf beiden Seiten wilde Kampfrufe die Luft. Einige Bauern stellten sich den Dienern entgegen, wurden jedoch von der Übermacht niedergemetzelt. Die Vorhut des ersten Zugs hatte die Zugbrücke erreicht und wurde von einem Pfeilhagel der Verteidiger begrüßt. Fünf oder sechs Diener fielen. Noch einmal so viele wurden zu Boden gestreckt, als der nächste Pfeilhagel niederging. Doch inzwischen hatte der Pulk beider Züge das Tor erreicht und drosch auf die dort versammelten Verteidiger ein. Murenius entdeckte am Rand des Kampffeldes die

Eskorte des *h'vas*. Die Träger hatten die Sänfte abgestellt, und der *h'vas* beugte sich heraus. Mit rotglühenden Augen verfolgte Ch'Ronch'Ra das Kampfgeschehen. Die Soldaten der Eskorte schirmten ihn so gut wie möglich ab und wehrten mit ihren langen Schilden einige verirrte Pfeile ab, die von den Zinnen der Burgmauer heranflogen.

Mißmutig sah Murenius, daß der Kampf hin und her wogte, ohne daß es den Dienern gelang, die Verteidiger am Tor zu überwinden. Jetzt schickten sich die Randra-Legisten sogar an, mit zwanzig Kämpfern einen Ausfall zu versuchen. Hinter ihnen versammelten sich weitere Kämpfer, um die dadurch entstehenden Lücken auszufüllen. Murenius fluchte.

Plötzlich ertönte am Rand des Kampffeldes ein seltsamer, wilder, krächzender Schrei. Murenius sah, daß der *h'vas* des Ch'Ronch'Ra aus seiner Sänfte sprang, einem Soldaten seiner Eskorte den Säbel aus der Hand riß und damit wild in der Luft herumfuchtelte. Rote Funken schienen aus seinen Augen zu sprühen. Dann stürmte er voran, das purpurrote Gewand wie eine Fahne gebläht, mitten hinein in die Stoßrichtung des Feindes, dessen Soldaten aus dem Tor quollen. Der *h'vas*, den Murenius noch nie hatte kämpfen sehen und dem er den Gebrauch keines anderen Säbels als seines Lustgebeins zugetraut hatte, drosch wie rasend um sich, schlug hier einen Kopf ab und kerbte dort einer Yongustranerin die Brust ein, daß das Blut in hohem Bogen hervorsprudelte. Wie es aussah, hatte sich Ch'Ronch'Ra in einen Blutrausch hineingesteigert, der durch nichts aufzuhalten war. Sorgenvoll sah Murenius aus luftiger Höhe zu, wie der *h'vas* im dicksten Getümmel um sich hieb und schon den vierten Feind niederstreckte. Er fürchtete um das Leben des *h'vas*, aber im Augenblick sah es so aus, als könne dieser für sich allein sorgen. Den Soldaten seiner Eskorte blieb gar nichts anderes übrig, als ihrem Herrn zu folgen und mit der gleichen Verbissenheit auf die Feinde einzuschlagen.

Im Nu färbte sich das Holz der Zugbrücke rot. Mehr als die Hälfte der Rondra-Legisten, die den Ausfall gewagt hatten, lag bereits enthauptet, erschlagen oder schrecklich verstümmelt auf den Bohlen aus Zedernholz. Die Vorwärtsbewegung der Yongustraner brach sich an der Phalanx der Diener um den *h'vas*. Drei weitere Verteidiger sackten zusammen, und der abgetrennte Arm eines vierten flog in hohem Bogen durch die Luft, streifte den Rand der Zugbrücke und fiel in den Burggraben. Trotzdem wichen die überlebenden Verteidiger keinen Fingerbreit zurück, teilten nach Kräften aus und wurden nicht müde, »Für Rondra!« oder »Gegen den Namenlosen!« zu schreien.

Es half ihnen nichts. Dem letzten Verteidiger der Zugbrücke wurden fast gleichzeitig der Kopf, ein Arm und ein Bein abgetrennt, und gurgelndes Blut spritzte aus den schrecklichen Wunden des Torsos.

Wieder stieß der *h'vas* des Ch'Ronch'Ra einen Schrei aus, diesmal so schrill, daß er allen in den Ohren gellte. Dann stürmte er an der Spitze seiner Soldaten zum Burgtor. Die Diener mußten über die Körper der Toten hinwegklettern, und die Bohlen der Zugbrücke waren glitschig von Blut und herausgerissenen Eingeweiden. Eine Soldatin rutschte aus, schlug nach hinten und wurde von dem Speer eines hinter ihr Heranstürmenden aufgespießt. Ein junger Diener griff sich an die Brust, wo ein Armbrustbolzen dicht unter dem Herzen eingedrungen war, und kippte von der Zugbrücke ins Wasser. Aber der Rest der Diener ließ sich nicht aufhalten. Der *h'vas* und seine Eskorte lichteten die Reihen der Verteidiger am Tor, und endlich war der Durchbruch geschafft. Knapp achtzig Soldaten stürmten mit ›Für Ch'Ronch'Ra!‹-Rufen durch das Tor in den Burghof. Aus den verschiedenen Gebäuden eilten weitere Verteidiger herbei, und von den Wehrgängen sowie aus dem wehrhaften Hauptgebäude flogen Pfeile und Lanzen heran. Es schien jedoch, als sei die entscheidende Wende der Schlacht geglückt. Der *h'vas* des Ch'Ronch'Ra tötete fünf weitere Feinde und schien gegen alle Angriffe gefeit zu sein. Tatsächlich hatte er bisher kaum eine sichtbare Schramme davongetragen. Murenius fragte sich, ob Ch'Ronch'Ra sich darauf verstand, seinen *h'vas* durch magische Kräfte zu schützen, entdeckte dafür jedoch keine Anzeichen. Vermutlich war der *h'vas* mit seiner Metzelei nur deshalb so erfolgreich, weil ihn Ch'Ronch'Ra so gnadenlos antrieb wie bei den rituellen Begattungen. Die Soldaten der Eskorte taten ihr Bestes, dem Beispiel ihres Herrn gerecht zu werden. Die nachrückenden Diener stürmten die ersten Wehrgänge und kämpften mit den Verteidigern, die sich dort eingenistet hatten. Der Burghof füllte sich mit den Leichen gefallener Yongustraner und Diener. Finger um Finger, Spann um Spann, Schritt um Schritt vergrößerten die Diener ihren Herrschaftsbereich und brachen schließlich in das Hauptgebäude ein, wo sich die letzten Verteidiger verschanzt hatten.

Wie Murenius befürchtet hatte, ergab sich auf der Burg nicht ein einziger Yongustraner, und es kostete allein zehn Dienerleben, um die letzten vier Feinde im Hauptgebäude zu besiegen.

Draußen näherten sich die ›Für Ch'Ronch'Ra!‹-Rufe der Truppen, die das freie Land säuberten. Murenius in seiner Adlergestalt stieg höher und sah, daß sich auch hier der Sieg abzeichnete. Man hatte vereinzelt sogar einige Gefangene, zumeist kleine Kinder oder Verletzte, gemacht und trieb sie zusammen.

Als Murenius zur Burg zurückkehrte und sich auf einer Zinne niederließ, war dort endlich Ruhe eingekehrt. Zum Jubeln waren die überlegenen Diener zu erschöpft. Kaum mehr als die Hälfte der Dienersoldaten hatte den Kampf überlebt. Einige waren dabei, die eigenen Wunden oder die ihrer Kameraden notdürftig zu versorgen.

Der Blutrausch des Ch'Ronch'Ra war gestillt. Erschöpft, mit stierem Blick, in dem nur ein Abglanz des roten Funkelns zu sehen war, hockte der *h'vas* wie ein Geier auf dem Körper eines erschlagenen Feindes. Er atmete schwer, und der Säbel war ihm aus der Hand gerutscht.

Murenius hüpfte von der Zinne. Kaum beachtet von den Dienern im Burghof, murmelte er den Zauberspruch, der die Rückverwandlung bewirkte. Die Adlergestalt schwand dahin, Murenius nahm wieder seinen angestammten Körper an. Er schob den Kristall unter das Gewand, strich den schwarzen Samt mit der dunkelroten Einfassung glatt und stieg in den Burghof hinab. Aus dem Augenwinkel erblickte er Shevanu, die gerade durch das Burgtor schlenderte. Ihre Stiefel waren blutverschmiert, weil sie über die Leichen hatte hinwegsteigen müssen, aber ansonsten sah sie nicht so aus, als hätte sie sich am Kampf beteiligt. Als Priesterin war dies auch nicht ihre Aufgabe, ebensowenig wie die des Hohenpriesters.

War es die Sache wert? fragte sich Murenius. *Unsere Kräfte sind halbiert, wenn es bei den anderen Zügen genauso aussieht wie hier. Wir mußten einen hohen Blutzoll zahlen. Es wird Jahre dauern, bis wir wieder stark genug sind, um Ghurenia anzugreifen. Und das alles nur, um eine einzige Burg auf einer kargen Insel zu erobern.*

Hatte er zuviel erwartet? Den Dienern war kein Vorwurf zu machen. Sie hatten alles gegeben. Und doch glaubte Murenius nicht, daß sie ohne das Eingreifen des tollwütigen *h'vas*, der die letzten Kräfte eines jeden zu wecken verstand, die Burg an sich gebracht hätten.

Zu stark war der Feind gewesen; zu inbrünstig hatte er an die eigene Sache geglaubt.

In Ghurenia wird es einfacher sein. Die Söldner sind nicht mit dem Herzen dabei, und jene, die man zusätzlich zu den Waffen preßt, hassen den Praefos.

Plötzlich ertönte ein gurgelnder Schrei, so peinvoll und schrecklich, wie ihn Murenius nie zuvor in seinem Leben gehört hatte. Alle, die ihn hörten, erstarrten, drehten sich ruckartig um oder sprangen auf.

Der *h'vas* des Ch'Ronch'Ra hatte den Schrei ausgestoßen. Der Körper in dem blutbesudelten Purpurgewand hatte sich halb von der Leiche des erschlagenen Feindes erhoben, die Augen schienen ihm aus dem Kopf zu quellen, die Zunge hing ihm unnatürlich lang zwischen den Lippen. Dann ergoß sich ein Sturzbach aus Schleim und Blut aus Mund und Nase; der Körper zuckte krampfhaft und brach wie ein gefällter Baum zusammen.

Murenius spürte, wie sich ein fremdes, schmieriges Etwas mitten in seinen Geist hineinschob und sich ausbreitete. Entsetzt versuchte er zurückzuweichen, aber niemand kann vor sich selbst und in sich selbst zurückweichen.

Der h'vas *ist verbraucht*, sagte Ch'Ronch'Ra. *Besorge mir den* h'h'vas. *Bis du ihn gefunden hast, werde ich dich als meinen* h'vas *benutzen.*

»Aber ... aber du bist auf meine Fähigkeit angewiesen! Die Dienerschaft ...«, stammelte Murenius.

Ich werde dich nur von Zeit zu Zeit benutzen, wenn es notwendig ist, teilte ihm Ch'Ronch'Ra mit. *Und ich werde mir Mühe geben, deinen Geist nicht zu zerstören.*

2. Kapitel

In Ghurenia

Mit gemächlicher Fahrt näherte sich die Karavelle dem Kai. Alle Segel waren gerefft. Die Restfläche und die hohen Aufbauten des Schiffes genügten dem Wind, um das Schiff gegen die schwache Uferstömung voranzutreiben. Auf dem Vorderkastell stand eine Matrosin mit einem Puffer aus Tauwerksresten, um den Druck auf das Schanzkleid zu mindern, sobald das Schiff mit der Kaimauer in Berührung kam. Weitere Matrosen machten sich auf dem Mittel- und Achterdeck bereit, Taukugeln oder Reisigbündel für den gleichen Zweck einzusetzen. Ein dicker kleiner Mann mit einem breitkrempigen dunklen Hut und einem dunkelroten Wams rief kurze, knappe Befehle in die eine oder in die andere Richtung. Die meisten Befehle galten der breitschultrigen Rudergängerin, die neben ihm stand und das schwere Steuerrad mit mächtigen Fäusten umklammert hielt, als wolle sie mit ihm ringen.

Ärgerlich stieß Canja Murenbreker einen Lastenträger zur Seite, der sich müßig an ihr vorbeigeschoben hatte und ihr die Sicht versperrte. Der Mann fuhr mit geballten Fäusten herum, die Augen im weingeröteten Gesicht zu schmalen Schlitzen verengt. Als er die Kaufherrin erkannte, ließ er jedoch schnell die Fäuste sinken, murmelte eine Entschuldigung und machte sich eilig davon.

Canja hatte den Mann nicht weiter beachtet. Niemand, der seine fünf Sinne beisammen hatte, hätte es gewagt, sie hier am Kai anzugreifen. Und wäre es doch jemandem in den Sinn gekommen, standen hinter ihr Bela, die Vorfrau der Stauer, und einige weitere Leute bereit, solche Tollkühnheit mit Dresche zu belohnen. Canja suchte das Deck der *Vumachan* ab, hatte bis jetzt aber nur Seeleute entdeckt.

Holz ächzte, und Tauwerk quietschte, als sich das Vorschiff gegen die Kaimauer drückte. Matrosen mit wettergegerbten Gesichtern warfen Leinen zum Kai, die von den Hafenknechten aufgefangen und an dämonenköpfigen Bronzepollern festgemacht wurden. Ein schwerer Geruch nach Teer, Ongel und Harpüse stieg Canja in die Nase, als das Schiff zur Ruhe kam und hoch über dem Kai vor ihr aufragte.

Im Niedergang des Achterkastells tauchte eine runde, schwarze, mit kleinen Edelsteinen geschmückte Samtkappe auf. Die Steine glitzerten im Licht der Praiosscheibe und sahen auf dem schwarzen Samt wie winzige Sterne aus. Unter der Kappe befanden sich eine hohe Stirn, eine markante, leicht gekrümmte Nase, ein breiter Mund und freundliche graublaue Augen, in deren unermeßlichen Tiefen Weisheit, Verständnis und alle Wunder Aventuriens geborgen zu sein schienen. Schneeweißes schulterlanges Haar rahmte das Gesicht ein, und ein üppiger, sorgsam gezwirbelter Schnauzbart von der gleichen Farbe gab dem Gesicht eine besondere Note. Der Mann stieg weiter die Treppe hinauf, während sein Blick suchend über den Kai glitt. Schmale Schultern steckten in einer derben Lederjacke, enganliegende Bundhosen und bis zu den Knien reichende Stiefel bedeckten einen schlanken, beinahe asketisch wirkenden Körper. Obwohl die Last der Jahre die Schultern ein wenig gebeugt hatte, strahlte dieser Körper noch immer etwas Stolzes und Erhabenes aus.

Canjas Herz schlug schneller. Sie hatte Valerion sofort erkannt. Schon die Kappe ließ kaum einen Zweifel daran. Er trug sie, solange sie zurückdenken konnte. Nur angesichts der weißen Haare hatte sie einen Moment lang gezögert. Als sie Valerion zuletzt gesehen hatte, war sein Haar noch blond gewesen.

Was hast du erwartet? Auch an dir sind die Jahre nicht spurlos vorübergegangen.

»Valerion!« rief sie, winkte mit beiden Armen und hüpfte wie ein kleinen Mädchen auf und ab. »Kaufherr Valerion Costald! Hier bin ich!«

Valerion sah zu ihr herüber und erstarrte. Ergriffenheit breitete sich auf seinen Zügen aus. Der Blick seiner Augen schien durch sie hindurchzugehen, als sähe er einen Schemen, vielleicht die junge Frau, die sie einmal gewesen war. Oder war es einfach nur ein Augenblick der stillen Einkehr, eine stumme Zwiesprache mit den Zwölfgöttern, ein überschwenglicher Dank, daß sie ihm diesen Augenblick des Wiedersehens gewährt hatten? Dann verschwand der unwirkliche Ausdruck aus seinen Augen. Valerion winkte zurück. »Canjana!« rief er mit rauher, beinahe krächzender Stimme und gebrauchte dabei das alte Kosewort aus der Zeit, als sie noch als kleines Mädchen auf seinem Schoß gesessen hatte.

Ein Ausdruck tiefempfundener Freude und Güte lag in seinen Augen, als die Blicke der beiden miteinander verschmolzen. Canja spürte, wie es sie durchrieselte. Ihr war zum Heulen zumute, und sie wußte auch, woran es lag. Seit Mirios Tod gab es in Ghurenia keinen Menschen mehr, zu dem sie mit tiefem Respekt, Vertrauen und Bewunderung aufblicken konnte. Einen Menschen, mit dem sie sich austauschen konnte. Jetzt gab es wieder jemanden, wenn auch nur für einige wenige Monde. Sie hatte nicht gewußt, wie sehr sie sich tief im Innern nach einem solchen Menschen gesehnt hatte.

Die Kaufherrin nahm sich zusammen und wurde äußerlich wieder zu der kühlen, befehlsgewohnten Frau, die sich in einer rauhen Welt zu behaupten wußte. Sie sah zu, wie der Hafenmeister seine Knechte scheuchte, als sie sich seiner Meinung nach zu langsam bewegten und zu ungeschickt mit den schweren Holzleitern anstellten. Endlich war die erste der Leitern über das Schanzkleid der *Vumachan* gewuchtet und vertäut worden. Mit mürrischer Miene stieg der Hafenmeister die Leiter hinauf, gefolgt von seinem schwergewichtigen Gehilfen. Der Hafenmeister, ein Mann mit derben Zügen und nicht minder derben Muskeln, sah nicht so aus, als würde er sich dumme Redensarten lange anhören. Anders der tolpatschige Gehilfe, dessen Gesicht, rund und stoppelbärtig, sowohl Einfalt als auch Wichtigtuerei ausdrückte. Sogleich mußte er sich den Spott einiger Matrosen und Matrosinnen anhören.

»He, he, fette Landratte, dich möchte ich mal in den Wanten sehen!«

»Bei Efferd, wenn der Kerl den Fuß an Bord gesetzt hat, hängen seine Arschbacken immer noch auf dem Kai.«

»Furz uns bloß nicht in die Segel, sonst reißen die Leinen, und wir finden uns auf hoher See wieder.«

»Hast du deine Hose bei Omar dem Zeltmacher anfertigen lassen?«

»Einen Mond lang den Fraß von unserem Bordkoch, und du kannst deinen Arsch wieder von deinem Gesicht unterscheiden.«

Der Dicke ließ es über sich entgehen und folgte seinem Meister an Deck. Die Erste Steuerfrau tauchte auf, machte dem Gejohle mit einem geknurrten Befehl ein Ende und verschwand mit den beiden Männern unter Deck, um ihnen zu erklären, was mit der Ladung zu geschehen habe.

Inmitten des Trubels hatte Kaufherr Costald dem kleinen Mann mit dem großen Hut, bei dem es sich um Kapitän Meraldus handelte, einige Anweisungen erteilt. Dann sprach er kurz mit einer sehnigen jungen Frau mit harten Zügen, die ein Kurzschwert im Gürtel führte. Die Frau nickte und verschwand unter Deck.

Costald gestikulierte in Canjas Richtung. Dann formte er die Hände vor dem Mund zu einem Trichter, um sich über das Stimmengewirr hinweg verständlich zu machen. »Hab noch ein wenig Geduld, Canja. Man bringt mir mein persönliches Gepäck.«

Wenig später kehrte die Bewaffnete zurück. Hinter ihr plagten sich zwei Schiffsknechte mit einer sperrigen Seekiste. Die beiden kräftigen jungen Männer trugen Beile und Dolche. Eine ältere Tulamidin mit einer nach rituellen Mustern geflochtenen strengen Haartracht bildete den Abschluß der kleinen Gruppe. Sie trug einen Säbel, dessen Scheide mit einem ledernen Kreuzband auf den Rücken geschnallt war. Die Muskeln, der federnde Gang und die wachsamen Augen der Frau machten deutlich, daß sie die Waffe nicht als Schmuckstück durch die Gegend führte.

Valerion Costald führte die Kolonne an, stieg auf das Mitteldeck hinunter und kletterte dann als erster die Leiter zum Kai hinab. Canja eilte fröhlich zum Fuß der Leiter. Kaum hatte Valerion sicheren Boden unter den Füßen, breitete er schon die Arme aus. Canja stürzte sich hinein, versank darin, kuschelte sich an den älteren Mann, genoß es, wie er die Arme schloß und sie eng an sich preßte. Er roch nach Meer und Wind und einer Spur Myrrhe. Sie fühlte sich wieder wie ein kleines Mädchen. Es war wie damals, wenn Mirio und Valerion aus fernen Ländern zurückkehrten, Canja herzten und Geschenke hervorkramten.

Valerion schien genauso zu empfinden. Stumm drückte er die Frau an sich.

»Wie lange ist es her?« fragte er schließlich und lockerte seinen Griff.

»Lange, viel zu lange.«

»Mirio lebte damals noch, und die kleine Alina war drei oder vier Jahre alt. Jetzt muß sie selbst schon beinahe erwachsen sein. Ich freue mich schon darauf, sie zu sehen.«

Canja fühlte sich plötzlich ernüchtert. Sie löste sich aus Valerions Armen. »Sie ist mir schon ein bißchen zu erwachsen«, sagte sie spröde. »Doch davon später.«

Valerion musterte sie aufmerksam und lächelte. Sein Blick galt in erster Linie ihrem Gesicht, das trotz ihrer vierzig Jahre und einiger harter Linien noch immer mädchenhaft und zart wirkte. Die dunklen Haare, damals lang, trug Canja inzwischen kurz und gelockt, aber das stand ihr genausogut. Das schlichte, aber elegante dunkelblaue Gewand verbarg eine gertenhaft schlanke Figur, die nicht verriet, daß diese Frau vier Kindern das Leben geschenkt hatte.. »Du bist überhaupt nicht älter geworden, während ich mich wie ein Greis fühle.«

»Schmeichler! Wir haben beide den Jahren Tribut gezollt, aber den Greis kann ich in dir beim besten Willen nicht erkennen.«

Valerion machte ein nachdenkliches, ernstes Gesicht. »Achtundsechzig Jahre sind ein langes und erfülltes Leben, Canjana. Ich *bin* ein alter Mann. Ich spüre die Last der Jahre. Eine Seereise wie diese fordert mir das Äußerste ab. Wir hatten schweres Wetter, mußt du wissen. Es machte mich krank wie niemals zuvor. Den Jungen hat es kaum etwas ausgemacht, aber ich glaubte schon, ich würde nie wieder einen Fuß an Land setzen. Es war, als wolle mir Efferd zu verstehen geben, daß ein alter Kerl in seinem Reich nichts mehr zu suchen habe. Aber ich wußte es schon vorher. Reisen wird für mich zu beschwerlich. Wenn die Zwölfe es mir erlauben, zu meiner Familie nach Mengbilla zurückzukehren, werde ich mich anschließend zur Ruhe setzen.«

Canja nickte. Sie konnte gut verstehen, daß Valerion den Wunsch hatte, sich auszuruhen. Er blickte auf ein Leben voller Aufregungen, Abenteuer und harter Arbeit zurück. Valerion Costald gehörte zu den Kaufherren aus eigener Gnade, die selbst auf Entdeckungsfahrten gegangen, Handelskontakte geknüpft, Kontore in anderen Teilen Aventuriens eröffnet und sogar bisher unbekannte Kolonien erschlossen hatten. Eine Zeitlang, in jungen Jahren, war Mirio seinem älteren Freund gefolgt, bis er schließlich in Ghurenia seßhaft wurde. Nur die Zwölfgötter wußten, wie viele Jahre Valerion, wie viele Jahre ihr selbst noch blieben. Canja war von Anfang an klar gewesen, daß sie den väterlichen Freund aus ihrem Leben verabschieden würde, sobald er Ghurenia wieder verließ.

Die Schiffsknechte hatten Valerions Seekiste fluchend die Leiter herabgetragen. Der kleine Trupp hielt sich in respektvoller Entfernung und wartete.

»Man könnte meinen, in der Truhe sei ein Schatz verborgen«, sagte Canja und zeigte auf die Eskorte.

»Nur einige persönliche Dinge ohne großen Wert«, wehrte Valerion ab. »Und ein paar kleine Geschenke für dich und die Kinder. Ihretwegen bedürfte es keiner Bewachung.«

»Wozu dann Schiffsknechte, die unter Waffen stehen. Oder sind es sogar Söldner?«

Valerion schüttelte den Kopf. »Schiffsknechte, vertrauenswürdige Männer und Frauen, die ich aus Mengbilla mitgebracht habe. Leute, die für mein Handelshaus arbeiten und mir treu ergeben sind.« Er deutete auf Canjas Gefolge, das darauf wartete, daß die für Murenbreker bestimmten Teile der Ladung an Land befördert würden. »So wie deine Leute. Wohl dem Kaufmann, der einen Blick für gute Leute hat und seine

46

Leute gut behandelt. Es wird ihm mit Zins zurückgezahlt.«

Canja wandte sich an Bela. »Gib Valerions Leuten einen Führer mit. Sie sollen die Kiste in unsere Villa schaffen. Kaufherr Valerion Costald ist mein Gast. Seine Leute sollen im Gesindehaus untergebracht werden.«

Bela nickte und stellte einen jungen Stauergehilfen ab, der den Schiffsknechten mit ihrer Kiste den Weg wies. Die beiden bewaffneten Frauen blieben am Kai zurück. Valerions Sorge schien wirklich nicht dem Inhalt der Kiste zu gelten.

Canja wandte sich wieder Valerion zu. »Aber Bewaffnete? Ich kenne dich als einen Mann der Beredsamkeit, der Künste, als Gefolgsmann von Phex und Hesinde. Was hat dich zu Rondra bekehrt?«

Valerion lachte. »Sei unbesorgt, ich habe mich nicht geändert oder zumindest nur wenig. Die vier – und sechs weitere, die sich noch an Bord befindet – sind meine Antwort auf ein Ereignis, das vor vielen Jahren geschah.«

»Ich verstehe nicht.« Canja sah den alten Mann ratlos und erstaunt an.

»Du wirst verstehen«, wehrte Valerion ab. »Ein Versuch, ins Lot zu bringen, was die Zwölfgötter zu lange übersehen haben. Doch davon später, so wie deine Geschichte über Alina. Mir scheint, wir haben beide allerlei Geschichten loszuwerden.« Munterer fuhr er fort: »Aber du hast doch nicht ernsthaft die Absicht, einen von der Seefahrt kranken alten Mann hier am Kai verhungern und verdursten zu lassen, oder?«

Canja legte ihm entschuldigend die Hand auf den Arm. »Verzeih mir, Valerion. Ich bin eine unaufmerksame Gastgeberin.« Sie steckte zwei Finger in den Mund und pfiff laut. Am Ende des Kais blickten ihre Sänftenträger auf. Canja winkte ihnen, zu ihnen zu kommen. »Es ist alles vorbereitet, euch allen einen würdigen Empfang zu bieten. Es gibt gebackenen Hummer, Wildschweinschinken in Vanille- und Benbukkelsoße, dazu Valposella und ›Bjaldorner Waldschrat‹.«

»Mir läuft das Wasser im Mund zusammen.«

»So ist es recht. Ich hatte darauf gehofft, daß du den Geschmack an deinen Leibgerichten und Lieblingsgetränken von damals nicht verloren hast.«

»Ich wollte, Mirio wäre bei uns«, murmelte Valerion wehmütig. »Das gäbe ein Fest…« Er schüttelte den Kopf, um die Geister der Vergangenheit zu verscheuchen. »Mehr als alles andere brauche ich zunächst einmal ein Bad«, sagte er fröhlich.

»Es ist alles vorbereitet«, antwortete Canja lächelnd. »Nichts wird fehlen. Es soll alles so wie früher sein.«

Sie stieg in ihre Sänfte. Valerion wartete, bis sie Platz genommen und den Vorhang zugezogen hatte. Dann gab er seinen Leuten ein Zeichen, ihm zu folgen, und nahm in seiner Sänfte Platz.

»Nirgendwo in Aventurien ist der Hummer so zart und sein Geschmack so köstlich wie in den Wassern um Efferds Tränen«, sagte Valerion und leckte sich genießerisch die Finger ab, um sie dann in ein Schälchen mit Rosenwasser zu tauchen. »Wenn es denn wahr ist, daß Efferd an diesem Teil seines Reiches geweint hat, dann gewiß vor Freude über seine Meereskinder.« Er setzte den kleinen Zinnbecher an die Lippen und kippte den Valposella in einem Zug hinunter. »Hummer, Vanille, ein Hauch Zimt und Quittenschnaps – ich wette, selbst Praios könnte einer solchen Versuchung nicht widerstehen.«

Eine Dienerin eilte herbei und schenkte ihm nach.

Valerion trank auch diesen Valposella und sodann einen dritten. Als die Dienerin abermals nachschenken wollte, lehnte er ab. »Bring uns von dem Bjaldorner. Etwas Süßes soll das Mahl beschließen.«

Canja hatte es bei einem Valposella bewenden lassen und hielt sich nun an dem ›Bjaldorner Waldschrat‹ schadlos. Sie spürte, wie das starke Getränk schon nach kurzer Zeit ihre Wangen zum Glühen brachte. »Ist das Bad bereit?« fragte sie die Dienerin.

»Die Küchenmädge haben die ersten vier Kessel eingefüllt«, erwiderte diese. »Vier weitere werden erhitzt. Sie bitten noch um etwas Geduld.«

»Sie sollen sich Zeit damit lassen«, wandte sich Valerion freundlich an die Frau. »Es ist bekömmlicher, wenn die Speisen sich gesetzt haben, bevor auch die äußeren Schichten des Körpers zu ihrem Recht kommen.«

»Laß uns allein und kehr erst zurück, wenn das Bad bereit ist«, befahl die Kaufherrin.

Die Dienerin verbeugte sich und verschwand. Valerion lehnte sich auf dem Diwan zurück und sah Canja an, die ihm gegenüber in einem Lehnstuhl saß. Sie trug eine wadenlange dunkelblaue Seidentunika, die ihre schmalen Schultern zur Geltung brachte und das goldene Medaillon betonte, das sie an einer feingliedrigen Kette um den Hals trug. Valerion hatte es ihr geschenkt, als er das letztemal im Hause Murenbreker zu Gast gewesen war. Valerion selbst trug ein bis zu den Knien reichendes weinrotes Samtgewand mit einem kunstvoll verzierten breiten Gürtel. Der Gürtel war ein Geschenk Canjas. So hatte jeder der beiden dem anderen seine Wertschätzung erwiesen, ohne daß es abgesprochen war. »Erzähl mir von den Kindern. Wie kommt es, daß ich außer Balos noch keines gesehen habe?«

»Nhood und Kunos ...« Canja senkte die Augen. »Ich schäme mich für sie, daß sie einem alten Freund des Hauses noch nicht die Ehre erwiesen haben.«

»Junge Leute haben gewiß Wichtigeres zu tun, als sich dabei zu langweilen, wenn ein alter Mann von alten Zeiten erzählt.«

»Sie hätten am Kai sein sollen, um dich zu empfangen. Daß sie nicht dort waren, ist unverzeihlich. Was allerdings dieses Mahl angeht, so gebe ich zu, daß ich dich an diesem ersten Abend nicht mit ihnen teilen wollte und sie nicht eingeladen habe. Ich habe auch Balos gebeten, sich anderweitig zu beschäftigen.«

»Er ist zu einem hübschen jungen Mann herangewachsen. Er hat Mirios Augen und deine Zartheit.«

Canja lächelte. »Ja, er ist hübsch – zu hübsch für die Mädchen. Es zieht ihn zum eigenen Geschlecht.«

Valerion schmunzelte. »Die Zwölfe geben jedem von uns seinen eigenen Weg. Du machst ihm daraus doch hoffentlich keinen Vorwurf.«

»In keiner Weise«, sagte Canja entschieden. Ihre Augen ließen keinen Zweifel an der Aufrichtigkeit ihrer Worte. Zögernd fuhr sie fort: »Aber er ist so weich und sanft, viel weicher und sanfter als seine Schwester. Ich hatte gehofft, er übernähme eines Tages das Handelshaus, doch er zeigt keinerlei Neigung dafür. Vielleicht ist das auch gut so. Er wäre den Anforderungen nicht gewachsen.«

»Und Alina? Wo steckt sie?«

Canja seufzte. »Alina ist temperamentvoll und sanft und abenteuerlustig und hübsch und klug. Dies alles zugleich. Die Zwölfe haben es gut gemeint mit ihr. Aber du kommst eine Woche zu spät. Sie ist mit einem Piraten durchgebrannt.« Jetzt brach es mit aller Macht aus Canja hervor. »Ach, Valerion, ich bin so unglücklich, dich mit diesen Dingen zu belasten. Aber ich muß mit jemandem reden, dem ich vertraue. Ich habe doch sonst keinen!«

Valerion war erstarrt, als er die Neuigkeiten hörte. »Canjana«, sagte er sanft, »sprich dich aus und denk dabei nicht an mich. Wozu sonst taugt ein alter Freund, der dein Vater sein könnte und es in mancher Weise für dich auch gewesen sein mag? Du willst die Kleine suchen, nehme ich an? Ich werde dich begleiten. Du kannst auf mich zählen.«

»Lieb von dir, aber das ist es nicht. Alina macht mir keine Sorgen, keine ernsthaften zumindest. Ich fühle, daß sie ihren Weg gehen wird. Der Junge, mit dem sie durchgebrannt ist, scheint mir so übel nicht zu sein. Er ist kräftig, scheint nicht dumm zu sein und wird sie beschützen. Trotzdem kann ich nicht dulden, daß sie bei den Piraten bleibt, und werde jede Gelegenheit nutzen, sie zurückzuholen. Ich bin sogar sicher, daß es mir gelingen wird. Wenn alles so kommt, wie es geplant ist, wird Eiserne Maske mir mehr als nur einen Gefallen schulden, und ich werde Alina von ihm fordern.«

»Eiserne Maske?« Valerion zog die Augenbrauen hoch. »Sein zweifelhafter Ruhm ist bis Mengbilla vorgedrungen. *Kulko* Eiserne Maske wird dir mehr als nur einen Gefallen schuldig sein? Worauf hast du dich eingelassen, Kind?«

»Gorm!« sagte Canja bitter. »Es geht um ein Bündnis gegen den Hurensohn von einem Praefos. Schon einmal, vor vier Jahren, glaubte ich, die Zeit sei reif, ihm alles zu vergelten. Ich ließ mich mit einem Mann namens Murenius ein, der eine geheimnisvolle Dienerschaft des Ch'Ronch'Ra befehligte. Er war auch mein Liebhaber. Oh, ich weiß, es war ein Fehler, mich mit diesen Leuten abzugeben, die die Zwölfe verrieten und einen Echsengott oder gar einen Dämon anbeteten. Aber damals war mir jeder recht, der den Praefos überwinden wollte, und diese Diener schienen die Macht und den festen Willen zu haben, ihn zu besiegen. Doch wir wurden verraten. Nhood, mein eigener Sohn, war an dem Verrat beteiligt. Ich wäre verloren gewesen, hätte Gorm in seiner Bauernschläue nicht gewußt, daß

51

ich mit meinen Schiffen und dem Einfluß in der Gilde der Reeder und Kaufleute lebendig für ihn mehr wert war als tot. Er hat es dabei bewenden lassen, mich erneut zu demütigen.«

»Canjana!« rief Valerion bestürzt aus. »Du hättest ihn töten sollen!« Er war aufgesprungen, trat zu ihr und nahm sie in den Arm.

Canja schluchzte leise, aber dann fing sie sich wieder. Beinahe nüchtern fuhr sie fort. »Er gab mir keine Gelegenheit dazu. Er ließ mich von zwei seiner weiblichen Gardisten nackt ausziehen, bevor er mich nahm. Sie hielten mich dabei fest, und wahrscheinlich darf ich mich glücklich schätzen, daß er Weiber damit beauftragte und mich nicht auch noch von den Kerlen seiner Garde schänden ließ. Ich habe mich gewehrt, so gut ich konnte, aber ich vermochte nichts auszurichten. Immerhin konnte er nur die nackte Gier befriedigen und dürfte wenig Spaß daran gehabt haben. Seither hat er mich in Frieden gelassen ...«

Valerion war an seinen Platz zurückgekehrt und leerte einen weiteren Becher Bjaldorner. »Das also geschah vor vier Jahren«, sagte er mit rauher Stimme. »Ich habe schon damals mit dem Gedanken gespielt, dir meine Leute zu senden. Hätte ich es doch nur getan! Vielleicht wäre dir dieses Leid erspart geblieben.«

»Deine Leute?«

»Die Schiffsknechte, die ich mitgebracht habe. Ich wollte nicht sterben, bevor die Sache mit Gorm erledigt ist. Deshalb, Canjana, biete ich dir meine Leute an. Sie sind mutig und verschwiegen. Mir will es nicht in den Kopf, daß ihr auf Efferds Tränen mit diesem Despoten nicht fertig werdet. Alle hassen ihn, die kleinen und die großen Leute. Wie viele Söldner stehen ihm zur Verfügung? Fünfzig? Hundert? Warum fegt ihr ihn nicht hinweg?«

»Valerion«, widersprach Canja, »er sitzt wie eine fette Spinne dort oben auf seiner Festung, und wenn er am Borontag in die Stadt herabsteigt, dann nur inmitten seiner Mörderschar. Ganz wie Malurdhin, sein Stellvertreter und Bruder im Geiste. Diesen allerdings hat es endlich erwischt. Er wurde von eben jenem Jungen getötet, mit dem Alina durchgebrannt ist.«

»Siehst du, es ist möglich.«

»Aber nicht mit zehn Leuten.«

»Hatte der Junge zehn Leute zur Verfügung?«

»Er war allein«, gab Canja zu. »Aber besondere Umstände kamen ihm zu Hilfe.«

»Diese besonderen Umstände lassen sich auch für Gorm herbeiführen, gerade von dir, Canja.« Valerion sah sich nach Lauschern um und senkte die Stimme. »Gaukle ihm die Wollüstige vor, Kind, die nach all den Jahren Geschmack gefunden hat an seiner Art, die Frauen zu nehmen. Lade ihn in dein Haus ein.«

»Er wird die Falle riechen und nicht kommen.«

»Er wird kommen. Er giert danach, dich zu nehmen, während du dich ihm willig hingibst. Gewiß, er wird argwöhnen, daß du damit Pläne verfolgst. Aber das wird ihm einerlei sein. Er wird jedes Wagnis eingehen.«

»Mag sein, aber er käme nicht allein.«

»Besteh darauf, daß er nicht mehr als fünf Leibgardisten mitbringt. Er wird sich darauf einlassen. Mit fünfen werden wir fertig. Und verlaß dich darauf, Canjana, du wirst dein Versprechen ihm gegenüber nicht einlösen müssen. Bevor es dazu kommt, liegt er in seinem Blute. Vertrau mir.«

»Ich vertraue dir immer«, sagte Canja mit weicher Stimme. »Aber was geschieht danach? Die Söldner auf der Festung werden blutige Rache nehmen. Einer von ihnen wird sich zum neuen Praefos aufschwingen. Ich muß sogar damit rechnen, daß Nhood dieser eine sein könnte. Mein eigener Sohn. Ich traue ihm zu, daß er seine eigene Mutter tötet, vielleicht sogar seine Geschwister.«

»Du wirst mit allen, die dir lieb und teuer sind, auf die *Vumachan* gehen. Soll Ghurenia sich selber helfen. Wenn sie den neuen Tyrannen erdulden, sind sie selbst schuld. Du hingegen kannst das Handelshaus der Murenbreker genausogut, wenn nicht besser, in Mengbilla leiten. Oder in Hôt-Alem. Oder an jedem anderen Ort, in dem du ein Kontor besitzt oder eines gründen möchtest. Du wirst Verluste erleiden, gewiß, aber ich denke, du wirst die meisten deiner Schiffe retten. Und was dir verlustig geht, will ich dir ersetzen. Das ist mir die alte Freundschaft mit dir und Mirio wert.«

Canja überlegte lange. Dann sagte sie: »Verzeih mir, Valerion, wenn ich auf deinen Plan nur im Notfall zurückgreifen möchte. Trotz allem hänge ich an Ghurenia und seinen Menschen, an dem, was es einmal war und wieder sein könnte. Laß es mich zuvor noch einmal auf die Art versuchen, die nicht nur mir, sondern auch Ghurenia die Befreiung ermöglichen könnte.«

Valerion verbeugte sich leicht. »Dein Empfinden für deine Heimat und deine Leute ehrt dich, Canja. Erzähl mir von deinem Plan.«

»Dieser Murenius, von dem ich sprach, wollte die Piraten für unsere Ziele einspannen, ohne daß diese sich ihrer Rolle bewußt waren. Er hatte einen Spitzel in ihren Reihen und war über jeden ihrer Schritte unterrichtet. Er hetzte die Piraten und Gorm aufeinander, um dann mit den Dienern Ch'Ronch'Ras sowohl an Bord der *Schwert des Praefos* als auch in Ghurenia den letzten Widerstand zu brechen. Aber es kam anders. Nhood verriet uns, Murenius wurde gefangengesetzt und ging, so hieß es, mit der *Schwert des Praefos* unter, während Gorm den Kampf mit den Piraten überlebte und sich seiner elenden Rache hingeben konnte.«

»Dieser Murenius scheint mir ein undurchsichtiger

Geselle gewesen zu sein. Welche Kräfte haben ihn getrieben? War er verblendet durch seinen Glauben an das Böse?«

Canja schüttelte den Kopf. »Durchaus nicht. Er stand über diesen Dingen und hielt sich selbst für einen großen Magier. Er glaubte an Ch'Ronch'Ras Macht, hielt sie für größer als die Macht der Zwölfgötter, war aber weit davon entfernt, ein ergebener Diener Ch'Ronch'Ras zu sein.«

»Dann verstehe ich nicht, weshalb …«

Er brach ab, weil es an der Tür klopfte. Canja erlaubte der Dienerin einzutreten.

»Das Bad ist gerichtet, Kaufherrin.«

Canja sah Valerion fragend an. Der alte Kaufherr erhob sich lachend. »Dann laß uns nicht lange zögern, sonst wird das Wasser kalt. Es wäre äußerst schade darum. Ich mußte das Vergnügen eines Bades seit Monden entbehren. Um so mehr freue ich mich jetzt darauf. Was wir zu bereden haben, können wir vortrefflich auch dort tun, wo wohlige Wärme unseren Gliedern schmeichelt.« Blinzelnd fügte er hinzu: »Meinen alten Knochen und deinem biegsamen jungen Körper.«

Die Dienerin führte die beiden über den begrünten Innenhof der Villa zum Badehaus, eine dreimal vier Schritt große Kammer, die bis auf eine halbrunde Tür aus Rosenholz und bleiverglaste Oberlichter ganz und gar aus weißem Marmor bestand. Der Abend war noch jung, und die Praiosscheibe spendete noch reichlich Licht, um Lampen im Innern entbehrlich zu machen. Diener trugen gerade den letzten der entleerten Kessel heraus.

Die Dienerin hielt ihnen die Tür auf. »Es stehen Amphoren mit verschiedenen Essenzen bereit«, sagte sie. »Auch gibt es Krüge mit weiterem heißen wie auch kaltem Wasser, dazu leichte Speise und Trank. Wünscht Ihr …«

55

»Es ist gut, Ana«, unterbrach Canja. »Wir möchten nicht gestört werden. Sollte wirklich etwas fehlen, werde ich laut nach dir schreien.«

Valerion trat als erster ein und sah sich um. Ein Becken, einen Schritt tief, einen Schritt breit und drei Schritt lang, nahtlos gefügt aus Marmorblöcken, war in den Boden eingelassen. Es war bis nahe an den Rand mit heißem Wasser gefüllt, von dem Dampf aufstieg. Mit dem Dampf drang ein herber, würziger Duft nach Rosenöl, Zeder und einer wohlbemessenen Dosis Rauschkrautessenz in die Nase. An den vier Ecken des Beckens standen drei Spannen hohe Bildwerke aus Rosenmarmor, fein gemeißelte nackte Körper, zwei Jünglinge und zwei junge Mädchen. Hinter dem Becken stand eine Ruhebank, ebenfalls aus Rosenmarmor gefertigt, auf der weiche Tücher zum Abtrocknen lagen. Auf einer Konsole standen Schalen mit Trauben, Mandeln und kandierten Früchten, Karaffen mit Wein und Säften sowie Trinkgefäße bereit.

»Es ist noch schöner, als ich es in meiner Erinnerung bewahrt habe«, gestand Valerion. »Mein eigenes Badehaus ist dagegen eine bescheidene Hütte, und ich glaube nicht, daß solche Pracht südlich von Al'Anfa ein zweitesmal zu finden ist.«

Die Dienerin schloß hinter Canja die Tür.

»Baden hatte für Mirio etwas Heiliges«, sagte Canja. »Es war der einzige Prunk, den er sich leistete.« Mit einem einzigen Griff streifte sie die Tunika von der linken Schulter und ließ den Seidenstoff am Körper hinabgleiten. Im nächsten Augenblick stand sie nackt vor Valerion und stieg aus dem Häuflein Seide zu ihren Füßen. Das Medaillon behielt sie um.

Valerion sah sie mit unverkennbarem Wohlgefallen an und schmunzelte. »So schnell vermag ich mich meiner Kleidung nicht zu entledigen.« Er setzte sich und zog die Stiefel aus.

»Ich helfe dir, so wie ich es früher immer bei dir und Mirio getan habe, wenn ihr mir nicht schnell genug wart.« Canja trat zu ihm, öffnete ihm den Gürtel und zog ihm das Gewand über den Kopf. Valerion ließ es willig mit sich geschehen, während er selbst sich von den Beinlingen und der Schamkapsel befreite. Canja bemerkte, daß die Brust- und Schamhaare des Freundes so weiß geworden waren wie das Haupthaar und der Schnauzbart. Obwohl die Schultern ein wenig nach vorn fielen und der Bauch etwas rundlicher als früher wirkte, war Valerion noch immer schlank und sehnig, die Haut wirkte straff und geschmeidig. Kichernd nahm sie ihn bei der Hand und stieg mit ihm ins Becken. Sie setzten sich gegenüber und berührten einander leicht mit den Beinen. Dann tauchten sie unter, bis nur noch die Köpfe aus dem Wasser ragten, genossen entspannt die Wärme des Wassers und spürten, wie die Düfte und Essenzen ihnen in die Poren drangen.

»Ahhhh, tut das gut«, seufzte Valerion. Dann grunzte er nur noch leise vor Wohlbehagen.

Eine Weile gab es nichts weiter als die Wärme, das leise Plätschern, wenn sich einer der beiden sanft bewegte, und das überwältigende Gefühl, sich in der Obhut eines engen Freundes zu befinden. Canja hatte die Augen geschlossen und dachte daran, wie sie zu dritt in dem Becken gelegen hatten. Damals war sie glücklich gewesen. Ein Abglanz dieses Glücks kehrte für einen Augenblick zurück. Mirio hatte darauf bestanden, daß die Kinder in solchen Augenblicken nicht dabei waren. Sosehr er die Kinder liebte, so wenig ließen sich deren Auffassungen von Badefreuden mit diesem heiligen Ritual der Entspannung verknüpfen.

Alle die Jahre, die seither vergangen waren ... Sie hatte ein paar schöne Dinge erlebt und den Reichtum der Murenbreker vermehrt, wahrscheinlich in viel stärkerem Maß, als dies dem sanften und nachgiebigen Mirio jemals möglich gewesen wäre. Aber die bitteren Zeiten in diesen Jahren überwogen. Das Gefühl, allein allen Übeln der Welt gegenüberzustehen, die Last mit niemandem teilen zu können. Sie wünschte, das Rad der Zeit zurückdrehen und es in jenen glücklichen Jahren ein wenig anhalten zu können.

Als sie die Augen öffnete, bemerkte sie, daß Valerion sie lächelnd anschaute. »Geht es dir gut, Canjana?« fragte er sanft.

»So gut wie schon lange nicht mehr«, antwortete sie von ganzem Herzen.

Er nickte. »Wir müssen nicht reden, wenn du es nicht möchtest.«

Sie schüttelte den Kopf. »Ich habe mir gerade gewünscht, das Rad der Zeit anhalten oder gar zurückdrehen zu können. Aber das vermögen nur die Zwölfe. Genießen wir das Schöne, wenn es sich einstellt, und stellen wir uns dem weniger Schönen, wenn es uns belästigt. Laß uns mit der Unterhaltung von vorhin fortfahren.«

»Gut.« Valerion schob den Oberkörper aus dem Wasser, reckte sich, griff nach einer der Karaffen auf der Konsole, goß sich einen Becher Rotwein ein, nahm einen Schluck und kurz danach einen zweiten. »Wir waren bei diesem Murenius. Was hofftest du durch ihn zu gewinnen?«

Canja zuckte die schmalen Schultern. Ihre kleinen Brüste wippten im Wasser. »Habe ich es nicht erwähnt? Er wollte Gorm töten und seine Macht brechen, die Tyrannei beenden, den Rat wieder einsetzen. War das nicht genug?«

»Und was wollte Murenius für sich selbst erreichen? Nach allem, was ich von dir hörte, gewann ich nicht den Eindruck, daß dieser Mann zu den Selbstlosen und

Gerechten gehört, die nach einem Platz im alveranischen Paradies streben.«

»Er wollte Macht für die Diener Ch'Ronch'Ras«, räumte Canja ein. »Aber im Grunde waren ihm Efferds Tränen viel zu klein. Er wollte ... üben, denke ich. Für größere Pläne. In Al'Anfa oder sonstwo.«

Valerion wiegte zweifelnd den Kopf. »Ich glaube nicht, daß Murenius den Rat neu eingesetzt hätte. Er wollte Macht.«

»Ich wußte, daß ihm nicht zu trauen war und er vielleicht eine neue Last für uns alle werden könnte. Aber ich hoffte, Ghurenia, wir alle würden mit ihm fertig werden, wenn sich eine solche Notwendigkeit ergeben sollte.«

Valerion nahm einen weiteren Schluck Wein. »Reden wir nicht länger über einen Toten, dazu über einen so unwürdigen Toten, wenn mein Eindruck nicht täuscht.«

»Oh, er scheint keineswegs tot zu sein«, erwiderte Canja.

»Erwähntest du nicht, er sei mit der *Schwert des Praefos* versunken?«

»Das glaubte ich bis vor einer Woche. Aber der Piratenjunge ließ mir durch Alina ausrichten, Murenius lebe und betreibe aufs neue den Sturz des Praefos Gorm.«

Der alte Kaufherr seufzte. »Da war ich wohl etwas vorschnell. Geschieht mir recht. Ich sollte weniger Fragen stellen und dich erzählen lassen. Vor vier Jahren ging es also um ein Bündnis zwischen dir und den Dämonendienern. Und nun? Sind jetzt zu allem Überfluß noch die Piraten im Spiel? Oh, verzeih mir, Canja, ich stelle schon wieder Fragen.«

Canja lächelte. »Mit deinen Fragen kommen wir schneller ans Ziel, wie mir scheint. Die Diener Ch'Ronch'Ras dürften keine Macht mehr darstellen. Gorm hat sie zu Dutzenden foltern und köpfen lassen.

Da dürfte kaum jemand überlebt haben. Zumindest nicht auf Efferds Tränen. Mit den Piraten hingegen hast du recht. Eiserne Maske hat mir schon vor Monden durch einen Mittelsmann angetragen, mit ihm gemeinsam der Herrschaft Gorms ein Ende zu bereiten. Ich zögerte, war mir meiner Sache nicht sicher, hielt Eiserne Maske hin. Was Murenius mit den Piraten zu schaffen hat, ist mir allerdings ein Rätsel.«

»Wissen die Piraten, daß Murenius dein Liebhaber war?«

»Das ist anzunehmen. Gorm wußte durch Nhood davon und stellte mich bloß.«

Der alte Kaufherr griff nach einer der Wasserkanne und goß heißes Wasser nach. »Vielleicht ist dieser Murenius wirklich tot, und die Piraten benutzen seinen Namen, um dich dem Bündnis geneigter zu machen. Liebst du ihn noch immer?«

Canja schüttelte heftig den Kopf. »Ich habe den Kerl nie geliebt, Valerion. Im Gegenteil, ich habe ihn verachtet und konnte jederzeit klar erkennen, daß er mich für meine Zwecke nur benutzen wollte. Darf ich offen mit dir sprechen?«

»Was soll die dumme Frage, Canja?« erwiderte Valerion.

»Verzeih, aber wir haben immer über alles gesprochen, aber nie über Rahjas Freuden. Wozu auch? Ich habe Mirio von ganzem Herzen geliebt und hatte neben ihm nie einen anderen Liebhaber. Er gab mir alles, was ich mir wünschte, in höchster Vollendung und tiefster Innigkeit. Und als er starb, wollte ich die Liebe eines anderen Mannes nicht mehr. Dann kam Ramon Murenius, machte mir schöne Augen, umschmeichelte mich. Ich halte mich nicht für häßlich, Valerion, aber dieser überaus schöne Mann, fünfzehn Jahre jünger als ich … Ich wußte sofort, daß er sich nur in mein Vertrauen schleichen wollte. Valerion, ich hatte

Kummer mit Nhood und mit Kunus, es ging mir schlecht, ich wußte nicht mehr ein und aus. Ich brauchte einen Mann, der mich in die Arme nahm. Ich wollte Verständnis und Liebe, und da ich die nicht bekommen konnte, wollte ich zumindest einen Kerl, der mir von seiner Stärke etwas abgab, der mich ...« Sie stockte, nicht aus Scham, sondern weil sie derartige Wörter gegenüber Valerion bisher noch nie gebraucht hatte und ihn nicht beleidigen wollte.

Valerion nickte und sagte lächelnd: »Sprich es nur aus: der dich durchvögelte?«

»Ja, der mich durchvögelte«, wiederholte Canja erleichtert. »Er tat es, ausdauernd und gut, aber es hatte auf beiden Seiten nichts mit Liebe zu tun. Und doch wurde daraus für mich so etwas wie Abhängigkeit. Ich mochte es nicht mehr missen.« Jetzt nahm Canja sich ebenfalls von dem Wein und trank das Glas in einem Zug leer. »Ich bin darüber hinweg und will mit dem Kerl nichts mehr zu tun haben. Es ist mir gleichgültig, ob er mit dem Schiff untergegangen ist oder noch lebt. Mein Entschluß, mich mit den Piraten zu verbünden, stand bereits fest, als Alina mir die neue Botschaft überbrachte. Alinas Flucht zu den Piraten gibt mir einen weiteren Grund, das Bündnis einzugehen. Nur so kann ich sie vor Leid und Gefahr bewahren. Ich glaube, daß sie auch allein von den Piraten loskommt, aber ich wünsche mir, daß sie nicht den Weg ihrer Mutter gehen muß. Soll sie ihrem Piratenjüngling beiwohnen, aber die Zwölfe mögen verhüten, daß das ganze Gesindel über sie herfällt.«

»So steht dein Entschluß fest?« fragte Valerion.

»Nein, verdammt!« widersprach Canja. »Ich habe mich entschlossen, aber ich bin unsicher. Ich kann mich auch anders entscheiden. Oh, Valerion, rate mir, was ich tun soll. Ich habe Angst davor, die Piraten nach Ghurenia zu führen. Wer verbürgt sich dafür, daß sie nicht nur Gorm und sein Pack erschlagen, sondern anschließend die Stadt verwüsten und alles niedermetzeln?«

Valerion ließ sich Zeit mit der Antwort. Schließlich sagte er: »Ich würde dir abraten, Canjana, mit Piraten ein Bündnis zu schließen. Andererseits sind sie im Südmeer die einzige Macht, die Tyrannen wie den Praefos hinwegfegen kann. *Kulko* Eiserne Maske steht in dem Ruf, besonders grausam zu sein. Aber es wird auch behauptet, er habe einen starken Gerechtigkeitssinn. Es heißt, er verschone Unschuldige. Zumindest soll dies schon vorgekommen sein. Und er halte bedingungslos sein Wort. Er scheint ein mitreißender Führer zu sein, für den seine Leute durchs Feuer gehen und der seinerseits die Piraten von Greueltaten abhalten kann, wenn er es will. Wann willst du dich mit ihm treffen?«

»In zwei Wochen am Feuertag – zumindest habe ich es so festgelegt. Es wird nötig sein, in sieben oder acht Tagen abzureisen. Die Reise geht nur nach Nosfan, das ist weit vor den Zimtinseln; aber eine knappe Woche werden wir bei widrigen Winden wohl benötigen. Es tut mir leid, dich so bald schon zwei oder Wochen allein …«

»Gut«, fiel Valerion ihr ins Wort, »ich werde dich begleiten. Laß uns gemeinsam einen Eindruck von diesem *kulko* gewinnen. Wenn du dich dann zu einem Bündnis entschließt, haben wir immer noch Zeit, Vorkehrungen für den Fall zu treffen, daß es gebrochen wird. Laß heimlich Waffen an deine Stauer, Packer und Matrosen austeilen, zieh Schiffe im Hafen zusammen. Zusammen mit meinen Schiffknechten und der Mannschaft der *Vumachan* mag daraus eine Stadtwehr entstehen, die Übergriffe verhindert.«

Canja sprang jubelnd auf, warf sich durch das Wasser nach vorn, daß es nur so spritzte und schwappte, umarmte Valerion und küßte ihn ungestüm ab. »Ich wußte, daß du mir helfen würdest! Und daß, obwohl dir Seereisen zuwider geworden sind!«

»Ich setze darauf, daß wir uns nicht allzuweit von der sicheren Küste entfernen«, prustete Valerion, der Mühe hatte, den Kopf über Wasser zu behalten. Lachend versuchte er Canja abzuwehren, aber die war in ihrer Begeisterung nicht aufzuhalten. Schließlich gab er auf und zog Canja an sich.

Canja schnaufte, rieb sich Wasser aus den Augen und genoß es dann einfach, in den Armen des Freundes zu liegen. Sie kuschelte sich an ihn. Nackt und im Wasser war dies eine neue Erfahrung für sie beide. Valerion griff nach dem Weinbecher und der Karaffe, die Canjas Ansturm überstanden hatten, schenkte neu ein und reichte Canja den Becher. Sie saß vor ihm auf dem Schoß, nahm einen tiefen Schluck und setzte ihm den Becher an die Lippen. Er lehrte den Rest in einem Zug.

Canja wollte den Becher zurückstellen und Valerion von ihrer Last befreien, als sie an ihren Oberschenkeln etwas spürte. Es traf sie gänzlich unvorbereitet. Sie wußte sofort, was es war. Sie erstarrte mitten in der Bewegung. Vor Überraschung glitt ihr der Becher aus der Hand und fiel ins Wasser. Sie mochte nicht glauben, was sie fühlte und nun auch sah, als sie an sich hinabblickte. Valerions Glied hatte sich aufgerichtet.

Valerions Gesicht war gerötet, ob nun vom Wein oder aus Verlegenheit, ließ sich nicht bestimmen. Er schob sie sanft, aber bestimmt von sich. »Es tut mir leid, Canja, ich wollte dich nicht beleidigen. Aber ich bin noch nicht alt genug, als daß mir eine schöne nackte Frau auf den Schoß springen darf, ohne daß dies Folgen hat. Laß uns bitte das Bad beenden.«

Er erhob sich, wodurch sein steifes Glied ungewollt erst richtig zur Geltung kam, drehte sich schnell um, ging zu den Tüchern und schlang sich eines davon um die Hüften. Als er sich ihr wieder zuwandte, war die Schwellung unter dem Tuch noch immer deutlich zu erkennen.

Canja hockte verwirrt im Becken, unfähig zu jeder Bewegung, wie erschlagen von den über ihr zusammenschlagenden Gefühlen. Sie hatte Valerion immer als väterlichen Freund empfunden, nie als einen Mann, der er unzweifelhaft und jetzt unübersehbar auch war. Nicht im Traum hatte sie sich vorstellen können, ihn zu erregen, und sie konnte sich nicht erinnern, daß Valerion jemals zuvor auch nur andeutungsweise ein erregtes Glied beim Baden gezeigt hatte. Mit einer überwältigenden Gefühlsaufwallung fragte sie sich, warum sie eine solche Möglichkeit niemals in Betracht gezogen hatte, warum sie diesen Mann, den sie so sehr liebte, nur als Seelenbalsam angenommen hatte. Eine Art Glücksgefühl durchrieselte sie bei der Erkenntnis, daß ihr diese unglaubliche Wendung in keiner Weise unangenehm war. Ganz im Gegenteil sah sie plötzlich noch ungedachte, unausgelotete Weiterungen, um die tiefe Freundschaft zu diesem wundervollen Mann auf schwindelerregende Weise zu vertiefen.

Bevor das Schweigen peinlich werden konnte, hatte Canja ihre Sprache wiedergefunden. »Aber Valerion!« protestierte sie. »Bei allen Zwölfen, du hast mich nicht beleidigt. Verzeih mir, daß ich so überrascht war! Es war nur … Nie hätte ich … Es ist schön, Valerion, es ist so wunderschön, daß ich es gar nicht in Worte fassen kann. Versteck dich nicht vor mir, Valerion! Versteck *ihn* nicht vor mir! Es sei denn, deine Erregung hatte nichts mit mir und meinem Körper zu tun.«

Sie erhob sich aus der Wanne. Das Herz schlug ihr bis zum Hals. Zum erstenmal war sie sich Valerion gegenüber ihrer Nacktheit bewußt, und es erregte sie, wie er sie ansah. Sie schritt auf ihn zu, und mit jedem Schritt wurde aus dem kleinen Mädchen, als das sie sich in seiner Gegenwart immer gefühlt hatte, eine sinnliche Frau.

Valerion sah ihr stumm und erstaunt entgegen. Was geschehen war und immer noch geschah, mußte ihn genauso überrascht haben wie sie.

»Canja … Canjana …«, stammelte er. »Ich könnte dein Vater sein …«

»Gewiß«, sagte Canja und lächelte sanft. »Aber du bist nicht mein Vater.«

Sie langte nach dem Tuch und löste sanft seinen Griff, mit dem er es umklammert hielt. Mit einer langsamen, beinahe weihevollen Bewegung wickelte sie ihm das Tuch von den Hüften.

»Ich bin zu alt für dich, Canja«, flüsterte Valerion.

»Dein Gemächt ist anderer Ansicht«, hauchte Canja zurück. »Und ich bin es auch.«

Sie kniete vor ihm und liebkoste ihn, bis er leise stöhnte. Dann erhob sie sich, legte sich auf die Ruhebank, öffnete sich ihm und bot sich ihm dar. Sie erzitterte, als seine Zunge ihren Kitzler umspielte. Dann schob er sich über sie. Sie seufzte, als sein Glied langsam, fast spielerisch und unendlich sanft in sie eindrang. Valerion bewegte sich behutsam und kundig, umspielte mit der Zunge erst ihren Nackenansatz, dann die harten Warzen ihrer kleinen festen Brüste. Alles in Canja begann selig zu schwingen, und sie holte seinen Vorsprung rasch ein. Sie umklammerte seine Schultern und preßte ihm die Fingernägel ins Fleisch, als er mit harten, langen Stößen tief in ihr Innerstes vordrang. Und als er Rahjas Freudenbecher in ihr ausleerte, schenkte auch ihr die Göttin der Liebe im gleichen Augenblick die höchste aller Wonnen. Alles in Canja brannte im Feuer einer reinen innigen Liebe, das sie seit Mirios Tod für erloschen gehalten hatte, und einer wild lodernden Ekstase, die sich erst in der Wärme dieses seelischen Gleichklangs zu höchster Leidenschaft entfalten kann. Innig umklammert, als wollten sie einander nie wieder loslassen, verharrten die beiden, um auch den letzten kostbaren Augenblick dieses Zaubers auszuschöpfen.

3. Kapitel

Auf der *Seewolf*

Seine Stöße wurden heftiger und schneller. Sie kam ihm entgegen und seufzte vor Wonne, als sie spürte, wie tief er in sie eindrang. Diesmal dauerte es lange, bis Rahja ihm die höchste Wonne gewährte, während sie schon beizeiten stöhnend in die Arme der Göttin glitt. Wenig später erlebte sie Rahjas Gunst ein zweites Mal, fast im gleichen Augenblick, als die Gunst der Göttin auch zu ihm kam und ihn endlich erlöste. Schnaufend ergoß er sich in ihr, kam zur Ruhe und ließ sich sanft hinabgleiten, ohne sie jedoch mit seinem Gewicht zu erdrücken. Eine Weile verharrte er, blieb in ihr, küßte sanft ihr Gesicht und ihren Hals. Sie erwiderte seine Küsse und streichelte seinen Nacken, während ihre Beine seine Hüften umklammert hielten, um sein Glied nicht freigeben zu müssen. Immer noch fest miteinander verschlungen, rollten die beiden sich zur Seite. Schließlich konnte sie ihn nicht mehr in sich halten. Seufzend öffnete sie die Beine und entließ ihn aus ihrer Umklammerung. Er sank auf den Rücken zurück und schloß selig die Augen. Sie erhob sich, kniete nieder und bedankte sich mit einem Kuß bei seinem Gemächt. Dann legte sie ihren Kopf in seinen angewinkelten Schoß und kuschelte sich hinein. Ihre langes dunkelbraunes, fast schwarzes Haar bedeckte wie ein Vlies seine Hüften.

»O mein heißgeliebter Thalon«, hauchte Alina entzückt. »Es ist so wunderschön mit dir. Ich wünschte, wir könnten auf ewig beieinanderliegen und müßten diese Koje niemals mehr verlassen.«

Thalon lachte leise. »Das dürfte Cedira wenig gefallen. Wenn sie ihre Wache beendet und uns noch immer hier vorfindet, wird sie uns verfluchen und nackt aus der *taba* treiben. Die Piraten werden johlen und mit deftigen Worten nicht geizen. Willst du das?«

»Nein«, sagte das Mädchen leise, »es genügt mir, wie mich die Kerle mit ihren Blicken ausziehen und mir ihre derben Angebote machen.«

»Wenn einer zu dreist wird, dann sag es mir.«

»Ich wollte mich nicht beklagen«, erwiderte Alina. »Und ich lerne allmählich, mit gleicher Münze zurückzuzahlen. Das ist die beste Art, damit umzugehen. Den Blick zu senken und zu schweigen, fordert sie nur noch mehr heraus.«

»Du hältst dich viel besser, als ich es erwartet habe«, sagte Thalon in ehrlicher Bewunderung.

»Mishia hilft mir sehr dabei. Sie ist mir eine liebe Freundin geworden und weicht mir kaum von der Seite. Sie hat schnell das Messer in der Hand, wenn einer der Kerl zu dreist wird und die Hand nach mir ausstreckt. Und über allem wacht Cedira. Als Hobolo mir von hinten zwischen die Beine griff, hätte sie ihn um ein Haar mit ihrem Beil erschlagen.«

»Das hast du mir nicht erzählt!« Thalon richtete sich auf. »Ich werde dem verdammten *drastag* eine *malrhas* für den Fall androhen, daß er es noch einmal wagt!« Den anmaßenden Zahlmeister der *Seewolf* konnte er ohnehin nicht leiden.

»Du legst dich nicht mit ihm an!« forderte Alina und verließ ihren Kuschelplatz. »Es ist nichts geschehen, und ich glaube nicht, daß er es so bald noch einmal versucht. Wahrscheinlich wollte er nur mal ausprobieren, wie weit er es treiben darf. Außerdem ist er nicht ganz richtig im Kopf. Er hat davon gefaselt, er wolle mich zur Priesterin seines Gottes machen.«

»Jeder einzelne Kerl ist dazu fähig, dich mit Gewalt zu nehmen«, sagte Thalon düster. »Und erst recht alle gemeinsam. Die Zwölfe mögen uns so schnell wie möglich zum vereinbarten Treffpunkt mit der *Schwarze Rose* führen. Dort bist du vor Nachstellungen sicherer. *Kulko* Eiserne Maske hat seine *zusha* und *gesha* besser im Griff als Cedira die Mannschaft der *Seewolf*. Nicht daß ich ihren Schutz nicht zu würdigen weiß. Aber sie ist nicht die angestammte *kulko* des Schiffes. Das macht einen Unterschied. Cedira wird mit uns zur *Schwarze Rose* hinüberwechseln und Shanka die *Seewolf* überlassen.«

Tatsächlich sehnte Thalon Alinas wegen den Wechsel zur *Schwarze Rose* herbei. Zugleich fürchtete er sich insgeheim vor dem Wiedersehen mit Eiserne Maske. Wie würde sich der *kulko* verhalten, wenn er sah, daß der Junge lebte, den er vor vier Jahren in die See gestoßen hatte, und zu einem Mann herangewachsen war? Thalon hoffte inständig, daß er Gelegenheit bekäme, Eiserne Maske unter vier Augen zu sprechen. Er wollte ihn um Schutz für Alina bitten und ihm versichern, daß er ihm nichts nachtrug. Wäre es nicht die beste Lösung für alle, wenn Eiserne Maske ihn und Alina in der Nähe eines Hafens an Land setzte? Er würde dem *kulko* versprechen, niemandem von der Vorfall zu erzählen und nie wieder seine Wege zu kreuzen.

Unwillkürlich berührte er die Narbe, die das Florett des Piratenkapitäns auf seiner Brust hinterlassen hatte. Er war gezeichnet, war gegen seinen Willen einen Bund eingegangen, der ihn auf Eiserne Maske verpflichtete und nur durch den Tod aufgelöst wurde. Tief in seinem Innern ahnte und fürchtete er, daß er dem *kulko* nicht so leicht entkommen würde. Und niemand vermochte zu sagen, was Eiserne Maske tun würde, wenn er erführe, daß Alina Murenbreker in seinen Händen war. Würde er sie als Faustpfand gegen ihre Mutter benutzen? Thalon seufzte ungewollt. Die ersehnte Freiheit an der Seite des geliebten Mädchens schien in graue Fernen zu rücken.

»Was stöhnst du, Geliebter? Bin ich dir eine so große Last?« neckte ihn Alina. Sie drückte ihn auf das Lager zurück und setzte sich mit gespreizten Beinen auf seine Brust. »Ich kann die Last noch vergrößern.«

Thalon nutzte die Gelegenheit und strich sanft über ihre Brüste. Alina beugte sich vor, damit er sie mit den Lippen erreichen konnte, und genoß es, als seine Zunge die zarten Knospen umspielte. »Verrätst du mir trotzdem, was dich bedrückt, Thalon?« fragte sie nach einer Weile.

»Nein«, erwiderte er, »das kann ich nicht. Du lenkst mich zu sehr ab.«

»Ich möchte es aber wissen!« rief sie trotzig aus und erhob sich von ihm. »Kannst du jetzt wieder klar denken?«

Thalon sah das Mädchen an, das vor ihm hockte. Ihr Antlitz war fein geschnitten, ihr Körper war schlank und zierlich und genau an den richtigen Stellen sanft gerundet. Sie verkörperte die mädchenhafte Anmut und den Liebreiz einer noch nicht ganz erwachsenen Frau. Die schmalen Schultern und das knabenhafte Becken setzten ihn in Entzücken. Am meisten jedoch liebte er ihre großen braunen Augen, die einen Blick auf ihre Seele erlaubten, die ihm schöner noch erschien als ihr Körper.

»Wenn du in deinem ganzen nackten Liebreiz vor mir sitzt? Nein!« Thalon richtete sich auf und griff nach ihr. Sie stieß einen leisen Schrei aus und wollte sich über die Kante der Koje in Sicherheit bringen. Aber er war schneller, zog sie an sich und drückte sie auf das

Lager. Zwischen den Beinen spürte er die Lust wachsen. Sanft versuchte er mit dem Knie ihre geschlossenen Schenkel zu öffnen.

»Nicht schon wieder, lieber Thalon!« bettelte sie. »Du hast mich schon ganz wund geritten.«

Betroffen ließ Thalon von ihr ab. »Wirklich?«

»Ja, wirklich.« Sie sah ihn liebevoll an. »Aber wenn du Rahja noch einmal opfern möchtest, will ich es gern auf andere Weise für dich …«

Thalon sah forschend an sich hinab. Dann küßte er sie sanft auf die Stirn. »Lieb von dir, aber wie es aussieht, hat Rahja mich mit einem allzu kurzen Feuer nur genarrt. Mir scheint, daß auch ich ihre Gaben heute reichlich genossen habe. Außerdem bleibt uns nicht mehr viel Zeit. Sonst erwischt uns Cedira tatsächlich noch in ihrer Koje.«

Er gab sie frei und schwang sich aus der Koje. Rasch warf er sich sein Hemd über und schlüpfte in die enge Hose. Alina stand ebenfalls auf und strich ihm zärtlich über das blonde Haar. Wortlos folgte sie seinem Beispiel und legte ihre Kleidung an. Sie trug wie Thalon Hose und Hemd aus Linnen. Beide blieben barfuß. Alina warf ihr dichtes Haar nach hinten und band es zu einem Schweif zusammen. Jetzt konnte man sie beinahe für einen etwas zu zart gebauten hübschen Jungen halten. Sie griff in die Koje, ordnete die Seehundfelle, die durcheinandergeraten waren, und wischte mit dem Ärmel des Hemdes einen feuchten Fleck trocken. »Das warst du«, sagte sie fröhlich.

Schwungvoll warf sie sich dann in ihre Hängematte und genoß das Schaukeln, das durch das sanfte Rollen des Schiffes noch verstärkt wurde.

Thalon sah durch das bleiverglaste Butzenglas des Heckfensters auf die See hinaus. Er war nicht ernsthaft in Sorge wegen Cedira, obwohl es ihm nicht recht gewesen wäre, wenn die Zwergin ihn in inniger Umarmung mit Alina überrascht hätte. Er hätte sich dessen nicht geschämt, aber er wollte nicht, daß Cedira einen derben Witz darüber machte. Auch meinte er, daß solche Augenblicke nur für zwei bestimmt waren, wenn sie sich denn wirklich liebten. Cedira, der nichts fremd war und die freimütig darüber sprach, schien seine Wünsche zu kennen und gutmütig zu dulden.

Tatsächlich hatte Cedira ihn in ihrer unverblümten Art sogar aufgefordert, Alina »deinen eigenen Schwanz spüren zu lassen, bevor die Lust zu groß wird und sie nach denen in anderen Hosen greift«. Nicht ohne Grund hatte sie ihn aus ihrer Wache herausgenommen und Shankas Wache zugeteilt. So wurde es ihm möglich, in seiner Freiwache Alina aufzusuchen, während Cedira an Deck war. Die Zwergin bestand jedoch darauf, daß es heimlich zu geschehen hatte, um die anderen Piraten nicht allzu neidisch zu machen.

Da die *taba* der *kulko* von anderen Piraten nicht betreten werden durfte, war Alina hier verhältnismäßig sicher. Cedira hatte für Alina die Hängematte in die *taba* bringen lassen, da sie die Koje für sich allein beanspruchte.

Aber Alina ließ sich nicht einsperren. Wenn sie nicht gerade ein heftiges Bedürfnis hinaustrieb, ging sie allerdings nur an Deck, wenn Thalon seine Wache leistete. Sie schaute ihm dabei zu, wenn er unter Shankas bellenden Kommandos in die Wanten kletterte und die Segel festschlug oder reffte. Mishia begleitete sie dabei fast immer wie ein Schatten. Anfangs tat sie es auf Cediras Befehl, aber bald auch aus eigenem Antrieb. Unter Mishias Anleitung stieg Alina manchmal selbst ein Stück in die Wanten hinauf. Thalon wollte jedesmal das Herz stehenbleiben, wenn er sie dort oben sah. Aber Mishia achtete darauf, daß sie nicht zu weit kletterte, und blieb dicht unter ihr, um sie festzuhalten, falls sie stürzte. Oft setzten sich die beiden jungen

Frauen auf das Schanzkleid des Achterdecks, ließen die Beine über Bord baumeln und plauderten vertraut miteinander, wobei sich die stumme Mishia mit einer Art Zeichensprache verständlich machte. Mishia blühte dabei sichtlich auf, und manchmal sah Thalon das Mädchen mit der grausam entstellten Gesichtshälfte sogar fröhlich lächeln.

Alina langte aus der Hängematte, stieß ihn sanft an und riß ihn damit aus seinen Gedanken. »Wie war das nun mit deinem Seufzer?«

»Welcher Seufzer?« meinte Thalon unschuldig, obwohl er sofort wußte, was Alina meinte. »Meinst du mein Keuchen, als sich mein Lustgebein...«

»Ich meine nicht dein lustvolles Stöhnen, sondern dein kummervolles Seufzen danach«, unterbrach ihn Alina ernst. »Ich habe dich selbst abgelenkt, ich weiß. Aber das ändert nichts daran, daß ich deinen Kummer mit dir teilen möchte. Du sollst mir doch alles erzählen, was dich bedrückt!«

»Bei Travia, du bist ein beharrliches Weib!« beschwerte sich Thalon. »Eine echte Murenbreker, wie mir scheint.«

Alina ging auf den Spaß nicht ein, sondern schaute ihn nur stumm an.

Thalon ließ sich auf einem Schemel nieder, der vor dem Kartentisch der *kulko* stand. »Ich bin in Sorge wegen Eiserne Maske«, gab er zu. »Und vor allem deinetwegen.«

»Du meinst doch nicht etwa, daß Eiserne Maske mich zwingen wird, ihm zu Diensten zu sein?« fragte Alina erschrocken.

Daran hatte Thalon noch gar nicht gedacht. Er überlegte fieberhaft. »Nein«, sagte er schließlich, »er kann grausam sein, aber ich habe noch nicht davon gehört, daß er Frauen schändet. Wenngleich... Nun, er erlaubt es manchmal der Mannschaft... Aber in deinem Fall...

Nein und nochmals nein. Er wird dich wie einen Gast behandeln. Außerdem bist du die Tochter der Frau, die er für ein Bündnis gegen den Praefos gewinnen will. Aber...«

»Aber was?« wollte Alina ungeduldig wissen.

»Ich fürchte, er wird es zu nutzen wissen, daß du in seiner Hand bist. Er könnte auf deine Mutter Druck ausüben, falls sie sich seinen Plänen nicht beugt.«

»Damit wird er bei meiner Mutter auf Granit beißen. Das Wohl des Hauses Murenbreker ist ihr wichtiger als das Geschick ihrer Tochter.«

»Gewiß urteilst du zu hart über sie.«

Alina schüttelte den Kopf. »Nein, das Handelshaus geht ihr über alles. Sie sieht es als ihre Aufgabe an, es groß und mächtig zu machen, um damit Mirio, meinen Vater, zu ehren. Ich glaube, die beiden haben einander sehr geliebt, aber die zweite Liebe meines Vaters waren die Schiffe. Sie will, daß er im alveranischen Paradies von vielen Murenbreker-Schiffen hört, die im Südmeer unterwegs sind. Nur eines ist ihr noch wichtiger: sich am Praefos zu rächen.«

»Dann müßte sie sich mit Eiserne Maske rasch einig werden. Der *kulko* ist ein glühender Feind des Praefos.«

»Weil Gorm Jagd auf Piratenschiffe machen läßt?«

»Das allein kann seinen abgrundtiefen Haß nicht erklären. Es muß einen Grund dafür geben, der tiefer liegt.«

»Wie bei meiner Mutter. Piraten sind die Feinde eines jeden Kauffahrers, und die Piraten von Eiserne Maske haben manchen guten Seemann umgebracht, manchen auch, den meine Eltern gut gekannt und geschätzt haben. Meine Mutter wird ihnen das niemals verzeihen. Aber der gemeinsame Haß auf Gorm wird sie einen, wenn auch nur für kurze Zeit.«

Thalon hatte nicht gewollt, daß Alina mit ihm zu den Piraten kam. Aber jetzt mochte er sie nicht wieder hergeben, nicht einmal für kurze Zeit. »Wird ... wird deine Mutter verlangen, daß du nach Ghurenia zurückkehrst?« fragte er stockend. »Wenn das Bündnis gelingt, könnte ihr Eiserne Maske diesen Wunsch wohl kaum abschlagen.«

»Schon möglich«, meinte Alina. »Um mich dann zu zwingen, die Kinder eines alanfanischen Fettwanstes zu gebären, alles zum Wohle des Hauses Murenbreker ...« Sie sah, wie Thalon blaß wurde, und fügte zärtlich hinzu: »Sei unbesorgt, Liebster. Ich werde nicht mit ihr gehen. Auf gar keinen Fall. Ich werde ihr sagen, daß ich mich eher umbringe, als dich zu verlassen.«

Thalon erschrak. »Du willst doch nicht wirklich ...«

»Nur im äußersten Fall, wenn mir nichts anderes übrigbleibt«, erklärte Alina ernst. »Fürs erste will ich ihr damit nur drohen.«

»Du darfst dir auf keinen Fall selbst etwas antun«, beschwor Thalon das Mädchen. »Wir finden einen Weg, um beieinanderzubleiben! Und wenn wir ein Boot stehlen müssen und uns zu einer der unbewohnten Inseln davonmachen.«

Alinas Augen glitzerten. »Wir beide allein auf einer einsamen Insel? O Thalon, ich werde meine Mutter bitten, hart zu bleiben, damit du dieses Boot stehlen mußt ...«

»Stell dir das Leben auf einer solchen Insel nicht so einfach vor. Wir ...« Er unterbrach sich und lauschte.

Auf dem Achterdeck wurde geglast. Thalon zählte die Schläge der Glocke mit und sprang auf. »Acht Glasen! Meine Wache beginnt. Ich muß an Deck.«

»Ich komme mit dir!« rief Alina und sprang aus der Hängematte.

»Warte, Alina, bis ich an Deck bin«, bat Thalon und trat zur Tür der *taba*. »Wir sollten nicht gemeinsam gesehen werden, wenn wir aus dem Niedergang kommen.«

Alina nickte und blieb zurück. Thalon schloß die Tür und eilte die Treppe hinauf. Von oben kam ihm Cedira entgegen. Die Zwergin grinste und blieb zwei Stufen über ihm stehen. Ihr dickes rotes Haar, in der Mitte gescheitelt und an der Seite zu Zöpfen geflochten, war naß von der Gischt. Im Gürtel trug sie wie stets ein Beil. Im Kampf führte sie eine schwere Streitaxt, aber mit dem Zimmermannsbeil konnte sie genausogut umgehen. »Na, mein Spatz, hast du der Kleinen gezeigt, warum Tsa ihr zwei Löcher statt eines zwischen die Beine gesetzt hat?« Sie grinste über das ganze Gesicht und zwinkerte ihm zu. »Zu deinem Besten hoffe ich, daß du nicht völlig entkräftet bist. Könnte sein, daß 'n Sturm aufzieht. Fall mir bloß nicht von den Rahen!«

»Ich werde dir keine Schande machen, Cedira«, versprach Thalon. Wieder einmal verspürte er ein warmes Gefühl für die Zwergin. Sie mochte eine derbe Piratin sein, blutdurstig und roh wie alle anderen, wenn es galt, ein Kauffahrerschiff zu kapern. Aber sie besaß etwas, das vielen anderen Piraten abging: einen guten Kern. Sie hatte etwas Mütterliches und hatte Thalon unter ihre Fittiche genommen. In gleichem Maße kümmerte sie sich um Mishia, und auch Alina schien sie in ihr Herz geschlossen zu haben. Die Zwergin, die sich über Gefühlsaufwallungen anderer lustig machte, war eine höchst ungewöhnliche Frau. Aber Gewöhnliches durfte man von ihr auch nicht erwarten. Gehörte sie doch zu den wenigen des Zwergenvolkes, die ihre schützenden Berge verlassen hatte, um ausgerechnet zur See zu fahren, dort bei den Piraten gelandet und durch ein geheimnisvolles Band mit Eiserne Maske verbunden war.

Thalon nahm die letzten Stufen mit Riesenschritten. Die Praiosscheibe stand noch jung am Firmament, spendete aber schon reichlich Wärme. Dennoch fröstelte es Thalon in dem steifen Wind aus Südost. Die

Lorcha lag gut im Wind, aber Cedira mochte recht haben: Wolkenfelder trieben aus Süden heran, und in der Ferne braute sich etwas Dunkles zusammen. Auf dem Hauptdeck und dem Vordeck bewegten sich etliche *zusha*. Die einen kehrten zu ihren Quartieren im Vorschiff zurück, die anderen stiegen aus dem Niedergang herauf. Im Trubel des Wachwechsels gelang es Thalon, unbemerkt die Leiter zum Mitteldeck hinabzusteigen, bevor Shanka ihn entdeckte. Sie hatte gerade ihren Rudergänger eingewiesen und zu den achtern aufziehenden Wolken geschaut.

»Thalon, du fauler Hurenbock!« begrüßte sie ihn munter. »Beweg deinen Arsch zum Besanbaum! Klarmachen zum Brassen!«

Thalon kletterte auf das Achterdeck zurück und machte sich am Besanschot bereit.

Shanka brüllte den Rest der Wache zusammen und verteilte die Piraten auf Großmast, Fockmast und Klüverbaum. Thalon bekam die mürrische Tunjah zur Unterstützung zugewiesen, die knochig und grobgliedrig wie ein Mann wirkte. Er war froh, daß sie auf der Luvseite stand, denn Tunjah stank für gewöhnlich, als hätte man sie durch eine Kloake gezogen.

Rashu Shanka sprang so wild herum, daß die vier großen Nasenringe aus Silber nur so klirrten. Ihre krause Haarmähne blähte sich im Wind. Ihr Kopf schien nur noch aus Haaren, zwei weintrüben Augen, blitzendem Silber und gelben Zähnen in einem weit geöffneten Mund zu bestehen.

Shanka ließ das Großsegel fieren, das schwere, sperrige Tuch zusammenlegen und an der Rah sichern, was harte Seemannsfäuste erforderte. In die Drachensegel waren Holzversteifungen eingenäht, die ein Reffen erschwerten und nur Segelverkürzungen sinnvoll machten. Thalon sah, wie Quastides am Großsegel Hand anlegte. Seit der Auseinandersetzung im Backbordquartier begegnete ihm der bärtige Pirat mit allem schuldigen Respekt.

Offenbar versuchte die *rashu*, das Schiff wendiger zu machen und gegen den Wind zu kreuzen, um dem Unwetter auszuweichen. Die *Seewolf* bewegte sich in Sichtweite einer felsigen Inselküste, aber das würde ihr wenig helfen. Nur wenige der Felseninseln boten schützende Buchten, und die Gefahr, an einer vorgelagerten Klippe zu zerschellen, machte es eher ratsam, der Küste fernzubleiben. Aber Shanka wirkte fähig und kannte diesen Teil des Meeres offensichtlich gut. Cedira schien ihr zu vertrauen. Wäre es anders gewesen, hätte sie sich nicht in ihre *taba* zurückgezogen, sondern selbst das Kommando übernommen. Shanka hatte es anscheinend nicht einmal nötig, die Seekarten in der *taba* der *kulko* zu Rate zu ziehen.

Seekarten waren ein kostbarer Besitz, und die Abschriften wurden entsprechend teuer gehandelt. Jeder Kapitän, dem sein Schiff, das eigene Leben und das seiner Mannschaft etwas wert war, vervollständigte ständig seine Seekarten um eigene Angaben über Strömungen, Untiefen und andere Beobachtungen. Die Seekarten wurden verkauft oder vererbt, wenn der Besitzer die Schiffsplanken gegen festen Boden unter den Füßen eintauschte oder das Zeitliche segnete. Wenn die Piraten ein Schiff kaperten, galt ihre Gier nie dem Gold, dem Silber oder den teuren Handelsgütern allein. Ihr Kapitän sorgte stets dafür, daß auch die erbeuteten Seekarten auf das Piratenschiff gebracht wurden.

Der Wind frischte weiter auf, und das dunkle Wolkenfeld schob sich immer näher an die *Seewolf* heran. Shanka ließ Nordostkurs steuern und alle Segel brassen. Da die *Seewolf* nicht darauf hoffen konnte, dem Unwetter davonzulaufen, sollte es geschnitten und schnell unterlaufen werden. Die Lorcha bewegte sich schräg gegen den Wind. Tief tauchte der Bug in die weiße Gischt, und einzelne Brecher gingen über das Hauptdeck. Thalon sah Alina im Niedergang auftauchen und nach ihm Ausschau halten. Sie hielt sich krampfhaft am Geländer fest und wirkte zerbrechlicher denn je. Er winkte mit der freien Hand, als sie ihn entdeckt hatte.

»Bleib unten, Alina!« schrie er.

Sie nickte und steckte den Kopf wieder unter Deck. Thalon sah Mishia, die sich am stehenden Gut festhielt, sich zum Niedergang hangelte und Alina Gesellschaft leistete. Er war erleichtert, Mishia bei ihr zu wissen. Alina hatte noch keinen Sturm auf See erlebt, und Thalon fürchtete, sie könnte ihn unterschätzen. Er wußte, daß sie neugierig und mutig war und zu überraschenden Entschlüssen neigte. Er traute ihr zu, daß sie ausgerechnet jetzt die Wellenberge vom höchsten Punkt des Schiffes aus in Augenschein nehmen wollte.

Ein über das andere Mal kamen Shankas Befehle zum Brassen. Thalon und Tunjah hatten alle Hände voll zu tun, um den Besanbaum herumschlagen zu lassen und das Segel neu zu trimmen. In immer kleineren Zickzacklinien lief die *Seewolf* gegen den Wind, der seine Macht zum Glück noch nicht voll entfaltet hatte. Die *rasho* ließ das Focksegel verkürzen und verließ sich vor allem auf Besan und Vorstag.

Plötzlich, wie aus dem Nichts, brachen wilde Böen über das Schiff herein, und eine Kreuzsee warf das Schiff schwer auf die Seite. Thalon hielt sich verzweifelt am Besanschot fest, als ein Brecher über das Achterdeck ging und ihn von den Füßen holte. Doch im nächsten Augenblick bäumte sich das Heck der Lorcha schon wieder auf, und Thalons Zehen schlangen sich um einen Belegnagel. Patschnaß kletterte er an Bord zurück, ohne den festen Halt am Schot zu lockern. Vor sich erblickte er den Rudergänger und Shanka, die sich beide mit Seilen am Ruderblock angebunden hatten und nun das Wasser aus den Kleidern schüttelten. Er sah Tunjah mit unbewegtem Gesicht auf der anderen Seite des Segels kauern, Hände und Füße in die Großwant gekrallt. Sie triefte ebenfalls. Zweifellos würden die Piratinnen im Steuerbordquartier es begrüßen, daß Tunjah ein unfreiwilliges Bad nehmen mußte. Ihr Gestank würde ihnen für eine Weile etwas weniger beißend in die Nase steigen.

Unwillkürlich mußte Thalon an den Ruderbruch denken, der ihnen vor drei Tagen widerfahren war und den die Schiffszimmerleute zum Glück schon nach wenigen Stunden repariert hatten. Das Ruder war von einem Unbekannten angesägt worden, was wilde Verdächtigung gegen diesen und jenen ausgelöst hatte. Vor drei Tagen herrschte gutes Wetter, und sie waren nur geringfügig vom Kurs abgekommen. Nicht auszudenken, wenn das Ruder in einem Sturm wie diesem zerbrochen wäre!

So schnell das Unwetter aufgezogen war, so schnell verschwand es wieder. Einige Böen als Abschiedsgruß, ein Brecher, dessen Angriffswut schon merklich abgekühlt war, und die dunklen Wolken verschwanden gen Nordwesten. Im Nu klarte es auf, und die ersten Strahlen der Praiosscheibe machten sich daran, die nassen Decks und Segel zu trocknen. Shanka hatte das Richtige getan, ob nun aus seemännischer Erfahrung oder weil sie ihrer Spürnase gefolgt war. Als die *Seewolf* wieder auf Kurs lag, befahl sie Tunjah und Thalon zusammen mit zwei *gesha* an die Gangspill, um das Großsegel aufzugeien. Die *gesha*, die weniger zum Segeln als zum Kämpfen an Bord waren, hatten den Fehler gemacht, ihre Nasen an Deck zu stecken und den *zusha* im Weg zu stehen. Fluchend stemmten sie sich in die Gangspill, während Tunjah den Takt angab.

Das starre Gesicht Tunjahs, ihre unverkennbare Weigerung, Thalons Anwesenheit zur Kenntnis zu nehmen, weckten ungute Erinnerungen in ihm. Er hatte wieder das gräßliche Bild vor Augen, als Tunjahs Gefährte Flacco zu den Haien sprang. Das Rätsel um Flacco blieb ungelöst. Es war Thalon nicht gelungen, in Ghurenia das Geheimnis der aus der Erinnerung gelöschten Jahre zu lüften. Gewiß, einiges hatte er in Erfahrung gebracht: Chelchia hatte ihn aus dem Meer gezogen und somit vor dem Ertrinken gerettet; er war ein Dieb im Sud gewesen und auch in Hôt-Alem, was immer ihn dorthin geführt haben mochte; er hatte Mulurdhins Villa besucht und ihm etwas gestohlen; und er mußte schon früher einmal mit dem *curga* zusammengestoßen sein. Alles andere jedoch blieb unter dem Schleier verborgen, der diesen Teil seines Lebens bedeckte. Und irgendwie hatte Flacco mit diesen verlorenen Jahren in Verbindung gestanden, glaubte einen Grund zu haben, ihn zu hassen ...

Alina und Mishia kamen an Deck und sahen ihm kurz bei der Arbeit zu, bis Shanka ihnen androhte, sie ebenfalls ins Gangspill zu pressen. Die Mädchen flüchteten in die Fockwant. Mutig kletterte Alina so hoch wie noch nie, blickte auf die See hinaus und hatte dabei ein fröhliches Lachen auf den Lippen. Thalon wäre am liebsten zu ihr geklettert, weil er sich sorgte, sie könnte bei einer plötzlichen Dünung auf das Deck geschleudert werden. Aber er konnte das Gangspill nicht verlassen, ohne sich ernsthaften Ärger einzuhandeln. Nicht einmal Cedira würde dafür Verständnis zeigen und ihre schützende Hand über ihn halten. Dann sah er mit einer gewissen Beruhigung, daß Mishia dicht unter Alina kletterte. Auch sie lachte, und da sie Thalon die unverletzte Gesichtshälfte zukehrte, wirkte sie wie ein ganz gewöhnliches, sogar hübsches Mädchen. Sie war kaum größer als Alina und genauso schlank, allerdings etwas stärker gerundet. Ihre wohlgeformten Brüste formten sich deutlich unter dem Hemd ab, als sie sich gegen den Wind stemmte. Thalon kam nicht umhin, dies zu sehen, nahm es allerdings kaum zur Kenntnis, denn er hatte nur Augen für Alina.

Die Arme erlahmten ihm allmählich. Jetzt rächte es sich, daß er sich in den frühen Morgenstunden mit Alina erschöpft hatte. Cediras Warnung, nur ja nicht von der Rah zu fallen, bekam durchaus ihren Sinn. Er war froh, als das Segel hochgezogen und von Quastides und anderen *zusha* festgeschlagen war. Bevor sich Shanka neue Aufgaben für ihn ausdenken konnte, glaste der Rudergänger zum Wachwechsel.

Mishia mußte ihre Wache unter Cedira antreten und begleitete Alina zum Achterdeck, wo die Zwergin bereits im Niedergang auftauchte. Alina winkte Thalon zu und verschwand. Dieses Mal verzichtete er darauf, Alina zu besuchen. Noch einmal Rahjas höchste Wonnen zu suchen, wäre das Guten zuviel gewesen. Aber selbst zum Reden oder einem flüchtigen Kuß war er zu müde. Er machte, daß er zum Vorschiff kam, wo im Backbordquartier seine Hängematte auf ihn wartete. Den dumpfen Gestank nach Ratten, Ongel, Harpüse, Schweiß und kalten Fürzen nahm er gar nicht mehr wahr. Das Lärmen von zwei Piraten, die miteinander in Streit geraten waren und schon die Fäuste schwangen, hörte er kaum. Er zog die nasse Kleidung aus, zog etwas Trockenes über und kletterte in die Hängematte. Selig schloß er die Augen und gab sich Borons sanfteren Gaben hin.

Thalon nächste Wache erwies sich als weniger anstrengend, denn die Lorcha lief gut vor dem Wind, und es waren keine nennenswerten Segelmanöver nötig. Nur die Pumpen mußten bedient werden, da das Schiff beständig Wasser zog. Aber dafür wurden die *gesha* eingesetzt, damit sie nicht auf den Gedanken verfielen, sich als verhätschelte Gäste an Bord zu fühlen. Als der

Rudergänger zum Wachwechsel glaste, blieb Thalon an Deck und wartete, bis Cedira ihren Platz auf dem Achterdeck eingenommen hatte. Die Zwergin prüfte Kurs und Windrichtung. Da es bereits dunkel war und die Sterne am Himmel standen, setzte die *kulko* ihr Hylailer Dreikreuz ans Auge, peilte hindurch und verstellte leicht die Schenkel des Instruments, bis sie zufrieden war.

»Was scharwenzelst du auf dem Achterdeck herum, Spatz?« wollte Cedira wissen. Eine Unmutsfalte verriet, daß sie ihm heute keinen längeren Besuch bei Alina erlauben würde. Aber das hatte Thalon auch nicht im Sinn. »Ich möchte mit dir reden, Cedira.«

Die Zwergin runzelte die Stirn. »Später, ich muß feststellen, wo wir uns befinden.«

»Es eilt nicht, ich warte«, antwortete Thalon.

Die Zwergin zuckte die Achseln, verschwand mit dem Dreikreuz unter Deck und ließ sich für eine Weile nicht mehr sehen. Vermutlich trug sie die Position in die Seekarten ein und verglich sie mit der letzten Messung, um die Fahrtrichtung zu bestimmen. An Deck wurde sie nicht gebraucht. Die Rudergängerin hielt strikt den angegebenen Kurs, während die meisten *zusha* der Deckswache dem Müßiggang frönten. Eine Ausnahme machte Erthe, die dürre Waldfrau mit dem eingefallenen Gesicht. Sie füllte Öl in die Positionslaternen. Zu tun hatten auch die beiden Toppsgäste – in der Dunkelheit schickten sowohl *kulko* Cedira als auch *rasho* Shanka zwei *zusha* in den Mastkorb des Großmastes –, die mit einäugigen Fernrohren auf Luv und Lee das Wasser absuchten.

Endlich kehrte Cedira zurück. Sie machte einen zufriedenen Eindruck. »Wenn wir weiter gut am Wind liegen, sollten wir die Stachelinsel, wo wir mit der *Schwarze Rose* verabredet sind, in einer Woche erreicht haben. Das ist drei Tage früher als geplant. Dann segeln wir gemeinsam nach Nosfan und werden es uns gutgehen lassen. Es gibt da nur 'ne einzige Kaschemme, aber der Wein ist gut, die Weiber sind willig, und die Kerle dort sollen die größten Schwänze des Südmeers haben.« Sie zwinkerte Thalon zu. »Genau das, was die alte Cedira mal wieder gut gebrauchen kann.«

»Denkst du auch daran, daß Eiserne Maske in knapp zwei Wochen vor Ulikkani sein muß, um sich mit der Kaufherrin zu treffen?« fragte Thalon.

Cedira lachte herzhaft. »Spatz, du hast ein Flohgehirn. Nosfan ist natürlich der Treffpunkt mit dem Schiff der Kaufherrin! Warum sollten wir uns denn sonst dort rumtreiben? So groß sind die Schwänze der Einheimischen nun auch wieder nicht, um eigens einen Abstecher dahin zu machen! Ulikkani liegt viele Seemeilen weiter nördlich.«

»Aber Alina hat gesagt…«

»Wir wissen ja, wo die Kleine meistens ihre Gedanken hat.« Die Zwergin grinste und boxte Thalon leicht zwischen die Beine. »Ihre Mutter hat was von Ulikkani erzählt, klar, aber nur, um den groben Kurs anzugeben. Auf der Zeichnung der Murenbreker ist Nosfan als Treffpunkt eingezeichnet. Wäre auch Unfug, sich auf Ulikkani zu treffen. Zu viele Schiffe, die Zimt abholen. Und der selbsternannte *Sonnensohn*, der die Insel beherrscht, hat entschieden was gegen Flibustier.«

Thalon, der sich das für Eiserne Maske bestimmte Pergament der Kaufherrin nicht angeschaut hatte, nahm die Neuigkeiten zur Kenntnis. Dann kam er auf sein Anliegen zu sprechen. »Ich wollte mit dir über Alina reden«, sagte er. »Genauer gesagt über Alina und Eiserne Maske.«

»*Kulko* Eiserne Maske«, berichtigte Cedira streng. »Wird Zeit, daß du dich wieder an den vollen Namen gewöhnst. *Kulko* Eiserne Maske verdient Ehrerbietung, und wie du weißt, legt er Wert auf seinen Titel.«

»*Kulko* Eiserne Maske«, wiederholte Thalon.

»Was gibt es da zu bereden?« fragte die Zwergin. »Will Alina nicht mit auf die *Schwarze Rose*? Glaub mir, mein Spatz, sie ist dort besser aufgehoben als hier. Sie hat doch nicht etwa Angst vor dem *kulko*?«

»Alina hat keine Angst«, versicherte Thalon, »und sie hat mich auch nicht zu dir geschickt. Aber ... Nun ja, *ich* bin ein wenig in Sorge. Ich kenne eure Bräuche noch zu wenig. Der *kulko* beansprucht doch wohl nicht Frauen, die an Bord kommen, für sich?«

Die Zwergin grinste über das ganze Gesicht. »Aber ja doch! Hab ich's dir gegenüber nie erwähnt? Er vögelt sie drei Tage und drei Nächte und überläßt sie dann der Mannschaft. Sei unbesorgt, Alina wird's schon überstehen, und danach hast du sie wieder für dich allein. Wahrscheinlich hat sie sogar ihren Spaß daran. Immer derselbe Schwanz ist langweilig, wie ich dir als Frau versichern kann.« Als sie Thalons entsetztes Gesicht sah, schlug sie sich lachend auf die Schenkel. »He, Spatz, das sollte ein Scherz sein! Erstens rührt *kulko* Eiserne Maske keine Frauen an, jedenfalls nicht um sie zu vögeln. Zweitens gibt es kein Piratenritual, wonach neue Frauen an Bord für alle da sind. Hast du vergessen, daß wir die Freien, die Flibustier, sind? Hier nimmt sich jeder, was er kriegen kann, das stimmt, und man muß ihm oder ihr auf die Pfoten hauen, wenn es einem nicht paßt. Aber wenn neue Frauen für alle da wären, würden die Weiber an Bord fordern, daß das gleiche auch für neue Männer gilt. Stell dir vor, du müßtest rundum eine jede beglücken, bei Tunjah angefangen. Gefiele dir das?« Sie kicherte leise in sich hinein. Offenbar stellte sie sich Thalon und Tunjah als Paar vor. Dann wurde sie wieder ernst. »Drittens und vor allem ist die Kleine nicht irgendein Weib, sondern die junge Murenbreker. Selbst wenn der *kulko* nicht vorhätte, mit der alten Murenbreker einen Pakt zu schmie-

85

den, erwiese er Alina seinen Respekt. Gut, vielleicht käme unter anderen Umständen eine Lösegeldforderung in Betracht, aber er würde Alina zuvorkommend behandeln und über sie wachen. Wahrscheinlich nimmt er sie zu sich in seine *taba*.«

»Waaaas?« empörte sich Thalon. »Du sagtest doch…«

»Ich sagte, er rührt sie nicht an, darauf hast du mein Wort. Ich habe Alina auch in meine *taba* genommen, oder? Das ist nun mal der sicherste Ort auf 'nem Piratenschiff. Hab ich sie vielleicht angerührt?«

»Aber… aber du bist auch eine Frau…«, stammelte Thalon.

Cedira grinste. »Wer sagt dir denn, daß ich nicht eine Schwäche für junge Mösen habe, he? Aber wenn es so wäre, hielte ich mich zurück. Alina Murenbreker ist unser Gast. Ich wiederhole: *Kulko* Eiserne Maske rührt sie nicht an! Ebensowenig wird er dulden, daß jemand aus der Mannschaft sie anrührt. Das gilt auch für dich, Spatz!« Sie zog ihn nach Lee, wo die Rudergängerin sie weniger gut hören konnte, und senkte die Stimme. »Was glaubst du, warum ich dulde, was leicht zu 'ner Meuterei führen kann? Weil ich weiß, daß du anschließend für 'ne Weile auf die Kleine verzichten mußt.«

Thalon war nicht wohl bei dem Gedanken, daß Alina mit Eiserne Maske das Quartier teilen sollte. Er überlegte ernsthaft, ob Alina und er nicht flüchten sollten, sobald die *Seewolf* vor der Stachelinsel den Anker würfe. Wenn die Insel groß genug war, um Versteckmöglichkeiten zu bieten, sollten sie es wagen. Und zwar bevor die *Schwarze Rose* einträfe. Trotzdem stellte er für alle Fälle eine weitere Frage. »Was wird *kulko* Eiserne Maske tun, wenn Canja Murenbreker die Herausgabe ihrer Tochter fordert?«

Zu seiner Überraschung zögerte Cedira mit der Antwort. »Weiß nicht«, sagte sie schließlich. »Kann sein, daß er sie ihr gleich als Gastgeschenk übergibt, weil sie ihn bei seinen Plänen stört. Das wird geschehen, wenn er Alina nicht leiden kann und sie schnell wieder loswerden will, was ich mir aber nur schwer vorstellen kann. Kann sein, daß er sich von eurer Liebesgeschichte anrühren läßt und alles versucht, Alina nicht herausgeben zu müssen. Aber wenn die Kaufherrin das Bündnis davon abhängig macht, wird ihm wohl keine Wahl bleiben.«

»Ich hatte gehofft...«, begann Thalon.

»He, Spatz, nun piß dir nicht gleich ins Hemd. Wenn es sich nicht vermeiden läßt, kehrt Alina eben nach Ghurenia zurück. Und wenn schon. Habt ihr nicht euren Spaß gehabt?«

»Ich liebe Alina, und sie liebt mich!«

»Na meinetwegen«, meinte Cedira. »Wenn eure Narretei anhält, holst du sie einfach aus Ghurenia zurück. Ist dir nicht klar, daß wir gegen den Praefos segeln, wenn die Kaufherrin den Bund mit uns besiegelt? Dann weht die *falon* vor Efferds Tränen. Wir schlitzen Gorm die Eiterbeulen auf und machen aus seiner elenden Garde Hackfleisch. Du bist schneller wieder in Ghurenia, als du glaubst.«

»Stell dir das mit dem Praefos nicht zu einfach vor. Ich habe die Festung gesehen. Da holt ihn keiner heraus. Er beherrscht die Zufahrt zum Archipel. Seine Schweren Rotzen werden jedes feindliche Schiff versenken.«

»Richtig«, gab Cedira zu. »Deshalb braucht *kulko* Eiserne Maske ja auch Verbündete. Der verdammte Hurensohn Gorm muß auf die See gelockt werden, damit wir ihn uns schnappen können. Oder die Festung muß von innen geknackt werden. Am besten beides. Die Murenbreker hat Leute genug, um das zu schaffen.«

»Und danach? Will *kulko* Eiserne Maske Praefos werden?«

Die Zwergin lachte herzhaft. »Er ist ein *zusha*, Spatz,

und kein Landfurzer. Sollen die Gilden sich einen neuen Rat wählen, wie es früher üblich war. Die Wege werden sich wieder trennen. Pirat und Kaufherr, das ist wie Feuer und Eis. Das kann nur für kurze Zeit gutgehen.«

»Dann verstehe ich nicht, warum *kulko* Eiserne Maske soviel daran liegt, den Praefos zu töten.«

Cedira grinste verschmitzt. »*Kulko* Eiserne Maske wird schon dafür sorgen, daß wir auf unsere Kosten kommen. Wir lassen uns für unsere Wohltaten von der Gilde der Kaufherren bezahlen. Wir werden Schiffe, Waffen und Geld fordern, vielleicht auch das Recht, die Festung zu plündern und zu schleifen. Wir werden sehen.« Sie zog ihn nahe an die Positionslaterne heran, um sein Gesicht besser erkennen zu können und sah ihm fest in die Augen. »Und vergiß eines nicht, mein Spatz. *Kulko* Eiserne Maske ist nicht irgendein verlauster Pirat, der auf nichts anderes als fette Beute aus ist. Er ist was ganz Besonderes. Er macht seine eigenen Gesetze, er hat seine eigenen Träume, er geht seinen eigenen Weg durch Kacke und Blut. Wen er haßt, den haßt er fürchterlich und verderblich. Und diesen arschgesichtigen Bastard Praefos Gorm, diesen größten und fettesten Eiterpickel Aventuriens, den haßt er mehr als alles andere auf der Welt! Er gäbe alles, selbst den letzten Kreuzer in seiner Schatztruhe, die *Schwarze Rose*, ja sogar seine Maske dafür, den Kerl vor sein Florett zu kriegen.«

Unvermittelt ließ Cedira ihn los, wandte sich um und schrie: »Sehe ich da etwa *zusha*, die unter dem Großsegel herumlümmeln? Denkt ihr vielleicht, ich kann im Dunkeln nichts erkennen, ihr Pisser? Faules Piratenpack, ich werde euch Beine machen! Bringt Laternen und fangt an, das Deck zu schrubben. Ich will, daß sich die Sterne darin spiegeln!«

Thalon war sich nicht sicher, ob die Zwergin es ernst

damit meinte. Aber ihre grimmige Stimme machte den nötigen Eindruck auf die beiden Piraten, die es sich unter dem Segel bequem gemacht und wohl geglaubt hatten, die *kulko* könne sie vom Achterdeck, zumal in der Dunkelheit, nicht sehen. Aber die Zwergin besaß scharfe Augen. Die beiden trollten sich, holten Laternen und begannen halbherzig damit, das Deck mit Handbürsten und einer Pütz Wasser zu reinigen. Wie Thalon sah, handelte es sich um Thomjhak, den bärtigen Glatzkopf, der in Ghurenia den Kai gesichert hatte, und Kolli, eine Moha mit giftiger Zunge. Besonders eilig schienen sie es allerdings nicht zu haben.

Cedira beließ es dabei, daß sie ihren guten Willen zeigten. Piratenoffiziere, zumindest jene, die Thalon bisher kennengelernt hatte, waren sorgsam darauf bedacht, den *zusha* und *gesha* so oft wie möglich ihre Befehlsgewalt in Erinnerung zu bringen. Dazu gehörten lautes Brüllen und, wenn sonst nichts half, der eine oder andere Schlag mit der *colba*. Bei dem rauhen Volk, das auf den Schiffen hauste, waren sanfte Worte kaum angebracht. Natürlich murrten die widerborstigen Piraten oft oder griffen gar zum Messer, da sie so leicht niemanden über sich dulden wollten. Doch mancher glücklich überstandene Sturm hatte ihnen gezeigt, daß es klüger war zu gehorchen. Allerdings mußte der Offizier bewiesen haben, daß er ihnen überlegen war. Damit hatte Cedira keine Schwierigkeiten. Die Zwergin, so kleinwüchsig sie auch sein mochte, war kräftig und zäh und mit ihrer Streitaxt im Kampf kaum zu überwinden.

Cedira wandte sich wieder an Thalon. »Es fügt sich alles, Spatz. Gorm wird über die Klinge springen wie sein Saufkumpan Malurdhin vor ihm. Das hast du wirklich gut gemacht.«

»Ich wollte, er hätte mir mehr verraten«, sagte Thalon.

»Du denkst an deine verlorene Zeit?« fragte die Zwergin. »Ich glaub nicht, daß Malurdhin sie geklaut hat. Doch dieser Seelenräuber, von dem du erzählt hast, gibt mir zu denken. Hab niemals von solchen Dämonen gehört, und ich bin viel in der Welt herumgekommen. Ein Feind, den man nicht mit der Axt erschlagen kann, ist wahrhaftig ein garstig Ding.«

»Hoffentlich folgt er mir nicht auf die See. Ich habe Angst, daß er mit Alina dasselbe anstellt wie mit Chelchia. Oder mit dir.«

»Mit mir?« Cedira grinste. »Wohl kaum. Dämonen mögen furchtbar sein, aber ihre Mittel sind begrenzt. Ein Dämon, der auf Menschen losgeht, kann keine Zwerge angreifen.«

»Woher willst du das wissen?« fragte Thalon verblüfft.

»Ich weiß es eben«, erwiderte Cedira schulterzuckend. »Und nun mach, daß du in dein Quartier kommst.«

Zwei Tage später, während Thalons Deckwache, wurde das tägliche Einerlei auf drastische Art unterbrochen. Tessaki, die von Shanka in den Mastkorb geschickt worden war, schrie plötzlich: »Risso backbord voraus! Es sind mindestens vier Fischköppe!«

»Freiwache und *gesha* mit Waffen an Bord!« brüllte Shanka.

Thalon, der zusammen mit Quastides ein zerrissenes Stagsegel flickte, sprang auf, als hätte ihn ein Skorpion gestochen, und eilte zum Schanzkleid. Er fühlte, wie die Anspannung seinen Körper versteifte und die Nackenhaare sich aufrichteten. Das Wort Risso hatte ihn in höchste Alarmbereitschaft versetzt. Kurz nachdem er von Cedira aus dem Steinbruch auf Minlo befreit worden war, hatten die Fischmenschen versucht, ihn zu entführen. Das war erst wenige Wochen her. Bis heute konnten sich weder Thalon noch Cedira einen Reim darauf machen, wieso sie es ausgerechnet auf ihn abgesehen hatten. Daß ihr Opfer damals noch ein Mann ohne Gedächtnis war, der sich für einen Sklaven namens Cassim hielt, machte das Rätsel noch größer.

Aus den Niedergängen stürzten verschlafen aussehende Piraten, Enterhaken oder Säbel in der Hand.

Anfangs konnte Thalon die Risso nicht entdecken, aber dann sah er eine Bewegung auf dem Wasser. Tessaki hatte recht. Es waren Risso. Sie ritten auf ihren Delphinen und kamen rasch näher. Neben den vieren, die Tessaki entdeckt hatte, tauchten zwei weitere aus den Fluten. Als sie bis auf dreißig Schritt an die Lorcha herangekommen waren, verharrten sie und brachten ihre Delphine dazu, sich der Fahrtrichtung der *Seewolf* anzupassen. Wie eine Eskorte begleiteten sie das Schiff. Die nasse grüne Haut glänzte, der Nackenkamm kräuselte sich, die riesigen Fischaugen glotzten zur Lorcha herüber. Stumm saßen sie in ihren Sätteln aus Echsenhaut und hielten Speere oder Dreizacke aus Fischbein in den mit Schwimmhäuten versehenen Händen.

»Thalon, du kommst zu mir auf das Achterdeck!« rief Cedira, die neben Shanka aufgetaucht war.

Thalon löste sich vom Schanzkleid des Hauptdecks und stieg die Leiter zum Achterdeck hinauf.

»Was wollen die verdammten Fischstinker schon wieder?« fluchte Cedira. »Hat ihnen die Abreibung vom letzten Mal nicht genügt? Thalon, du bleibst in meiner Nähe! Mishia, hol meine Streitaxt und ein Florett für Thalon aus meiner *taba*! Du findest es in der großen Truhe. Nimm das bessere von beiden.«

Alinas Kopf tauchte im Niedergang auf und schaute neugierig zu den Risso hinüber, aber Cedira befahl ihr barsch, in die *taba* zurückzukehren. Enttäuscht gehorchte das Mädchen.

Thalon musterte die Fischmenschen der Reihe nach

und suchte nach Hinweisen, ob es sich um die gleiche Gruppe handelte, die damals den Überfall ausgeführt hatte. Das Unterfangen war aussichtslos. Für Menschenaugen glichen sich die Risso wie ein Ei dem anderen. Allein Hohe Risso, die Anführer, unterschieden sich durch ihre Größe und den bunten Nackenkamm von den anderen. Aber dieser Gruppe gehörte offenbar kein Hoher Risso an. Zumindest ließ sich bisher keiner blicken. Falls sie einen Sprecher bei sich hatten, so blieb er stumm.

Thalon glaubte Narben und einige frische Wunden auf der Haut einiger Risso zu erkennen. Aber das besagte wenig. Die Verletzungen konnten sie sich auch bei anderer Gelegenheit geholt haben.

Mishia kam mit den Waffen und reichte Thalon das Florett. Er dankte ihr mit einem flüchtigen Lächeln und nahm es entgegen. Prüfend ließ er es durch die Luft sausen. Es war eine gute Waffe, die leicht und zugleich fest in der Hand lag.

Cedira wog die Streitaxt in den Fäusten. »Noch einmal lassen wir uns von denen nicht verschaukeln«, versprach sie.

Irgend etwas an dieser Bemerkung brachte Thalon ins Grübeln. Ihm war unbehaglich zumute. Er hatte das Gefühl, daß sich eine unsichtbare Gefahr anbahnte. Er versuchte sich an die Taktik der Risso zu erinnern, die beinahe zu dem gewünschten Erfolg geführt hätte. Der Hohe Risso und seine Begleiter hatten die Aufmerksamkeit der Piraten abgelenkt, um ...

Aufgeschreckt fuhr er herum und starrte zur Steuerbordseite. Damals war ein einzelner Risso unbemerkt auf der anderen Seite des Schiffes hochgeklettert. Aber jetzt war keiner zu sehen. Dennoch war es ratsam, dort eine Wache zu postieren.

»Cedira, wir sollten auf allen Seiten des Schiffes ...«, begann er.

Der Gedanke war gut, aber er kam zu spät.

Ein lautes Geräusch drang vom Heck herüber, auf halber Höhe des Schiffes, dort, wo sich die *taba* befand. Glas zerbrach, und etwas fiel platschend ins Wasser.

»Alina!« rief Thalon verzweifelt.

»Verdammte Hurenkacke!« schrie Cedira und stürmte, die Streitaxt in den Fäusten, den Niedergang hinab.

Thalon folgte ihr auf den Fersen. Hinter ihm polterten Shanka und Quastides die Treppe hinab.

Cedira stieß die Tür zur *taba* auf und stürzte hinein. Thalon, das Florett nach vorn gereckt, folgte ihr.

Wo sich das große Fenster aus Butzenglas befunden hatte, gab es nur noch ein Loch, hinter dem die See gischtete. Einige wenige Scheiben hingen am Rand der Öffnung in ihren Einfassungen aus Blei. Penetranter Fischgestank durchwehte den Raum. Auf dem Parkettboden der *taba* lag Alinas regungsloser Körper.

4. Kapitel

Auf der Galeere des Ch'Ronch'Ra

Die schwarze Galeere des Ch'Ronch'Ra glitt im späten Licht der roten Praiosscheibe über das Meer. In vollendetem Gleichklang hoben sich die hundert Ruderblätter nach vorn, tauchten ohne den kleinsten Spritzer ins Wasser ein, bogen sich unter dem Druck der gewaltigen Kraft, die sie nach hinten zwang, und hoben sich geräuschlos wieder aus dem Wasser. Es war ein gespenstisches Bild, wie lautlos und zielstrebig die Bireme sich bewegte, wie kraftvoll und unermüdlich die doppelreihig angebrachten Ruder durch das Wasser pflügten. Niemals zuvor hatte es in Aventurien eine Galeere gegeben, die so vollkommen und schnell gerudert wurde. Selbst die dreihundert kraftstrotzenden Galeerensklaven – aus allen Teilen des früheren Reiches nach Größe und Stärke ausgesucht und stets aufs beste beköstigt –, die einst die Prunktrireme von Kaiser Reto ruderten, hätten es gegen dieses Schiff nicht aufnehmen können.

Wer die Bireme des Ch'Ronch'Ra allerdings aus der Nähe betrachtete, glaubte seinen Augen nicht zu trauen. Das Schiff war nichts weiter als ein morsches Wrack aus uraltem Ebenholz, das Schanzkleid notdürftig geflickt mit Brettern und Bohlen aus anderen Holzarten, die gerade zur Verfügung gestanden hatten, und mit Unmengen von Hanf und Teer kalfatert. Auf dem Heck, kaum noch zu entziffern, befanden sich Reste von einigen blaßroten Schriftzeichen, die niemand mehr in Aventurien zu lesen verstand.

Wer aber gar das zweifelhafte Vergnügen bekam, ins Innere steigen zu dürfen, der erschrak zutiefst, wenn er auf den Anblick nicht vorbereitet war. Kein einziger Ruderer saß auf den halbverfaulten Ruderbänken. Wie von Geisterhand bewegten sich die Ruderstangen durch die Luft. Und dort, wo vor langer Zeit einmal der Taktschläger vor seiner Trommel gesessen hatte, befand sich ein mit schwarzem Samt verhängter Kubus, die *h'zun'ch* des Ch'Ronch'Ra. Darunter ruhte der häßliche, in düsterem Rot glosende Steinkopf der Echsengottheit, einen Schritt im Durchmesser, dessen Beseeltheit jeden Betrachter auf die eine oder andere Art zu erschüttern vermochte. Wer die Zwölfgötter verehrte, den würde es abgrundtief grausen, und der würde sich vielleicht wünschen, Rondro möge einen Blitz herabschicken und den Kopf, der die Zwölfe verhöhnte, in tausend Stücke spalten. Doch wer sich der Dienerschaft verschrieben hatte, dem bereitete der Anblick höchste Wonne und Entzücken. Denn der Kopf verkündete geheime, sündhafte Erfüllung und das Versprechen, in seinem Dienst teilzuhaben an gleichermaßen lustvollen wie grausamen Ritualen, an Unterwerfung, Macht und maßlosen Ausschweifungen.

Nur dem Hohenpriester, der Priesterin und dem *h'vas* des Ch'Ronch'Ra war es erlaubt, die Samtvorhänge anzuheben, darunter zu verschwinden und Zwiesprache mit ihrem Gott zu halten. Allen anderen wurde der Kopf nur an jedem siebten Tag enthüllt, dem Tag des Ch'Ronch'Ra, wenn die rituelle Vereinigung des *h'vas* mit seiner Priesterin stattfand und ein Tier- oder Menschenopfer dargebracht wurde.

Murenius hatte die Galeere unweit der versunkenen

und wieder aus dem Meer aufgetauchten Tempelstadt der H'Ranga gefunden, als er entsprechenden Anweisungen Ch'Ronch'Ras folgte. Jahrhundertelang mußte das Schiff unter dem Meer geruht haben und lag noch immer halb im Wasser. Als er es sah, hätte Murenius nicht im Traum daran geglaubt, daß die Galeere jemals wieder die See befahren würde. Trotzdem tat er, was Ch'Ronch'Ra ihm befahl, und schickte Dutzende von Dienern mit Flaschenzügen und Winden aus, um das Schiff vollends an Land zu ziehen. Er rechnete damit, das mürbe Holz werde auf der Stelle auseinanderbrechen, sobald ein Tau den geringsten Druck ausübte. Aber er täuschte sich. Die Galeere wurde in einem Stück aus dem Wasser gezogen. Ein Jahr lang hatten die besten Handwerker der Dienerschaft an dem Schiff gearbeitet, bis es wieder schwimmen konnte, und ein weiterer Mond verging, bis der Steinkopf des Ch'Ronch'Ra aus dem Tempel geborgen und auf die Galeere gehievt war.

Knapp hundert Diener befanden sich an Bord, und zweimal zwanzig waren einzig und allein damit beschäftigt, pausenlos das beständig in den Rumpf sickernde Wasser durch die Speigatts über Bord zu pumpen. Daß die Galeere überhaupt schwamm und das morsche Holz nicht unter der kleinsten Dünung auseinanderbrach, hatte andere Gründe. Wenn Murenius über seiner Kristallkugel kauerte, einen Wahrnehmungszauber sprach und die arkanen Fäden fühlte, dann sah er das magische Geflecht, das die Galeere einhüllte. Ch'Ronch'Ra bewegte nicht allein die Ruderblätter. Er hielt mit seiner dämonischen Kraft auch das Schiff zusammen. Und doch war Murenius überzeugt davon, daß es sänke, sobald zuviel Wasser in das Innere dränge.

Auch dies kennzeichnete die begrenzte Macht des Dämons. Er war in der Lage, die Galeere zusammenzuhalten, aber er konnte das Wasser nur mühsam daran hindern, sich durch die zahllosen Ritzen einen Weg zu bahnen. Er vermochte das Schiff zu rudern, aber er verstand sich nicht darauf, es zu steuern. Eine der Dienerinnen, Harubas, war früher als Kapitänin auf einem Kauffahrer zur See gefahren, ein alter Diener namens Usho hatte ein Fischerboot besessen. Die beiden lösten sich jetzt als Wachhabende auf der Galeere ab. Zwei Diener stemmten sich nach ihren Anweisungen gegen den klobigen Ruderbalken, denn die Galeere besaß kein Steuerrad wie die modernen Schiffe.

Die schwarze Galeere des Ch'Ronch'Ra war unterwegs zu Efferds Tränen. Murenius hatte sich eine geräumige Kammer nach seinen Wünschen einrichten lassen. Das brüchig wirkende, aber doch feste Holz der Wände hatte er mit Webstoffen und einem Gobelin verhängen lassen. Früher einmal mochte die Kammer einem Würdenträger gehört haben, vielleicht dem militärischen Befehlshaber der Galeere oder gar dem Besitzer, aber das war lange her. Es gab keine Einrichtungsgegenstände mehr aus jener alten Zeit. Die hatten sich entweder das Meer oder unbekannte Plünderer geholt. Murenius zweifelte nicht daran, daß Achaz – oder eine der älteren Rassen, aus die Achaz entstanden waren – dieses Schiff erbaut und über die Meere gesteuert hatten. Zu fremd wirkten die Schriftzeichen am Heck, zu fremd erschien auch die Bauart des Schiffes, das gedrungener, schmaler und höher als alle anderen Galeeren aussah. Außerdem gab es Reste von Schnitzereien und einige in das Holz eingebettete Jadeskulpturen, die Echsenköpfe oder Echsengestalten darstellten.

Die Priesterin Shevanu bewohnte eine eigene kleinere Kammer, streckte sich im Augenblick jedoch auf dem Diwan aus, den Murenius in seinem Gemach hatte aufstellen und fest mit dem schwankenden Boden verbinden lassen. Nackt schlürfte sie einen Becher Met und sah Murenius zu, der einen Almanach mit eigenen Aufzeichnungen studierte. Schamlos spreizte sie die Beine und ließ überdeutlich erkennen, daß sich zwischen ihren Schenkeln nicht nur ein dichtes Büschel Schamhaare befand. Aber Murenius beachtete sie kaum. Er hatte sich ihrer wollüstigen Künste bereits bedient und war fürs erste gesättigt. Zu anderen Zeiten hätte er ihr befohlen, das Gemach zu verlassen. Heute jedoch hielt er es für nötig, sich mit ihr zu beraten. Sosehr er die Priesterin auch verachtete, so wenig konnte er zur Zeit auf sie verzichten.

Murenius blickte von dem Almanach auf. »Ich habe die alten Aufzeichnungen über den einzigen *h'h'vas* Ch'Ronch'Ras nachgelesen«, sagte er. »Es gibt nur wenige, die den Anforderungen entsprechen, und sie sind schwer zu finden, selbst für einen *curga*.«

Shevanu verstand wenig von diesen Dingen, aber sie begriff, daß Murenius im Augenblick nicht die Absicht hatte, noch einmal auf ihr zu liegen. Sie schloß die Beine und fragte: »War er hübsch und voller Manneskraft, dieser *h'h'vas?*«

»So wie die meisten *h'vas*, allerdings noch fast ein Knabe«, gab Murenius ärgerlich zurück. »Es ist nicht die Manneskraft, die einen *h'vas* zum *h'h'vas* macht. *H'vas* besitzen ein verborgenes arkanes Geflecht, das sie für Ch'Ronch'Ra lenkbar macht. Aber die meisten *h'vas* halten der Magie Ch'Ronch'Ra nicht stand und werden zu willenlosen Narren. Ihr Körper stirbt früher oder später ab, weil Ch'Ronch'Ra menschliche Körper nicht in allen Einzelheiten verstehen und lenken kann. Du hast selbst erlebt, was mit dem letzten *h'vas* geschehen ist.«

Düster dachte er daran, daß auch ihm dieses Schicksal beschieden sein mochte, allen Versicherungen Ch'Ronch'Ras zum Trotz. Obwohl sich der Dämon in seinen Steinkopf zurückgezogen hatte, spürte Murenius die Fäden, die ihn mit Ch'Ronch'Ra verbanden, fühlte das fremde Netz in seinem Körper, auch wenn es nicht bewegt wurde.

»Wenn ein *h'h'vas* dagegen gefeit ist, wie ist dieser Jüngling dann gestorben?« wollte Shevanu wissen.

»Er ist nicht gestorben«, stellte Murenius richtig. »Ch'Ronch'Ra war gezwungen, sich aus ihm zurückzuziehen, und anschließend ging uns der Bursche verlustig. Lange haben wir vergeblich gesucht, bis es einen Hinweis gab, er könnte als Sklave auf der Insel Minlo in einem Steinbruch arbeiten. Ch'Ronch'Ra sandte den *curga* aus, aber er kam zu spät. Die Piraten hatten ihn uns vor der Nase weggeschnappt. Ein Versuch, ihn von den Risso entführen zu lassen, scheiterte. Dann tauchte er in Ghurenia auf, aber es erwies sich, daß der *curga* keine Macht mehr über ihn besitzt. Wir werden ihn selbst einfangen müssen.«

»Indem wir uns mit den Piraten anlegen? War denn nicht der Aderlaß auf Yongustra zu groß, um ...«

»Es gibt andere Mittel als den offenen Kampf«, sagte Murenius herablassend.

»Magie?« fragte Shevanu neugierig.

»Der Magie verwandte Dinge«, erwiderte Murenius ausweichend. »Ich habe einen Plan entwickelt, der uns den *h'h'vas* in die Hände spielt und gleichzeitig die Macht in Ghurenia sichert, ohne daß wir eine Schlacht wie auf Yongustra schlagen müssen.«

Shevanu richtete sich auf. »Und der wäre?«

Murenius hatte nicht die Absicht, ihr die Einzelheiten des Plans zu enthüllen. Deshalb sagte er: »Es ist der Wille Ch'Ronch'Ras, die Zusammenhänge nicht zu enthüllen.«

»Ich bin die Priesterin des Ch'Ronch'Ra und habe einen Anspruch darauf zu wissen, was ...«, begehrte Shevanu auf.

»Schweig, Weib!« fuhr ihr Murenius über den Mund.

»Bist du denn taub? Ich sagte, es ist der Wille Ch'Ronch'Ras, so zu verfahren!« Etwas verbindlicher im Ton fuhr er fort: »Unsere Gegner schlafen nicht. Praefos Gorm glaubt zwar, die Dienerschaft zerschlagen zu haben. Aber wenn Kunde über die Ereignisse in Yongustra an sein Ohr dringt, mag sein Mißtrauen neu erwachen. Man könnte dich fangen und zum Reden zwingen. Es ist zu deinem Besten und zum Besten von Ch'Ronch'Ra, wenn du nicht in alles eingeweiht bist.«

Shevanu schmollte eine Weile, gab sich schließlich jedoch geschlagen. »Dann sag mir das, was ich wissen muß.«

»Hast du den Namen Nhood Murenbreker schon einmal gehört?« erkundigte sich Murenius.

»Die Murenbreker sind ghureanische Kaufherren«, antwortete Shevanu. »Die einzigen, denen es gelungen ist, sich über Efferds Tränen hinaus einen Namen zu machen.«

»Richtig. Das Handelshaus wird von Ćanja Murenbreker geleitet. Vor vier Jahren habe ich …« Er verbesserte sich. »Vor vier Jahren wollten die Diener die Murenbreker benutzen, um Ghurenia einzunehmen. Aus Gründen, die ich nicht näher erläutern will, schlug der Plan fehl.«

Oh, wir waren dem Erfolg so nahe! Als Ratgeber des Praefos gelang es mir, Gorm und den größten Teil seiner Garde aus der Festung zu locken, um die Piraten zu vernichten. Der Plan war gut, sein Scheitern nicht vorhersehbar. Und dennoch: Ich habe Lehren daraus gezogen. Damals wollte ich die Macht in einer einzigen Entscheidungsschlacht. Heute gehe ich andere Wege. Schritt um Schritt wird es gelingen, Ghurenia zu unterwerfen. Sollte einer der Schritte mißlingen, wird das Erreichen des Ziels dadurch nicht gefährdet.

Murenius hatte eine Weile geschwiegen und nahm den Faden wieder auf. »Nhood ist der älteste Sohn der Murenbreker, das heißt, er hat noch einen Zwillingsbruder, was für uns aber ohne Bedeutung ist. Er soll unser neuer Verbündeter werden.«

Shevanu besaß zwar keine großen geistigen Gaben, war aber auch nicht dumm zu nennen. »Wir sind im Bündnis mit der mächtigsten Kaufherrin gescheitert, und jetzt wollen wir uns statt ihrer mit ihrem Sohn verbünden? Zweite Wahl statt erste Wahl? Wie soll das den Erfolg bringen?«

»Du verstehst die Zusammenhänge nicht«, sagte Murenius von oben herab. »Canja Murenbreker ist eine Feindin des Praefos Gorm, Nhood dagegen sein bester Freund. Wir sind gescheitert, weil Gorm die Kaufherrin als Gegnerin kannte und in gewissem Maße auch fürchtete – also ließ er sie bespitzeln. Und zwar ausgerechnet von diesem Nhood.«

»Ein nettes Früchtchen, das seine Mutter verrät! Und ausgerechnet ihn willst du gegen seinen Freund aufstacheln, den Praefos?«

Murenius lächelte. »Wer einen verrät, der verrät auch andere. Nhood ist wie Gorm. Er nimmt keine Rücksicht und kennt keine Gnade, wenn ihm jemand im Wege steht. Und er hat wie dieser den unbändigen Willen zur Macht.« Daß sowohl Gorm als auch Nhood ihm in diesem Punkt ähnelten, war Murenius durchaus bewußt. Er hütete sich jedoch, diesen Gedanken laut auszusprechen. Was er tat, geschah im Auftrag und zu Ehren Ch'Ronch'Ras. Nach außen hin. Was er in Wahrheit anstrebte, ging niemanden außer ihm etwas an. »Diesmal werden wir Erfolg haben. Wir setzen den Hebel im Herzen des Feindes an.«

Diesen Gedanken hatte Murenius auch vor vier Jahren verfolgt. Aber damals war es ihm nicht gelungen, über die Stellung des Ratgebers hinauszugelangen. Gorm hatte sich von ihm zu diesem oder jenem Schritt überzeugen lassen, ohne ihm jedoch wirklich zu vertrauen. Malurdhin stand höher in der Gunst des Praefos, danach kamen die Offiziere seiner Garde. Murenius' Hoffnung, zum Stellvertreter des Praefos ausgerufen und der Garde vor die Nase gesetzt zu werden, war bitter enttäuscht worden. An Nhood hingegen schien Gorm einen Narren gefressen zu haben. Er hatte ihn zum Hauptmann der Garde gemacht. Nhood könnte den Praefos töten *und* die Garde im Griff behalten. Wenn er wollte. Man mußte ihn darauf stoßen. Und ihm klarmachen, daß er es nicht allein schaffen konnte.

»Und wie willst du Nhood gewinnen?« fragte Shevanu.

Murenius streckte den Finger aus und zeigte auf die Priesterin. »*Du* wirst ihn für uns gewinnen.«

Shevanu verstand. »Du meinst – ich soll ihn mit meinen besonderen Talenten der Dienerschaft zuführen?«

»Du sollst ihn mit deinen Talenten einfangen. Zu einem gehorsamen Diener wirst du ihn nicht machen können. Das ist auch nicht notwendig. Sichere ihm die Unterstützung der Dienerschaft zu, Gorm zu töten und ihn zum Praefos zu machen. Wir werden die Einzelheiten noch besprechen, wenn es soweit ist. Er darf nicht die wahre Macht Ch'Ronch'Ras erkennen, sondern soll uns für Trottel halten, derer er sich bedienen und die er leicht um ihren Lohn prellen kann.«

Deshalb, dachte er, *sende ich dich. Nicht nur wegen deiner prallen Titten und deiner ewig heißen Möse. Du wirst dich als Führerin der Dienerschaft ausgeben, während ich, der verhaßte frühere Liebhaber seiner Mutter, für ihn weiterhin als tot zu gelten habe. Wenn er dich erlebt, wird er bald glauben, mit der Dienerschaft leichtes Spiel zu haben.*

Laut fügte er hinzu: »Am Ende wird er der Geprellte sein, der die Früchte seines Verrats nicht zu ernten vermag.«

Vor dem Gemach ertönte leise ein zarter Gong. Murenius hatte seinem persönlichen Diener Crastan Anweisung gegeben, das Gemach nur zu betreten, wenn ihm die Erlaubnis erteilt wurde. Da sich Murenius durch grobe Klopfgeräusche belästigt fühlte, hatte er den Gong anbringen lassen. Er benutzte Besonderheiten dieser Art, um seine bevorrechtigte Stellung zu unterstreichen. Gleichzeitig war er sich bewußt, wie armselig der Hohepriester eines Kultes lebte, der – selbst nach dem hohen Blutzoll, der auf Yongustra gezahlt wurde – immerhin gut tausend Köpfe zählte. Doch diese Armseligkeit war zum jetzigen Zeitpunkt nicht zu ändern. Obwohl die Diener bereit und auch verpflichtet waren, ihr Hab und Gut Ch'Ronch'Ra und seinen Priestern zu opfern, kam wenig genug zusammen. Die meisten Diener waren bettelarm, und sicher gab es manchen, dessen Glaube an den Echsengott sich untrennbar mit der Hoffnung verband, auf diese Weise zu größerem Wohlstand zu gelangen. Das wenige aber, das die Diener aufbringen konnten, wurde vor allem für die Verpflegung und die Ausrüstung der Soldaten aufgewendet. Murenius selbst hatte es so angeordnet, weil es derzeit Vorrang vor allem anderen genießen mußte. Dies änderte jedoch nichts daran, daß Murenius diesen Umstand bedauerte. Er wollte keinem Hunger-Orden vorstehen. Sobald die Verhältnisse sich geändert hätten, sobald Ghurenia dem yongustranischen Besitz hinzugefügt worden wäre, würde er dafür sorgen, daß dem Hohenpriester zukam, was ihm gebührte.

»Was gibt es?« rief er.

»Die Diener Seeoffiziere und die Diener Hauptleute sind in der Messe versammelt, mein Hoherpriester«, antwortete Crastan vom Gang her, ohne das Gemach zu betreten.

»Sie mögen sich von dem Roten einschenken und noch einen Augenblick gedulden«, gab Murenius zurück.

»Ich werde es ihnen sagen, mein Hoherpriester.«
Crastans Schritte entfernten sich.

Shevanu warf sich ihr schwarzes Dienergewand
über. Nur der hohe Kragen aus roter Seide kennzeichnete sie als Priesterin des Ch'Ronch'Ra. Das Gewand
bedeckte ihren Körper vom Hals bis zu den Waden.
Murenius wußte, daß Gewohnheit abstumpfte. Deshalb legte er Wert darauf, daß die Priesterin ihren üppigen Körper den Augen der Diener nur bei den Ritualen zur Schau stellte.

Der Hohepriester, der bislang nur ein Lendentuch
getragen hatte, kleidete sich in sein rotgesäumtes
schwarzes Samtgewand.

»Ich sehe keinen Wert in diesen Zusammenkünften«,
murrte Shevanu. »Was gibt es dort zu bereden, was
nicht längst jeder weiß?«

»Betrachte es als ein weiteres Ritual, das erfüllt
werden muß«, erwiderte Murenius knapp. »Für
Ch'Ronch'Ra.«

»Ch'Ronch'Ra nimmt nicht daran teil«, bemerkte
Shevanu.

»Ch'Ronch'Ra ist in mir und nimmt sehr wohl daran
teil«, stellte Murenius richtig.

Shevanus Einwand machte ihn nachdenklich. Wenn
die anderen die täglichen Zusammenkünfte genauso
beurteilten, war es vielleicht angebracht, sie statt in der
Offiziersmesse in der *h'zun'ch* des Steinkopfes stattfinden zu lassen. Er wollte darüber nachdenken. Shevanu
hatte insofern recht, daß es selten etwas zu bereden
gab, das nicht längst bekannt war. Die Zusammenkünfte dienten einzig und allein dem Zweck, die militärischen und seemännischen Führer der Diener beständig daran zu erinnern, daß Ch'Ronch'Ra sie für besondere Aufgaben auserwählt hatte und deshalb besondere Taten von ihnen verlangte. Murenius verband
dies mit einer – wie er meinte – geschickten Betonung

seiner eigenen Wichtigkeit als Hoherpriester und Sprecher Ch'Ronch'Ras. Er war in beständiger Sorge, die Diener könnten sich von ihm und Ch'Ronch'Ra abwenden, ihn verraten. Der Dämon, der sich als Gott ausgab, bot seinen Anhängern Wollust und Blut, hatte sie bislang aber nicht mit Wohltaten erquickt. Ein Gott, der vor allem Opfer verlangt, macht sich schnell unbeliebt. Die wechselhafte Geschichte der Dienerschaft hatte dazu gezwungen, vieles zu vernachlässigen, was einen Kult zu einem schlagkräftigen Machtgebilde formt. Murenius vermißte schmerzlich eine Schulung befähigter Diener, um sie in eine von ihm angeführte und ihm ergebene Hierarchie einzubinden, die bis ins letzte Glied zusammenhielt, alles überwachte und Fehlverhalten bestrafte.

Die Offiziere und Steuerleute erhoben sich, als Murenius und Shevanu die Messe betraten.

»Für Ch'Ronch'Ra!« sagte Murenius.

»Für Ch'Ronch'Ra!« kam es dumpf aus der versammelten Runde.

Der Hohepriester nahm am Kopfende des Tisches auf einem Lehnstuhl Platz, die Priesterin ihm gegenüber auf einem Schemel. Die Versammelten warteten, bis sich die beiden gesetzt hatten, bevor sie sich in die Bänke zwängten, die an den langen Seiten des Tisches standen.

Tisch, Bänke, der Lehnstuhl und der Schemel waren fest mit dem Boden verbunden, um bei Seegang nicht durch die Messe geschleudert zu werden. Der Tisch besaß eine Blende, die verhinderte, daß dergleichen mit den Bechern und Weinkrügen geschah. Bisher hatte die Galeere niemals mehr als ein sanftes Rollen gezeigt, und Kapitänin Harubas achtete darauf, bei den ersten Anzeichen schlechten Wetters sichere Buchten anzusteuern. Bisher hatten sie Glück mit dem Wetter gehabt. Auf der Fahrt nach Yongustra hatten sie nur

105

zweimal in einer Bucht ankern müssen, um einem Sturm auszuweichen. Und die bisher vierzehn Reisetage mit Kurs auf Efferds Tränen wurden von mildem Wind begleitet. Doch irgendwann, früher oder später, würden sie in hartes Wetter geraten. Niemand wußte im voraus, wie sich die Galeere dann bewähren würde. Murenius hoffte inständig, daß Ch'Ronch'Ra seine Galeere irgendwie über Wasser halten würde. Zumindest solange er selbst, Murenius, sich an Bord befand.

»Die Zeit der Entbehrungen wird bald ein Ende haben«, sagte Murenius. Er schenkte sich einen Becher von dem verdünnten sauren Roten ein und nippte daran. »Das gilt für diesen schändlichen Wein wie für alles andere. Sobald Ghurenia unser ist, wird Ch'Ronch'Ra uns reichlich für die Mühen entschädigen, die wir auf uns genommen haben und noch auf uns nehmen.«

Niemand sagte etwas darauf, aber alle sahen Murenius an und nickten. Dieser musterte die Gesichter. Rechts von ihm Kapitänin Harubas ausgemergelte Züge, Steuermann Ushos gewaltige Augenbrauen über den abgrundtiefen Augen, Hauptmann Xontos stets mürrische Miene, die niemals ein Lächeln zeigte. Links von ihm Hauptfrau Fenu, in deren Augen Gier und unterdrückte Grausamkeit lauerten, Hauptmann Gafides, ein vernarbter Soldat, der unruhig zwinkerte.

In diesen Gesichtern stehen Aufmerksamkeit und Ergebenheit. Ich denke, ich kann mich auf diese Leute verlassen.

»Wir werden die Dienerschaft straffen und einzelnen Dienern – entsprechend ihren Verdiensten – angemessene Ämter anvertrauen«, fuhr er fort. »Dies ist der ausdrückliche Wunsch Ch'Ronch'Ras. Für Ch'Ronch'Ra!«

Pflichtschuldig wurde der Ruf erwidert.

»Was gibt es zu vermelden?« fragte Murenius in die Runde.

Kapitänin Harubas hob den Arm, und der Hohepriester erteilte ihr das Wort. »Wir machen dank des Wunders, dessen Ch'Ronch'Ra uns teilhaben läßt, gute Fahrt, Hoherpriester. Wenn das gute Wetter anhält, werden wir in zweieinhalb Tagereisen die südlichen Inseln von Efferds Tränen erreicht haben. Aber die Vorräte gehen zur Neige. Ich mußte die Rationen kürzen lassen.«

»Was nicht gut ist für die Kämpfer«, warf Gafides mit seiner tiefen Stimme dazwischen.

»Ist es vielleicht gut für die Seeleute?« erwiderte die Kapitänin verärgert.

»Sie werden sich damit abfinden müssen wie wir alle«, sagte Murenius. »Mehr Nahrung konnte man in Yongustra nicht entbehren.«

Die Verpflegung war ein ernstes Problem. Die Yongustraner hatten einen großen Teil ihrer Vorräte mit Jauche übergossen und damit ungenießbar gemacht, als die Diener angriffen. Da die Rondra-Legisten glaubten, die letzte Schlacht gegen den Namenlosen sei angebrochen und weitere Vorsorge nicht nötig, hatten sie ihr weiteres Schicksal in die Hände der Zwölfgötter gelegt.

»Wir werden vor den äußeren Tränen ankern und von den Bauern kaufen, was uns fehlt«, entschied Murenius. »Wir verwenden dafür einen Teil des Schatzes der Rondra-Legisten.« *Wenn man die karge Beute an Gold überhaupt als Schatz bezeichnen kann.*

»Wir sollten uns nehmen, was wir brauchen«, meinte Fenu.

»Wir nehmen uns, was wir brauchen, wenn uns Ghurenia gehört«, stellte Murenius klar. »Jetzt die Bauern gegen uns aufzubringen, wäre ein großer Fehler. Die Pläne, in die ich euch zu gegebener Zeit einweihen werde, gründen auf kluges Taktieren. Wir können es uns nicht leisten, die Bevölkerung gegen uns zu haben. Wir wollen mit ihnen zusammen den allseits gehaßten

Praefos und seine Garde aus dem Sattel heben. Deshalb bin ich… ist Ch'Ronch'Ra bereit, unser Gold zu opfern – im Hinblick auf unseren leichten Sieg. Wir werden den Bauern einen guten Preis für ihre Güter zahlen, damit sie zufrieden sind; allerdings auch nicht soviel, daß es sich bis Ghurenia herumspricht. Und wir werden uns nicht als Diener Ch'Ronch'Ras zu erkennen geben.«

»Wenn der Praefos nicht wissen darf, daß wir vor den südlichen Tränen liegen«, sagte Xonto, »wie verhalten wir uns dann, wenn uns ghureanische Schiffe begegnen? Die Seeleute werden in Ghurenia von einer schwarzen Galeere erzählen.«

»Das mögen sie ruhig tun«, erwiderte der Hohepriester. »Aber es sollen sich nur jene Diener an Deck bewegen, die dort unbedingt sein müssen. Und sie dürfen ihre schwarzen Gewänder nicht tragen. Wenn jemand uns anruft, dann wird ihm nicht geantwortet. Laß sie glauben, die schwarze Galeere komme aus fernen Ländern. Noch besser, sie halten sie für ein Schiff der Geister und Gespenster. Solche Geschichten wird man der Leidenschaft der Seeleute für Fabeln und Lügengeschichten zumessen. Wir…«

Er unterbrach sich, weil an Deck lautes, entsetztes Geschrei aus mehreren Kehlen zu hören war. Kapitänin Harubas und Steuermann Usho sprangen auf. Unschlüssig sahen sie den Hohenpriester an. Murenius nickte und bemühte sich, gleichmütig zu sprechen. »Schaut nach, was es dort gibt.«

Harubas und Usho eilten aus der Messe. Die Hauptleute und Shevanu tuschelten miteinander, während Murenius sich unnahbar gab und blicklos in das Licht der Öllampen starrte. Die anderen am Tisch sollten denken, er berate sich mit Ch'Ronch'Ra. In Wahrheit war er tief beunruhigt. Er konnte keine, auch nicht die geringste Störung gebrauchen, die seine Pläne gefährdete. Und die Schreie verhießen nichts Gutes. Noch immer gab es Unruhe und ein Durcheinander an Stimmen, obwohl das blanke Entsetzen daraus gewichen war.

Endlich kehrten die Kapitänin und der Steuermann zurück. Harubas' Augen flackerten unruhig, und Ushos wettergegerbtes Gesicht wirkte grau. Die beiden machten keine Anstalten, sich zu setzen. Hinter ihnen waren weitere Diener zu erkennen.

»Wenn Ihr erlaubt, Hoherpriester«, sagte Harubas mit gepreßter Stimme, »dann lassen wir die Frau hereinbringen, die am lautesten geschrien hat, damit Ihr Euch selbst ein Bild machen könnt.«

Im ersten Augenblick wollte Murenius darauf bestehen, von der Kapitänin klare Auskünfte zu erhalten. Aber angesichts ihres Gesichtsausdrucks zögerte er. Diese Frau war im Augenblick nicht in der Verfassung, getadelt zu werden. Und in Ushos Augen standen Entsetzen, fassungsloses Erstaunen und stumme Anklage.

Der Hohepriester hob die Hand, um sein Einverständnis zu zeigen.

Die Kapitänin wandte sich nach hinten. »Bringt sie zum Hohenpriester!« befahl sie.

Zwei stämmige Diener in durchnäßter Kleidung – offenbar gehörten sie zu denen, die an den Pumpen gearbeitet hatten – drängten sich nach vorn. Zwischen sich trugen sie eine schmalbrüstige junge Frau. Sie mußten sie heranschleifen, denn ihre Beine versagten ihr den Dienst. Der Kopf hing ihr vor der Brust, das verfilzte lange Haar spreizte sich nach allen Seiten.

Unvermittelt ließen die Diener die Gestalt los. Die Frau schlug lang hin. Einer der Diener sprang hinzu und fing ihr Haupt auf, bevor es gegen die Ebenholzbohlen des Fußbodens prallte.

Murenius, Shevanu und die Offiziere hatten sich erhoben. Die Seeleute traten zur Seite, als der Hohepriester sich der Frau näherte. Murenius schaute hinab. Er kannte die Frau nur flüchtig vom Ansehen. Eine unbedeutende Dienerin, eine Kämpferin, die am Sturm auf die Burg der Rondra-Legisten teilgenommen hatte. Auf den ersten Blick machte sie einen leblosen Eindruck, aber dann zuckten die Hände, und der Kopf begann sich leicht hin und her zu bewegen, in einem schrecklichen, unsinnigen Rhythmus.

Unwillkürlich schrecklich Murenius zurück, als er der Frau ins Gesicht blickte. Die Züge waren wie erstarrt und zeigten namenloses Entsetzen, der Mund stand offen, Speichel lief herab, die Augen waren glanzlos und leer. Es war das Gesicht einer Blöden.

»Was ist geschehen?« fragte der Hohepriester leise. Er ahnte die Wahrheit bereits.

»Rede, Chimasso!« forderte die Kapitän den Mann auf, der das Haupt der Frau aufgefangen hatte.

»Es war ... der *curga* ...«, stammelte der Mann. »Er formte sich plötzlich an Deck ... Wir wichen zurück ... wie immer ... in schuldigem Respekt ... aber ohne Furcht ... Schließlich ist er ein gefügiger Diener Ch'Ronch'Ras ...«

Keineswegs, dachte Murenius, *keineswegs. Aber wie konnte er es wagen?*

»...plötzlich stürzte er sich auf die Frau, deren Namen ich nicht kenne ...«, fuhr der Mann fort.

»Vinna«, kam von hinten eine Stimme.

»Auf Vinna.« Der Mann nahm den Namen dankbar auf, als sei er froh über die Unterbrechung. »Sie kam gerade an Deck, wohl um Luft zu schnappen. Der *curga* ...« Dem Mann versagte die Stimme.

»Er ist in sie hineingefahren.« Mit diesen Worten sprang der andere Diener in die Bresche. Er wirkte abgebrühter. »Hab's genau gesehen. Hab das Gurgeln gehört oder mehr so'n Pfeifen, als der Geist, also dieser *curga*, ihr durch die Nase flutschte und in ihr ver-

schwand. Die Frau schrie wie am Spieß, und 'n paar
von uns stimmten ein. Dann kippte sie um, und im Nu
war der Geist, also dieser *curga*, wieder draußen. War
dann auf und davon, mit seinen roten Augen und
allem.«

Der Mann schwieg und wirkte beinahe zufrieden,
weil nun alles gesagt und erledigt war.

Er war nicht der einzige, der schwieg.

Xonto war es schließlich, der aussprach, was alle
dachten. »Aber wie konnte das geschehen? Vinna …«
Er zeigte auf die Brust der Frau, die jetzt eine Art Lal-
len von sich gab. Dort hing, allen sichtbar, an einer
Schnur die Nachbildung des Steinkopfes. »Vinna trug
das Amulett des Ch'Ronch'Ra!« Xonto wandte sich
dem Hohenpriester zu. Seine Stimme hatte einen an-
klagenden Unterton, als er wiederholte: »Sie trug das
Amulett des Ch'Ronch'Ra! Uns wurde gesagt, das
Amulett schütze vor dem *curga*!«

Murenius hatte Zeit gehabt, seine eigene Angst und
Verwirrung niederzuschlagen und sich eine Antwort
zurechtzulegen. Auf keinen Fall durfte der Glaube der
Diener an Ch'Ronch'Ras Huld beschädigt werden.

»Das Amulett schützt vor dem *curga*«, bestätigte er
und versuchte dabei, so würdig und gelassen zu klingen
wie nur irgend möglich. »Es hilft dem *curga*, den Träger
als Diener des Ch'Ronch'Ra zu erkennen. Niemals
würde der *curga* es wagen, einen anderen Diener seines
Herrn anzugreifen, denn der Zorn Ch'Ronch'Ras würde
ihn für eine solche Tat zerschmettern. Aber es gibt eine
Ausnahme. Der *curga* hat im Auftrag Ch'Ronch'Ras gehandelt. Denn Vinna war eine Verräterin, ein Spitzel des
Praefos Gorm! Ich habe seit langem davon gewußt und
mich mit Ch'Ronch'Ra beraten.« Fieberhaft dachte Murenius nach, denn so weit hatte er nicht vorausgedacht.
Dann fuhr er fort: »Es war der Wunsch Ch'Ronch'Ras,
die Frau nicht zu töten, solange sie uns nicht schaden

111

konnte. Sie sollte uns dienen, obwohl sie es mit falschem Herzen tat. Nun aber, da wir uns Efferds Tränen nähern, wurde die Gefahr zu groß. Sie hätte flüchten und versuchen können, den Praefos vor uns zu warnen, spätestens dann, wenn ein Schiff oder die Tränen in Sicht gekommen wären.«

Die Diener nahmen die Erklärung erstaunt, aber zugleich mit sichtlicher Erleichterung auf. Dennoch stellte Fenu die naheliegende Frage: »Warum hat Ch'Ronch'Ra uns nicht erlaubt, die Frau am Tag unseres Gottes vor seinem Antlitz zu foltern und ihm zu Ehren zu opfern?«

»Weil der *curga* der Frau die Seele geraubt und sie Ch'Ronch'Ra zur Verfügung gestellt hat«, erwiderte Murenius, der mit dem Einwand gerechnet hatte. »Das ist mehr, als wir Ch'Ronch'Ra bei einer Opferung geben können. Und er verlangte nach dieser schlimmsten aller Bestrafungen für die erste Verräterin in den eigenen Reihen. Er wird ihre Seele für die schändliche Tat bis in alle Ewigkeit foltern.«

Ein Schaudern lief durch die Reihen der Diener.

Ausgerechnet Shevanu, die Priesterin, die ihn eigentlich hätte unterstützen sollen, brachte Murenius in Verlegenheit. »Hätte der *curga* seinen Dienst nicht vor den Augen aller Diener am Tag des Ch'Ronch'Ra vollbringen können? Zürnt uns der Gott?« Anzüglich fügte sie hinzu: »Oder zürnt er seinem Hohenpriester? Mir schien, daß Ihr über den Zeitpunkt der reinigenden Handlung des *curga* nicht in Kenntnis gesetzt wart, mein Hoherpriester.« Wenn andere Ohren zuhörten, benutzte sie die förmliche Anrede, aber dies war auch die einzige Hochachtung, die sie ihm zollte.

Murenius schickte einen wütenden Blick in ihre Richtung. »Ch'Ronch'Ra zürnt seinen Dienern nicht, den niederen nicht und auch nicht den hohen, am wenigsten dem höchsten seiner Diener, Priesterin. Die Antwort ist einfach. So wie Ch'Ronch'Ra uns die Gunst, ihn anzubeten, zu der uns erlaubten Stunde zuteil werden läßt, so erlaubt er sie dem *curga*, aber zu anderen Zeiten. Das eine darf nicht mit dem anderen verbunden werden, auf keinen Fall! Ich wußte, daß die Tat der Anbetung des *curga* bevorstand, aber nicht einmal mir wurde mitgeteilt, wann genau es geschehen sollte. Weil es verbotenes Wissen ist. Ich neige mich der weisen Entscheidung des Ch'Ronch'Ra. Für Ch'Ronch'Ra!«

Laut fielen die Stimmen der anderen ein. Auch Shevanu schloß sich ihnen an. Murenius beglückwünschte sich, die Klippe umschifft zu haben. Und er nahm sich vor, sich zu gegebenem Anlaß an Shevanu zu rächen.

»Was soll mit dem Körper der seelenlosen Verräterin geschehen?« fragte Harubas, als wieder Ruhe eingekehrt war.

»Die Hülle dieser Frau ist nicht mehr würdig, Ch'Ronch'Ra geopfert zu werden«, entschied Murenius. »Werft sie über Bord.«

5. Kapitel

Auf der Festung

Beinahe mühelos parierte Gorm den Säbelhieb, griff seinerseits an und trieb Nhood mit schnellen, kurzen und doch harten Schlägen seines Säbels in die Ecke. Es wirkte mühelos und zwingend. Trotzdem war das angestrengte Schnaufen nicht zu überhören, und von Gorms nacktem, mit eitrigen Geschwüren übersätem Oberkörper sowie aus den Falten des fetten Bauches ergossen sich Bäche von Schweiß. Der Schweiß lief ihm aus dem stoppelkurzen grauen Haar in die Augenwinkel und raubte ihm die klare Sicht. Aus den Falten des Doppelkinns tropfte es ebenfalls. Der gekachelte Boden, auf dem er sich bewegte, war bereits naß und glitschig.

Auch die Wände des Raums waren bis zu den Decken gekachelt. Die Kacheln, feinste Ware aus dem Perlenmeer, besaßen eine feurig schimmernde rote Glasur. Eine jede von ihnen war kunstvoll gestaltet und zeigte Schiffe, Inseln, Fische oder sagenhafte Meerungeheuer; einige auch Risso, die auf Delphinen ritten. Aber keiner der beiden Kämpfer hatte Sinn für die filigranen Kunstwerke zu seinen Füßen oder Seiten.

Der Raum mit den schmalen Fensterschlitzen und den mächtigen Deckenbalken aus schwerer Steineiche lag im hinteren Teil der Festung. Nur Gorm selbst, sein Leibdiener und engste Vertraute durften sich hier aufhalten. Man konnte ihn nur erreichen, wenn man zuvor den von Praefosgardisten scharf bewachten Innenhof der Festung passiert hatte.

Auch Nhood schwitzte, aber er hatte den Vorteil der Jugend auf seiner Seite. Obwohl er genauso stämmig und stiernackig gebaut war wie Gorm und die kurzen Waden keine langen Schritte erlaubten, war er flink auf den Beinen, und seine Muskeln waren belastbar. Er tauchte unter dem letzten Hieb Gorms hinweg, drückte seinen Schild von unten hoch und traf Gorm erst am Oberschenkel, dann am Hodensack.

Der Praefos jaulte auf und ließ den Holzsäbel fallen. Er beugte sich mit schmerzverzerrtem Gesicht nach vorn, griff sich an die Schamkapsel und fluchte: »Voll in die Eier, du verdammter Bastard! Bei Boron, nennst du das einen Übungskampf?«

Nhood grinste selbstgefällig. »Ich kämpfe wie du mit allen Mitteln. Ist doch einerlei, wie du deinen Gegner besiegst. Hauptsache, du rettest die eigene Haut und haust dem andern die Scheiße aus dem Wanst. Hast du mir selbst beigebracht. Seit wann kommst du mir mit ritterlichem Kampf?«

»Richtig!« sagte Gorm, richtete sich auf, trat Nhood den nur noch locker gehaltenen Schild aus der Hand und war im nächsten Augenblick neben ihm. »Ich habe dir das beigebracht. Aber ich sagte auch: Mach den anderen fertig, bis er sich nicht mehr bewegt! Sonst macht er dich fertig!«

Bevor Nhood wußte, wie ihm geschah, hatte Gorm mit der Linken den rechten Arm des anderen am Ellbogen gepackt und über den Kopf hinweg nach hinten gebogen. Gorms freier rechter Arm schlang sich um Nhoods Nacken und nahm seinen Kopf in der Schwitzkasten, ohne seinen Druck mit der Linken zu lockern. ›Söldnerkuß‹ nannte er diesen Griff, bei dem ein Teil des Nackens nach hinten und der andere nach vorn gezwungen wurde. Nhood schrie vor Schmerz und glaubte, ihm solle das Genick gebrochen werden. Er fuchtelte mit dem freien Arm herum, konnte damit aber nichts ausrichten. Jetzt war es Gorm, der wild und gemein lachte.

Nhood war gezwungen, den Achselschweiß des Praefos zu kosten, und die stinkenden, eiternden Geschwüre drückten sich in sein Fleisch. Der Praefos war fett, und das Fleisch wirkte schwabbelig, aber darunter lagen eisenharte Muskeln verborgen. Nhood keuchte, weil er keine Luft mehr bekam. Gorm drückte noch ein wenig fester zu. Das Ganze schien ihn zu erheitern. Dann ließ er unvermittelt den Arm des Jüngeren los, zog ihn am Kopf unter sich hindurch und trat ihm mit aller Kraft in den Hintern. Nhood wurde von dem Schwung bis zur nächsten Wand getragen, rammte sie mit dem Kopf und ging benommen zu Boden.

Gorm lachte noch lauter.

Nhood erhob sich und sah den Praefos wütend an. Er schaute sich um, als suche er nach einer Waffe.

»Nun, was ist?« herrschte ihn Gorm an. »Möchtest du mich jetzt am liebsten umbringen? Ja? Bei Boron, das ist der richtige Geist, Junge, aber das falsche Opfer. Ich habe da einen alten Sklaven, der es nicht mehr lange macht. Soll ich ihn holen lassen? Ich schenke ihn dir, du kannst ihn abstechen, wenn dir danach zumute ist. Na?«

»Ich habe meinen eigenen Sklaven, den ich abstechen werde«, knurrte Nhood.

»Dazu mußt du ihn erst einmal von den Piraten zurückholen.«

»Das werde ich tun, verlaß dich drauf.« Nhood rieb sich den Hintern. »Deine Stiefelspitze ist mir geradewegs ins Arschloch gedrungen. Ich werde drei Tage lang nicht scheißen können!« beklagte er sich.

»Dafür ist es doppelt so schön, wenn es wieder möglich ist«, erwiderte Gorm und freute sich über Nhoods saure Miene. »Weißt du, warum ich Praefos von Ghurenia wurde und es seit nun schon fünfundzwanzig Jahren geblieben bin? Nicht weil ich der Klügste, nicht weil ich der Stärkste und nicht einmal weil ich der Härteste von allen bin. Aber wenn andere klüger sind als ich, bin ich stärker als sie. Sind sie stärker, bin ich härter. Sind sie härter und grausamer, bin ich schlauer. Es kommt darauf an, ein bißchen Schläue und ein gutes Maß Stärke zu vereinen. Vor allem aber darf man jedoch nicht vor Dingen zurückzuschrecken, vor denen verweichlichte Naturen innehalten und sich bepissen. Das ist die Mischung, die einen Praefos ausmacht. Und mit den Jahren kommt die Erfahrung hinzu.«

Nhood wischte sich den Eiter vom Oberkörper und machte ein angeekeltes Gesicht. Er glaubte sich gut genug mit dem Praefos zu stehen, um sich das erlauben zu können.

»Ah ... du solltest jetzt dein Gesicht sehen, Nhood!« Das feiste Gesicht Gorms glühte vor Schadenfreude und sah aus wie die Fratze eines Dämons.

»Und du deines!« giftete Nhood zurück.

»He, Nhood, widert dich der Eiter deines Praefos an?« fragte Gorm höhnisch.

Nhood wußte, daß er den Bogen nicht überspannen durfte. Bei aller Grobschlächtigkeit und Härte auch sich selbst gegenüber haßte Gorm seine Geschwüre, auch wenn er sich gelegentlich darüber lustig machte. »Angenehm ist es nicht«, sagt er vorsichtig.

»Ha, glaubst du, mir ist es angenehm?« Gorm spuckte aus. »Aber, bei Boron, es gibt Schlimmeres. Du hast noch nie eine Schlacht erlebt, Junge. Ich hab viele hinter mich gebracht, und ich liebe den Kampf. Ja, ich habe manchen zum Krepieren gebracht, und es waren ein paar harte Vögel darunter, die es mir nicht leichtgemacht haben, die mich verfluchten, wenn ich den

Dolch in ihrer Wunde drehte, damit das Blut besser abfließen konnte, und dabei lachte. Was ist schon Eiter? Wenn du tötest, fliegt dir Blut, Pisse und Scheiße um die Ohren. Na und? Das sind die Düfte Borons. Wenn du Boron schätzt, wirst du diese Düfte lieben. Früher und später. Weißt du, wie die Eingeweide eines Menschen stinken? Lieblich, sage ich. Denn wenn sie offen vor dir liegen, gehören sie elenden Hurenböcken, die dir keinen Dolch mehr in den Rücken jagen können. Das ist doch etwas, oder? Und was den Eiter angeht, so mußt du in den Feldlazaretten der Söldner froh sein, wenn er dir nicht in die Suppe tropft.«

Nhood hatte größte Mühe, ein Würgen zu unterdrücken.

»Wie bist du zu den Geschwüren gekommen?« fragte er, obwohl ihn das herzlich wenig kümmerte. Er wollte Gorm nur davon abbringen, weiterhin genußvoll von den ekligen Seiten des Kampfes zu erzählen. Nhood mußte sich eingestehen, daß er noch nicht abgebrüht genug war, um an den Gerüchen des Todes Gefallen zu finden, sosehr er auch Boron verehrte und so wenig ihm das Töten etwas ausmachte. Da er wußte, daß Gorm früher als Söldner und Kapitän im alanfanischen Schwarzen Bund des Kor gedient hatte, fügte er hinzu: »Eine Söldnerkrankheit?«

»Pah, du Hosenscheißer«, meinte Gorm verächtlich. »Die Söldnerkrankheit läßt dir den Hahn abfaulen, und der ist bei mir noch bestens in Ordnung. Nein, es ist nicht *die* Söldnerkrankheit und auch keine andere, die ich mir als Söldner geholt habe. Sie trat erst hier in Ghurenia auf, ganz plötzlich, wie angehext. Aber schon möglich, daß ich sie mir bei einem Weib geholt habe. Das heißt nein, wohl doch nicht, denn sie ist nicht ansteckend. Du kannst also unbesorgt sein. Du wirst nicht morgen mit eitrigen Pusteln aufwachen. Oder hast du Pusteln an deiner Mutter entdeckt? Sie hat mich nicht nur auf sich, sondern auch in sich gehabt, und das ist mehr, als du von dir behaupten kannst. Wenn's ansteckend wäre, hätte sie's schon lange.«

Anfangs hatte es Nhood gestört, wenn Gorm damit prahlte, wie er Nhoods Mutter genommen hatte. Inzwischen war es ihm gleichgültig. »Aber es ist lästig, oder?«

»Bei Boron, was denn sonst?« sagte Gorm mürrisch. »Aber was soll's, es bringt mich nicht um.«

Gorm brüllte nach seinem Diener und ließ ihn sowohl feuchte als auch angewärmte trockene Tücher bringen. Nhood rieb sich sauber, obwohl der Eitergruch nicht völlig verschwinden wollte, und hüllte den nackten Oberkörper in ein warmes Tuch.

Gorm hatte sich von seinem Diener abreiben lassen und ihn dann barsch fortgejagt. Als Nhood aufsah, hatte Gorm schon wieder seinen ledernen Brustpanzer angelegt und sich zu dem Tisch begeben, der in einer Nische des Übungsraums stand. Er ergriff einen der randvollen Weinpokale, die dort bereitstanden, leerte ihn in einem Zug und warf ihn gegen die Wand. Eine Kachel zerbrach, der Pokal fiel klirrend zu Boden und rollte unter einen der hoch aufragenden Waffenschränke, Boron zu Ehren aus Ebenholz gefertigt und mit Schnitzereien verziert, die Kampfszenen zeigten. Auf dem Kaminsims links vom Tisch standen in Holzrahmen eingehängte Schrumpfköpfe von Gegnern, denen Gorm vor vielen Jahren den Garaus bereitet hatte. Auf der anderen Seite des Raums gab es einen dunklen Alkoven, daneben eine schwere Truhe aus Mohagonibaum, in der Gorm einige seiner erbeuteten Kostbarkeiten aufbewahrte. Zehn Talglichter brannten in einem Deckenleuchter, der an schweren Ketten aufgehängt war; doch das Licht reichte nicht weit genug, um Einzelheiten preiszugeben. Der mit geschmiedeten

Eisenbändern verzierte Deckel stand offen. Der Praefos hatte Nhood vor dem Kampf einige der Beutestücke gezeigt und mit seinen Taten geprahlt.

Nhood warf das Tuch achtlos in die Ecke und zog den Brustpanzer über, auf dem über dem Herzen die rote Faust abgebildet war. Die silbernen Verschlüsse wiesen ihn als Hauptmann der Praefosgarde aus. Er mußte sich erst noch an die Rüstung gewöhnen. Den Helm mit dem Nasenschutz ließ er einstweilen auf dem Rüstbock hängen.

Gorm hatte sich auf einen Schemel gesetzt und sah ihm wohlgefällig zu. Sein Blick wanderte über das kurze dunkle Haar, das runde, aber recht hübsche Gesicht, über die etwas zu breite Nase, in deren Flügel je ein Edelstein eingelassen war.

»Du bist stark und hast einen prächtigen Körper, Junge«, lobte er. »Breite Schultern, kräftige Arme. Du siehst gut aus und hast zugleich die nötige Härte. So war ich auch in meiner Jugend. Ich wette, du hast auch einen starken, dicken Schwanz, was? Das mögen die Weiber. Nimm dir die Mösen, wo sie sich dir bieten. Und wenn sie nicht wollen, dann nimm sie gegen ihren Willen.« Er lachte dröhnend. »Man muß sie manchmal zu ihrem Glück zwingen. Einige macht das erst richtig feurig, obwohl sie hinterher oft heulen und behaupten, es habe keinen Spaß gemacht.«

»Wie meine Mutter?« fragte Nhood mit einem Grinsen.

»Das war nicht Lust, das war Bestrafung«, behauptete der Praefos. »Bei Boron, hättest du es lieber gesehen, ich hätte sie von meinem Gardehenker köpfen lassen? Oder sie dem Stadthenker Eitel Galantes überlassen sollen, der sich nicht einmal darauf versteht, einen Kopf sauber abzutrennen?«

»Meinetwegen hättest du es tun können«, sagte Nhood kalt. »Das Handelshaus Murenbreker würde mir gehören, und die Gilde hätte ich längst unter meiner Knute.«

»Mir gefällt es, wie du zu deiner Mutter stehst. Laß dir nur ja nicht deinen Weg durch Seelenschmalz wie Familienbande verbauen. Doch darfst du die Deinen nicht unterschätzen. Vergiß Kunus nicht. Er könnte sich als Gegner erweisen.«

»Kunus ist lahm geworden. Seit er Weib und Blagen hat, ist mit ihm nichts mehr anzufangen. Sollte er dennoch versuchen, mir meine Ansprüche streitig zu machen: Mit dem werde ich jederzeit fertig.«

»Das traue ich dir zu«, sagte Gorm. »Heute, wohlgemerkt. Seinerzeit warst du noch nicht reif dafür. Und die Gilde hätte sich gegen dich empört. Ich wollte sie damals nicht gegen mich aufbringen. Boron weiß, ich hatte wahrhaftig andere Sorgen.«

»Du bist also bereit, heute den Kampf gegen die Gilde zu wagen?« fragte Nhood hoffnungsvoll.

»Gemach, später vielleicht, in einigen Monden«, wehrte der Praefos ab. »Ach, Junge, vergiß die Gilde, vergiß die Herrschaft über das Haus Murenbreker. Wenn die Zeit reif ist, soll Kunus doch den Handel übernehmen. Das macht ihn dir verpflichtet.«

»Was?« fuhr Nhood auf. »Ich lasse nicht zu…«

»Halt die Fresse und hör mir zu!« brüllte ihn der Praefos an. »Das Handelshaus, die Gilde, das ist doch alles bedeutungsloses Gewichse, ein wahrer Scheißdreck! Was meinst du, warum ich dich auf die Festung genommen und zum Hauptmann meiner Garde gemacht habe?«

»Um zu verhindern, daß meine Mutter mich nach Al'Anfa abschiebt«, antwortete Nhood ärgerlich. »Um mir zu helfen. Jedenfalls glaubte ich das bisher. Ich lasse mich nicht herumstoßen und will…«

»Willst du noch einen Söldnerkuß?« fragte Gorm drohend. »Noch einmal meinen Stiefel spüren? Glaub

121

mir, Junge, diesmal trete ich dir die Spitze durch das Arschloch bis zu den Zähnen! Ich dulde keine Widerworte! Ich bin der Praefos von Ghurenia, auch für dich, Bastard!«

Nhood senkte den Kopf und schwieg. Er konnte immer noch nicht richtig einschätzen, wie er sich Gorm gegenüber zu verhalten hatte. Manchmal behandelte ihn der Praefos wie einen Vertrauten, beinahe wie einen Sohn. Dann wieder führte er sich als eiserner Despot auf, der bedingungslosen Gehorsam verlangte und grausam zu strafen wußte.

Gorms Zorn verrauchte, als er die Demutsgeste sah. »Hör zu, Dummkopf«, sagte er und senkte die Stimme »ich will dir nichts nehmen, sondern im Gegenteil viel mehr geben, als du dir träumen läßt. Ich habe Großes mit dir vor, Nhood.«

Nhood Murenbreker blickte auf. Hohe Erwartung und unverkennbare Machtgier sprachen aus seinen Augen.

Der Praefos zog mit dem Fuß einen weiteren Schemel an den Tisch heran und deutete darauf. »Setz dich.«

Als der junge Murenbreker ihm gegenübersaß, schob er ihm einen Weinpokal hin. Etwas von dem Wein schwappte über und bildete eine Pfütze. Weder Gorm noch Nhood kümmerte es. Nhood trank den Becher zur Hälfte leer und stellte ihn dann zurück. Gorm leerte einen weiteren Pokal und warf auch diesen gegen die Wand. Es standen noch genug andere Pokale bereit. Nhood beschloß, dem Beispiel des Praefos zu folgen, trank des Rest seines Pokals aus und warf ihn gegen die Wand.

Gorm lachte dröhnend. »So gefällst du mir, Junge.«

Nhood spürte, wie ihm der schwere Rote zu Kopfe stieg. Mit fiebrigen Augen beugte er sich vor. »Also, was hast du Großes mit mir vor, Praefos? Ich bin zu

122

allem bereit!« Er hatte absichtlich Gorms Titel benutzt, um ihn nicht abermals in Zorn zu versetzen.

»Dieser Hurensohn von einem hergelaufenen Sklaven – *dein Sklave, Nhood!* – hat Malurdhin getötet«, begann Gorm. »Malurdhin war ein alter Freund, der mit mir aus Al'Anfa gekommen ist. Ich vermisse ihn schon jetzt.« Er räusperte sich.

Zu seinem Erstaunen bemerkte Nhood fast so etwas wie Wehmut in den Augen des Praefos. Er mochte es kaum glauben. Er hätte ihn solcher Regungen für unfähig gehalten. Er hielt sie für Schwäche und unterdrückte ein verächtliches Grinsen. *Praefos Gorm ist alt und weich geworden!*

Aber Gorm überraschte ihn abermals, indem er seine Gefühlsregung abschüttelte wie zuvor seine Schweißtropfen. Nüchtern und hart fuhr er fort: »Malurdhin war ein verdammter Hurenbock, ein gnadenloses Arschloch, dem man nicht den Rücken zukehren durfte. Aber ich mochte ihn, denn er war in manchem wie ich. Nur nicht ganz so ehrgeizig. Er wollte Weiber, Wohlstand, Geld, aber er strebte nie danach, meinen Platz einzunehmen, und das gefiel mir an ihm. Wir haben manchen Becher Wein zusammen gesoffen und gemeinsam so manches Weib bestiegen, schon bei den Söldnern. Manchmal hat der eine die Metze für den anderen festgehalten, wenn sie nicht freiwillig wollte. Verstehst du? Ich will, daß du diesen elenden Thalon findest und für mich schön langsam umbringst. Das bin ich Malurdhin schuldig!«

»Das hätte ich auch ohne deinen Auftrag getan«, versicherte Nhood. »Der Bastard hat meine Schwester entführt, und wahrscheinlich vögelt er sie.«

»Es heißt, sie sei freiwillig mit ihm gegangen«, warf Gorm ein. »Die Möse war ihr wohl zu heiß und mußte abgekühlt werden. Das hätte die Metze auch hier auf der Festung haben können, mit einem richtigen Kerl.

Junges Fleisch ist mir am liebsten.« Er lachte selbstgefällig.

»Mag sein, daß sie sich aus freien Stücken von dem
Kerl vögeln läßt, aber das ist mir einerlei. Alina bedeutet mir einen Scheißdreck, aber ich kann nicht dulden,
daß ein Piratenkerl, der von mir als Sklave gekauft
wurde, eine Murenbreker stößt und sich es dabei wohl
sein läßt. Er wird dafür zahlen!«

»Weißt du denn, wo du ihn suchen mußt?«

»Die Piraten wurden gesehen, als sie dreist in unseren Hafen einliefen. Er handelt sich um eine Lorcha,
die den Namen *Seewolf* führt.«

»Soviel ist mir selbst bekannt. Was weißt du noch?«

»Eine Zwergin wurde an Bord gesehen. Es gibt im
Südmeer nur eine Zwergin, die zur See fährt. Es muß
sich um Cedira handeln, die Vertraute von Eiserne
Maske.«

»Dies ist mir neu. Woher stammt dein Wissen?«

Nhood zögerte, ob er seinen Gefährten preisgeben
sollte, aber dann sagte er: »Fadim o'Chim jagte den
Sklaven in meinem Auftrag. Er sah ihn und Alina an
Bord gehen. Leider kam er zu spät, um noch einzugrei-
fen.«

»Fadim o'Chim, der Dieb? Das hätte ich mir denken
können.« Gorms Gesicht verfinsterte sich. »Cedira
und Eiserne Maske also ... Merkwürdig ... Was wollte
der Piratenbengel überhaupt in Ghurenia? Warum
holten die Piraten ihn ab? Sie setzen ein Schiff und
eine Mannschaft aufs Spiel, um einen elenden Sklaven
zu retten? Das kann nicht sein! Irgend etwas ist da
faul. Es hört sich beinahe so an, als hätte der Sklave
einen Auftrag zu erfüllen gehabt ... Eiserne Maske, du
verfluchter Hurensohn, welches Spiel treibst du da ...«
Der Praefos verstummte und grübelte dumpf vor
sich hin.

Nhood schwieg. Es scherte ihn wenig, was Thalon

den Piraten bedeutete. Für ihn blieb er nichts weiter als ein Sklave, der ihm gehörte. Er war enttäuscht und wütend über den Praefos. Er hatte sich mehr erhofft, als mit ihm eine Seereise zu unternehmen.

»Was hat deine Mutter vor?« fragte Gorm unvermittelt.

»Nichts«, erwiderte Nhood und machte eine abfällige Handbewegung.

»Ich wollte ein Schiff von ihr, um Thalon zu jagen, versuchte es ihr schmackhaft zu machen, indem ich vorgab, nur Alinas Wohl im Sinn zu haben; aber sie lehnte ab.«

»Canja will ihre Tochter, die kleine Metze, nicht zurückholen? Das kann ich nicht glauben! War sie denn nicht einem Kaufherrn in Al'Anfa versprochen?«

»Das schon, aber das scheint keine Rolle mehr zu spielen. Anfangs hieß es von ihr sogar, Alina sei gar nicht durchgebrannt, sondern bereits nach Al'Anfa unterwegs. Hätte Fadim o'Chim Alina und Thalon nicht mit eigenen Augen an Bord gehen sehen, wüßte ich es bis heute nicht anders. Ich mußte es meiner Mutter auf den Kopf zusagen, bis sie ihr Leugnen aufgab.«

Gorms Augen hatten sich zu engen Schlitzen verengt. »Sie hat es geleugnet?« fragte er wachsam.

Nhood nickte. »Ich sagte es bereits.«

»Bei Boron, warum wollte das Weib das nicht zugeben, was geschehen ist?«

»Sie sagte, es sei eine Schande, von der möglichst wenige erfahren sollten.«

»Das kaufe ich ihr nicht ab!« donnerte Gorm. »Es steckt etwas anderes dahinter! Was sucht dieser Kaufherr aus Mingbilla in eurem Haus? Warum hat er Bewaffnete mitgebracht?«

»Ich weiß es nicht, denn es ist nicht mehr mein Haus.«

»Irgend etwas wirst du doch über ihn wissen! Rede,

Junge, bevor ich die Geduld verliere!« herrschte ihn der Praefos an.

»Kaufherr Costald ist ein alter Freund der Familie«, bequemte sich Nhood zu antworten. Er grinste. »Ein wahres Wunder, daß der alte Kerl immer noch lebt. Er muß schon weit über sechzig sein und...« Er verstummte, als er Gorms bösen Blick bemerkte. Ihm wurde plötzlich bewußt, daß der Praefos auch bereits die Fünfzig überschritten hatte. »Er wurde seit langem erwartet und kann nichts mit der Angelegenheit zu tun haben.«

»Überlaß gefälligst mir die Schlüsse, Bastard!« knurrte der Praefos. »Kommt dir irgend etwas ungewöhnlich vor, soweit es Canja, diesen Costald oder andere Arschlöcher in ihrer Umgebung angeht? Los, denk nach!«

»Ich wüßte nicht... Nun ja, ungewöhnlich mag sein, daß die beiden in ein paar Tagen mit Costalds Schiff in See stechen wollen. Ich hörte es, als ich heute im Speicherhaus war und den Pissern dort Respekt für den neuen Hauptmann der Praefosgarde beibrachte. Es heißt, sie wollen bis Brabak reisen, um lohnende Häfen für neue Handelsniederlassungen zu erkunden. Ich wünsche mir, daß Eiserne Maske sie unterwegs erwischt und zu den Fischen schickt.«

»Bis Brabak? Den Weg, den dieser Costald gekommen ist, wenn er in Mengbilla zu Hause ist? Das glaube ich einfach nicht. Er hätte die Orte schon auf dem Hinweg erkunden können.«

Widerwillig mußte Nhood zugeben, daß der Praefos ihm einiges voraus hatte, was Mißtrauen und Argwohn anging. Er selbst hatte sich nichts dabei gedacht, als er von der Reise hörte.

»Hör zu, Junge«, sagte der Praefos, »du wirst herausbekommen, was Canja und Costald wirklich vorhaben. Ich erlasse dir einstweilen deine Pflichten in der

126

Garde. Setz diesen Dieb für unsere Sache ein. Es ist von äußerster Wichtigkeit. Wenn sie selbst vorhaben, die Piraten zu jagen, soll es uns recht sein. Dann heftest du dich ihnen an die Fersen. Auf jeden Fall möchte ich vor Überraschungen gefeit sein.« Er grinste. »Vielleicht können wir mehrere Fliegen mit einer Klappe schlagen: den Piratenlümmel, Alina mit ihrer heißen Möse – he, du machst mir doch keinen Kummer, wenn ich sie nach der Befreiung besteige? – und deine Mutter. Wenn eine Kaufherrin selbst zur See fährt, kann es schon mal geschehen, daß sie nicht zurückkehrt, oder? Efferd ist launisch, und Boron ist schnell zu Stelle, wenn die Launen stürmisch werden. Die Gilde wird es nicht wundern, und wer will nachprüfen, was wirklich geschehen ist? Am Ende läuft dir sogar Eiserne Maske vor den Säbel, obwohl ich nicht glaube, daß er sich an Bord der *Seewolf* befindet. Er macht noch immer mit seiner *Schwarze Rose* das Südmeer unsicher. Aber vielleicht führt dich die *Seewolf* zu ihm. Nun, es wird möglicherweise eine lange und nicht ungefährliche Reise. Eine Lorcha ist klein, und das Südmeer ist groß. Es sei denn, deine Mutter weiß, wohin die Lorcha unterwegs ist.«

Nhood erhob sich, um seinen Auftrag zu erfüllen. Er gab sich keine Mühe, seine Enttäuschung über den Praefos zu verbergen. »Ist das alles?«

»Nur der Anfang«, sagte Gorm und grinste über Nhoods Ungeduld. »Setz dich wieder. Ich sprach von Großem und meinte damit weder deine widerborstige Mutter noch einen aufgegeilten Piratenbengel.« Er wartete, bis Nhood wieder Platz genommen hatte, und griff nach einem frischen Weinpokal. Diesmal nahm er nur einen kräftigen Schluck. »Malurdhin war mein Stellvertreter. Er wäre mein Nachfolger geworden, wenn es mich früher als ihn erwischt hätte. So war es abgemacht. Malurdhin wollte nicht Praefos werden und war eigentlich auch zu alt dafür. Aber er war der einzige, dem ich zugetraut hätte, Ghurenia mit eiserner Hand zu führen, so wie ich es tue.«

Nhood war es im Grunde leid, noch weitere Lobgesänge auf den toten Malurdhin über sich ergehen zu lassen. Aber was blieb ihm anderes übrig als zuzuhören? Er wartete.

Endlich kam Gorm zur Sache. »Malurdhin ist tot, und ich muß manches neu bedenken. Vielleicht ist es gut, daß es so gekommen ist, denn ich hab schon lange ein Auge auf dich, Nhood. Du sollst mein Nachfolger als Praefos von Ghurenia werden! Es kommt dir zu, und zwar in jeder Beziehung!«

Endlich hat er es ausgespuckt!

»Ich bin dazu bereit und der Aufgabe gewachsen, Praefos!« sagte Nhood stolz. »Wann …«

Gorm lachte dröhnend. »Mach dir keine falschen Hoffnungen, Kerl! Ich sagte *Stellvertreter* und *Nachfolger*! Du wirst Praefos, wenn ich den Arsch zukneife, und keinen Tag früher.«

Nhood machte seinen Fehler sofort wieder wett. »Ich wollte nur fragen, wann ich segeln soll, um mir diesen Thalon zu greifen.«

»In drei Tagen können sowohl die *Praefos Gorm* als auch die *Faust des Praefos* zum Auslaufen bereit sein. Notfalls früher, wenn es die Umstände erforderlich machen. Eines der Schiffe kriegst du. Erfüll deinen Auftrag.«

Gorm trank den angebrochenen Pokal halbwegs leer und schleuderte ihn von sich, diesmal zur anderen Seite des Raumes. Er schien Spaß daran zu haben, eine Riesensauerei zu hinterlassen. Wahrscheinlich drangsalierte er anschließend seinen Diener, wenn er nicht binnen kürzester Zeit alles wieder zum Besten bestellte. Der Pokal flog in hohem Bogen auf den Alkoven zu. »Leiste mir gute Dienste, dann ebne ich dir den Weg!«

Der Pokal landete im Alkoven, und ein leiser, unterdrückter, aber doch hörbarer Schmerzenslaut war zu hören.

Die beiden Männer sprangen auf. »Verflucht, was war das?« brüllte Gorm, sprang zum Waffenschrank und riß einen scharfen Säbel aus der Halterung, dessen Klinge blitzte, als sich die Flammen der Talglichter in ihm spiegelten.

Nhood zog sein Schwert aus der Scheide und stürmte zum Alkoven. Gorm rannte mit dem blanken Säbel zu der einzigen Tür des Raums, um jeden Fluchtversuch zu vereiteln.

Ein Gesicht mit weit aufgerissenen Augen, in denen mehr Weiß als sonst etwas zu erkennen war, tauchte im Alkoven auf. Es war so kugelrund und so fahlgelb, daß man meinen konnte, das Madamal habe sich dorthin verirrt und sei nun aufgegangen. Oben thronte ein Büschel dunkler Haare, die kaum zu erkennen waren.

»Bei Travia, Ihr edlen Herren, es ist nicht so, wie Ihr wohl glauben mögt!« jammerte eine kindlich hohe Stimme.

Nhood hielt dem Kerlchen schon das Schwert unter die Nase. »Wie ist es dann, du elender Wicht?«

»Ganz anders, edler Herr, ganz anders und völlig harmlos. Unschuldig bin ich armer kleiner Waisenjunge in diesem Alkoven gelandet, und dann kam dieser Becher geflogen und stieß mit dem armen Kopf des armen kleinen Waisenjungen zusammen …«

»Komm sofort heraus, du Ratte!« unterbrach ihn Nhood.

»Gern, edler Herr«, gab der Junge beflissen zurück, »und mit allergrößtem Vergnügen. Es ist so dunkel darin, daß sich der arme kleine Waisenjunge entsetzlich gefürchtet hat.«

Behende kletterte ein dicklicher Junge aus dem Alko-

129

ven. Er trug ein geflicktes Wams und eine fadenscheinige Hose, die ihm knapp über die Knie reichte. Sorgsam achtete er darauf, der Spitze des Schwertes nicht zu nahe zu kommen. »Ihr könnt das Schwert getrost einstecken, edler Herr. Ich bin wirklich nur ein armer kleiner Waisenjunge, der sich verlaufen hat und dann diesen Alkoven sah...«

»Was läßt du dich von dem Lumpenbalg einwikkeln?« brüllte der Praefos, dem es jetzt reichte. »Schlag ihn tot. Er ist ein dreister Dieb.«

»Wie könnt Ihr so etwas sagen, edler Herr!« rief der kleine dicke Junge mit klagender Stimme. »Bei Travia, ich habe noch nie etwas gestohlen! Habt Ihr denn kein Herz für einen armen kleinen Waisenjungen?«

Nhood zögerte. Er hatte erst zwei Menschen getötet, einen davon im Streit. Gut, die andere war ein alte Frau gewesen, eine Verräterin, die nicht sprechen wollte. Aber einen Jungen, kaum älter als zwölf... Er wollte sich nur ungern selbst damit schmutzig machen. »Deine Folterknechte sollen sich das Stück Sudscheiße vornehmen, Praefos.«

»Was hab ich dir vorhin über Borons Düfte erzählt?« tobte Gorm. »Blut und Pisse, Scheiße und Eingeweide – von Männern und Frauen, die kämpfen, aber auch von alten Weibern und Kindern, die einfach nur im Weg stehen oder bestraft werden müssen! Oder die wir aus Spaß töten! Du bist Hauptmann meiner Praefosgarde und hast mir zu gehorchen! Schlag das Balg endlich tot, sonst töte ich euch beide!«

Nhood holte mit dem Schwert aus und schlug zu. Der Hieb ging ins Leere. Wieselflink, wie man es ihm angesichts des plumpen Körpers nie und nimmer zugetraut hatte, war der Junge verschwunden.

»Das war kein guter Einfall, und Ihr seid auch überhaupt kein edler Herr«, kam die Stimme des Jungen von der anderen Seite.

Nhood warf sich herum und schlug erneut zu. Aber der Junge war schon wieder fort. Nhood war so verblüfft, daß er fast meinte, eine Spukgestalt vor sich zu haben.

»Verdammtes Gör!« schrie er. »Du magst schnell sein, aber du entkommst mir nicht.«

»Bei Boron, du Arschloch, wirst du denn nicht einmal mit einem Kind fertig?« fluchte Gorm.

»Gehört die sprechende Eiterbeule zu Euch?« fragte der Wicht, der sich schon wieder an einer anderen Stelle befand. »Ihr solltet Euch bessere Gesellschaft suchen.«

Nhood rannte auf ihn zu, aber der Knirps flitzte an ihm vorbei und war so wenig zu packen wie ein Schatten. Aber jetzt kam Gorm mit seinem Säbel angerannt. Sein Gesicht, ohnehin keine Augenweide, war eine einzige Grimasse unbändiger Wut. Er schlug eine Finte nach rechts und ließ den Säbel blitzschnell nach links schnellen, in Halshöhe, unmittelbar unter das Mondgesicht.

Das Mondgesicht verschwand eine Winzigkeit zu früh, um als Ziel des Säbelhiebs in Betracht zu kommen. Der Säbel des Preafos pfiff durch die Luft und traf auf keinen Widerstand. Der Knirps hatte es fertiggebracht, rechtzeitig wegzutauchen, und sofort danach einen pfeilschnellen Haken geschlagen. Schon befand er sich hinter Gorm.

»Ihr solltet bei Gelegenheit etwas Unterricht im Fechten nehmen«, erklang die Stimme des Jungen.

»Er darf nicht zur Tür kommen!« schrie Gorm und sprang los, um dem Flüchtling den Weg abzuschneiden. Dabei geriet ihm einer der Pokale vor der Füße, die er an die Wand geworfen hatte. Er kam ins Stolpern und schlug lang hin. Wäre er ein weniger erfahrener Söldner gewesen, hätte er sich vermutlich mit seinem eigenen Säbel den Bauch aufgeschlitzt. Statt dessen schleuderte er den Säbel mit einer ungemein kraftvollen Bewegung unter dem Bauch hervor und gegen den Jungen. Er hatte schon zweimal aus einer solchen Lage heraus einen bereits triumphierenden Gegner getötet.

Doch der Junge sah das Geschoß auf sich zufliegen und tänzelte nach links. Die Säbelklinge bohrte sich einen Spann weit vom Gesicht des Jungen in die Tür aus Mohagoniholz und blieb zittert stecken.

Nhood sprang über den Praefos hinweg, das Schwert in der Rechten, einen Dolch in der Linken.

Der Junge war an der Tür und öffnete sie einen Spalt breit. Im nächsten Augenblick wäre er hindurchgehuscht. Nhood warf den Dolch auf die Stelle, die der Junge passieren wollte. Aber der Knirps blieb einfach stehen und sah zu, wie der Dolch eine Kachel zum Zerbersten brachte und dann in den Raum zurückprallte.

Jetzt war Nhood heran, der Junge befand sich unmittelbar vor ihm. Er stieß mit dem Schwert zu. Es war ganz einfach. Er konnte ihn überhaupt nicht verfehlen. Der Junge wieselte von der Tür weg. Abermals ging der Stoß ins Leere. Durch den Schwung prallte Nhood gegen die Wand. Die Tür öffnete sich ein weiteres Stückchen. Mit aller Kraft warf sich Nhood herum, hieb mit dem Schwert von oben herab auf den Knirps, dem keine Wahl mehr blieb, denn er mußte diese Stelle passieren.

Nhood war unglaublich schnell, so schnell, wie ein junger, kraftstrotzender, zum Töten entschlossener und obendrein verhöhnter Hauptmann der Praefosgarde nur sein konnte. Viel schneller, als Gorm dies fertiggebracht hätte, schneller sogar, als der Praefos es in seiner besten Zeit gewesen war. Und doch war er zu langsam. Der Junge war bereits durch die Tür geschlüpft. Nhoods wilder Hieb schlug eine fünf Finger tiefe Kerbe in die Tür. Die Spitze ragte nach draußen. Er wuchtete die Klinge bis zum Faustschutz in das Holz, stieß sich die Finger blutig und trieb sich einen fingerbreiten Holzspan in die Handfläche. Aber den Jungen traf er nicht.

»Wache!« brüllte Gorm und sprang auf die Beine. »Wache! Alles ausschwärmen! Fangt ihn! Tötet ihn! Er darf nicht entkommen!«

Aber Babbil entkam.

6. Kapitel

In Ghurenia

Vom Aufgang bis zum Untergang der Praiosscheibe verbrachte Ard Swattekopp den Tag in den Speicherhäusern der Familie Murenbreker am Hafen oder in der Villa der Kaufherrin, die sich am Südhang des Runden auf einer in den Fels geschlagenen Terrasse befand. Er war ein alter Mann, den die Jahre ein wenig gebeugt, aber nicht gekrümmt hatten. Wenn es sein Wunsch gewesen wäre, hätte er die Zeit, die ihm vielleicht noch blieb, in Ruhe und Beschaulichkeit verbringen können. Er war kein reicher Mann, aber seine Ersparnisse hätten ausgereicht, um seine geringen Bedürfnisse zu befriedigen. Überdies wollte Canja Murenbreker ihm jederzeit einen Ehrensold bis an das Ende seiner Tage zahlen, ohne daß er dafür eine Gegenleistung hätte erbringen müssen. Aber er zog es vor, sich das Geld, das sie ihm zahlte, auch zu verdienen.

Es gab niemanden mehr, um den er sich zu sorgen hatte. Seine erste wie seine zweite Frau waren längst den Pfad gegangen, den ihnen Boron gewiesen hatte. Viel zu früh folgten ihnen zwei von drei Töchtern, und die Enkel gingen eigene, ihm fremde Wege. Mit der dritten und jüngsten Tochter hatte sich Swattekopp nie verstanden. Irgendwann verschwand sie ohne ein Abschiedswort aus seinem Leben. Sie war irgendwo im

Bornland gesehen worden – Swattekopp konnte sich nicht mehr erinnern, wo genau und wer ihm davon erzählt hatte –, und ein Wiedersehen schien unwahrscheinlich. Swattekopp war nicht traurig darum. Für ihn zählte auch sie längst zu den Toten.

Es gab vielleicht noch das eine oder andere inzwischen längst erwachsene Balg von ihm in den Hafenstädten des Südens – Früchte eines Seemannslebens –, aber wenn sie es gab, so hatte Swattekopp nie etwas von ihnen vernommen. Auch die Freunde gingen einer nach dem anderen, manche früh, andere mit den Jahren, der letzte vor geraumer Zeit. Die meisten waren in Efferds Reich geblieben.

Dies alles hätte Swattekopp zu einem einsamen Mann machen können, der zu nichts mehr Lust hatte, zu nichts mehr fähig war und nur noch darauf wartete, daß sich Boron seiner endlich erinnerte. Aber Swattekopp fühlte sich nicht einsam, sondern nur allein, und das war für ihn ein großer Unterschied.

Der alte Kapitän blickte auf ein langes Leben mit manchen Entbehrungen und harten Erfahrungen, aber auch vielen Abenteuern sowie Erfolgen zurück. Er hatte viel vom Süden gesehen, gegen Meuterer und Piraten gekämpft, manchen Gegner im Faustkampf bezwungen, faule Matrosen an die Arbeit geprügelt, einen feigen Mordanschlag überstanden sowie zwei Schiffbrüche überlebt, beide noch vor seiner Zeit als Kapitän. Dies alles hatte ihn nicht müde gemacht. Er wußte, er war im Handelshaus Murenbreker nicht unentbehrlich, doch zugleich nahm er dankbar wahr, daß er sich noch immer nützlich machen konnte, daß sein Rat gefragt war und seine bescheidene Hilfe gern angenommen wurde.

Deshalb begann und endete der Tag für ihn noch immer im Dienst von Canja Murenbreker. Er genoß es, im Hafen all das zu spüren, zu sehen und zu riechen, was ihn sein Leben lang begleitet hatte. Und wenn er sich in der Villa aufhielt, dann schaute er manchmal still auf das Meer hinaus, nahm den Atem Efferds tief in sich auf und dankte Efferd dafür, daß er es all die Jahre hindurch so gut mit ihm gemeint hatte.

Swattekopp hatte als Schiffsjunge auf einem Plattboot der Canhelles angefangen, deren einzige Tochter Canja damals noch nicht auf der Welt war. Die Canhelles besaßen nur drei kleine Boote, die sie später Kvirto Murenbreker zur Besegelung überließen. So war Swattekopp zu der Familie Murenbreker gekommen. Kvirto hatte er als einen gutherzigen, gerechten, aber verschlossenen Mann kennengelernt, der schon wenige Jahre später starb. Unter Kvirtos Sohn Mirio, der anfangs noch selbst als Kapitän unterwegs war, fuhr Swattekopp als Steuermann, und seit jenen Tagen hatte die beiden eine enge Freundschaft verbunden. Mirio war ein gebildeter und feinsinniger Mann gewesen, als Kapitän wohl nicht rauh und als Händler nicht durchtrieben genug, aber ein guter Seemann, der die Mannschaft durch seine Fähigkeiten und seine Menschlichkeit für sich gewann. Er gehörte zu jenen Freunden, die Boron zu früh geholt hatte.

Canja, die spätere Frau des wesentlich älteren Mirio Murenbreker, war schon als Kind in den Speichern der Familie Murenbreker zu Hause, wo ihre Eltern bis zu ihrem Tod bei einem Brand als Kommis arbeiteten. Oft kletterte sie auf Swattekopps Schoß, wenn dessen Schiff im Hafen lag und er sich die Zeit im Speicherhaus vertrieb, und ließ sich von fernen Ländern erzählen. Er war in das kleine Mädchen vernarrt, und später verehrte und bewunderte er sie dafür, wie sie die vielen bitteren Erfahrungen ihres Lebens meisterte. Nicht minder ins Herz geschlossen hatte er später den allzu zarten Balos und Alina, die in manchem der jungen Canja glich, ohne bislang ihre Härte zu besitzen.

Auch den Zwillingen begegnete er anfangs mit unbefangener Freundschaft, aber sie hatten sich schon als Kinder wenig aus diesem Angebot gemacht und ihm einige üble Streiche gespielt.

In den Stunden, die Swattekopp nicht im Dienst der Murenbrekers verbrachte – und das waren außer dem Borontag eigentlich nur die späten Abend- und die Nachtstunden –, zog er sich auf seine *Dylana* zurück, ein ehemaliges Fischerboot, das im nicht mehr benutzten Alten Hafen von Ghurenia vertäut lag. Er hatte es nach dem Tod seiner zweiten Frau für eine geringe Geldsumme gekauft. Damals war das Boot ein leckgeschlagenes Wrack gewesen, böse vom Sturm gerupft und auf eine Klippe geworfen, das der Besitzer für einen Werftbesuch nicht mehr für würdig hielt und nur allzugern für ein paar Dukaten an den vermeintlich schrulligen Alten abgab. In geduldiger Arbeit, zwei Stunden lang Abend für Abend, dichtete Swattekopp das Leck ab, takelte das Boot wieder auf und segelte es eigenhändig zum letzten der Kais, der selten benutzt wurde. Noch lieber hätte er es am dahinterliegenden Alten Kai festgemacht, den er früher mit seinen Schiffen angelaufen hatte, aber der Alte Kai war seit dem Erdbeben nicht mehr benutzbar, die Zufahrt versandet. Er richtete sich auf seinem kleinen Schiff ein, und schließlich schlief er wieder, wie er es den Großteil seines Lebens getan hatte, in einer Koje, unter sich Efferds Reich, über sich das Madamal, von beiden nur durch ein paar Finger Holz entfernt. Zwischen ihm und der Welt der Menschen, mit der er sich nur noch durch die Familie Murenbreker verbunden fühlte, lagen ein Schanzkleid und ein Tau. Und das Tau konnte er jederzeit lösen, um die letzte Fahrt anzutreten. Vielleicht würde er es eines Tages tun.

An Bord der *Dylana*, um ihn herum, befand sich alles, was sein Leben als Seemann ausgemacht hatte oder vielmehr davon übriggeblieben war. Erinnerungsstücke. Das einäugige Fernrohr, ausziehbar, jahrzehntelang ein treuer Begleiter. Ein Hylailer Dreikreuz und ein Kompaß. Ein Almanach mit Seekarten. Die abgestoßene Seekiste, die er sich von seiner ersten Heuer als Schiffsjunge gekauft und all die Jahre hindurch benutzt hatte. Ein buntbemalter Splitter der Galionsfigur der *Silberstern*, seines ersten Schiffs als Kapitän. Er blieb ihr fünf Jahre lang treu. Er verließ sie, um ein größeres Schiff zu übernehmen, und die *Silberstern* sank auf der ersten Reise unter dem neuen Kapitän. Der Enterhaken, den ihm ein Pirat in den Oberschenkel trieb, bevor Swattekopp ihm ein Messer in den Bauch rammen konnte. Das zierlich bemalte Muschelgehäuse, das ihm eine schöne Moha nach einer langen, erschöpfenden Liebesnacht schenkte. Das Steuerrad der *Robertine*, auf der er als Rudergänger fuhr. Als das Schiff bei einem Sturm zerschellte und die See ihn davonspülte, klammerte er sich an das Steuerrad und blieb mit dem Kopf über Wasser, bis ihn ein anderes Schiff auffischte. Ein angeblich magisches Kräuterkissen, das ihm seine Mutter geschenkt hatte. Ein Belegnagel aus Bronze, mit dem er den Anführer einer Meuterei außer Gefecht setzte. Und Dutzende anderer Dinge von längst vergangenen Schiffen, von Inseln und aus Häfen, die er niemals wiedersehen würde, jedes mit einer eigenen Geschichte.

Im Augenblick allerdings träumte Swattekopp nicht von den alten Zeiten, als er sich in seiner Koje ausstreckte und im Licht eines Talgstummels zu den sorgsam verschalten und blankpolierten Brettern über seinem Kopf hinaufschaute und die Maserung betrachtete. Die dunklen Linien erschienen ihm wie Wogen, und auf den Wogen tanzte ein Schiff. Nicht eines der Schiffe, auf dem er gefahren war, sondern eine Lorcha. Er dachte an Alina, und er hoffte, daß es ihr gutging, daß sie ihren Entschluß nicht schon bereute. Er wünschte ihr alles Glück, obwohl er sie sehr vermißte.

Wellen und Wind, auf See und im Leben, so treibt uns das Schicksal den Zwölfen entgegen. Nichts bleibt, wie es ist. Alles treibt, alles treibt… So hatte man auf den Schiffen gesungen, wenn man sich in die Gangspill stemmte, damals zu seiner Zeit.

Etwas allerdings war ihm geblieben: der Rote. Swattekopp hatte eine Schwäche für Wein, wovon seine rote Nase Zeugnis ablegte. Auch jetzt stand ein voller Becher in Reichweite, und es war nicht der erste an diesem Abend. Die Vorräte gingen ihm selten aus, da er stets zeitig für Nachschub sorgte. So beherbergte der Abstellraum hinter seiner Kajüte vier prallgefüllte Schläuche Yongustraner. Zugegeben, es war kein besonders edler Wein, aber auch kein schlechter und obendrein war er recht bekömmlich. Da die meisten Ghurenianer andere Weine vorzogen oder sich mit dem allerbilligsten zufriedengeben mußten, wurde Yongustraner billiger angeboten, als er es eigentlich verdiente. Swattekopp konnte dies nur recht sein. Der Wein kam von einer fernen Insel. Wie Swattekopp gehört hatte, lebten dort irgendwelche Wirrköpfe auf einer Burg. Was sie dort trieben, wußte niemand so genau. Es hieß, sie warteten auf den Angriff sagenhafter Ungeheuer, oder ihr Anführer sei selbst eine riesige Seeschlange. Swattekopp hatte die Einzelheiten vergessen. Ihm konnte es auch gleichgültig sein, solange der Wein von dieser Insel trinkbar und preiswert blieb.

Swattekopp trank einen Schluck Wein, und seine Gedanken schweiften ab. In seiner Jugend betrieben vor allem Flachboote, Schlickrutscher genannt, den Handel von Insel zu Insel. Koggen oder Holken aus den großen Hafenstädten des Südens legten damals nicht in Ghurenia an. Niemand in Al'Anfa, Brabak

139

oder Hôt-Alem besaß Seekarten über diesen Teil des Südmeers, den man wegen eines stürmischen Nord-ostpassats, zahlloser Untiefen und gefährlicher Klippen fürchtete und deshalb mied. Waren aus fernen Ländern gelangten auf vielen Umwegen zu den Waldinseln und von dort weiter zu Efferds Tränen. Vor allem Mirio Murenbreker – wie auch sein Händlerfreund Valerion Costald, den er auf seinen Handelsfahrten kennengelernt hatte – erwarb sich das Verdienst, Seewege erkundet zu haben, die Efferds Tränen mit den großen Häfen verbanden. Hätte Mirio Murenbreker den Seeweg nach Hôt-Alem etwas früher entdeckt, wäre Ghurenia die Geißel namens Praefos Gorm vielleicht erspart geblieben. Denn der Despot und seine Söldnerbande waren am Ende einer Irrfahrt nach Ghurenia gelangt und nur geblieben, weil ihnen der Rückweg zu gefährlich erschien.

Swattekopp verscheuchte den unwillkommenen Gedanken an Gorm und wandte sich wieder seinem Wein zu.

In jungen Jahren sagte man Swattekopp nach, er könne im tobenden Sturm auf dem Achterdeck stehen und trotzdem den leisesten Furz eines Matrosen hören, der im Mannschaftsquartier des Vordecks in seiner Hängematte lag und seinen Darm lüftete. Wenn er jemals wirklich ein so gutes Gehör gehabt hatte, so waren diese Zeiten längst vorbei. Aber für sein Alter hörte er immer noch recht gut, und er war vertraut mit allen Geräuschen, die seine *Dylana* von sich gab. Er hörte das Ächzen der Planken, wenn eine Welle die eine Seite des Schiffes anhob. Er hörte das Gluckern und Schwappen des Wassers, das sich am Schanzkleid brach oder daran entlanglief. Er hörte das Stöhnen der Taue, wenn sie gestrafft wurden, und das sanfte Schaben des Schanzkleids an der Kaimauer. Und manchmal hörte er sogar das Trippeln einer vorwitzigen Ratte, die auf der Suche nach Nahrung über das Deck spazierte, allerdings nur dann, wenn sie sich in der Nähe seiner Koje bewegte.

Was Swattekopp nicht hörte, waren die Schritte, die sich auf den altersschwachen Holzbohlen des Kais der *Dylana* näherten. Das alte Fischerboot lag einsam und allein am äußersten Ende des Kais. Es handelte sich um zwei Männer, die sich durch die Dunkelheit bewegten. Es war ein merkwürdiges Paar: Einer sah groß und kräftig aus, der andere klein und dünn. Die Schritte des Kleinen hätte Swattekopp auch in jungen Jahren nicht hören können, denn er bewegte sich gewandt und beinahe lautlos wie eine Katze. Der andere hingegen trug schwere Stiefel und gab sich wenig Mühe, das Geräusch seiner Schritte zu dämpfen. Er hielt eine Fackel, und die einzige Vorsicht, die er walten ließ, galt der Sorge, nicht in eines der vielen Löcher zu treten, die sich zwischen den Bohlen auftaten.

Die Gestalt des Großen war in einen langen dunklen Umhang gehüllt, der unten nur die Stiefel freigab und oben, über dem aufgestellten Kragen, einen runden Kopf mit kurzen dunklen Haaren. Die Züge des Mannes waren nicht zu erkennen, denn eine Stoffmaske deckte die Augenpartie sowie Mund und Nase ab. Die Augen selbst ließ die Maske frei. Sie glitzerten dunkel, und ihre finstere Entschlossenheit verhieß wenig Gutes.

Der Kleine trug graue Beinlinge, ein graues Wams und eine graue Kappe. Die graue Kleidung, das schmale Gesicht mit der spitzen Nase, die huschenden Bewegungen und nicht zuletzt der nur fadendünne, lang herabhängende Oberlippenbart erinnerten an eine Maus in Menschengestalt.

Als der Große das Boot fast erreicht hatte, blieb er stehen, hob die Fackel ein Stück höher und blickte zu den anderen Kais und Anlegestegen hinüber. Dort zeichneten sich die Umrisse einzelner Schiffe ab. Ihr Vorhandensein war mehr zu ahnen als zu sehen. Nirgendwo an Deck brannte ein Licht, es drangen keine Geräusche von dort herüber, und nichts deutete auf Beobachter hin. Der Mann schwenkte die Fackel in Richtung auf die Speicherhäuser, aber auch diese lagen zu der späten Abendstunde verwaist da.

»Angst?« wisperte der Kleine spöttisch.

Obwohl der Ort und die Umstände für einen Streit denkbar ungeeignet waren, erwiderte der andere wütend: »Ausgerechnet du willst mir Furcht unterstellen? Ich habe dich schon vor Angst winseln sehen, Sudratte!«

»Es war nur ein Scherz«, beeilte sich der Kleine zu flüstern.

»Das will ich hoffen! Ich habe keine Angst – vor niemandem. Aber Zeugen können wir nicht gebrauchen.«

»Dann würde ich zuallererst einmal die Fackel löschen«, erwiderte der Mausgraue.

Der Große warf die Fackel in hohem Bogen ins Wasser, wo sie zischend erlosch. »Besser?«

»Bedeutend besser. Vergiß nicht, die Dunkelheit ist unser Freund.«

»Die Zeit ist nicht mehr fern, und die Dunkelheit kann uns gestohlen bleiben.«

Die Männer warteten, bis sich ihre Augen an das Dunkel gewöhnt hatten. Nur ein knappes Viertel des Madamal und die Sterne halfen ihnen, die Umgebung wahrzunehmen. Aus dem Oberlicht auf dem Achterdeck der *Dylana* drang ein schwacher Lichtschimmer. Noch einmal schaute sich der Große nach allen Seiten um, und auch die flinken Blicke des Mausgrauen huschten umher.

»Wir sind allein«, stellte der Kleine fest. »Es ist unsere Stunde. Aber was ist, wenn der Kerl schreit?«

»Wir werden ihn daran hindern«, erwiderte der Große verächtlich.

Die beiden nickten einander zu und legten die letzten Schritte zum Boot zurück, leise und vorsichtig, sorgsam die am sichersten aussehenden Bohlen aussuchend, bevor sie einen Fuß darauf setzten. Der Kleine hatte die Führung übernommen. Der Große paßte sich dem lautlosen Gang des anderen erstaunlich gut an. Nichts erinnerte mehr an den groben Schritt von vorhin.

Katzengleich sprang der Mausgraue auf das Boot, kam beinahe lautlos auf dem Achterdeck auf, krallte sich an den Decksplanken fest, zog sich hinter das Steuerrad und war im Nu mit der Dunkelheit verschmolzen.

Der andere Mann schlich zum Steg, der das Boot mit dem Kai verband. Er kletterte die schmale Leiter hinauf. Obwohl er nicht so geschmeidig wirkte wie der Kleine, gelang es ihm, ohne ein lautes Geräusch an Bord zu gelangen. Das Seufzen des schwach von der See heranwehenden Windes war lauter, erst recht das Anschlagen eines losen Seils beim leichten Dümpeln des Bootes.

An der Nahtstelle zwischen Haupt- und Achterdeck führte ein Lukendeckel ins Innere. Der Große wartete, bis sich der Kerzenlichtschimmer, der aus dem Oberlicht drang, für einen kurzen Augenblick verbreiterte und dann wieder verengte. Der Große griff nach dem schmiedeeisernen Griff des Lukendeckels. Der Deckel ließ sich nicht bewegen. Der Große hatte es nicht anders erwartet. Der alte Mann mochte ein Narr sein, aber er war nicht närrisch genug, um sich in dieser einsamen Ecke des Hafens nicht abzusichern. Der Große erkannte ein nachträglich angebrachtes Schloß, eigentlich viel zu groß für den Lukendeckel, und er mußte mit einem zusätzlichen Innenriegel rechnen. Dies störte

143

ihn wenig. Er hatte für diesen Zweck vorgesorgt und öffnete den Umhang. An seinem Gürtel hingen ein Kurzschwert und ein Beil.

Immer noch lautlos setzte er das Schwert dort an, wo der Sperriegel des Schlosses unter dem Holz des Lukenrandes verschwand. Er drückte es tief in das Holz hinein und bog es dann mit aller Kraft nach hinten. Knirschend und splitternd gab das morsche Holz nach.

Jetzt gab es keinen Anlaß mehr für Heimlichtuerei. Der Mann sprang auf und riß wild an dem Lukendeckel. Als dieser immer noch sperrte, hieb er mit dem Beil die Umgebung des Schlosses frei.

Ein Stück entfernt, versteckt hinter dem Mauerrest eines ehemaligen Speichers, erhob sich eine Gestalt aus den Schatten, kleiner als der Mausgraue, aber um einiges runder, fast noch ein Kind. Die Gestalt wieselte mit unglaublich schnellen Trippelschritten davon. Sie bewegte sich nicht so lautlos und beinahe unsichtbar wie der Mausgraue, nicht einmal wie der Große, wenn dieser sich Mühe gab. Aber die Geräusche an Bord verschluckten ihre Schritte, und niemand blickte in ihre Richtung.

Swattekopp war hochgeschreckt, als er auf dem Mitteldeck – dort, wo sich die Luke befand – ein brechendes Geräusch hörte. Er wußte sofort, daß dieses Geräusch nicht von einem Tier stammen konnte. Er griff nach seinem schartigen alten Säbel, den er als Kapitän gegen Piraten geschwungen hatte und der stets griffbereit in seiner Koje lag. Dann kletterte er mühsam aus der Koje und verfluchte die Steifheit seiner alten Glieder.

Er hatte gewußt, daß es eines Tages geschehen würde. Entweder würden Diebe seine Abwesenheit am Tag nutzen, um sich seiner wenigen Habseligkeiten zu bemächtigen, oder sie würden in der Nacht kommen, in der Hoffnung, ihm die wenigen Münzen abnehmen zu können, die er am Leib trug. Den Rest seiner Ersparnisse hatte er Canja Murenbreker zur Verwahrung gegeben. Die Kaufherrin hatte ihm eine Kammer in der Villa oder – falls ihm das lieber war – im Speicherhaus angeboten, aber Swattekopp liebte sein Boot und wollte es nicht verlassen. Wenn die Zwölfe für ihn ein Ende durch die Hand eines Mörders und Diebes vorgesehen hatten, dann wollte er ihre Entscheidung hinnehmen, ohne zu murren. Lieber an Bord seines Bootes sterben als anderswo. Allerdings glaubte er nicht, daß die Zwölfe von ihm verlangten, sich wehrlos der Gier anderer zu unterwerfen. Das hatte er niemals getan. Er würde sich zu wehren wissen, so gut eben ein alter Mann sich darauf verstand.

Die Geräusche wurden lauter, als Swattekopp, den Säbel in der Rechten, das Talglicht in der Linken, aus seiner Kammer in den Laderaum der *Dylana* trat, wo früher die Fischer ihren Fang verstaut hatten.

Die Luke zum Hauptdeck stand offen. Der Körper eines kräftigen großen Mannes befand sich auf halber Höhe der Leiter und sprang das letzte Stück herab, als er Swattekopp kommen sah. Mühelos federte er den Sprung ab und bewegte sich im nächsten Augenblick auf ihn zu, ein blankgezogenes Kurzschwert in der Hand. Der Mann trug einen Umhang, der sich vom Schwung der Bewegung nach hinten bauschte, dazu eine Maske, die den größten Teil des Gesichts verbarg. Dies war kein gewöhnlicher Räuber. Diebe und Mörder machten sich selten die Mühe, ihr Gesicht zu verbergen, trugen keine noblen Umhänge und liefen auch nicht mit Schwertern herum. Messer und Dolche waren ihre Werkzeuge. Hinzu kam, daß irgend etwas an dem Mann Swattekopp vertraut vorkam.

»Verschwinde von meinem Schiff, du Bastard!« herrschte Swattekopp den Fremden an, der zwei Schritte vor ihm stehengeblieben war. Swattekopps Stimme war etwas brüchig vom Alter, aber frei von jeder Furcht. Statt dessen drückte sie die Autorität eines Mannes aus, der weit über fünfzig Jahre lang den Gefahren der See ins Auge geblickt und als Kapitän eines Schiffes mit jeder Herausforderung fertig geworden war, ob sie sein Schiff nun von außen oder von innen bedrohte. Er hob den Säbel leicht an.

Trotz der Maske war zu erkennen, daß der Fremde grinste. »Ich bin nicht gekommen, um gleich wieder zu verschwinden«, sagte er mit dumpfer Stimme. Offensichtlich versuchte er seine Stimme zu verstellen.

Schon das Grinsen hatte in Swattekopp einen Verdacht erweckt. Die Stimme, ungeübt verstellt, machte aus dem Verdacht Gewißheit. Sein Herz setzte einen Schlag lang aus. Nicht aus Angst, sondern aus der traurigen Erkenntnis, daß der Besucher mehr von ihm wollte als ein paar Münzen oder sein Leben. Er glaubte sogar zu wissen, was den Mißratenen zu ihm getrieben hatte.

»Warum tragt Ihr eine Maske und verstellt Eure Stimme?« fragte er ruhig, ohne den Säbel zu senken. »Steckt am Ende doch noch ein kleiner Rest von Schamgefühl in Euch, Nhood Murenbreker?«

Der andere erstarrte. Dann griff er mit der freien Hand zum Gesicht und zog die Maske herunter. Sein Gesichtsausdruck zeigte weder Scham noch Betroffenheit. Statt dessen stand grimmige Entschlossenheit in seinen Augen. Mit seiner gewöhnlichen Stimme sagte er: »Ich hätte mir denken können, daß ich Euch mit diesem Mummenschanz nicht täuschen kann, Swattekopp. Ihr kennt mich schon zu lange.« Er hob das Schwert ein Stück höher. »Ihr seid nicht nur ein alter Furzer, sondern auch ein Narr. Ich habe die Maske mit Rücksicht auf Euch angelegt, Swattekopp! Ich wollte Euch die Möglichkeit lassen, mit dem Leben davonzukommen. Ihr hättet Euren Verdacht besser für Euch behalten. Denn jetzt, da Ihr mein Gesicht gesehen habt, werde ich Euch leider töten müssen, sobald ich mit Euch fertig bin.« Die mitleidlosen Augen verrieten, daß er diesen Entschluß wohl kaum noch einmal überdenken würde und entgegen seinen Worten auch nicht bereute.

»Ihr solltet mich gut genug kennen, um zu wissen, daß mich Borons letzte Gabe nicht schreckt«, erklärte Swattekopp. In der Tat verspürte er keine Furcht. Er wußte, daß ihm Nhood im Kampf überlegen wäre. Trotzdem überlegte er, ob es einen anderen Weg gab, Nhood zu überwinden. Um sein Leben zu betteln, kam ihm gar nicht erst in den Sinn. Es lag gänzlich außerhalb seines Denkens. Um Hilfe schreien würde er auch nicht. Abgesehen davon, daß ihn niemand hören konnte, hielt er es für unter seiner Würde. Warum sollte er im Alter etwas tun, was er sein ganzes Leben lang nicht getan hatte?

»Mag sein«, gab Nhood zurück. »Aber es gibt eine Vielzahl von schnellen und langsamen Wegen, Borons letzte Gabe zu erteilen. Es liegt an Euch, mich gnädig zu stimmen, damit ich Euch einen schnellen Weg gewähre.«

Swattekopp spuckte aus. »Euer Hochmut kotzt mich an, Murenbreker. So wart Ihr schon als Kind. Ich habe Euch vorhin, ohne Euch zu erkennen, mit dem richtigen Wort bezeichnet. Ihr wart, seid und bleibt ein Bastard!«

Nhoods Augen verengten sich, und sein Schwertarm zuckte. »Ihr habt Euch also für einen langsamen Weg entschieden, wie?«

»Zum letzten Mal, Bastard«, sagte Swattekopp mit ruhiger Stimme und hob den Säbel an. »Verschwindet von meinem Boot!«

»Der alte Furzer will mir doch wahrhaftig Angst einjagen!« Nhood lachte. »Wollt Ihr denn nicht einmal wissen, weshalb ich gekommen bin?«

»Ich will es nicht wissen«, erwiderte Swattekopp und hob den Säbel über den Kopf. »Verschwindet oder stellt Euch zum Kampf!«

Swattekopp war entschlossen, es hinter sich zu bringen, holte mit dem Säbel aus und tat gleichzeitig einen Schritt nach vorn. Er wandte sich dabei zur Seite, fort von der Schwertspitze. Und doch rechnete er jeden Augenblick damit, daß Nhood der Spitze eine andere Richtung geben und sie ihm in den Leib rammen würde. Aber es kam anders.

Swattekopp spürte einen brennenden Schmerz im Oberarm der Rechten, als würde eine feurige Lanze seinen Arm durchbohren. Die Armmuskeln versagten ihm den Dienst, die Hand öffnete sich, und der Säbel fiel klirrend zu Boden.

Im nächsten Augenblick schlang sich ihm von hinten ein magerer Arm um den Hals, schnürte ihm die Luft ab und drückte ihm das Kinn nach hinten. Gleichzeitig bohrten sich spitze Knie in Swattekopps Kniekehlen. Er knickte zusammen, ohne seinen Peiniger dabei loszuwerden. Eine blutbeschmierte Dolchspitze tauchte vor seinen Augen auf und bohrte sich tief in sein rechtes Nasenloch. Das Blut sprudelte, als der Nasenflügel zerfetzt wurde.

»Das rechte Auge ist als nächstes dran«, versprach eine dünne Stimme dicht an seinem Ohr.

Swattekopp rang nach Luft. Die Augen traten ihm aus dem Kopf. Bei alledem wußte er nicht einmal, wer sein Peiniger war, wie er in das Schiff gelangt war und wie es ihm gelungen war, sich unbemerkt von hinten heranzuschleichen.

»Noch nicht, Fadim!« befahl Nhood. »Eins nach dem anderen. Erst soll er reden!« Mit zwei großen Schritten überwand er die Entfernung und preßte die Schwertspitze gegen die Brust des am Boden liegenden alten Kapitäns. »Was ist plötzlich mit Euch, der Ihr mich einen Bastard nennt?« höhnte er. »Habt Ihr etwa Nasenbluten? Ihr saut Euch ja Euer schönes Hemd ein, dazu noch den Boden Eures prächtigen Schiffes.«

Der andere Mann, von dem Swattekopp bislang nur den Dolch und einen mausgrauen Hemdärmel zu sehen bekommen hatte, zog den Dolch aus der Nase zurück und lockerte ein wenig den Griff um den Hals.

»Nehmt das Ungeziefer von mir, Murenbreker«, keuchte Swattekopp.

»Du kannst ihn loslassen, Fadim«, sagte Nhood. »Er hat erst einmal genug.«

Der Mausgraue entließ Swattekopp aus seinem Griff, sprang auf und trat vor ihn. Mit einem schmierigen Grinsen verneigte er sich vor dem blutenden Kapitän. »Fadim o'Chim, stets zu Diensten. Ich darf wohl annehmen, daß Ihr schon von mir gehört habt. Falls Ihr Euch fragt, woher ich komme: Ich war so frei, durch das Oberlicht einzusteigen.«

Swattekopp strafte ihn durch Mißachtung. Er preßte den linken Hemdärmel gegen die Nase, um die Blutung ein wenig einzudämmen. Der rechte Arm blutete kaum weniger und schmerzte entsetzlich. Swattekopp konnte den Arm nicht bewegen. Wahrscheinlich hatte der Dolchstoß des Mausgrauen eine Sehne verletzt. Der alte Kapitän fühlte sich elend. Mehr noch als die Schmerzen machte ihm die Demütigung zu schaffen. Nie hatte er sich über sein Alter beklagt, aber jetzt wünschte er sich die Kraft der Jugend zurück, um sich auf seine Peiniger zu stürzen und sie an der Rah seiner *Dylana* aufzuknüpfen.

Fadim o'Chim warf Swattekopp einen schmutzigen Lappen zu. »Für Eure Nase, Alter.« Er zuckte die Achseln. »Ich kann kein Blut sehen.«

Der Kapitän, dessen Hemdärmel bereits tiefrot und

völlig durchweicht war, drückte das Tuch gegen die Nase.

»Ihr habt bereits einen Vorgeschmack auf Fadim o'Chims Künste bekommen«, sagte Nhood. »Wenn Ihr es darauf anlegt, wird Euch das Bisherige als ein Honigschlecken erscheinen. Obwohl Ihr mich unflätig beschimpft habt, will ich in Erinnerung an unsere lange Bekanntschaft Gnade vor Recht ergehen lassen. Sagt mir, was ich wissen will, und ich gewähre Euch einen schnellen Tod. Was hat meine Mutter vor? Trifft sie sich mit den Piraten? Welche Rolle spielt Valerion Costald in diesem Spiel? Redet!«

Swattekopp spuckte einen Mundvoll Blut aus. »Schurke, von mir werdet Ihr nichts erfahren.«

7. Kapitel

Auf der *Seewolf*

Als Thalon und Cedira das Mädchen fanden, war ihre erste Befürchtung gewesen, der Risso könnte sie getötet haben. Aber es gab kein Blut, und nirgendwo war auch nur die kleinste Wunde zu sehen. Und Alina atmete.

Cedira hielt das Mädchen zunächst nur für ohnmächtig. Verständlich wäre es ja gewesen bei dem plötzlichen Eindringen des schrecklich anzusehenden Fischmenschen. Sie schleppte Alina gemeinsam mit Thalon an Deck und schüttete ihr eine Pütz Wasser ins Gesicht. Alinas Gesicht, ihre Haare, ihre Kleidung tropften, aber sie wachte nicht auf. Die Zwergin kniff ihr derb in die Wange. Der Abdruck von Daumen und Zeigefinger färbte sich rot, aber mehr tat sich nicht. Cedira schlug dem Mädchen ein paarmal so hart ins Gesicht, daß Thalon ihr in den Arm fallen wollte. Alina nahm die Backpfeifen reglos hin, ohne aufzuwachen. Die Zwergin fluchte und ließ das Mädchen zurück in die *taba* bringen.

Alina wirkte wie eine Puppe, wie eine menschliche Hülle, die von ihrer Seele verlassen worden war. Als Thalon diesen Gedanke faßte, durchfuhr ihn ein eiskalter Schreck. Bisher war sein Denken von der verzweifelten Frage beherrscht worden, was der Risso, dessen vorübergehende Anwesenheit in der *taba* nicht zu übersehen war, Alina angetan hatte. Plötzlich jedoch fragte er sich, ob der Risso allein gekommen war. Er mußte an Chelchia denken, nachdem der *curga* aus ihr herausgefahren war.

»Ich flehe die Zwölfgötter an, daß Alina dem Seelenräuber nicht zum Opfer gefallen ist«, flüsterte er.

Cedira hob die Augenbrauen. Sie trat zu dem Mädchen und hob eines der Augenlider an.

»Sieh selbst!« sagte sie. »Sehen so die Augen von jemandem aus, dessen Seele vom *curga* verschlungen wurde? Du bist diesem Dämonenfurz begegnet, ich nicht. Und ich habe auch keine Sehnsucht danach, obwohl ich darauf vertraue, daß er dem Zwergenvolk nichts anzuhaben vermag.«

Thalon beugte sich über das Mädchen. Alinas Augen, obwohl reglos, wirkten weder tot noch seelenlos, sondern so, als sei das Mädchen in einem Traumlabyrinth gefangen, aus dem es sich nicht befreien konnte. Thalon versuchte sich Chelchias Augen in Erinnerung zu rufen.

»Nein«, sagte er, »Kapitänin Chelchias Augen sahen aus wie die einer Kopfkranken. Alina Augen sind anders.« Fast erleichtert fügte er hinzu: »Chelchia lag auch nicht still da. Sie sabberte und benahm sich wie eine Törin ohne jeden Funken Verstand.« Ihm kam ein anderer Gedanke, und er wunderte sich, daß er nicht früher darauf gekommen war. Er erinnerte sich an den grauenvollen Schmerz, als der Hohe Risso ihn mit dem Kopf berührte. »Der Risso kann ein Druide gewesen sein!« platzte er heraus. »Er könnte Alina mit einem Energieschlag gelähmt haben.«

»Wenn's ein Hoher Risso war, der sich hier breitgemacht hat, hätt er die Kleine entweder mitgenommen oder getötet«, sagte die Zwergin. »Vergiß den Energieschlag. Alina hat 'n paar blaue Flecken vom Hinfallen, aber keinen Bluterguß. Den müßte sie sonst aber haben. Außerdem sehen die Opfer der Fischstinker anders aus. Aber wem sag ich das? Du hast's ja selbst mitgemacht.«

Thalon senkte den Kopf. »Ich denke, du hast wohl recht.«

Cedira wiegte den Kopf. »Es könnte Gift sein«, sagte sie.

Die Zwergin ließ Mishia kommen und schickte die in der *taba* versammelten Piraten hinaus. Mishia, die sich mit Kräutern und Giften auskannte, zog Alina aus und untersuchte Finger um Finger ihre Haut, um auch den kleinsten Einstich aufzuspüren. Aber sie fand keinen sichtbaren Einstich. Mishia schaute sich Alinas Zunge an und konnte keine Verfärbung feststellen. Auf Cediras Befehl spreizte sie Alinas Beine, bestastete und prüfte ihren Unterleib. Sie schüttelte den Kopf und unterhielt sich in Zeichensprache mit der Zwergin.

»Kein erkennbares Gift«, entschied Cedira. »Nirgends, auch nicht im Hintern oder in der Möse. Ich hab mich nämlich an einen feigen Anschlag im Bornland erinnert. Die Tochter eines Barons wurde von einem Erbschleicher verführt, und er hat der kleinen Metze beim Vögeln Arsen in die Möse gespritzt, an dem sie jämmerlich verreckt ist. Aber Alina wurde nicht gevögelt, und man hat ihr auch sonst nichts hineingesteckt.« Die Zwergin sah Thalon scharf an. »Jedenfalls nicht in den letzten Stunden.«

»Was erzählst du mir für wilde Geschichten?« sagte Thalon ärgerlich. »Wie kann jemand beim Lieben …«

»Hehe«, unterbrach ihn Cedira, »mich darfst du nicht fragen, mein Spatz, ich war nicht dabei. Man hat mir bloß davon erzählt. Im übrigen bin ich kein Kerl mit einem Schwanz, oder? Woher weiß denn ich, was sich der Bastard hat einfallen lassen? Vielleicht hat er sich langsam selbst an das Gift gewöhnt, und der Saft in seinem Sack war giftig genug für die Baroneß. Oder er hat es ihr hinterher reingetan. Auf jeden Fall hat er nichts davon gehabt. Ein Heilkundiger hat alles herausgekriegt, und der Saukerl wurde 'nen Kopf kürzer gemacht.«

»Hört sich eher nach einer Geschichte an, wie sie von Bänkelsängern erfunden werden«, befand Thalon. »Aber wir haben wahrhaftig andere Sorgen, oder?«

»Beim Henker, das haben wir!« stimmte Cedira ihm zu. »Sollte mich nicht wundern, wenn Magie im Spiel ist.«

»Magie?« fragte Thalon erschrocken. »Du meinst, der Rissodruide ...«

»Scheiße, nein!« fluchte die Zwergin. »Hohe Risso sind keine echten Druiden. Merk dir das endlich! Sie können nicht zaubern.«

»Wie soll dann Magie ...«, begann Thalon.

»Was weiß denn ich, was so'n Magiefurzer vermag und was nicht?« unterbrach ihn Cedira. »Die sind mir alle nicht geheuer. Jeder kann was anderes, mal mit und mal ohne Fetisch, mal mit wildem Rumhüpfen und mal mit ellenlangen Sprüchen. Die meisten können es nur aus der Nähe, aber einige wohl auch aus der Ferne. Da blickt keine Sau durch. Mir fällt da dieses Arschloch Murenius ein, der sich mit Jaddar o'Chatta über Meilen hinweg verständigen konnte.«

»Aber es muß mit dem Risso zu tun haben!« sagte Thalon. »Daß just ein Magier nach Alina gegriffen hat, als der Risso in der *taba* stand, wäre wirklich ein allzu großer Zufall.«

»Ja, Spatz, da dürftest du recht haben«, gab die Zwergin zu. »Und irgendwie wollen die Risso etwas von dir, nicht von Alina.«

»Verdammt, wie können wir Alina denn helfen?« fragte Thalon verzweifelt.

»In vier Tagen treffen wir die *Schwarze Rose*«, sagte die Zwergin. »Jedenfalls hoffe ich das. Haya wird uns helfen. Wenn sie kein Pulver weiß, dann bleibt immer noch Diss'Issi. Zu irgend etwas muß der Magiefurzer doch gut sein. Kopf hoch, Spatz, es wird schon wieder!«

Zum ersten Mal fieberte Thalon dem Treffen mit der *Schwarze Rose* entgegen, ohne dabei sofort an Eiserne Maske zu denken.

Drei Tage waren seither vergangen, und nichts hatte sich verändert. Alina lag einfach nur da und öffnete die Augen nicht. Sie war nicht tot, nicht einmal verletzt, aber auch nicht lebendig. Zumindest nicht lebendig in dem Sinne, wie man es von einem Menschen gewohnt war. Sie atmete so flach, daß man das Heben und Senken des Brustkorbs kaum wahrnehmen konnte. Aber sonst bewegte sie sich niemals. Mishia, die in diesen Dingen eine gewisse Erfahrung besaß, drehte Alinas Körper mehrmals am Tag zur Seite oder auf den Rükken, damit ihr Körper keinen Schaden nahm. Dabei achtete sie immer sorgsam darauf, sie so zu betten, daß sie leicht atmen konnte.

Es war düster in der *taba*, seit der Schiffszimmermann das Heckfenster mit Brettern verschalt hatte! Butzenscheiben waren teuer und gehörten nicht zu den Schiffsvorräten. Das flackernde Licht von zwei Öllampen mußte nun als Beleuchtung dienen. Thalon saß kummervoll auf einem Schemel und betrachtete die reglose Alina. Sie lag in Cediras Koje. Die *kulko* nahm ihr zuliebe mit der Hängematte vorlieb. Alina erschien ihm schöner als jemals zuvor mit dem langen dunklen, leicht lockigen Haar, das wie hingegossen ihr Gesicht einrahmte und sich über das Strohbündel rankte, das er ihr unter den Kopf geschoben hatte. Sie sah blaß und zugleich noch zierlicher und zerbrechlicher aus als sonst.

»Wenn ich doch nur wüßte, was dir fehlt, meine allerliebste Alina«, seufzte er leise.

Er wußte nicht, ob sie ihn hören konnte. Sicher war nur, daß sie nicht in der Lage war, in irgendeiner Weise darauf zu antworten, und sei es nur mit dem Zucken eines Augenlids oder Muskels.

Plötzlich überkam ihn eine unendliche Traurigkeit, die tief aus dem Herzen aufstieg und den ganzen Körper erfaßte. Eine heiße Träne rollte ihm über die Wange. Ohne sich dagegen wehren zu können, stürzte ihm im nächsten Augenblick eine wahre Tränenflut aus den Augen, lief ihm über das Gesicht und durchnäßte Alinas Bluse. Thalon schluchzte hemmungslos, und sein ganzer Körper zitterte dabei. Er schämte sich seiner Gefühle nicht und gab sich seinem Kummer hin.

Endlich, nach einer halben Ewigkeit, versiegten die Tränen. Thalon fühlte sich etwas besser, aber die Traurigkeit blieb. Er wischte sich mit dem Hemdsärmel über das Gesicht und schneuzte sich in einen Zipfel seines Hemdes.

Es dauerte eine Weile, bis er sich dazu durchringen konnte, Alina zu verlassen. Er wußte, sie würde nicht lange alleinbleiben. Mishia, die sich in der Not als rührend besorgte Freundin Alinas erwiesen hatte, wartete irgendwo draußen, um ihn in seinem Schmerz nicht zu stören. Sobald Thalon die *taba* verlassen hätte, würde Mishia hineinhuschen und ein Auge auf Alina haben.

Mit einem leisen Seufzer erhob sich Thalon von seinem Schemel. Er beugte sich über Alina und hauchte ihr einen Kuß auf die Stirn. Dann wandte er sich brüsk ab und verließ die Kajüte. Es war, wie er es erwartet hatte. Mishia saß auf den Stufen des Niedergangs und sprang sofort auf, als sich die Tür der *taba* öffnete. Scheu und mitleidvoll lächelte sie ihm zu, als sie an ihm vorbeiging. Er sah nur ihre unzerstörte Gesichtshälfte, das Gesicht der hübschen Mishia. Die andere be-

156

deckte sie mit der Hand. Dann war sie in der *taba* verschwunden.

»He, Thalon!« zischte hinter ihm eine Stimme, als er aus dem Niedergang trat.

Thalon erschrak über die unvermutete Ansprache und schnellte herum. Er sah in das Gesicht von Hobolo, der im Schatten der Tür zum Niedergang gelauert hatte. Er starrte den knapp dreißigjährigen schlanken Mann an. Er erinnerte sich daran, was Alina ihm über die Nachstellungen des *drastag* gesagt hatte. »Was willst du von mir?« fragte er ungehalten.

»Ich möchte mich mit dir unterhalten, Gelbhaar«, flüsterte Hobolo. Seine kleinen Augen, die sonst immer herausfordernd und überheblich wirkten, zeigten einen gehetzten Ausdruck. Durch den leichten Silberblick des Mannes wurde die Unruhe in den Augen noch verstärkt. »Es geht um Alina.«

»Wag es nicht, sie noch einmal anzufassen, du dreckiger *drastag*!« stieß Thalon hervor. »Noch eine Berührung oder auch nur eine Zote, und ich fordere dich zur *malhras!*«

Hobolo hob beschwichtigend die Arme. »Dazu wirst du keinen Anlaß haben, ich schwöre es!« Unruhig sah er sich um. Cedira ließ mittschiffs an Lee loggen und befand sich außer Hör- und Sichtweite. Weder *zusha* noch *gesha* waren in der Nähe. Aber der Rudergänger machte lange Ohren. »Wir sind hier nicht ungestört. Komm mit mir in den Marstopp.«

Thalon hatte nicht die Absicht, sich darauf einzulassen. Vermutlich suchte Hobolo nur nach einer Möglichkeit, ihm ohne die Anwesenheit eines Zeugen ein Messer in die Rippen zu jagen oder ihn vom Mast zu stürzen. Vielleicht erhoffte er sich davon, dann freie Bahn bei Alina zu haben, sobald diese wieder zu Bewußtsein kam. Allerdings traute Thalon dem *drastag* auch zu, sich an dem reglosen Mädchen zu vergehen.

»Es ist alles gesagt!« erwiderte Thalon und wandte sich ab.

»Warte!« zischte Hobolo. »Wenn du willst, daß dein Mädchen wieder aufwacht, dann folge mir nach oben. Wenn nicht, dann laß es bleiben. Und wage es nicht, die Zwergin herbeizurufen! Das könnte böse für dich und Alina enden.«

Scheinbar ohne sich um Thalon zu kümmern, schlenderte Hobolo zur Kreuzwant und enterte zum Mastkorb auf der Kreuzmars. Thalon wußte nicht, was er tun sollte. Er haßte es, daß ihm der verkommene *drastag* das Heft des Handelns aus der Hand genommen hatte. Aber die Sorge um Alina war zu groß, als daß er nicht jede Möglichkeit beim Schopf packen mußte, um sie zu retten. Er prüfte, ob sein Messer im Gürtel steckte, und kletterte dann selbst die Want hinauf.

Der frische Nordost, der die *Seewolf* zügig ihrem Ziel entgegentrieb, fiel mit leichten Fall- und Drehwinden ein. Das steife Segeltuch knatterte, wenn es in die eine oder die andere Richtung gespannt wurde. Die Brassen wippten, und die Taljen klapperten, sobald sich die Belastung änderte. Gefahr für die Segel bestand allerdings nicht, dafür waren die Fallwinde zu schwach. Cedira wäre eine Närrin gewesen, wenn sie statt Vollzeug zu fahren die Segel gerefft hätte.

Leichtfüßig bewegte sich Thalon im Want. Das Rollen des Schiffes, auf den Masten viel stärker spürbar als an Deck, und der Wind, der an seinem Hemd zupfte, machten ihm überhaupt nichts mehr aus. Im Gegenteil, er genoß das Gefühl, der Enge an Bord zu entfliehen und die Weite von Efferds Reich zu genießen.

Bei alledem hatte er ein scharfes Auge auf den *drastag*, der es sich über ihm im Mastkorb bequem gemacht hatte und die Beine nach unten baumeln ließ. Thalon rechnete mit jeder Art von Heimtücke, und seine Rechte pendelte ständig in der Nähe des Messers. Er war es längst gewohnt, mit einer Hand zu klettern, mit der anderen zu arbeiten und den Füßen einen Teil der Absicherung zu überlassen. ›Eine Hand für dich, eine Hand für das Schiff‹, hatte Cedira ihm beigebracht. Jetzt hieß es: ›Eine Hand für dich, eine Hand für Hobolo.‹

Der *drastag* schien zumindest für den Augenblick keine Arglist im Sinn zu haben und machte bereitwillig Platz, als Thalon sich in den Mastkorb schwang.

»Ein seltsamer Ort, um etwas zu bereden«, sagte er. »Wer hochschaut, wird sich fragen, was das werden soll. Jeder an Bord weiß, daß wir nicht die allerbesten Freunde sind und wohl kaum hier oben sind, um gemeinsam Rauschkraut zu rauchen.«

Hobolo zuckt die Achseln. »Soll sich jeder denken, was er mag. Jedenfalls sind wir hier oben ungestört.« Ein unangenehmes Funkeln in seinen Augen verriet, daß ihm durch den Kopf ging, welche Vorteile der Ort für einen Angriff auf Leib und Leben hatte, einerlei ob er nun dergleichen ernsthaft plante oder nicht.

Thalon hatte keine Angst vor Hobolo, auch nicht in der Marstopp. Er glaubte, daß er dem Piraten gewachsen, wahrscheinlich überlegen war. Gleichzeitig war ihm bewußt, daß er auf der Hut vor einer verdeckten heimtückischen Attacke sein mußte. Der Silberblick des *drastag* machte es schwer, eine solche Absicht frühzeitig in den Augen zu erkennen.

»Rede!« forderte Thalon.

»Deine kleine Hure ...«

Thalon hatte blitzschnell das Messer in der Hand. »Wenn du Alina noch einmal Hure oder Metze nennst, nagle ich dich an den Mast!« sagte er mit fester Stimme.

Hobolo sah, daß es ihm ernst war, zuckte die Schultern und begann neu. »Dein Mädchen wurde vom Rissodruiden mit Gift und Magie in ein Zwischenreich

159

zwischen Leben und Tod geschickt. Sie wird zwei, drei Wochen so bleiben und dann krepieren, wenn kein Gegengift und keine Gegenmagie auf sie einwirken«, verkündete er in jenem gelangweilten und überheblichen Ton, den Thalon mehr als alles andere an dem Kerl haßte.

»Sie wurde nicht vergiftet«, widersprach Thalon. »Es gibt keinen Einstich.«

»Es gibt Gift, das Mishia nicht kennt, und es gibt Einstiche, die niemand sieht«, sagte Hobolo. »Aber das Gift ist das kleinste deiner Probleme. Es wirkt langsam und ist im Augenblick noch nicht gefährlich. Die Magie ist wichtiger.«

»Woher willst du das alles wissen?« fragte Thalon mißtrauisch. War es möglich, daß Hobolo etwas mit der Sache zu tun hatte? »Außerdem habe ich mir sagen lassen, daß Rissodruiden keine magischen Kräfte besitzen.«

»Es sei denn, sie sind von einem Dämon besessen«, antwortete Hobolo gleichmütig.

»Was erzählst du mir da?« fragte Thalon ärgerlich. »Warum sollte ein Dämon…«

»Warum sollte er nicht?« unterbrach ihn der *drastag*. »Weißt du vielleicht, warum ein Dämon dem einen Tropf einen Topf Gold schenkt und dem nächsten das Arschloch auseinanderreißt? Hast du nicht selbst mit dem *curga* zu tun gehabt? Der Seelenfresser gehört zu den Dämonen, die mit den Risso paktieren. Aber der Dämon im Rissodruiden war nicht der *curga*, sondern ein anderer. Hör zu, ich kann dir nicht alle Einzelheiten erzählen. Wichtig ist allein, daß es einen Magier und Hohenpriester eines dir fremden Gottes gibt, der die Rissodämonen bekämpft. Er kann deinem Mädchen helfen, und er hat mich wissen lassen, daß er zu dieser Hilfe bereit ist.«

Thalon brauchte eine Weile, um Hobolos Worte zu

verarbeiten. Für den Augenblick entschloß er sich, es hinzunehmen, mochte es nun wahr oder gelogen sein. »Wie kann dieser Magier etwas wissen, was vor kurzem hier auf hoher See geschehen ist, und wie kann er mit dir darüber geredet haben? Befindet sich dieser Magier etwa an Bord der *Seewolf*?«

Noch im gleichen Augenblick, als er die Frage stellte, wußte er, wer dieser Magier und Hohepriester war. Cedira hatte den Namen vorhin genannt, als habe sie eine Vorahnung gehabt. Murenius! Thalon erinnerte sich daran, daß Murenius mit Jaddar o'Chatta schon einmal einen Spitzel an Bord eines Piratenschiffes hatte, damals vor vier Jahren, auf der *Schwarze Rose*. Auch mit diesem Spitzel hatte er sich aus der Ferne verständigt.

»Für einen Magier gibt es viele Wege«, orakelte Hobolo und grinste unangenehm.

»Dann muß dieser Magier Murenius heißen«, sagte Thalon.

Hobolos Grinsen wurde säuerlich. »Du kennst ihn?« fragte er überrascht.

»Er wollte die Piraten vor Jahren schon einmal ins Verderben führen.«

»Das ist nicht wahr! Er wollte ein Bündnis mit uns eingehen. Das will er immer noch – aber ohne Eiserne Maske, der seinen Diener abgestochen hat und ihm nicht zu Hilfe gekommen ist.«

»Du sagst, Murenius dient einem Gott?« fragte Thalon. »Ist es nicht vielmehr so, daß die Diener selbst einen Dämon anbeten?«

»Für die Anhänger der Zwölfgötter gilt jeder andere Gott als Dämon«, höhnte Hobolo. »Aber Ch'Ronch'Ra ist kein Dämon. Er ist zu uns gekommen, um die Dämonen der Risso zu bekämpfen. Dank ihm dafür, *zusha*, denn das allein kann dir Hoffnung geben, daß dein Mädchen gerettet wird!«

Thalon stellte die naheliegende Frage: »Warum hat sich der Rissodämon Alina als Opfer ausgesucht?«

»Ja, begreifst du es denn immer noch nicht?« fragte Hobolo von oben herab. »Deine Met..., schon gut, dein Mädchen ist ihm gleichgültig. Er will dich! Früher oder später wird er an dich herantreten und dir versprechen, Alina zu heilen, aber nur um den Preis, dich in die Hand zu bekommen. Hast du vergessen, daß sie dich schon einmal entführen wollten?«

»Und was ist an mir so erstrebenswert für einen Rissodämon?« fragte Thalon.

»Der Dämon braucht dich als Hülle«, sagte der *drastag* gelassen. »Der Rissodruide ist nur ein schlechter Ersatz. Aus irgendwelchen Gründen bist du als Dämonenhülle besonders geeignet. Und wenn du mir nicht glaubst, dann versuch dich nur an die Jahre zu erinnern, die in deinem Kopf fehlen. Ich kann dir sagen, was du in diesen Jahren getrieben hast: Du warst die leblose Puppe des Rissodämons! In deiner Gestalt hat der Dämon gewütet. Du warst die Hülle des Dämons. Erinnerst du dich an Flacco? Vermutlich bist du dem alten Arschloch damals begegnet und hast ihm übel mitgespielt. Ja, *zusha*, der Dämon hat dich schon einmal besessen, aber du bist ihm entkommen. Und jetzt will er dich zurückhaben. Nur Murenius kann dich vor ihm bewahren und gleichzeitig Alina retten!«

Thalon fühlte sich wie vor den Kopf geschlagen. Der Gedanke, von einem Dämon besessen gewesen zu sein, jagte ihm einen Schauer über den Rücken. Obwohl er nicht ausschließen konnte, daß Hobolo ihm Lügen auftischte, ergab die Geschichte durchaus einen Sinn. Sie erklärte den Verlust der vier Jahre und die versuchte Entführung durch die Risso. Vergeblich horchte Thalon in sich hinein. Auch Hobolos Geschichte konnte den Schleier nicht lüften, der über den verlorenen Jahren lag.

»Einmal angenommen, es verhält sich so, wie du es erzählt hast ...« Thalon gab sich größter Mühe, den Aufruhr in seinem Innern zu ersticken, aber seine Stimme klang gepreßt. »Warum will Murenius Alina und mir dann helfen?«

»Weil der Rissodämon der Feind der Dienerschaft ist«, sagte Hobolo. »Und ... nun ja, Murenius erwartet von dir allerdings einen kleinen Gegendienst.«

»Aha«, sagte Thalon. »Ich wußte es doch. Was verlangt er?«

Hobolo sah nach unten, ob niemand auf den Wanten nahte, und senkte die Stimme. »Du wirst uns helfen, die *Seewolf* in unsere Gewalt zu bringen. Deine Aufgabe wird es sein, Cedira außer Gefecht zu setzen. Du kommt am besten an sie heran.«

Unwillkürlich fuhr Thalons Hand wieder zum Messer. »Meuterei?« fragte er scharf.

Hobolo machte eine abfällige Handbewegung. »Ist es Meuterei, wenn man die Schnauze voll hat von Eiserne Maske und lieber für Ch'Ronch'Ra kämpfen will?«

»Wer denkt noch so wie du?« fragte Thalon.

Hobolo sah ihn argwöhnisch an. »Du willst mich hoffentlich nicht aushorchen, oder? Es sind genug, sage ich. Die meisten der alten Besatzung.«

Thalon wollte wirklich alles tun, um Alina zu helfen. Aber Cedira zu verraten oder sie gar selbst zu töten, war für ihn undenkbar. Er faßte auf der Stelle den Entschluß, sie zu warnen und sich mit ihr zu beraten. Er mußte Hobolo hinhalten.

»Also, wie denkst du darüber?« fragte der *drastag.*

»Ich muß darüber nachdenken«, wich Thalon aus.

»Meinetwegen«, sagte Hobolo. »Aber denk daran, daß Alina ohne magische Hilfe nicht mehr lange leben wird. Und *nur* Murenius kann ihr helfen. Wenn wir erst auf die *Schwarze Rose* gestoßen sind, ist es zu spät. Eiserne Maske wird uns niemals freigeben!« Er erhob

163

sich aus dem Mastkorb. »Ich lasse dir genau acht Glasen. Dann frage ich dich, wie du dich entschieden hast.«

Er hatte das Want bereits zwischen den Fäusten und hielt noch einmal inne. »Und kein Wort zu Cedira, oder du springst gemeinsam mit Alina über die Klinge! Und vergiß nicht: Die Zwergin wird an Bord der *Seewolf* nur geduldet. Für dich, Alina und die stumme Metze gilt das erst recht. Denk immer daran. Wenn es hart auf hart kommt, steht ihr allein.«

Im Grunde seines Herzens wußte Thalon, daß Hobolo recht hatte. Das war seine Angst von Anfang an gewesen. Die Piraten an Bord der *Seewolf* wurden nicht durch die feste Hand von Eiserne Maske zusammengehalten, und sie hatten auch keinen Eid auf ihn geschworen. Unter der Oberfläche schien es einigen Groll gegen Eiserne Maske zu geben. Thalon kannte die Ursachen nicht, konnte sich aber einiges zusammenreimen. Vielleicht genügte es schon, daß Eiserne Maske ihnen Cedira als *kulko* vor die Nase gesetzt hatte. Oder die Piraten der *Seewolf* ärgerten sich darüber, daß sie für Sondermissionen eingesetzt wurden, statt Beute machen zu dürfen. Allein der Gedanke, daß sich Eiserne Maske blutig rächen würde, falls Cedira ein Haar gekrümmt würde, hielt sie bisher noch im Zaum. Es mußte nur jemand kommen, der ihnen mit Lösegeldversprechungen für Alina oder mit den Verlockungen des Ch'Ronch'Ra den Mund wäßrig machte, und die Dämme würden brechen. Hobolo, als *drastag* beinahe so wichtig wie die *kulko*, mochte durchaus in der Lage sein, eine Meuterei anzuführen.

Als Thalon das Want hinunterkletterte, war der *drastag* bereits spurlos verschwunden. Und doch glaubte Thalon, daß der hinterhältige Kerl ihn aus irgendeinem Versteck beobachtete.

Cedira kam über das Deck auf ihn zugestiefelt, Loggscheit und Loggleine noch in der Hand. Sie runzelte die Stirn. »He, Spatz, seit wann bist du denn so dicke mit diesem Schurken Hobolo?« fragte sie und gab sich keine Mühe, leise zu reden.

»Hab ihn zur Rede gestellt«, gab Thalon genauso laut zurück, »weil er Alina beleidigt hat. Der Kerl wollte erst nicht zuhören, und ich mußte ihm in den Mastkorb nachsteigen. Immerhin haben wir die Sache jetzt bereinigt. Es scheint ihm sogar leid zu tun, daß Alina so krank ist.« Seine Antwort war natürlich einzig und allein dazu bestimmt, Hobolo in Sicherheit zu wiegen.

»Leid tun?« Cedira lachte laut auf. »Diesem Rabenaas? Wenn er nicht scheißen kann, dann tut's ihm vielleicht leid. Ansonsten kennt der das Wort gar nicht.«

»Ich glaube, du schätzt ihn falsch ein, *kulko*«, sagte Thalon. Brüsk wandte er sich ab. »Ich sehe nach Alina.«

Erstaunt sah ihm die Zwergin hinterher. Thalon hoffte, sein Sinneswandel gegenüber Hobolo würde sie stutzig machen. Schließlich wußte sie, daß er den *drastag* nicht leiden konnte. Und da er erst vor kurzem nach Alina gesehen hatte, sollte auch dies ein Hinweis sein. Hobolo wollte in acht Glasen eine Entscheidung von ihm, und Thalon wurde die Zeit knapp, da in zwei Glasen seine Deckswache unter *rashu* Shanka begann.

Er stieg in die *taba* hinab. Mishia rieb gerade Alinas Gesicht mit einem nach Nelken duftenden Öl ab, vielleicht in der Hoffnung, die Berührungen und der Duft könnten dazu beitragen, die Lebensgeister neu zu wekken. Mishia unterbrach ihre Tätigkeit und wollte sich still zurückziehen.

»Bitte bleib, Mishia«, bat Thalon. »Und laß dich nicht stören. Alina kann dir nicht danken, aber ich möchte es an ihrer Stelle tun.«

Mishia lächelte scheu und setzte ihre Tätigkeit fort.

Sie öffnete die Knöpfe von Alinas Hemd, das bis zu den Waden geknüpft war, und schlug es auseinander. Sie träufelte sich aus einem Tonfläschchen Öl in die Hände und massierte sanft Alinas Körper. Eigentlich war es eher ein Streicheln, dem etwas Sinnliches anhaftete. Zärtlich wie eine Geliebte umfaßte sie die kleinen Brüste des Mädchens und rieb das Öl mit langsam kreisenden Bewegungen in die Haut. Ihre Hände glitten tiefer, streichelten Alinas flachen Bauch und dann die Innenseiten der Schenkel bis hinauf zu dem leicht gekräuselten Schamhaar.

Thalon wandte den Blick ab. Unter anderen Umständen hätte er selbst Alina gern auf diese Weise gestreichelt. Eine lebendige Alina, die sich dieser Zärtlichkeit erfreuen konnte, sie genoß. Doch die still daliegende Geliebte stimmte ihn in ihrer unbeseelten Nacktheit nur traurig. Mishia drehte Alinas Körper auf den Bauch, um auch dort die Haut mit Öl einzureiben.

Auf der Treppe näherten sich Schritte. Die Tür der *taba* wurde aufgestoßen. Cedira kam hereingestapft. Sie machte ein finsteres Gesicht, knallte die Tür zu, kümmerte sich nicht um das Tun von Mishia und setzte sich in den Lehnstuhl hinter dem Kartentisch.

»Also, Spatz, was ist los?« raunzte sie ihn an. »Hat dir einer ins Gehirn geschissen, daß du den Lump Hobolo plötzlich für einen Geweihten hältst?« Der Ärger erwies sich als gespielt, denn im nächsten Augenblick grinste sie. »Oder habe ich dich richtig verstanden, und du willst mir etwas sagen, das unter uns bleiben soll?«

»Hat lange genug gedauert, bis du es kapiert hast«, zog Thalon sie auf.

»Ich traue mir immer noch zu, dir den Arsch zu versohlen, um dir etwas mehr Respekt vor deiner *kulko* einzubleuen«, wetterte Cedira, blinzelte ihm dabei jedoch zu. »Also, Spatz, spuck's aus!«

166

Mishia hüllte Alina wieder in das Hemd ein und wollte sich zurückziehen.

»Mishia, du mußt bleiben und zuhören«, sagte Thalon, während er auf dem Schemel Platz nahm. »Es geht auch dich etwas an.«

Das stumme Mädchen nickte und hockte sich vor Thalon im Schneidersitz auf den Boden.

»Wir müssen mit einer Meuterei rechnen!« brach es ohne Umschweife aus Thalon heraus.

»Red keinen Dünnschiß!« rief die Zwergin ärgerlich. »Nicht auf der *Seewolf*! Eiserne Maske würde jeden einzelnen der Meuterer erst kielholen, dann aufschlitzen und anschließend die Reste an den Rahen aufknüpfen! Das weiß jeder auf diesem verrotteten Kahn.«

»Sie wissen es vielleicht, aber einige scheint es nicht zu kümmern«, entgegnete Thalon. »Sie glauben wohl, dazu müßte sie Eiserne Maske erst einmal fangen. Und sie halten sich für pfiffig genug, ihm zu entwischen.« Dann erzählte er, was Hobolo ihm vorgeschlagen hatte.

Mittendrin war Cedira aufgesprungen und zur Waffentruhe gegangen. Wortlos hatte sie ihre Streitaxt hervorgezogen und vor sich auf den Kartentisch gelegt, als sie sich wieder hinsetzte. Ansonsten hörte sie einfach nur zu und unterbrach Thalon nicht ein einziges Mal. Mishia war ohnehin nicht in der Lage, einen Einwurf zu machen. Aber ihre Augen hatten sich geweitet.

Als Thalon verstummte, nickte Cedira grimmig. »War das alles? Dann schnapp ich mir jetzt den verschissenen Hobolo und spalte ihm auf der Stelle den Schädel!« Sie stand auf und griff nach der Streitaxt.

»Warte!« beschwor Thalon die Zwergin. »Wenn du Hobolo erschlägst, bricht die Meuterei sofort los. Wir wissen nicht, wer die anderen Meuterer sind. Wenn Hobolo nicht hemmungslos aufgeschnitten hat, dürfte es der Großteil aller *zusha* und *gesha* sein. Wer weiß, ob nicht sogar Shanka mit ihnen unter einer Decke steckt.

Jedenfalls dürften wir hoffnungslos in der Minderheit sein. Ohne einen guten Plan ist nichts zu gewinnen.«

»Hmmm«, machte Cedira. »Wahrscheinlich hast du recht, Spatz.« Sie setzte sich wieder. »Obwohl ich zugeben muß, daß es mir in den Fingern juckt, diesen Bastard Hobolo zu den Fischen zu befördern. Ich fürchte allerdings, das Rabenaas wird ihnen nicht schmecken.« Sie machte eine Pause und runzelte die Stirn. »Aber da spukt mir noch etwas im Kopf herum und läßt es ratsam erscheinen, nicht blind zuzuschlagen.«

»Und das wäre?« wollte Thalon wissen.

»*Warum* hat Hobolo dir das alles erzählt?« fragte die Zwergin. »Er mußte doch damit rechnen, daß du mich einweihst.«

»Er hat gedroht, Alina und mich zu töten, wenn ich es tue. Er scheint darauf vertraut zu haben, daß diese Drohung mich davon abhält.«

»Schweinekacke, nein!« Cedira knallte die Faust auf den Tisch. »Was hätte die Ratte denn daran gehindert zu meutern, ohne mit dir zu reden?«

»Er wollte, daß ich dich ausschalte. Wahrscheinlich hat er zuviel Angst vor dir.«

Cedira lachte. »Klar hat das Rabenaas Angst vor mir. Aber er hätte mich ja nicht persönlich angreifen müssen. Wenn zehn Kerle über mich herfallen, kann ich auch nichts machen. Schweinekacke, nein!«

»Aber wenn es das nicht ist, dann wüßte ich nicht…«, begann Thalon.

»Ich sag dir den wahren Grund, Spatz. Hobolo will verhindern, daß *du* für mich die Klinge schwingst und getötet wirst! Darum geht es! Deshalb hat er dich eingeweiht. Wahrscheinlich wartet er gar nicht acht Glasen, sondern schlägt früher los. Er vertraut darauf, daß du zögerst, weil Hobolo dir versprochen hat, Alina zu Murenius zu bringen und heilen zu lassen. Glaub mir, Spatz, es geht hier nicht um mich oder um Mishia oder um Alina. Es geht einzig allein um dich. Es ging schon beim ersten Überfall der Risso nur um dich, und daran hat sich seither nichts geändert. Irgend jemand will *dich!*«

»Aber die Risso …«, warf Thalon ein.

»Risso? Schweinekacke! Ich habe noch nie von Dämonen gehört, die sich um die Fischmenschen kümmern. Vergiß die ganze Scheiße, die dir Hobolo über die Risso erzählt hat. Ob Risso oder Hobolo oder Murenius – ich wette, die stecken alle unter einer Decke. Und wenn es stimmt, daß ein Dämon dich als Hülle benutzt hat und wieder benutzen will, dann ist dieser Dämon Ch'Ronch'Ra. Deshalb darfst du nicht getötet werden. Deshalb meutert Hobolo. Deshalb wurde Alina mit Magie krank gemacht. Alles nur, um dich gefügig zu machen. Alles nur, um dich Murenius in die Arme zu treiben!«

Thalon saß wie erschlagen da. Wenn Cedira recht hatte, gab es keine Möglichkeit, Alina zu heilen. Thalon hatte darauf gehofft, Cedira werde ihn zu Murenius bringen, falls die Meuterei niedergeschlagen werden könnte. Auch wenn der Magier die *Seewolf* nicht als Gastgeschenk erhielt, würde er Alina helfen, um dem Dämon der Risso eins auszuwischen. Dessen war sich Thalon gewiß gewesen. Doch die Zwergin hatte alle seine Hoffnungen zunichte gemacht.

»Das ist das Todesurteil für Alina«, flüsterte er.

»Verdammt, Spatz, das ist es nicht!« sagte Cedira ärgerlich. »Ich habe dir doch gesagt, daß Haya oder Diss'Issi einen Weg finden, das Mädchen zu retten! Vertrau mir, ich weiß, wovon ich spreche!«

Thalon nickte zögernd. Was blieb ihm auch anderes übrig? Sich gegen die Zwergin zu stellen, kam für ihn nicht in Frage. Und im Innern ahnte er, daß Murenius tatsächlich nicht der Freund sein konnte, als der er sich ausgab, sondern wohl als der schlimmste Feind von allen gelten mußte. Denn wenn Cediras Sicht der Dinge richtig war, dann hatte ihn niemand anders als Murenius zum willenlosen Sklaven eines Dämons gemacht. Dann war Murenius der Dieb der verlorenen Jahre. Und, schlimmer als alles andere, Murenius trug die Verantwortung für die schrecklichen Dinge, die der Dämon in Thalons Körper begangen hatte. Schreckliche Dinge, von denen Thalon nichts wußte und die er auch niemals erfahren wollte. Zum erstenmal verstand er die fehlenden Erinnerungen nicht als schmerzliche Lücke, sondern als eine besondere Gnade der Zwölfgötter.

»Also gut«, seufzte er. »Überlegen wir, wie wir die Meuterei in den Griff bekommen.«

An Deck wurde geglast. Noch ein Stundenglas bis zum Wachwechsel.

»Wir brauchen Verbündete«, sagte die *kulko*. »Leute, die Eiserne Maske treu ergeben sind. Leider kenne ich die Piraten an Bord der *Seewolf* nicht gut genug, um dies beurteilen zu können. Aber einen gibt es: *rasho* Thomjhak. Er ist früher auf der *Schwarze Rose* gewesen und hat Eiserne Maskes Kuß empfangen.«

Thalon nickte. Der hünenhafte, bärtige Glatzkopf machte einen zu allem entschlossenen Eindruck. Ihn auf der eigenen Seite zu wissen, war ein gutes Gefühl. Als Gegner wäre er ein Alptraum gewesen. »Was ist mit Shanka?« fragte er.

»Ich bin mir nicht sicher«, gab Cedira zu. »Sie mag sauer sein, daß ich ihr vor die Nase gesetzt wurde, aber sie weiß, sie wird ihr Schiff zurückbekommen. Eiserne Maske *muß* sie vereidigt haben, sonst hätte er sie nicht als Kapitänin geduldet. Ja, ich setze auf sie.«

Mishia war aufgestanden und macht mit Gebärden auf sich aufmerksam. Cedira las ihre Zeichensprache. »Sehr gut«, lobte sie. »Mishia sagt, auf Erthe, Kabotao und Tessaki sei Verlaß. Die Weiber sind sich untereinander verpflichtet, sind so etwas wie Blutsschwestern. Wenn die drei in die Meuterei eingeweiht wären, hätten sie Mishia gewarnt.«

Thalon hatte an den Fingern mitgezählt. »Das sind fünf, mit uns dreien zusammen acht. Ich frage mich, ob man Quastides vertrauen kann. Seit der Auseinandersetzung, die ich mit ihm hatte, verhält er sich beinahe wie ein Freund.«

Mishia nickte und teilte Cedira wieder etwas mit Gebärden und Fingersprache mit.

»Mishia sagt, Quastides redet gut über dich und geht Piraten an den Kragen, die dir Böses wollen«, sagte die Zwergin. »Du kannst ihm wohl vertrauen. Hmmm. Also neun von sechzig, die mit einiger Sicherheit auf unserer Seite sind. Damit können wir es schaffen.«

»Neun gegen einundfünfzig?« fragte Thalon ungläubig.

»Scheißdreck, einundfünfzig. Hobolo kann nicht mehr als zwanzig haben. Mir ist wohl aufgefallen, daß viel getuschelt wurde, aber auch nicht zuviel. Wenn das Rabenaas mehr Leute eingeweiht hätte, wäre er früher oder später an den Falschen geraten. Das konnte er nicht wagen. Er wird allerdings damit rechnen, daß sich ihm weitere anschließen, wenn es zum Kampf kommt. Aber die gleichen Galgenvögel, die sich stets für die Seite des Siegers entscheiden, können wir auch für uns gewinnen.«

»Wenn Hobolo wirklich damit rechnet, daß ich dich einweihe«, sagte Thalon, »wird er bald zuschlagen, um uns in jedem Fall zuvorzukommen.«

»Ja«, sagte Cedira grimmig, »ich wette, es wird beim nächsten Wachwechsel geschehen, wenn alles durcheinanderläuft und es nicht auffällt, daß zu viele Leute an Deck sind. Ich bin Hobolos Hauptfeind. Wenn ich an seiner Stelle wäre, würde ich am Niedergang lauern und meinen Feind von hinten töten, wenn er nach dem

Wachwechsel nichtsahnend den Kopf in der Niedergang steckt. Mit etwas Glück erwischt man Shanka auf ähnliche Weise, wenn sie im Niedergang auftaucht. Doch diese Suppe werde ich den Ratten versalzen!«

Cedira sah Mishia an. »Mishia, du gehst zu den Weibern und bereitest Erthe, Kabotao und Tessaki darauf vor, daß sie zum Wachwechsel kämpfen müssen. Sie sollen sich am Niedergang zu den Mannschaftsquartieren aufbauen und zum Wachwechsel niemanden hinauslassen. Auch kurz vorher nicht, falls die Vögel es nicht abwarten können. Komm sofort wieder zurück, Mishia. Ich brauche dich hier als Bewachung für Alina. Und sei vorsichtig, Mädchen! Ich habe dich nicht aufgepäppelt, um dich an die Degenspitze eines elenden Verräters zu verlieren!«

Mishia nickte und verschwand auf leisen Sohlen.

»Was ist mit Shanka?« fragte Thalon. Er hatte den Eindruck, daß der *rashu* eine entscheidende Rolle zukam. Sie besaß das Vertrauen zumindest der *zusha*, der alten Stammbesatzung der *Seewolf*. Ihre Befehle konnten den Aufruhr zumindest abschwächen, vielleicht sogar im Keim ersticken.

»Ich rede gleich mit Shanka. Sollte ich das geringste verräterische Funkeln in ihren Augen entdecken, schlage ich ihr auf der Stelle den Kopf ab. Wir warten nur noch, bis Mishia zurück ist. Dann gehe ich in das Offiziersquartier, und du läßt dich an Deck sehen. Ich komme später nach, rede mit Thomjhak und lasse ihn Quastides zu dir schicken. Alles klar?«

Draußen waren leise Schritte zu hören. Die Tür der *taba* öffnete sich, und Mishia huschte herein. Sie atmete heftig, aber ihre Augen leuchteten. Hastig redete sie mit den Fingern.

»Gut gemacht, Mädchen«, lobte Cedira. »Du verriegelst die Tür und läßt nur Thalon oder mich in die *taba*. Verteidige Alina wie deine eigene Schwester. Aber das muß ich dir ja gar nicht erst sagen, du tust es auch von allein.«

Mishia nickte und zog ihr Messer.

Cedira griff nach der Streitaxt und sagte dabei zu Thalon: »Erthe, Kabotao und Tessaki wissen Bescheid. Es gibt noch eine vierte, Irsha, denen sie vertrauen. Also, Spatz, geh an Deck und laß dir nichts anmerken. Ich komme, sobald die Sache mit Shanka geklärt ist.«

»Was ist, wenn Hobolo auftaucht?«

»Wenn ich ihn allein in der Offiziersmesse erwische, spalte ich ihm den Schädel. Ist er mit anderen zusammen, raunze ich ihn nur an, wie er es von mir gewohnt ist. Aber ich wette, er versteckt sich irgendwo und kommt mir nicht in die Quere. Sollte er dich anquatschen, dann mach ihm Hoffnung, aber nicht so viel, daß er die Meuterei vorzeitig beginnt.«

»Ich brauche eine Waffe«, sagte Thalon. »Mein Florett ist bei meinen Sachen im Vordeck, und ich weiß nicht ...«

Cedira öffnete erneut die Truhe. »Wenn du deine Sachen weiterhin über das Schiff verteilst, wirst du das nächste Mal mit einem Morgenstern vorliebnehmen müssen.« Sie reichte ihm einen Säbel. »Grobe Arbeit, grobe Waffe. Versteck das Ding unter der Kleidung, sonst ahnt Hobolo sofort, was los ist. Und geh trotzdem nicht so steif, als hättest du dir in die Hose geschissen.«

»Ja, Mama«, antwortete Thalon.

Cedira grinste und hob spielerisch die Streitaxt. Dann verließ sie die *taba*. Thalon schlüpfte hinter ihr hinaus. Mishia schloß die Tür. Thalon hörte, wie der Riegel einrastete.

8. Kapitel

In Ghurenia

Nachdem es Babbil gelungen war, aus der Festung des Praefos zu entkommen, hatte er sich zunächst in einem Gebüsch versteckt. Ihm schlotterten die Glieder. Er jammerte leise vor sich hin. Nein, er fühlte sich wirklich nicht zum Helden geboren. Er erschauderte, wenn er daran dachte, wie knapp die Waffen des Praefos und des nicht minder garstigen Nhood Murenbreker ihn verfehlt hatten. Gleichzeitig war er stolz auf sich, daß er die beiden gefoppt und obendrein noch verspottet hatte.

Babbil verstand sich weder darauf, mit Waffen zu kämpfen, noch verspürte er eine Neigung, solche Waffen benutzen zu können. Er war eigentlich ganz zufrieden mit seinem bisherigen Leben im Sud, vermißte nichts und wollte es deshalb möglichst lange in der gleichen Weise fortsetzen, unbehelligt von Praefos Gorm, seiner Garde, seinen Kerkern und seinen Folterknechten. Trotz all dieser guten Gründe, sich nicht in Sachen einzumischen, die ihn nichts angingen, dachte er allerdings nicht daran, einfach in den Sud zurückkehren und so zu tun, als sei nichts gewesen. Oh, er hätte es natürlich tun können und nichts befürchten müssen. Die Gardisten trauten sich nur in größeren Gruppen in den Sud. Sollten sie nur kommen, sie würden ihn nicht finden. Es gab

Hunderte von Verstecken, und Babbil war flink, sehr flink.

Alles schön und gut, doch Babbil meinte, daß nach dem Stand der Dinge seine Arbeit noch nicht getan war. Nhood Murenbreker würde, wenn man ihm nicht Einhalt geböte, Babbils Freund Thalon jagen und vielleicht töten. Es war überhaupt keine Frage, daß Babbil dies irgendwie verhindern mußte, so wenig er sich sonst darum kümmerte, was der Praefos und seine Helfershelfer trieben. Aber wie?

Flüchtig hatte Babbil überlegt, ob er Kuadim dafür gewinnen konnte, dem jungen Murenbreker ein Bein zu stellen. Aber Kuadim war auf Thalon nicht gut zu sprechen, weil er sich, zweifellos zu Unrecht, von ihm hintergangen fühlte. Und selbst wenn Kuadim eines Besseren zu überzeugen wäre, half dies allein wenig. Nur die Gilde konnte mit Nhood Murenbreker fertig werden. Aber ... Nein, nein die Diebesgilde würde sich nicht einmischen. Dort gab es einen schlichten Lehrsatz, von dem noch nie abgewichen wurde: Bestiehl die Reichen und Mächtigen, aber misch dich nicht in ihre Händel ein. Zwar zählte Thalon nicht zu den Reichen und Mächtigen, wohl aber seine Liebste Alina. Und obendrein hatte man Thalon aus der Diebesgilde ausgeschlossen, wie Babbil von Kuadim erfahren mußte. Nein und nochmals nein, von dort war keine Hilfe zu erwarten.

Blieb die Kaufherrin Murenbreker. Aber würde sie Thalon wirklich helfen wollen? Mußte er für sie nicht als ein finsterer Pirat gelten, der ihre Tochter geraubt hatte? Und Nhood war schließlich ihr eigener Sohn. Würde sie wirklich glauben, daß dieser Nhood im Bund mit dem Praefos war und sowohl ihr als auch seiner eigenen Schwester Alina und schließlich Thalon an den Kragen wollte? Und würde sie solche unwillkommenen Wahrheiten dem armen kleinen Babbil glauben, ausgerechnet dem armen kleinen Babbil, den sie für einen Dieb oder sonst etwas halten mochte?

Babbil summte und brummte der Kopf. Zuviel Kopf-arbeit für den armen kleinen Babbil, viel zuviel. War er denn ein Magister, der das Denken zu seinem Brot-erwerb gemacht hatte? Nein, das war er nicht.

Babbil machte es schließlich auf seine Art. Er dachte nicht weiter über die Dinge nach, sondern folgte ein-fach Nhood, als dieser, in einen Umhang gehüllt, die Festung verließ. Babbil war nicht besonders gut im Nachschleichen, aber er war nur einer von vielen Jun-gen, die auf den Gassen unterwegs waren, auch spät am Abend noch. Er fiel nicht auf und hielt gebührend Abstand zu Nhood. Dieser wiederum schien gar nicht auf den Gedanken zu kommen, daß ihn jemand be-schatten könnte. Er verhielt sich sorglos und bahnte sich ruppig seinen Weg hinab zum Hafen. Erst dort sah er sich einmal flüchtig um.

Natürlich sah er nichts von Babbil. Denn Babbil war klein und kauerte hinter einer Taurolle. Nhood Muren-breker blickte über die Taurolle hinweg und erblickte nichts Verdächtiges. Er ging langsam weiter und blieb an einer Hausecke stehen. Er schien zu warten, und deshalb wartete auch Babbil weiterhin hinter seiner Taurolle.

Angst bekam Babbil erst, als Fadim o'Chim, dieser schreckliche mausgraue Schatten, wie aus dem Nichts auftauchte und sich zu Nhood gesellte. Zum Glück näherte sich der Dieb – auch ihn hatte man aus der Gilde ausgeschlossen, in diesem Fall aber zweifellos aus gutem Grund – aus einer der vor Babbil liegenden Gassen und hatte sich nicht hinter seinem Rücken an-geschlichen. Babbil jammerte wortlos und beklagte sich bei den Zwölfen. Aber er war ziemlich sicher, daß Fadim o'Chim ihn nicht bemerkt hatte. Und nun, da die beiden auf den Alten Kai zu gingen, wo es immer einsamer, dunkler und kahler wurde, konnte der Mausgraue noch so schattenhaft schleichen: Babbil sah ihn doch. Weil Babbil wußte, daß er dort war.

Fadim o'Chims Erscheinen hatte Babbil nicht ernsthaft überrascht. Er wußte ja, daß die beiden unter einer Decke steckten. Fadim o'Chim war es gewesen, der Thalon gejagt hatte. Und Nhood hatte Gorm versprochen, den Halsabschneider einzusetzen, um die Pläne der Kaufherrin aufzudecken. Aber was trieb die beiden in dieser Stunde zum Hafen?

Mit klopfendem Herzen verließ Babbil sein Versteck und folgte den beiden Männern, während er sich immer wieder hinter Mauervorsprüngen, Pollern oder Fässern duckte. Wer so klein war wie Babbil, fand viele Schlupfwinkel. Erstaunt sah der Junge, wie sich Nhood die Maske über das Gesicht streifte und, den wachsamen Fadim o'Chim auf den Fersen, dem letzten der Kais zustrebte, wo nur noch ein einzelnes Boot lag.

Babbil kannte sich auf allen Gassen Ghurenias, im Runden und im Schroffen und erst recht im Sud sowie im Hafen bestens aus. Er wußte, daß der alte Kapitän auf der *Dylana* hauste. Aber zu spät erkannte er, daß nur die *Dylana* das Ziel der Männer sein konnte. Und es dauerte noch ein bißchen länger, bis Babbil begriff, warum die beiden Kapitän Swattekopp einen Besuch abstatten wollten.

Babbil mochte den Alten, der ihm manchmal einen Apfel oder einen braunen Kuchen zuwarf, wenn er ihn vor dem Speicherhaus oder sonstwo im Hafen entdeckte. Swattekopp galt als etwas eigensinnig, aber auch als weise und gerecht. Selbst die Diebesgilde schonte ihn und verzichtete darauf, sein Boot auszurauben. Am liebsten wäre Babbil sofort loszulaufen und hätte Hilfe herbeigeholt. Aber gerade in diesem Augenblick hob Nhood die Fackel, und die beiden Männer musterten sorgsam die Umgebung. Babbil mußte warten, bis Fadim o'Chim an Bord verschwunden war und Nhood mit dem Aufstemmen des Schlosses begann.

Die Zeit bis dahin war Babbil noch nie so lang, so elend lang vorgekommen. Ihm wurde abwechselnd heiß und kalt, er bibberte, jammerte und flehte die Zwölfe an, dem alten Swattekop dürfe nichts geschehen. Er überlegte sogar, ob er nicht einfach schreien solle, um die Männer und vielleicht auch Swattekopp aufzuschrecken. Doch er hatte Angst, daß die beiden abgefeimten Schurken nicht von ihrem Tun ablassen und erst richtig in Wut geraten würden.

Endlich, als Nhood mit der Luke beschäftigt war, stürmte Babbil los. Er rannte, als würden ihn zehn *curgas* und ebenso viele Seeschlangen auf einmal verfolgen. Wer ihn sah, mochte glauben, seine mit groben Stichen aus Lederflicken zusammengenähten Mohassins begännen zu qualmen. Mit anderen Worten, der schon bei üblichen Verrichtungen ungemein flinke Babbil bewegte sich schnell wie der Wind. Trotzdem meinte er, kaum vom Fleck zu kommen, so sehr schmerzte ihn der Gedanke, den alten Kapitän hilflos in der Hand von Kerlen zu wissen, die zu den schlimmsten Schurken auf Efferds Tränen gehörten.

Als er an der Kaschemme *Schiefe Fock* vorbeiraste und trunkenes Lärmen hinter den Pergamentfenstern hörte, hätte er um ein Haar haltgemacht und dort um Hilfe gebettelt. Aber er überlegte es sich anders und rannte weiter. Wer würde schon dem armen kleinen Babbil glauben, wenn er schwor, daß Swattekopp sich in höchster Gefahr befand? Man würde es für einen Scherz, ein Ablenkungsmanöver halten, und schnell nach den Geldbörsen greifen, um zu sehen, ob Babbil sie nicht blitzschnell gestohlen hatte. Und falls sich doch mutige Männer und Frauen fänden, die ihm glaubten und Swattekopp zu Hilfe eilen wollten:

Würde ihr Mut standhalten, wenn sie erführen, wer ihre Gegner waren? Der durchtriebene Dieb und Schlitzer Fadim o'Chim, überall und nirgends zu finden, nie greifbar, ein Schatten. Der würde sich bitter an ihnen rächen, irgendwann aus irgendeinem dunklen Winkel treten, einen schnellen und lautlosen Dolch in der Hand. Und dann erst Nhood Murenbreker, der neue Hauptmann der Praefosgarde. Wer sich mit ihm anlegte, war ein toter Mann. Oder, schlimmer noch, endete im Folterkeller der Festung.

Babbil fegte die Gassen entlang und passierte den ersten Tunnel des Runden. Der Hafen lag schon unter ihm. Er wagte gar nicht, zur *Dylana* hinabzusehen. Sein Ziel war die Villa der Murenbrekers, auf halber Höhe des Runden gelegen. Was blieb ihm anderes übrig? Wer sonst konnte helfen, wollte helfen? Swattekopp war Murenbrekers Kapitän gewesen, seit Urzeiten, mindestens seit der Gründung Ghurenias, wahrscheinlich noch länger. Jedenfalls wollte es Babbil so erscheinen, denn Swattekopp war so alt, daß es jede Vorstellung sprengte, die Babbil von menschlichem Alter besaß. Auf jeden Fall, so meinte Babbil, geboten die Zwölfe und alles, was mit Treue und Anstand und Freundschaft und Verpflichtung und gutem Willen zu tun hatte (mehr Tugenden fielen ihm gerade nicht ein), daß die Kaufherrin diesem Mann helfen mußte, auch wenn es galt, gegen das eigene Blut zu handeln.

Aber würde *sie* ihm glauben? Und was konnte sie tun? Sie war eine Händlerin, eine Reederin und besaß keine Bewaffneten. Oh, dann mußte sie eben ihre Stauer und Packer und Kommis zusammentrommeln, ihre Dienstboten und vor allem die Seeleute ihrer Schiffe, soweit sie im Hafen lagen. Erleichtert fiel Babbil ein, daß ein anderer Kaufherr bei ihr zu Gast war, Valerion Costald, ein alter Freund offenbar, der mit Bewaffneten reiste. Gorm hatte ihn erwähnt, als er sich mit Nhood beriet. Babbil hatte die Bewaffneten selbst gesehen, kräftige, entschlossen aussehende Männer und Frauen. Sie würden sich der Sache annehmen. Aber es mußte schnell geschehen, sehr, sehr schnell, denn sonst wäre alles umsonst.

Die Tunnel und Außenwege den Runden hinauf ging man üblicherweise gemächlichen Schrittes, um sich nicht zu verausgaben, selbst wenn man jung und kräftig war. Aber Babbil rannte. Und der arme kleine Babbil war nicht gerade gertenschlank und muskelbepackt erst recht nicht. Das Geheimnis seiner Flinkheit bestand darin, daß er kurz umherwieselte und sich dann wieder gebührend ausruhte. So schnaufte, schwitzte und jammerte er, ohne indes langsamer zu werden. Nur wenige Leute waren zu dieser Stunde noch unterwegs. Babbil begegnete der alten Thilda, die bekanntermaßen krank im Kopf war und ein altes Hurenlied krächzte, ohne den Jungen auch nur wahrzunehmen. Ein zerlumptes Mädchen, eine Waise, die er dem Gesicht nach kannte, leckte ein Faß aus, in dem sich in Salzlake eingelegte Fische befunden hatten. Von einem Beleuchter sah er nur noch das gelbe Wams, als der Mann auch schon von einem Quertunnel verschluckt wurde. Und als Babbil den Marschtritt von Praefosgardisten hörte, die wohl zum Wachwechsel unterwegs waren, war er derjenige, der rasch in einem Quertunnel verschwand.

Endlich erreichte er den Hohlweg, der zur Terrasse der Murenbreker-Villa führte. Eine schwere Holztür versperrte ihm den Weg. Davor brannten zwei Fackeln.

Atemlos betätigte Babbil den schweren Klopfer, der eine bronzene Seeschlange darstellte. Er wartete nicht, ob sich im Innern etwas rührte, sondern ließ den Klopfer auf und ab sausen, immer wieder. Das Holz warf den metallischen Ton dumpf zurück, und bald dröhnten Babbil die Ohren vom eigenen Klopfen.

Unvermittelt wurde die Tür aufgerissen. Eine matronenhafte Erscheinung sah auf ihn herab, hünenhaft aus Babbils Sicht, ein strenges Gesicht, einen Teil der strähnigen dunklen Haare hochgesteckt, der Rest wirr herabhängend, nur mit einem langen Hemd bekleidet, barfuß, ein großes Fleischermesser in der Hand.

»Bei Travia!« keifte die Frau nach hinten, wo sich zwei knüppelbewaffnete Männer näherten, Dienstpersonal offenbar. »Ein kleiner Bengel hat diesen ohrenzerfetzenden Krach verursacht, ein elender Stinkebalg, der meinte, uns zum Narren halten zu können!«

»Ich bin kein Stinkebalg, edle Dame, sondern recht reinlich«, protestierte Babbil und wieselte im gleichen Augenblick schon an ihr vorbei. »Der arme kleine Babbil muß unbedingt und sofort die Kaufherrin sprechen! Es geht um Leben und Tod des edlen Herrn Swattekopp!«

»Also da könnte ja jeder ...«, begann die Matrone. »He, verdammt, wo ist der Wicht denn geblieben?«

»Hier ist er, Dobra ... Ich meine, hier war er eben noch ...«, stammelte einer der beiden Männer. »Wo zum Henker ... da drüben!«

»Ich hab ihn!« triumphierte der andere Mann und griff nach Babbil. Enttäuscht mußte er hinzufügen: »Ich hab ihn doch nicht.«

Im Nu hatte es Babbil geschafft, die drei Dienstboten in einem heillos durcheinanderwirbelnden, fluchenden, schreienden Haufen ineinander verkeilter Leiber zu verwandeln. Er kümmerte sich nicht weiter um die drei, sondern trippelte über die Terrasse zum Eingang der Villa. Hinter den Butzenscheiben brannte noch Licht, und im oberen Stockwerk wurde gerade eine weitere Lampe angezündet.

Der Junge sah, daß die drei Dienstboten einander nicht länger selbst behinderten und durch den Hohlweg heranstürmten. Leichtfüßig flitzte Babbil, der sich

181

am Tor ein wenig von dem Lauf erholt hatte, zum Eingang. Trotzdem fühlte er sich entsetzlich müde. Ihm schien, daß der arme kleine Babbil endlich einmal eine längere Pause und vielleicht eine kleine Erfrischung, ganz gewiß auch die eine oder andere Nascherei verdient hatte. Aber erst wollte er der Kaufherrin sein Anliegen schildern, und sollte er bis dahin noch auf glühenden Kohlen tanzen müssen. Lieber wollte er vor Erschöpfung tot umfallen, als den alten Kapitän seinem Schicksal überlassen.

Unbehelligt schlüpfte Babbil durch die nur angelehnte Tür aus sorgsam poliertem Nußbaum mit Intarsien aus hellerem Holz, verziert mit kupfernen Beschlägen, die Ranken und Blumenkelche darstellten. Er trippelte durch die Eingangshalle und sah sich hastig nach allen Seiten um. Blütenweißer Marmor an Wänden und Decken wechselte sich mit Paneelen aus rötlich schimmerndem Mohagoni und Nußbaum ab, die dem Stein die Kälte nahmen. Ein Kronleuchter mit zahllosen fast heruntergebrannten Talglichtern spendete reichlich Licht. In der Mitte der Halle befand sich ein verschwenderisch verzierter Springbrunnen. Ein Mauerdurchbruch führte in einen Innenhof, der als Garten angelegt war. Dort brannten mehrere Pechfackeln. Vor ihm führte eine breite Treppe in das obere Stockwerk. Links und rechts gab es Türen, die bis auf eine geschlossen waren. Die offene Tür gab den Blick auf ein Zimmer frei, das den Kontorräumen in den Speicherhäusern ähnelte, obwohl die Einrichtung um einiges edler aussah. Ein wuchtiges Stehpult mit zahllosen Ablageflächen, ein Regal mit riesigen Lederbänden, ein weiteres Regal mit Lochleisten, in denen Dutzende aufgerollter Pergamenturkunden steckten, einige mit Siegeln, die an Bändern und Schnüren herabhingen.

Hinter dem Pult, mit der Blickrichtung zur Tür,

stand die Kaufherrin, einen Federkiel in der Hand, das offene Tintenfaß daneben, ein Pergament vor sich. Eine Öllampe sorgte für Licht. Auf einem Beistelltisch stand eine zierliche Goldwaage, daneben lagen ein Siegel und eine angebrochene Stange roten Siegellacks.

Canja Murenbreker, die sich von dem Pochen an der Terrassentür und den Aufruhr der Dienstboten nicht hatte stören lassen, sah auf, als sie Babbils trippelnde Schritte in der Halle hörte.

Babbil, der die Kaufherrin sofort erkannt hatte, rannte zu der offenen Tür. »Edle Kaufherrin«, sprudelte er hervor, »verzeiht dem armen kleinen Babbil, daß er es gewagt hat, in Eure Villa einzudringen. Babbil ist kein Dieb und will Euch nichts Böses ...«

Weiter kam er nicht, weil unbemerkt jemand aus dem Nebenzimmer getreten, von hinten herangeschlichen war, ihn mit eiserner Faust am Schlafittchen packte und anhob. Der andere Arm des Gegners umschlang den Brustkorb des Jungen und preßte ihn so fest an sich, daß dieser sich kaum rühren konnte. Er wurde gegen etwas Hartes gepreßt, das nur ein lederner Brustharnisch sein konnte.

»Laßt mich los, edler Herr!« jammerte Babbil, ohne sehen zu können, wer ihn da gepackt hielt. »Seid gnädig, edler Herr! Der arme kleine Babbil will doch nur ...«

Die mit Pluderhosen und einem hellbraunen Lederwams gekleidete Kaufherrin hatte den Federkiel aus der Hand gelegt und war hinter dem Pult hervorgetreten. Als sie den Jungen im Griff der Schiffsknechtin zappeln sah, mußte sie unwillkürlich lachen. »Der edle Herr ist kein Herr, sondern eine Dame«, sagte sie. »Und diese Dame namens Zhindba wird dich jetzt sofort wieder vor die Tür setzen, mein Freundchen. Ich mag es nicht, wenn man mich zu Hause anbettelt. Komm morgen in mein Speicherhaus und rede mit

Bela, wenn du ein Stück Brot oder einen Fisch haben willst.«

Laute Geräusche an der Tür zeigten, daß die überlisteten Dienstboten ins Haus zurückstürmten.

»Aber ich bettle nicht für mich...«, begann Babbil verzweifelt und verdoppelte seine Anstrengungen, sich zu befreien. Aber es half nichts.

»Raus mit ihm!« befahl die Kaufherrin und wandte sich ab.

»...sondern für Swattekopp!« stieß Babbil hervor, der in großer Sorge war, Zhindba oder einer der Dienstboten könnte ihm den Mund zuhalten, um ihn am Weiterreden zu hindern.

Canja Murenbreker zuckte zusammen und fuhr auf dem Absatz herum. »Warte!« rief sie Zhindba zu, die sich mit ihrem zappelnden Paket bereits abgewandt hatte. Ihre Stimme klang plötzlich beunruhigt. »Wie war das? Swattekopp? Was ist mit ihm? Laß ihn frei, Zhindba!«

Ein Schwall Wasser weckte Swattekopp aus seiner Ohnmacht. Mühsam öffnete er die blutverkrusteten Augen und starrte seine Peiniger an. Ein Woge von Schmerz schwappte durch seinen geschundenen Körper. Er lag zwischen den Spanten am Boden. Den rechten Arm konnte er nicht bewegen, aber das Bluten hatte aufgehört. Die Füße fühlten sich taub an. Als er an sich hinabsah, entdeckte er, daß die Füße gefesselt waren. Der fest zusammengezogene Strick hatte zu einer Stauung des Blutes geführt. Swattekopp erinnerte sich, daß das Mausgesicht ihm die Fesseln angelegt hatte, nachdem Swattekopp versucht hatte, nach ihm zu treten.

»Ihr seid ein sturer Bock, Swattekopp«, sagte Nhood, der ärgerlich auf ihn herabsah und ihm eine Fackel so dicht an das Gesicht hielt, daß Swattekopps weißer

Backenbart versengt wurde. Swattekopp schloß geblendet die Augen und wandte den Kopf zur Seite.

»Und zartbesaitet ist er obendrein«, meinte Fadim o'Chim spöttisch. »Macht sich davon, wenn man ihn ein wenig unter die Fingernägel sticht. Das war nicht nett, alter Mann.«

Swattekopp erinnerte sich, wie der Kerl ihn mit einer langen Nadel gefoltert hatte. Swattekopp, der zuvor alle Mißhandlungen mit zusammengebissenen Zähnen ertragen und höchstens ein leises Stöhnen von sich gegeben hatte, konnte dem wahnsinnigen Schmerz nicht widerstehen. Er hatte vor Pein laut geschrien. Und als das Mausgesicht die Nadel noch ein Stück tiefer in das Fleisch trieb, hatte plötzlich ein gnädiges Dunkel Swattekopp eingehüllt und seinen Geist davongetragen.

»Spuckt es endlich aus, und ich verspreche Euch einen raschen Tod«, sagte Nhood und nahm die Fackel etwas höher.

»Ja, ich spucke«, brachte Swattekopp mühsam hervor und schaffte es dann wahrhaftig, Nhood entgegenzuspeien. »Und zwar auf Euch! Verflucht sollt Ihr sein! Die Zwölfe mögen Euch rösten für Eure Taten, Nhood Murenbreker!«

Er war zu kraftlos, um den Hauptmann der Praefosgarde zu treffen, aber Nhood schäumte vor unbeherrschter Wut. Er stieß die brennende Fackel wieder nach unten und preßte sie gegen die blutige Wunde am Oberarm des Kapitäns.

Brutzelnd verschmorten Blut und Fleisch. Der alte Mann stieß ein gurgelndes Geräusch aus und wälzte sich, halb wahnsinnig vor Schmerz, am Boden.

Nhood zog die Fackel zurück, weniger aus Mitleid denn aus Ekel vor dem Gestank des verbrannten Fleisches und der kokelnden Reste des Hemdsärmels.

»Rede endlich, du dreckiger Arsch!« schrie Nhood. Eine Zornesader auf der Stirn war dick angeschwollen, und die Stimme schnappte ihm über. »Paktiert meine Mutter mit Eiserne Maske? Ja oder nein? Will sie Alina freikaufen, indem sie den Praefos verrät? Wieso ist Costald mit Bewaffneten erschienen?«

Der alte Kapitän wimmerte leise vor Schmerz. Eine Antwort auf seine Fragen erhielt Nhood nicht.

Fadim o'Chim zuckte die Schultern. »Vielleicht weiß er wirklich nichts von diesen Dingen.«

»Er weiß es!« tobte Nhood. »Der Dreckskerl weiß es! Meine Mutter weiht ihn immer in alles ein! Was meinst du denn, warum ich mir den Kerl ausgesucht habe? Weil er über alles unterrichtet ist! Deshalb!«

»Wenn das so ist, müssen wir eben noch etwas ernsthafter versuchen, ihn zu überreden, mit uns über alles zu plaudern«, sagte Fadim o'Chim in einem Ton, als würde er über das Wetter reden. »Braucht ein so alter Mann eigentlich noch Augen? Oder einen Schwanz? Wenn er doch sowieso bald mit dem Raben Golgari geht? Glaub mir, Nhood, was ich mit Augen und Schwänzen anstellen kann, hat bisher noch jeden zum Reden gebracht.«

»Du siehst doch, daß dem räudigen Hund mit Schmerzen nicht beizukommen ist!« fuhr ihn Nhood an. »Und wir haben nicht ewig Zeit! Verdammte Scheiße, wir greifen uns lieber einen anderen, der Bescheid wissen könnte, am besten Costald.« Er hob das Schwert. »Ihr habt es Euch nicht verdient, Swattekopp, aber ich will Euch die Gnade des kalten Stahls erweisen.«

Er holte mit dem Schwert aus.

»Warte!« sagte das Mausgesicht. »Vielleicht bringt ihn doch etwas zum Reden.«

Nhood ließ das Schwert wieder sinken.

»Und was soll das sein? Komm mir nicht wieder mit Schlitzereien, die doch nichts einbringen.«

Fadim o'Chim schüttelte den Kopf. »Sei unbesorgt,

ich habe es eingesehen, Nhood. Der Bursche ist wirklich zu alt dafür. Es macht ihm nichts mehr aus. Aber ich glaube, ich weiß, was ihm noch etwas bedeutet. Hast du den alten Krempel in seiner Kajüte gesehen? Ich wette, das sind Erinnerungsstücke. Machen wir sie ihm doch kaputt. Schmeißen wir das Zeug über Bord, und was man verbrennen kann, das verbrennen wir. Laß uns ein Loch in sein elendes Schiff hacken. Mag er sehen, wie alles vergeht, was von seinem Leben geblieben ist, und dann – aber erst dann – mit seinem Kahn zusammen absaufen.«

»Das ist dämonisch!« lobte ihn Nhood, und seine Augen funkelten boshaft. »Wirklich dämonisch gut, mein Bester. Selbst wenn auch das Swattekopp nicht zum Reden bringen sollte, ist es doch eine angemessene Bestrafung und die Art von Tod, die dem alten Knochen zukommt.«

Grinsend schlenderte Fadim o'Chim auf die Kajüte zu.

Swattekopp hatte gehört, was das Mausgesicht sagte. Bei allen Schmerzen, die ihn bereits bis an den Rand des Wahnsinns trieben, gab es in ihm noch Platz für weiteres Entsetzen, und dieser Platz wurde jetzt ausgefüllt. Er hatte bereits mit dem Leben abgeschlossen, und ihm war stets klar gewesen, daß er die Dinge, an denen er hing, nicht mitnehmen konnte. Doch diese Dinge zu zerstören, bevor er selbst ging, hieß für ihn, alle Jahre seines Leben zu verhöhnen und zu vernichten, bevor das eigentliche Ende kam. Er begriff die abgrundtiefe Bosheit, die dahintersteckte, sah darin einen Dolch, der nicht auf seinen Körper, sondern auf seine Seele zielte.

Zum Reden würde ihn das nicht bringen, im Gegenteil. Aber es weckte Kräfte in ihm, die er längst entschwunden glaubte. Als er sich unter Nhoods Fackel am Boden wand, hatte sich etwas in seine Hüfte gedrückt, was er zuerst nicht hatte einschätzen können.

Inzwischen war ihm eingefallen, daß es sich um einen der Belegnägel handelte, die er für die Takelung der *Dylana* nicht mehr gebraucht und im Laderaum verstaut hatte. Jetzt tastete er danach. Seine unverletzte Hand, halb unter dem Körper verborgen, klammerte sich um den Belegnagel.

Mausgesicht hielt das Kräuterkissen und die Muschel in den Händen, als er zurückkehrte. Fadim o'Chim hielt die beiden Teile hoch und trat Swattekopp derb in die Rippen. »Siehst du diesen Plunder, Alter? Erinnern dich diese Dinge an etwas aus deinem Leben, ja? Willst du uns vielleicht jetzt etwas erzählen? Oder soll ich dir zeigen, wie ich dein erbärmliches, pflichterfülltes Leben verachte?«

Er legte die Muschel auf den Boden und setzte den Fuß darauf. »Ich wette, die hat dir eine Frau geschenkt, wie? Eine Metze, die dir vorgemacht hat, sie könne dich gut leiden, um an dein Geld zu kommen. Hör zu, Kerl, ich trete jetzt die Muschel zu hundert Scherben, wenn du nicht ...«

Swattekopp riß den gesunden Arm unter dem Körper hervor und warf den rostigen Belegnagel mit aller Kraft, zu der er noch fähig war, gegen das Mausgesicht.

Swattekopp hatte in all den Jahren nicht verlernt, mit Belegnägeln umzugehen, obwohl er sie gewöhnlich zu anderen Zwecken benutzte. Der Belegnagel verließ seine Hand und raste mit dem Kopf voran und schräg nach oben gerichteter Flugbahn auf den völlig überraschten Fadim o'Chim zu. Als hätte ihn nicht die müde Hand eines alten Mannes, sondern ein Torsionsgeschütz auf die Reise geschickt.

Der Mausgraue verstand sich darauf, seinen Körper mit größter Schnelligkeit und Gewandtheit zu bewegen, doch ihm blieb keine Zeit, dem Geschoß auszuweichen. Der Belegnagel traf ihn mitten ins Gesicht, brach ihm das Nasenbein und schlug ihm sämtlichen

Vorderzähne ein. Fadim o'Chim kippte nach hinten, als hätte ihn die Faust eines der Zwölfgötter gefällt. Das Kräuterkissen glitt ihm aus der Hand.

Die Muschel blieb unversehrt.

Nhood Murenbreker hatte mit hervorquellenden Augen ungläubig zugeschaut. Es dauerte eine Weile, bis er überhaupt begriff, was geschehen war. Dann verzerrte sich sein Gesicht erneut vor Wut. »Das sollst du büßen!« schrie er.

Er trat an Swattekopp heran und hob das Schwert.

Canja Murenbreker hatte keinen Augenblick gezaudert, als Babbil eine Kurzfassung seiner Geschichte herunterhaspelte. Nhood und sein Freund Fadim o'Chim, dieser Abschaum aller Mörder und Diebe, hatten Swattekopp überfallen, um ihm die Pläne der Kaufherrin in bezug auf die Piraten herauszupressen. Das war das Wesentliche an Babbils Geschichte. Man mußte Swattekopp sofort zu Hilfe eilen! Insgeheim allerdings fürchtete Canja, daß Swattekopp nicht mehr zu helfen wäre. Sie kannte die grimmige Entschlossenheit ihres Sohns, die sich in den letzten Monden mit Zügellosigkeit und Erbarmungslosigkeit gepaart hatte. Nhood hatte zunehmend alles abgestoßen, was Canja ihm einst zu vermitteln versuchte: die Einsicht, daß es bei aller nötigen Stärke und Durchsetzungsfähigkeit, die einem Kaufherrn zu eigen sein sollten, auch ein Stück Menschlichkeit, Erbarmen und Mitleid zu bewahren galt oder, wenn das in einem Charakter nicht angelegt war, doch wenigstens erlernter Anstand, die Bereitschaft der Rücksichtnahme, die Fähigkeit, Gnade walten zu lassen. Nhood stand inzwischen ganz im Bann des Praefos und verachtete alles, was ihn mit seinem Elternhaus verband, auch und gerade die dort gelehrten Tugenden. Er würde nicht zögern, den alten Kapitän zu töten, wenn dieser seinen Wünschen nicht nachkam.

Und Fadim o'Chim? Canja stand noch vor Augen, wie der schmächtige Kerl im Speicherhaus gefaßt wurde, sich vor ihr zu Boden warf und um Gnade winselte. Damals war er nichts weiter als ein Dieb gewesen. Das war vier Jahre her. Inzwischen wurde der Name des Mannes, der sogar von der eigenen Gilde ausgeschlossen wurde, nur noch flüsternd erwähnt. Man fürchtete ihn als hinterhältigen Mörder, der jedem seine Klinge lieh, der gut genug dafür zahlte. Ein tödlicher Schatten, eine Ratte, zu allem bereit, zu allem fähig.

Valerion, der sich wie Canja noch nicht zur Ruhe begeben hatte, kam bereits die Treppe herab, als Zhindba, die Obfrau seiner Schiffsknechte, Babbil am Kragen packte. Stumm hörte er zu, als der Junge die vor allem für Canjas Ohren bestimmte Geschichte vorbrachte. Dann jedoch handelte er so, wie es Canja von ihm nicht anders erwartet hatte. »Es trifft sich gut, daß meine Leute im Gesindehaus der Villa untergebracht wurden. Canja, ich bitte dich, über meine Schiffsknechte zu verfügen.«

Dankbar nahm die Kaufherrin das Angebot an, bat jedoch Valerion, die Führung seiner Leute zu übernehmen, da sie nicht darin geübt war, Bewaffnete in den Kampf zu führen. Der alte Kaufherr nickte und befahl Zhindba, alle Knechte in Waffen antreten zu lassen. Dies geschah binnen kürzester Zeit. Trotzdem trippelte Babbil, dem dies alles nicht schnell genug geschah, ruhelos hin und her.

»Ein alter Freund und Berater der Familie Murenbreker, der verdienstvolle Kapitän Ard Swattekopp, wurde von zwei Kerlen überfallen, die ihm ans Leben wollen. Versucht, den Kapitän zu retten, nötigenfalls zu rächen, und schont nicht das Leben dieser Schurken.«

Fragend sah Valerion Canja an. Diese zeigte ein ernstes, undurchdringliches Gesicht und nickte.

»Swattekopp wohnt auf einem Boot im Hafen«, fuhr Valerion fort. »Dieser Junge hier« – er zeigte auf Babbil – »wird euch den Weg weisen. Beeilt euch, aber bleibt beieinander und wartet nicht auf mich.«

Babbil, inzwischen gut erholt und sich stolz seiner Wichtigkeit bewußt, jagte los. Aber natürlich mußte er bald innehalten, weil die Schiffsknechte mit ihren Harnischen, sperrigen Waffen und Fackeln ihm nicht so schnell folgen konnten.

Hinter dem Troß gingen Canja und Valerion, so schnell es eben möglich war. Vor allem Valerion hatte Mühe mitzuhalten, aber er tat sein Bestes. Zum Glück führte die Straße zum Hafen bergab, was dem alten Kaufherrn die Aufgabe erleichterte.

Canja blieb neben ihrem alten Freund, der auf so überraschende Art zu ihrem Geliebten geworden war.

»Soll ich die Leute anweisen, auf Nhoods Leben Rücksicht zu nehmen?« fragte Valerion und blickte Canja verständnisvoll an. Er glaubte zu wissen, was in ihrem Kopf vorging.

»Nein«, sagte die Kaufherrin, ohne zu zögern. Ihr Mund wirkte schmal und entschlossen. »Nhood ist einen Weg gegangen, von dem es keine Rückkehr geben kann. Ich spreche nicht allein von seiner zügellosen Machtgier und den Demütigungen, die er mir zugefügt hat. Er hat alle Brücken abgebrochen, und ich glaube, er hat bereits früher Menschen getötet, die ihm im Weg standen. Da gab es vor Jahren eine wehrlose, stumme Frau... Nhood stritt damals ab, die Tat begangen zu haben. Er konnte schon als Kind überzeugend lügen, und ich habe ihm geglaubt. Inzwischen wurde mir zugetragen, daß nur Nhood der Mörder gewesen sein kann. Ich habe ihn mir vor langer Zeit aus dem Herzen gerissen. Aber inzwischen bin ich ein Stück darüber hinaus. Er ist nicht länger mein Sohn.«

Endlich war der Hafen erreicht. Die Bewaffneten entzündeten die Fackeln und folgten Babbil zum abgelegenen letzten Kai.

»Wenn Swattekopp noch lebt, dann wird er wahrscheinlich gefoltert«, sagte Canja bitter. »O Valerion, ich möchte ihm unbedingt helfen. Hältst du es für klug, unser Erscheinen laut anzukündigen?«

Valerion nickte. »Vielleicht vermag es ihn zu retten. Vielleicht bedeutet es erst recht seinen Tod. Überlassen wir den Zwölfen die Wahl. Praios, hilf uns, wir wollen es versuchen.«

Die Umrisse von Swattekopps Boot zeichneten sich schemenhaft ab. Canja und Valerion hatten zu ihren Leuten aufgeschlossen, die sich mit der gebotenen Vorsicht auf den morschen Brettern des Kais voranbewegten. Canja hatte den Eindruck, daß ihre Stimme bis zur *Dylana* tragen mochte. Sie formte die Hände vor dem Mund zu einem Trichter.

»Swattekopp!« ertönte aus der Ferne die leise, aber energische Stimme einer Frau. Die Stimme kam von irgendwo außerhalb des Bootes, wahrscheinlich vom Kai, noch ein gutes Stück vom Boot entfernt. »Haltet aus! Wir werden mit dem Gesindel abrechnen!«

Nhood erstarrte. Er hatte die Stimme seiner Mutter erkannt.

»Swattekopp!« fiel die Stimme eines Mannes ein, der wie die Kaufherrin offenbar die Hände vor dem Mund zu einem Trichter geformt hatte. »Wir kommen mit zehn bewaffneten Schiffsknechten an Bord. Meine Leute sind ganz wild darauf, sich die Bastarde vorzunehmen!«

»Edler Herr Swattekopp!« meldete sich eine dritte, sehr helle Stimme. Sie schien nicht so weit entfernt zu sein wie die anderen. »Euch ist doch hoffentlich nichts geschehen?«

Nhood ließ das Schwert sinken und sah sich gehetzt um. »Verflucht!« Hastig wandte er sich von Swattekopp ab, steckte das Schwert in die Scheide und kniete neben Fadim o'Chim nieder. »Fadim, komm zu dir! Wir müssen verschwinden!«

Benommen richtete sich der Mausgraue auf und befühlte sein Gesicht, griff hinein in eine blutige Masse. Er jammerte wehleidig, spuckte dabei Blut und ein paar Zähne aus. Dabei konnte er von Glück sagen, daß ein schwerverletzter alter Mann den Belegnagel geschleudert hatte. Hätte er es mit einem Swattekopp in jungen Jahren und bei bester Gesundheit zu tun bekommen, wäre ihm der Belegnagel ohne Frage bis ins Gehirn gedrungen, wahrscheinlich sogar auf der anderen Seiten wieder aus dem Kopf getreten.

»Diesen Scheißer mach ich fertig«, nuschelte Fadim o'Chim und griff nach seinem Dolch.

»Dafür ist jetzt keine Zeit mehr!« Nhood zog seinen Kumpanen roh auf die Beine und zerrte den hin und her Taumelnden mit sich. »Hörst du draußen die Stimmen? Wir sind verraten worden. Sie kommen mit zehn Bewaffneten. Das sind Costalds Schiffsknechte!«

»Mir ist schlecht«, stöhnte der Mausgraue. »Mir ist schwindlig und oh, oh, oh, diese Schmerzen …«

»Reiß dich gefälligst zusammen, oder ich laß dich hier allein zurück!« fuhr Nhood ihn an. »Sie werden dich nicht erst zum Büttel schleppen, sondern gleich an Ort und Stelle Hackfleisch aus dir machen, soviel ist sicher!«

»O weh, o weh«, jammerte der Mausgraue, der seine ganze spöttische Überlegenheit verloren hatte, als hätte diese einzig und allein in dem zerbrochenen Nasenbein oder den Schneidezähnen gesteckt.

Ohne sich weiter um Fadim o'Chim zu kümmern, jagte Nhood Murenbreker quer durch den Laderaum zur Luke und kletterte die Leiter hinauf, als wären ihm

193

Dämonen auf den Fersen. Er hörte jedoch, daß der Mausgraue ihm folgte.

Der schwerverletzte Swattekopp blieb allein zurück. Mühsam, Spann um Spann, schob er sich über den Boden auf die Muschel zu, um sie endgültig in Sicherheit zu bringen.

Als Nhood den Kopf an Deck steckte, sah er, wie sich am Kai eine Gruppe von Leuten der *Dylana* näherte. Die Leute trugen Fackeln. Sie waren keine dreißig Schritt mehr entfernt. Waffen klirrten. Jemand entdeckte Nhood an Deck und schrie: »Da ist eines der Dreckschweine. Laßt ihn nicht entkommen!«

Der Hauptmann der Praefosgarde sah sich gehetzt um. Mit zehn, womöglich noch mehr Leuten, falls sich Murenbrekersche Stauer und Packer dem Zug anschlossen, konnte er es nicht aufnehmen. Was anfangs als Vorteil erschienen war, neigte sich jetzt zu seinen Ungunsten. Aufgrund der Abgeschiedenheit des Ortes war es aussichtslos, die Garde zu Hilfe zu rufen.

Ratlos lief er über das Deck. Hinter ihm tauchte Fadim o'Chim in der Luke aus und zog sich an Deck. »Nicht zum Kai!« nuschelte er, als Nhood sich anschickte, das Boot zu verlassen. »Sie werden uns schnappen, bevor wir im Schutz der Ruinen am Alten Kai untertauchen können. Die andere Seite!«

»Ins Wasser?« fragte Nhood unschlüssig.

»Habe ich dir das Schwimmen beigebracht oder nicht? Was meinst du, wie oft ich auf diesem Weg schon entkommen bin. Los!«

Die Entscheidung wurde Nhood abgenommen, denn die ersten Bewaffneten hatten die *Dylana* erreicht.

Nhood Murenbreker rannte zur gegenüberliegenden Seite des Schanzkleides und sprang, ohne anzuhalten, mit einem Satz ins Wasser. Platschend kam er auf. Neben ihm tauchte Fadim o'Chim fast geräuschlos ins Wasser ein. Jetzt war er wieder der Schatten, der Mausgraue, den niemand greifen konnte und den niemand sah, wenn er nicht gesehen werden wollte.

Die Tiefe des Wassers an dieser Stelle verhinderte gerade eben, daß Nhood mit dem Grund in Berührung kam. Er streifte den lästig gewordenen Umhang ab, tauchte auf, holte tief Luft und schwamm unter Wasser, solange er nur konnte. Als er erneut den Kopf über die Wasseroberfläche schob und zum Boot zurücksah, standen bereits Bewaffnete auf der *Dylana* und hielten nach den Flüchtlingen Ausschau. Jemand entdeckte Nhood und warf ihm einen Speer hinterher. Aber es war zu dunkel, und Nhood war schon zu weit entfernt. Die Waffe klatschte irgendwo hinter ihm ins Wasser.

Neben ihm schwamm Fadim o'Chim so ruhig und sicher wie ein Fisch. Kaum ein Spitzer verriet seine Bahn. Dann tauchten die beiden Männer vollends in die Dunkelheit ein. Niemand würde sie noch einholen können.

Canja erschrak, als sie den entsetzlich zugerichteten Swattekopp am Boden liegen sah. Sie eilte zu ihm und nahm ihn sanft in den Arm. Valerion gab Anweisungen. Eine der Bewaffneten brachte ein Kleiderbündel und schob es unter den Kopf des alten Kapitäns. Ein anderer Schiffsknecht zerschnitt ihm die Beinfesseln und begann damit, ihm die eiskalten Füße zu massieren.

»Ich habe ihnen nichts verraten«, flüsterte Swattekopp.

»Ich stehe tief in Eurer Schuld, Kapitän Swattekopp«, erwiderte Canja. »Und ich schäme mich unendlich dafür, daß mein eigen Fleisch und Blut Euch dies angetan hat. Seid gewiß, daß ich meine schützenden Hand nicht über Nhood halte, wenn jemand, früher oder später, die von ihm begangenen Untaten rächt.«

»Was könnt Ihr dafür, daß er so geworden ist?« murmelte Swattekopp. »Wie könnte ich Euch daraus einen Vorwurf machen?«

Valerion trat heran. »Erlaubt mir, Eure Wunden anzusehen«, sagte er. »Ich bin kein Heilkundiger, aber ich habe Erfahrung in diesen Dingen.«

Canja gab Swattekopp frei, und der Kapitän erlaubte Valerion, sich seinen Körper anzuschauen. Außer der aufgeschlitzten Nase und dem zerfleischten Arm hatte Swattekopp zahllose Stich- und Brandwunden sowie Blutergüsse überall am Körper, Merkmale einer grausigen Folterung. Er hatte sehr viel Blut verloren.

Valerion trat zurück und beriet sich mit Canja. »Es ist ein Wunder, daß er noch lebt«, sagte er leise. »Um ehrlich zu sein, glaube ich nicht, daß er wieder gesund wird. Der Arm dürfte verloren sein. Außerdem hat man ihn in die Nieren getreten. Allein diese Verletzung kann ihn umbringen. Aber wie gesagt, ich bin kein Heilkundiger. Vielleicht sehe ich zu düster. Gibt es einen Heilkundigen in Ghurenia?«

Canja nickte. »Magister Thulusius. Er hat in Wirklichkeit gar nicht studiert, aber alle nennen ihn so. Er versteht sich auf das Heilen von Wunden.«

Valerion wandte sich an Zhindba. »Laßt sofort nach Magister Thulusius schicken. Ihr findet ihn …« Er sah Canja fragend an.

Die Kaufherrin hatte mit erstarrtem Gesicht auf Swattekopp hinabgeblickt. Als sie den Kopf hob, sah sie nicht nur Valerions fragenden Blick, sondern entdeckte auch neue Gesichter an der Lukenöffnung. Einige Stauer und Packer aus dem Speicherhaus waren erschienen, darunter Bela, die Vorfrau der Stauer. Offenbar hatte sich trotz der späten Stunde die Schandtat gegen Swattekopp wie ein Lauffeuer herumgesprochen.

»Meine eigenen Leute sind da«, sagte Canja erleichtert und winkte Bela heran. »Vielen Dank, Zhindba, aber Ihr braucht keinen Boten zu senden. Bela und die anderen Stauer kennen sich in der Stadt besser aus.«

Die Vorfrau der Stauer sah mit bekümmerten Gesicht auf Swattekopp hinab, der die Augen geschlossen hatte und wie tot dalag. Nur ein leichtes Zittern der rechten Hand, die zur Faust geballt war, zeigte an, daß er noch lebte.

»Ich hätte diesem Dreckskerl Fadim o'Chim damals das Genick brechen sollen, als er die Weinschläuche stehlen wollte«, knurrte die stämmige Frau erbittert. Sie gehörte zu den wenigen, die sich nicht vor dem Mausgrauen fürchteten.

»Bela«, sagte die Kaufherrin, »laßt Magister Thulusius aus dem Bett trommeln. Er muß sofort mit seinen Instrumenten zur *Dylana* kommen. Und schickt auch jemanden zur Villa. Meine Haushälterin Dobra soll im Morgengrauen zu den Fischern gehen und sich von einem von ihnen zur weisen Frau von Shimina rudern lassen. Dobra soll sie in meinem Namen inständig bitten, nach Ghurenia zu kommen. Dobra weiß, was zu tun ist.«

»Es wird sofort erledigt, Kaufherrin«, versprach Bela und eilte davon.

»Shimina?« fragte Valerion.

»Eine der kleinsten von Efferds Tränen«, antwortete die Kaufherrin. »Die weise Frau ist magiekundig und hat mir schon einmal einen großen Gefallen erwiesen. Einen sehr großen Gefallen. Wenn jemand Swattekopp helfen kann, dann sie.«

Der alte Kapitän hatte die Augen geöffnet und bewegte die Lippen, als wolle er etwas sagen. Canja Murenbreker beugte sich zu ihm hinab.

»Laßt mich hier auf meinem Schiff sterben«, bat er mit kaum vernehmbarer Stimme.

»Ihr werdet nicht sterben, Kapitän«, widersprach

Canja. »Aber es wäre besser, wenn Ihr in die Villa gebracht würdet.«

»Ich will hierbleiben«, verlangte Swattekopp.

»Wenn es Euer Wunsch ist, dann bleibt Ihr an Bord der *Dylana*«, versprach die Kaufherrin. »Ich habe nach Magister Thulusius senden lassen, und ich hoffe, daß Euch morgen die weise Frau von Shimina besucht. Es wird alles wieder gut, Swattekopp, glaubt es mir.« Sie blickte an dem geschundenen Körper hinab. »Was haltet Ihr da in der Hand, Kapitän?«

Swattekopp öffnete die Faust ein wenig. Darin lag eine kunstvoll bemalte Muschel. Er brachte ein kleines Lächeln zuwege. »Die elende Sudratte wollte meine Erinnerungen vernichten«, flüsterte er. »Aber bevor sie dazu kam, hat sie von mir einen Belegnagel in die Fresse gekriegt.«

Swattekopp schloß wieder die Augen. Nach einer Weile erhob sich Canja Murenbreker. Mit gesenktem Haupt trat sie zurück. Im Augenblick konnte sie nichts für den alten Kapitän tun.

Valerion legte ihr den Arm um die Schultern und zog sie sanft mit sich fort. »Die Zwölfe werden ihren Plan mit dem alten Mann haben«, sagte er leise. »Du hast getan, was du tun konntest. Aber jetzt mußt du auch an dich denken.«

Canja sah ihn an. »Wie meinst du das?«

»Nhood und Fadim o'Chim sind entkommen«, erinnerte sie Valerion.

»Und wenn schon, Swattekopp hat ihnen nichts verraten«, sagte Canja. »Meinst du, sie könnten zurückkehren und den Kapitän ...«

Valerion schüttelte den Kopf. »Sie werden Wichtigeres zu tun haben. Oh, es sollten natürlich ein paar von deinen Leuten an Bord des Bootes bleiben, um sicherzugehen. Aber man kann den Kapitän in diesem Zustand ja ohnehin nicht alleinlassen. Doch was die beiden Schurken angeht… Nhood ist Hauptmann der Praefosgarde, oder? Wird er die Niederlàge so einfach hinnehmen? Wohl kaum. Canja, ich sehe dich ernsthaft in Gefahr.« Er sah sich um und rief: »Wo ist der mutige kleine Bursche, der uns geführt hat?«

Babbil, der sich die ganze Zeit in der Nähe aufgehalten und stumm Peraine angefleht hatte, den alten Kapitän wieder gesund zu machen, wieselte heran. »Babbil zu Diensten, edler Herr.«

Valerion legte ihm die Hand auf die Schulter. »Babbil, wir haben uns noch gar nicht bei dir bedankt. Es war sehr großherzig und mutig, was du getan hast.«

»Der arme kleine Babbil hat nur getan, was getan werden mußte«, erklärte Babbil. »Es war gar nichts Besonderes, edler Herr und auch edle Dame, und ich will nur hoffen, daß der edle Kapitän Swattekopp bald wieder auf den Beinen ist. Aber geschnauft und geschwitzt hat der arme kleine Babbil tüchtig auf dem anstrengenden Weg zur Villa, das will ich wohl zugeben.«

Obwohl ihr alles andere als heiter zumute war, mußte die Kaufherrin lächeln. »Ich werde dich für das Schnaufen und Schwitzen noch belohnen, Babbil, das darfst du mir glauben.«

»Das müßt Ihr nicht«, erwiderte Babbil ernsthaft. »Der arme kleine Babbil ist schon vorher belohnt worden durch die Äpfel und Kuchen, die der edle Herr Swattekopp ihm manchmal zugeworfen hat.«

»Babbil«, sagte Valerion, »erzähl uns jetzt die ganze Geschichte. Was weißt du über die Pläne des Praefos? Denn Gorm war es doch, der Nhood ausgeschickt hat, nicht wahr? Wie bist du überhaupt in die Sache hineingeraten?«

So erzählte Babbil die Geschichte von vorn und dieses Mal in allen Einzelheiten und so genau wie möglich.

»Es hat damit begonnen, daß der elende Nhood

überall herumerzählte, er werde seinen Sklaven Thalon wieder einfangen und ihm auf dem Marktplatz eigenhändig den Kopf abschlagen. Er wisse auch schon, sagte der elende Nhood, wie er Thalon mit Unterstützung des Praefos aufspüren werde. Oh, dem armen kleinen Babbil wurde dabei ganz flau im Magen. Er wollte seinem Freund Thalon unbedingt helfen und ihn irgendwie warnen. Aber dazu mußte er zunächst einmal wissen, ob der elende Nhood nur prahlte oder wirklich eine Gefahr für Thalon darstellte. Und die einzige Möglichkeit, dies in Erfahrung zu bringen, bestand darin, sich in die Festung zu schleichen, um den elenden Praefos Gorm und den elenden Nhood zu belauschen. Oh, der arme kleine Babbil hatte Angst vor der Festung und wußte, daß es schwer und gefährlich sein würde. Aber er mußte es doch tun, nicht wahr? Und deshalb tat er es auch.«

»Das war äußerst waghalsig, Babbil«, sagte Canja Murenbreker. »Wenn dir dein Leben lieb ist, solltest du so etwas nicht noch einmal tun.«

»Das hat sich der arme kleine Babbil hinterher auch gesagt«, meinte der Junge und verdrehte dabei die Augen. »Nie in seinem Leben hat Babbil soviel Angst ausgestanden. Aber es war die Sache wert, nicht wahr?« Er erzählte den beiden, was er alles herausbekommen hatte: Nhood sollte Nachfolger des Praefos werden. Man wollte Canja Murenbreker töten und Kunus zum Herrn des Handelshauses machen. Man plante einen Krieg gegen die Gilde der Reeder und Kaufleute, falls diese aufbegehrte. Nhood sollte seiner Mutter folgen, sobald deren Schiff den Hafen verließ, um Thalon und vielleicht auch Eiserne Maske aufzuspüren. Neu war Canja und Valerion auch, daß das Schiff, mit dem Thalon und Alina Ghurenia verlassen hatten, *Seewolf* hieß und eine Lorcha war, die unter dem Kommando von Cedira stand, der Vertrauten des *kulko* Eiserne Maske. Am meisten empörte Valerion, daß Gorm sogar plante, Alina zu schänden, ohne daß Nhood die Absicht hatte, seine Schwester zu schützen.

»Bei Travia«, stöhnte er, »dergleichen Abschaum findet man nicht einmal im Sündenpfuhl Al'Anfa!«

Canja hatte mit versteinertem Gesicht zugehört. »Gorm tut, was er immer getan hat. Und Nhood traue ich sogar zu, daß er sich selbst in Blutschande an Alina vergreift! Ich hätte ihn und seinen Zwilling niemals aus meinem Schoß entlassen dürfen.«

»So spitzt sich alles zu«, sagte Valerion schließlich und rückte seine Samtkappe zurecht. »Und zwar viel schneller, als wir es befürchteten. Verstehst du jetzt, Canja, warum ich dich noch einmal ermahnen muß, an dich und an dein eigenes Leben zu denken? Wir dürfen nicht länger zögern. Die *Vumachan* liegt bereit zum Auslaufen und kann noch in dieser Nacht den Hafen verlassen. Nutzen wir unseren Vorteil. Nhood wird uns folgen, wie wir gehört haben. Nun denn, soll er es versuchen. Es ist in jedem Fall das kleinere Übel. Wenn wir nicht fliehen, droht Schlimmeres. Praefos Gorm wird seine Pläne ändern. Nhoods Mißerfolg dürfte dazu führen, daß Gorm auf der Stelle die Machtprobe in Ghurenia sucht. Nur dein sofortiger Tod, Canja, gibt ihm die Sicherheit, daß du dich nicht mit Eiserne Maske verbündest. Glaub mir, der Schuft wird nicht lange zögern. Und meine zehn Bewaffneten können dich nicht vor der ganzen Praefosgarde schützen.«

Die Kaufherrin bedachte das Für und Wider. Dann traf sie ihre Entscheidung. »Du hast recht, Valerion. Wir dürfen nicht länger zögern. Laß deine Mannschaft aus den Kaschemmen holen. Wir segeln im Morgengrauen.«

Valerion wirkte erleichtert. »Gut so, Canja. Wir werden sofort an Bord gehen.« Er wandte sich um und winkte Zhindba zu sich heran. »Zhindba, du und deine

Leute werden uns zur *Vumachan* begleiten. Seid wachsam! Es kann sein, daß uns die Praefosgarde früher angreift, als wir denken.«

»Ich muß zur Villa und …«, begann die Kaufherrin.

»Nein«, sagte Valerion Costald. »Dort werden die Häscher zuerst aufkreuzen. Leute deines Vertrauens sollen für dich zusammenpacken, was du für nötig hältst. Bitte, Canjana!«

Die Kaufherrin zögerte, aber dann nickte sie. »Ich werde die nötigen Anweisungen geben, auch was die Zukunft meiner Leute und die Sorge für Swattekopp angeht. Und Balos muß in Sicherheit gebracht werden.«

Sie sah blaß aus. Sie wußte, daß es ein Abschied für immer sein konnte. Es war hart für sie, ihr Heim aufzugeben, ihre Arbeit, ihre Speicherhäuser, ihre Leute, alles, was ihr in Jahrzehnten ans Herz gewachsen war. Aber es mußte sein. Sie dachte dabei weniger an ihr eigenes Leben. Aber sie wollte um keinen Preis, daß Gorm und die Zwillinge das Handelshaus in die Hände bekamen. Mochten sie in Ghurenia triumphieren – die meisten Schiffe, die Niederlassungen in anderen Städten, die Handelsverbindungen, das Herz des Handelshauses, würden sie nicht an sich reißen können.

Mirio, ich werde es nicht zulassen, daß sie uns deine Schiffe nehmen.

»Edle Dame und edler Herr«, sagte neben ihnen eine helle Stimme, »nehmt den armen kleinen Babbil mit.«

»Du willst Ghurenia verlassen?« fragte Valerion den Jungen. »Bist du dir deiner Sache sicher? Wir werden es mit Nhood und der Praefosgarde zu tun bekommen. Und mit Piraten, denen nie zu trauen ist. Ich täte es nicht, Babbil, wenn ich an deiner Stelle wäre.«

»Fadim o'Chim wird nicht ruhen, bis er herausbekommen hat, wer Hilfe für Kapitän Swattekopp geholt hat«, erwiderte der Junge. »Und dann ist es aus mit dem armen kleinen Babbil. Der Schlitzer Fadim o'Chim ist wie ein Schatten. Selbst der arme kleine Babbil ist nicht schnell genug, um ihm zu entgehen. Aber um der Wahrheit die Ehre zu geben: Babbil möchte vor allem dabei helfen, seinen Freund Thalon vor dem elenden Nhood zu schützen.«

Valerion nickte. »Dann komm mit uns, Babbil. Du wirst Schiffsjunge auf der *Vumachan*.«

9. Kapitel

Auf der *Seewolf*

Thalon ließ Cedira ein wenig Zeit, bevor er selbst die Treppe hinaufging. An Deck war alles ruhig. Die *Seewolf* lag weiterhin gut vor dem Wind. Die Deckswache hatte wenig zu tun. Der Rudergänger Affalan hielt den von der *kulko* angegebenen Kurs. Cediras Abwesenheit schien kaum bemerkt worden zu sein. Thalon war allerdings überzeugt davon, daß es mindestens einen Piraten gab, dem das Verschwinden nicht verborgen geblieben war: *drastag* Hobolo.

Cedira blickte prüfend über das Mitteldeck, schaute zu den Segeln, sah hinaus auf die See. Sie schlenderte zu Affalan hinüber und sagte etwas, das Thalon nicht verstand. Der Pirat lachte auf.

Grinsend stolzierte Cedira über das Achterdeck und stieg die Steuerbordtreppe hinab. Im nächsten Augenblick war sie im Niedergang zum Offiziersquartier verschwunden.

Thalon schielte zum Stundenglas des Rudergängers, das unterhalb der Glocke mit der Steuerradkonsole fest verbunden war. Der Sand schien etwa zur Hälfte durchgelaufen zu sein. Eineinhalb Glasen bis zum Wachwechsel und dem vermuteten Ausbruch der Meuterei. Eine schiere Ewigkeit. Er wußte beim besten Willen nicht, wie er die Zeit bis dahin überstehen sollte. Er fühlte sich innerlich angespannt, als hätte man ihn in eine Torsionsschleuder gesteckt, die zum Abschuß gespannt wurde. Wenn er ehrlich war, verspürte er auch Angst. Ein wenig galt diese Angst dem möglichen Verlust des eigenen Lebens, obwohl die Meuterer ihn wohl schonen würden, wenn er wirklich als Hülle für den Dämon dienen sollte. Vor allem jedoch fürchtete er um Alina. Was würde aus ihr werden, wenn die Meuterei erfolgreich verliefe? Würden die Meuterer über sie herfallen, um das wehrlose Mädchen zu schänden und anschließend zu töten? Thalon war überzeugt davon, daß sie auf diesen Gedanken verfallen würden, falls Hobolo sie nicht davon abhielt. Aber ein Kerl, der selbst Gelüste auf Alina hatte, würde sich allenfalls das Recht ausbedingen, seinen Stachel als erster zu kühlen. Mishia allein würde die Kerle nicht lange aufhalten können. Welchen Wert hatte Alina noch für den *drastag*, wenn Thalon erst einmal überwältigt war? Zu Thalons Unbehagen trug bei, daß auch bei einem Sieg über die Meuterer Alinas Rettung fraglich erschien. Cediras Glaube an die Künste von Haya und Diss'Issi vermochte er nicht zu teilen.

Er trat an das Schanzkleid des Mitteldecks. Den Rücken der See zugekehrt, den Aufbau des Achterdecks zur Rechten, versuchte er ein gelangweiltes Gesicht zu machen. Er glaubte nicht, daß ihm dies überzeugend gelang. Ungewollt horchte er zum Steuerbordquartier hinüber. Einmal glaubte er einen dumpfen Laut zu hören, als falle ein schwerer Körper zu Boden. Hatte Cedira ihre Drohung wahr gemacht und Shanka erschlagen, weil sie die *rashu* im Bündnis mit den Meuterern wähnte? Hatte die stämmige Shanka den Angriff der *kulko* locker pariert und ihrerseits die Zwergin zu Boden gestreckt? War es nur ein zu locker vertäutes Faß im Lagerraum gewesen, das gegen das Schanzkleid gestoßen war? Oder eines der vielen anderen Geräusche, die das Schiff manchmal von sich gab, ohne daß man die Ursache herausfinden konnte?

Obwohl es unvernünftig war, starrte Thalon unverwandt zum Steuerbord-Niedergang und flehte die Zwölfe an, Cedira erscheinen zu lassen. Aber die Tür zum Niedergang blieb verschlossen.

Endlich gelang es Thalon, die Augen vom Niedergang abzuwenden. Es hatte ja keinen Zweck. Er konnte Cedira nicht herbeigucken. Aber es bereitete ihm Sorgen, daß die Zwergin so lange brauchte. Irgend etwas mußte schiefgegangen sein. Sie hätte längst an Deck zurück sein sollen, um Thomjhak einzuweihen und Quastides an Deck zu schicken. Flüchtig sah er zum Vorderschiff hinüber. Mishias Gefährtinnen ließen sich nicht blicken. Aber es wäre auch zu früh gewesen, jetzt schon die *zusha*-Quartiere abzusperren.

Eine Gruppe von *gesha* kam aus den Quartieren im Mitteldeck. Alarmiert stellte Thalon fest, daß alle außer ihren Messern auch längere Hieb- oder Stichwaffen trugen. Eigentlich war dies nichts Besonderes, denn bei gutem Wetter kamen die *gesha* häufig zu Fechtübungen an Deck. Aber mußte dies gerade jetzt geschehen? Siedendheiß fiel ihm ein, daß Cedira bei der Besprechung kein Wort über die *gesha* verloren hatte. Ging nicht gerade von ihnen, die weniger als die *zusha* in die Bordgemeinschaft eingebunden und wilder zum Kampf entschlossen waren, die größere Gefahr aus? Weder Cedira noch Mishia noch er selbst hatten daran gedacht, die beiden Niedergänge zu den *gesha*-Quartieren abzuschotten.

Thalon zählte sieben *gesha*. Vier von ihnen begannen lautstark auf dem Mitteldeck zu fechten. Zusammen mit vier *gesha* an den Lenzpumpen und zwei weiteren, welche die beweglichen Teile der Torsionsgeschütze überprüften und einfetteten, befanden sich dreizehn *gesha* an Bord. Fünf weitere kamen gerade aus dem

Backbordluk und gesellten sich zu den anderen Zuschauern, die einen Ring um die Fechtenden bildeten.

Achtzehn gesha! *So viele habe ich noch nie an Deck gesehen, es sei denn, eine Kaperung stünde bevor. Da ist etwas oberfaul! Cedira, wo bleibst du?! Hobolo setzt nicht auf die* zusha, *sondern auf die* gesha! *Und es sieht nicht so aus, als wollten sie warten, bis zum Wachwechsel geglast wird! Wir müssen sofort unsere Strategie ändern!*

Ein paar von den *gesha* sahen zu Thalon herüber, ein hinterhältiges Grinsen im Gesicht. Zwei fühlten sich ertappt, als sie seinem Blick begegneten, und schauten verdächtig schnell weg, zwei andere tuschelten miteinander, wobei eine Frau eine Kopfbewegung in Richtung auf Thalon machte.

Gehetzt sah Thalon sich um. Was sich hier anbahnte, erschien ihm zu eindeutig, als daß er noch länger die Maske des Unbeteiligten wahren müßte. Er griff unter das Hemd und berührte das Heft des Säbels, dessen Schneide ihm bis in das Hosenbein hineinreichte. Er wollte schon zum Offiziersquartier rennen und sich mit dem blanken Säbel in der Hand Klarheit über Cediras Schicksal verschaffen. Nur eines hielt ihn noch davon ab: Sein Tun würde nicht unbemerkt bleiben und konnte ungewollt das Signal zum Ausbruch der Meuterei werden. Und – was in seinen Augen schwerer wog – er konnte den Niedergang zur *taba* nicht im Auge behalten. Er wollte Alina nicht ohne Schutz lassen.

Eine Bewegung am Steuerbord-Niedergang erlöste ihn aus dem Zwiespalt der Gefühle. *Rashu* Shanka schob erst ihr Kraushaar, dann ihr breites dunkles Gesicht, danach die fülligen, kaum bedeckten Brüste und schließlich den Rest ihres drallen Körpers an Deck.

Thalon fühlte einen Stich in der Herzgegend, als er Shanka sah. Ein Lächeln – triumphierend, wie ihm schien – umspielte ihre Lippen, und ihre Haltung strahlte unverkennbar Selbstbewußtsein aus. Sie würdigte Thalon keines Blickes, obwohl sie bemerkt haben mußte, wie angespannt er zu ihr hinüberstarrte. Statt dessen schritt sie locker zu den *gesha*.

Was ist mit Cedira geschehen? War Shanka auf das Erscheinen der Zwergin vorbereitet und hat ihr kaltlächelnd das Schwert in den Leib gerammt?

»He, ihr lahmen Furzer!« rief Shanka, als sie die Hauptgruppe der Kämpfer erreicht hatte. »Nennt ihr das kämpfen? Damit schüchtert ihr nicht mal die Bordhühner der Kauffahrerschiffe ein. Wartet nur, bis ich wieder *kulko* der *Seewolf* bin, was schon sehr bald der Fall sein wird. Dann mache ich aus euch schlaffen Vögeln so blutgierige Piraten wie vorher!«

Die *gesha* lachten oder ließen zotige Bemerkungen fallen, doch Shanka machte deutlich, daß sie Wichtigeres zu tun hatte, als sich noch weiter mit ihnen zu befassen. Wenig später tauchte sie in den Niedergang zu den *zusha*-Quartieren hinab. Als Thalon sie dort verschwinden sah, wurde ein Strahl der Praiosscheibe von ihrer Hüfte zurückgeworfen. Er sah, was ihm vorher nicht aufgefallen war: Die *rashu* hatte ihr Schwert gegürtet.

Thalons Gedanken drehten sich im Kreis, unablässig und immer schneller, in der Falle zwischen Hoffnung und Bangen gefangen. Er fühlte sich unfähig, eine Entscheidung zu treffen, obwohl er zugleich das Gefühl hatte, er müsse unbedingt *sofort* etwas tun, um das drohende Verhängnis noch aufzuhalten.

Schon kehrte Shanka an Deck zurück. Diesmal kümmerte sie sich überhaupt nicht um die *gesha*, sondern ging an Lee zum Schanzkleid und spuckte in die See. Dann näherte sie sich dem Backbordluk der *gesha*-Quartiere und rümpfte die Nase. »Hier stinkt es wie im eitrigen Arschloch von Praefos Gorm«, fluchte sie. »Scheißt ihr jetzt schon in eure eigenen Hängematten?«

208

»Haben wir von dir gelernt!« rief eine der *gesha* zurück.

»Komm zu mir, *rashu*«, brüllte ein bis auf seine Schamkapsel nackter Mann, der als Gesichtsschmuck einen mit bunten Bändern verzierten Knochen quer durch die Nase trug und einen Krummsäbel in der Hand hielt. »Wenn's dir im Quartier zu sehr stinkt, machen wir's eben an Deck. Mein Schwanz ist immer für dich bereit!«

»Sei doch vernünftig, Oshos«, höhnte die *rashu*. »Du würdest dich nur lächerlich machen. Für dein kleines Ding brauchst du kein Weib, sondern allenfalls eine Ritze im Schiffsboden.«

Grölendes Gelächter war die Antwort, und es fiel lauter aus als gewohnt. Thalon spürte die Anspannung der *gesha*. Es konnte keinen Zweifel daran geben, daß sie auf das Signal zum Angriff warteten.

Wieder nahm Thalon am Decksaufbau zum Vorschiffkastell eine flüchtige Bewegung wahr. Unbemerkt von den *gesha* tauchten erst Thomjhak mit seiner Axt, dann Quastides im Niedergang der Vorschiffquartiere auf. Thomjhak hielt eine Streitaxt in der Hand und trottete nach Backbord, wo sich Shanka noch immer aufhielt. Quastides hatte einen Degen blankgezogen und grinste Thalon flüchtig zu. Dann folgte er dem bärtigen Hünen nach backbord.

Thalons Herz tat einen Hüpfer. Wenn nicht alle unter einer Decke steckten, konnte das Erscheinen der beiden Piraten nur eines bedeuten: Shanka stand nicht auf Hobolos, sondern auf Cediras Seite! Offensichtlich hatte sie in Cediras Auftrag die beiden Männer auf den drohenden Kampf vorbereitet. Wenn die Zwergin sich noch immer nicht blicken ließ, mußte dies wohlüberlegte Gründe haben. Vielleicht hatte die *kulko* wie Thalon die Gefahr erkannt, die von den *gesha* drohte, und den Plan geändert.

Die *gesha* schienen die Anwesenheit von Thomjhak und Quastides noch immer nicht bemerkt zu haben. Das Drachensegel am Großmast verdeckte ihnen die Sicht.

Nacheinander erschienen Erthe, Tessaki, Kabotao und Irsha im Niedergang zum Vorderdeck, schlüpften hinaus und stellten sich links und rechts von der Tür auf. Erthe, Kabotao und Irsha hielten lange Messer oder Kurzschwerter in den Händen, Tessaki war mit Blasrohr und Pfeilköcher bewaffnet.

Shanka schien nur noch auf das Erscheinen der Frauen gewartet zu haben. »He, hat dieser Piratenkahn eigentlich auch eine *kulko?*« schrie sie plötzlich über das Deck.

»Ich denke schon«, antwortete eine laute Stimme aus dem Niedergang zum Offiziersquartier, und Cedira rannte die Treppe herauf, die Streitaxt mit beiden Händen umklammernd.

Fast im gleichen Augenblick ertönte aus dem Mastkorb des Großmasts ein gellender Pfiff. Als Thalon hinaufschaute, erkannte er Hobolo. Dort oben also hatte sich der *drastag* die ganze Zeit über versteckt gehalten und offensichtlich auf das Erscheinen von Cedira gewartet. Ob er allerdings damit gerechnet hatte, daß sie ein Kettenhemd, einen Helm und ihre Streitaxt trug, durfte bezweifelt werden.

Die an Bord befindlichen *gesha* zogen die Waffen blank, soweit sie diese nicht bereits in der Hand hielten. Affalan, der Rudergänger, schlug die Glocke, aber nicht um die volle Stunde zu glasen. Er bimmelte in einem fort, und es war offensichtlich, daß man ihn in die Pläne der Meuterer eingeweiht hatte.

»Piraten!« schrie Hobolo vom Mastkorb herunter. »Die Stunde der Abrechnung ist gekommen! Schluß mit dem Sklavendienst für Eiserne Maske! Nieder mit Eiserne Maske und allen, die mit ihm im Bunde sind!«

»Nieder mit Eiserne Maske!« kam ein vielstimmiges Echo von den *gesha*. »*Atar-ator!*«

»Eiserne Maske wird jeden Meuterer kielholen lassen!« schrie Cedira zurück. »Oder zumindest das, was von euch übriggeblieben ist, wenn wir mit euch fertig sind. Es lebe *kulko* Eiserne Maske! *Atar-ator!*«

»Es lebe *kulko* Eiserne Maske!« riefen Cediras Getreue. Ohne lange nachzudenken, stimmte Thalon in den Ruf ein.

Die *gesha* bewegten sich in einem geschlossenen Block auf Cedira zu. Nur die beiden, die sich mit den Geschützen beschäftigt hatten, wandten sich nach links, um Thalon anzugreifen.

»Thalon!« schrie Hobolo aus luftiger Höhe. »Denk daran, was wir besprochen haben. Leiste keinen Widerstand! Nur so kannst du dein Mädchen retten!«

»Ich habe deine Lügen durchschaut, Dämonendiener!« rief Thalon und zog den Säbel blank.

Die beiden *gesha*, ein langer Kerl mit Kopftuch und eine schmallippige Frau mit rasiertem Schädel, griffen ihn mit Degen und Schwert an. Beide waren schon über dreißig und offensichtlich geübte Kämpfer. Der Lange schien drei oder vier Arme zu besitzen, so schnell schwang er den Degen hin und her, und der bedächtiger angreifenden Frau merkte man an, daß sie durch viele Kämpfe gestählt war. Ihr nackter, sehniger Oberkörper mit den flachen Brüsten wirkte beinahe männlich und war mit unzähligen großen und kleinen Narben bedeckt.

Thalon hatte Mühe, sich die beiden vom Hals zu halten. Das kreisende Messer in der Linken verschaffte ihm nur mühsam einige Bewegungsfreiheit, während er mit dem Säbel in der Rechten angriff und parierte. Der Säbel lag ihm schwer in der Hand. Obwohl er gegen die Waffen der Angreifer eine nützliche Verteidigungswaffe war, vermißte Thalon die Schnelligkeit sei-

211

nes Floretts. Allerdings schienen die *gesha* eher darauf bedacht zu sein, ihn in der Nische zwischen Schanzkleid und Achterdeck festzuhalten, als den Kampf zu entscheiden. Offenbar hatten sie Anweisung, Thalon nicht zu töten.

An den Niedergängen zu den Quartieren der *gesha* und *zusha* gab es Unruhe. Die Bimmelei des Rudergängers mußte inzwischen jeden an Bord, ob Freund oder Feind, aus der Hängematte geworfen haben. Aus dem Innern des Schiffes drang Kampflärm. Wie es aussah, besaß Eiserne Maske auch unter Deck noch ein paar Getreue, vielleicht sogar mehr, als Cedira gehofft hatte.

Aus dem Niedergang am Vorschiff quollen Piraten hervor, die den Ruf ›Nieder mit Eiserne Maske!‹ auf den Lippen trugen. Aber die Frauen um Erthe droschen und stachen sofort auf alles ein, was Kopf oder Schultern durch die Tür steckte. Der erste Kopf – er gehörte einer jungen Moha – flog bereits in hohem Bogen durch die Luft, abgetrennt von Irshas blitzender Schwertklinge. Tessaki entdeckte eine Lücke zwischen den kämpfenden Gefährtinnen und schoß einem Piraten, dessen frisch aufgetauchtes Gesicht fast vollständig aus speckigem Haar, riesigen Augenbrauen und einem struppigen Vollbart bestand, einen Giftpfeil in den Hals. Röchelnd kippte der Mann nach hinten und riß einige nachdrängende Piraten um, die mit ihm gemeinsam die Stufen hinabrollten.

Shanka griff die gegen Cedira vorrückende Meute von der Flanke aus mit dem Schwert an. Die *rashu* schlug eine kraftvolle und schnelle Klinge. Bevor die *gesha* überhaupt wußten, wie ihnen geschah, hatte sie bereits einen mit seinem Degen herumfuchtelnden Piraten unterlaufen, ihm einen Hieb in die Hüfte versetzt, ihn dann am Bauch aufgespießt und gegen seine Gefährten geschleudert. Jetzt allerdings wandten sich vier *gesha* mit Axt, Florett, Schwert und Langmesser gleichzeitig gegen Shanka. Wären nicht Thomjhak und Quastides hinter dem Segel hervorgetreten, hätte die *rashu* den Angriff wohl kaum überlebt. Das überraschende Erscheinen der beiden Männer brach den Schwung des Angriffs, zumal Thomjhak mit einem wuchtigen Axthieb dem Florettschwinger den Schädel bis hinab zu den Schultern spaltete. Wie ein bizarrer Tänzer mit zwei auseinanderklaffenden Schädelhälften tat der Mann noch zwei oder drei Schritte, verspritzte Blut und Gehirn über das Deck und rammte sein Florett in das Schanzkleid, bevor er zu Boden sank.

Quastides drängte mit Säbelhieben eine *gesha* zurück, die vergeblich versuchte, ihn mit ihrem Langmesser zu treffen. Auch Quastides konnte keinen tödlichen Schlag anbringen, aber seine wütende Attacke zwang die Frau zu Ausweichmanövern nach links und rechts, wodurch sie die nachdrängenden Meuterer stark behinderte. Auf diese Weise entging Shanka dem sonst vielleicht tödlichen Axthieb eines *gesha*, der nur einen Kopf größer als ein Zwerg, aber fast so breit wie hoch war. Bevor der Mann, der nicht nur durch seinen ungewöhnlichen Körperbau, sondern auch durch blutrote Gesichtstätowierungen und einen bis zur Hüfte reichenden Zopf auffiel, zum nächsten Schlag ausholen konnte, hatte ihm Shanka das Schwert bereits tief in die Lunge gestoßen. Blut spuckend krümmte sich der Mann. Die Axt fiel ihm aus der Hand und krachte zu Boden.

Die volle Wucht des Angriffs der Meuterer galt jedoch Cedira. Hobolo, der seine Leute vom sicheren Mastkorb aus anfeuerte, schien der Meinung zu sein, daß der Tod der *kulko* den Kampf zu seinen Gunsten entscheiden würde. Vielleicht hatte er damit gar nicht einmal so unrecht. Die Zwergin war an Bord der *Seewolf* der Arm und das Auge von Eiserne Maske. War sie tot, rückte die Rache des unerbittlichen Piratenfüh-

213

rers in eine Ferne, die den Piraten unwirklich erscheinen mochte. Sie planten ohnehin nicht für ein langes Leben unter der Praioscheibe.

Aber Cedira wußte zu kämpfen. Obwohl sechs Meuterer zugleich auf sie eindrangen, hatte es bisher noch keiner geschafft, ihr nahe genug zu kommen, um einen gefährlichen Hieb und Stich anzubringen. Cedira verteidigte ihre Stellung am Niedergang, der ihr den Rücken sicherte, und teilte nach allen Seiten Hiebe mit der Streitaxt aus. Gleichzeitig bewies sie ihre unglaubliche Wendigkeit, indem sie blitzschnell Hiebe parierte oder Stöße unterlief. Zwei der *gesha* waren bereits niedergesunken, aber Nachdrängende sprangen in die Bresche. Auf Dauer würde sich die Zwergin, so gewaltig sie auch austeilte, nicht halten können.

Die Flanke der *gesha* wankte unter dem Ansturm von Shanka, Thomjhak und Quastides, aber die Meuterer erhielten Unterstützung von mindestens drei weiteren Kämpfern, die aus dem Quartiersluk kletterten. Die *rashu* und ihre beiden Getreuen sahen sich plötzlich von zwei Seiten in die Zange genommen. Thomjhak hatte bereits einen zerfleischten rechten Oberarm und mußte die Axt allein mit der Linken führen, was ihm allerdings wenig auszumachen schien.

Thalon hatte aus den Augenwinkeln gesehen, daß Cedira zunehmend in Gefahr geriet. Wie er die Zwergin kannte, würde sie vor dem Niedergang ausharren und lieber sterben, als die Treppe hinab ins Offiziersquartier flüchten, um sich dort zu verschanzen. Ihm war klar, daß er im Kampf mit seinen beiden Gegners sofort eine Entscheidung erzwingen mußte, wenn er der *kulko* noch rechtzeitig zu Hilfe kommen wollte.

Er versuchte es mit einer Finte, indem er scheinbar zu einem wuchtigen Säbelhieb gegen die Frau ausholte. Die Frau riß den Schwertarm hoch, um den Hieb zu parieren. Statt den Hieb mit der Schneide auszu-

214

führen, riß Thalon den Arm plötzlich nach unten, schlug mit der Faust zu und traf die Frau mit dem Säbelheft voll auf den Schädel. Gleichzeitig sprang er zur Seite, um ihrem herabsausenden Schwert zu entgehen. Die Frau machte ein verwundertes Gesicht, verdrehte die Augen und sackte besinnungslos zusammen. Ihr Schwert streifte flüchtig Thalons Unterarm und fiel auf die Planken.

Dem Langen schien es wenig zu gefallen, daß die Aufgabe, Thalon festzunageln, nun allein ihm oblag. Er griff plötzlich mit einer solchen Wut an, als hätte er beschlossen, auf Hobolos Weisungen zu pfeifen. In seinen Augen war eindeutig Mordlust zu erkennen. Aber ein ungestüm angreifender Gegner war Thalon im Grunde lieber als jemand, der ihn hinhielt. Der vorher so vielarmig fechtende Feind wurde ausrechenbar, sein Angriff wirkte durchsichtig, nachdem er nun die Entscheidung erzwingen wollte.

Thalon parierte den Stoß des Degens, der auf sein Herz zielte, mit einem wuchtigen, quer geschlagenen Säbelhieb. Metall klirrte auf Metall, Funken stoben. Die Degenspitze wurde weit genug abgelenkt, um Thalon nicht mehr gefährden zu können, aber nicht weit genug, um dem Stoß die Wucht zu rauben. Der Lange wurde an Thalon vorbei nach vorn gerissen und wandte ihm die ungeschützte Flanke zu. Thalon riß die Linke mit dem Messer hoch, rammte es dem Mann bis zum Heft in die Hüfte und ließ es dort stecken. Mit einem Aufschrei brach der Mann in die Knie. Ob er eine tödliche Verletzung davongetragen hatte, konnte Thalon nicht erkennen, aber daß der Kampf für diesen *gesha* beendet war, stand fest.

Thalon löste sich aus seiner Nische und eilte Cedira zu Hilfe. Die Reihen der Meuterer hatten sich gelichtet, aber sie befanden sich immer noch in der Übermacht. Thalon sah, daß Hobolo vom Mastkorb herabgeklettert war und sich inmitten des Pulks befand, der die *kulko* angriff. Das Gesicht vor Anstrengung verzerrt, schwang er das Kurzschwert. Er schrie seine Gefährten an, nicht nachzulassen und den Kampf zu entscheiden, indem sie Cedira töteten. Tatsächlich schien dies die einzige Hoffnung auf Sieg zu sein, die ihnen noch verblieben war. Shanka, Thomjhak und Quastides, von den abrückenden Meuterern nicht länger in die Zange genommen, hatten zwei der drei aus dem Luk nachrückenden *gesha* getötet und bedrängten den letzten. Aus dem Niedergang zu den Vorschiffsquartieren stürmten *zusha*, die sich offenbar gegen die Meuterer entschieden hatten und »Es lebe *kulko* Eiserne Maske!« brüllten. Erthe und Irsha wandten sich den *gesha* an Deck zu, während Tessaki und Kabotao auf den Decksplanken lagen. Ob sie tot oder nur verletzt waren, vermochte Thalon nicht zu entscheiden.

Der Rudergänger Affalan hatte damit aufgehört, die Glocke zu schlagen. Hobolo brüllte ihm zu, er solle mit den anderen kämpfen, aber der Mann rührte sich nicht und starrte unentschlossen auf das Mitteldeck. Offenbar hatte er sich eine erfolgreiche Meuterei anders vorgestellt.

Thalon warf sich den Meuterern entgegen, die Cedira bedrängten. Sein Säbel kerbte sich in den Nacken eines Mannes, der aus dem Gedränge mit einer Armbrust auf die Zwergin anlegte. Der Hieb kam im allerletzten Augenblick. Der zusammenbrechende Meuterer konnte den Bolzen noch abschießen, verriß den Schuß jedoch. Der Bolzen bohrte sich eine Handbreit über Cediras Kopf in die Verschalung des Achterdecks. Ohne Thalons Eingreifen hätte er wahrscheinlich die Stirn der Zwergin durchbohrt.

Thalons unvermutetes Erscheinen führte dazu, daß sich drei der auf Cedira eindreschenden Meuterer ihm zuwandten und ihn genauso wild attackierten wie zuvor die Zwergin. Einen davon streckte Cedira allerdings sogleich mit der Axt nieder, als er ihr den Rücken zukehrte.

Quastides tötete den letzten *gesha* am Luk, brach dann aber selbst blutend zusammen. Der sterbende Feind hatte ihm mit letzter Kraft das Kurzschwert in die Schulter getrieben. Der Hüne Thomjhak, trotz seines unbrauchbaren rechten Arms noch immer ein gefährlicher Gegner, und Shanka griffen die auf Cedira einschlagenden Meuterer im Rücken an, und wenig später gesellten sich Erthe, Irsha und die aus dem Niedergang strömenden *zusha* hinzu. Die Neuankömmlinge zwangen einige der Meuterer, sich dem Kampf zu stellen. Das Kräfteverhältnis kehrte sich um, aber die verbliebenen Meuterer um Hobolo verdoppelten ihre Anstrengungen, die Zwergin umzubringen und Thalon abzudrängen. Der *drastag*, der mit seinem Säbel selbst noch keinen einzigen Hieb ausgeteilt hatte, trieb seine Gefährten nach vorn und beschwor unablässig Ch'Ronch'Ras schreckliche Rache über den Tod hinaus auf sie herab, falls sie diesen Kampf nicht für sich entschieden.

Thalon kämpfte um das nackte Leben, denn seine beiden Gegner, die zottelmähnigen Zwillinge Arid und Barid, waren bärenstark und ein vollendet aufeinander abgestimmtes Paar. Der eine schien jeweils im voraus zu wissen, was der andere tun würde, und richtete sich darauf ein. Hinzu kam, daß die Zwillinge wahre Metzger waren, die versuchten, ihre Gegner zu verstümmeln, bevor sie ihnen den Todesstoß versetzten. Thalon mußte den eigenen Säbel ständig nach oben und unten wirbeln lassen, um die Schläge zu parieren, und gleichzeitig durch Sprünge oder einen blitzschnellen Schritt zur Seite seine Beine in Sicherheit bringen.

Cedira, die jetzt Luft bekommen hatte, sah seine Not.

»*Atar-ator!*« schrie sie, schlug sich zu ihm durch und kämpfte dann Rücken an Rücken mit ihm.

»Wir schaffen das, Spatz!« rief sie und ließ die Doppelaxt auf den Schädel von Arid sausen.

Obwohl Arid einen Lederhelm über der langen Haartracht trug, glitt die Axtschneide durch seinen Kopf wie durch Butter. Stumm sank der Pirat zu Boden. Als sein Bruder dies sah, stieß er einen schrillen Schrei aus und vergaß für einen Augenblick, nach Thalons Beinen zu schlagen. Er bekam die Waffe auch nicht mehr zu einer Parade hoch, als Thalon mit letzter Kraft seinen Säbel nach oben riß. Die Schneide fuhr Barid durch den Unterarm, mit dem er die Waffe führte, und trennte ihn sauber ab.

Zwei weitere Meuterer sanken dahin, der eine von Irsha mit einem Giftpfeil zur Strecke gebracht, der andere von einem der noch frischen Kämpfer – entweder Brazzo oder Tilo – mit dem Enterhaken niedergestreckt.

Von den weit über zwanzig Meuterern, die an Deck oder in den Niedergängen gekämpft hatten, waren nur noch sechs in der Lage, eine Waffe zu führen. Und jeder dieser sechs wurde hart bedrängt. Nun mußte auch Hobolo sich seiner Haut wehren. Verbissen schlug er mit dem Kurzschwert um sich. Es konnte jetzt keinen Zweifel mehr geben, daß die Sache der Meuterer verloren war.

Als ein weiterer seiner Kämpfer fiel, schien auch Hobolo einzusehen, daß sein Dienst an Ch'Ronch'Ra sich dem Ende entgegenneigte.

»Wenn du Ch'Ronch'Ra nicht dienen willst, dann diene keinem mehr!« schrie er in wilder Wut, ohne daß im ersten Augenblick jemand ahnen konnte, wem diese Worte galten.

Mit der Kraft eines Wahnsinnigen warf er sich mitten aus dem Getümmel auf Thalon, das Schwert wie eine

Lanze vorgestreckt. Thalon war müde, er fühlte sich elend von all dem Blut und den abgetrennten Gliedern. Da er nicht mehr angegriffen wurde, hatte er den Säbel sinken lassen und einen Augenblick lang nicht aufgepaßt.

»Vorsicht, Spatz!« schrie Cedira.

Als Thalon den Kopf hob, schien es bereits zu spät zu sein. Wie ein Pfeil schoß Hobolo heran, die Schwertspitze war nur noch einen Fingerbreit von Thalons Kehle entfernt. Selbst die schnellste Bewegung konnte ihn nicht mehr aus der Gefahrenzone bringen. Obendrein wirkte Thalon wie erstarrt.

Da krachte Cediras Streitaxt auf den *drastag* herab. Sie traf ihn mitten zwischen die Schulterblätter. Der vornübergebeugte Meuterer wurde von der Wucht des Schlags zu Boden gedrückt. Seine Schwertspitze ritzte Thalons Haut und rutschte dann an seiner Brust entlang, ohne ihm Schaden zuzufügen.

Der *drastag* lag in seinem Blut und starb, ohne noch etwas sagen zu können. Cedira zog die Axt aus dem auseinanderklaffenden Rücken und gab der Leiche des Meuterers einen kräftigen Fußtritt.

»Schade«, knurrte sie, noch vor Anstrengung schnaufend. »Ich hätte dem Hurensohn 'nen weniger leichten Tod gewünscht. Jetzt können wir nur noch seine elenden Reste an die Rah hängen.«

Hobolos Tod brach den letzten Widerstand der verbliebenen vier Meuterer. Sie warfen ihre Waffen fort und winselten um Gnade. Wäre Cedira nicht eingeschritten, hätten Shanka und die anderen *zusha* die vier auf der Stelle abgeschlachtet.

»Waffen herunter!« brüllte die *kulko*. »Wer sich an dem Pack vergreift, wird selbst an der Rah aufgeknüpft.« Sie wischte die Axt an Hobolos Hemd sauber und wandte sich den Meuterern zu, die mit gesenkten Köpfen dastanden. »Ihr Drecksgesindel! Ist das der

Dank dafür, daß euch *kulko* Eiserne Maske sein Vertrauen geschenkt hat? Hattet ihr nicht immer gut zu fressen, zu saufen und meistens auch was zum Vögeln? Ging es euch nicht wie Fürsten und Königen im Vergleich zu eurem früheren elenden Leben an Land? Habt ihr nicht alle Beute gemacht, und hättet ihr euch nicht nach einiger Zeit zur Ruhe setzen können? Aber ihr Galgenvögel konntet den Hals nicht vollkriegen, was? Ich sollte jedem einzelnen von euch ins Gesicht scheißen und euch anschließend die Scheiße mit einem Dolch durch den Schlund bis in die Eingeweide pressen! Aber ich werde es nicht tun. Ihr werdet sterben, aber nicht durch meine Hand. Ich überlasse es *kulko* Eiserne Maske, euch zu bestrafen!« Ihren Getreuen rief sie zu: »Bindet die elenden Scheißer und werft sie in den Laderaum! Das gleiche gilt für die Verwundeten! Ihr dürft die Ärsche plündern, die ihr getötet oder verwundet habt. Werft die Kadaver über Bord und macht klar Schiff! Räumt auch in den unteren Decks auf! Kümmert euch um unsere eigenen Verwundeten! Und eine dreifache Ration vom besten Rum, den wir an Bord haben, für alle, die gegen die Meuterer gekämpft haben! Es lebe *kulko* Eiserne Maske!«

»Es lebe Eiserne Maske!« erscholl es aus vielen Kehlen begeistert zurück.

Thalon starrte immer noch auf die Überreste von Hobolo hinab. Erst allmählich legte sich in ihm der Aufruhr, der nicht allein durch die unvermutete Attacke des *drastag* entstanden war. Schon vorher war er mit seinen seelischen Kräften am Ende gewesen. Er fragte sich, ob die Meuterer, die er niedergestreckt hatte, wirklich alle tot waren.

Cedira trat zu ihm und gab ihm einen Klaps auf den Rücken. »Spatz, du bist ja ein wahrhaft furchterregender Kämpfer geworden«, sagte sie anerkennend. »Ich verdanke dir schon wieder mein beschissenes Leben.«

»Und ich dir meines«, stammelte er.

»War mir ein Vergnügen«, grinste Cedira. »Wo ist das Arschgesicht mit der Armbrust? Ich will seinen Kadaver in kleine Stücke schneiden und den Haien vorwerfen.« Sie wandte sich dem Achterkastell zu. Plötzlich fiel ihr etwas ein.

»Affalan!« brüllte sie und rannte die Leiter hinauf. »Wo bist du, mein guter Freund? Zeig mir dein verdammtes Arschgesicht. Ich will die Augen des dreimal verfluchten Verräters sehen, den ich zu meinem Rudergänger gemacht habe!«

Wie Cedira hatte Thalon den Rudergänger völlig vergessen gehabt. Allerdings war Affalan wohl auch angestrengt bemüht gewesen, nicht auf sich aufmerksam zu machen. Offenbar hatte der dünne Mann mit den abstehenden Ohren und den riesigen Händen, die ungemein fest zupacken konnten, sich die ganze Zeit über an das Ruder geklammert und erschrocken den ungünstigen Verlauf des Kampfes beobachtet. Jedenfalls stand er noch immer am Ruder, als Cedira, die Streitaxt in der Hand, das Achterdeck betrat. Er starrte ihr mit wachsbleichem Gesicht entgegen, die Augen weit aufgerissen. Das schmutziggrüne, viel zu weite Strickhemd, das er tagaus, tagein trug, mochte es auch noch so heiß sein, schien noch mehr zu schlottern als sonst.

Cedira trat langsam auf ihn zu. Dann ließ sie die Axt sinken. »Geh zu den andern!« sagte sie, und in ihrer Stimme lag Verachtung statt Wut.

Der Mann umkrallte noch immer wortlos das Ruder. Plötzlich ließ er es los, stieß einen tierischen Schrei aus, rannte zum Heck und sprang mit einem gewaltigen Satz in die See.

Das Wasser spritzte hoch auf. Affalan tauchte unter und blieb verschwunden. Man sah nie wieder etwas von ihm. Daß er sich auf eine Insel retten konnte, schien ausgeschlossen. Alle wußten, daß Affalan nicht schwimmen konnte. Außerdem würde es schon bald in der Nähe der *Seewolf* nur so von Haien wimmeln.

Mit starrem Gesicht band Cedira das Ruder fest und prüfte den Kurs. Dann rief sie die dicke Riva herbei und machte sie zur neuen Rudergängerin. Riva erhielt jedoch die Erlaubnis, sich zuvor um ihre Beute zu kümmern. Cedira kehrte zu Thalon zurück, sagte aber nichts. Affalans Verrat schien sie zu betrüben.

Vor allem die Hoffnung auf Beute und die Aussicht auf die Sonderration Rum setzten bei allen, die sich auf Cediras Seite am Kampf beteiligt hatten, neue Kräfte frei. Ein emsiges Treiben begann. Als erstes wurden die Gefangenen mit Seilen gefesselt. Die an Deck liegenden Körper wurden untersucht, entwaffnet und ausgezogen. Die ersten Leichen klatschten ins Wasser. Tatsächlich tauchten wenig später Haie auf und stritten um die Beute.

Verwundete Meuterer wurden ebenfalls geplündert, grob zusammengebunden und zu den anderen gebracht, die auf dem Mitteldeck hockten und stumpfsinnig ihrem düsteren Schicksal entgegensahen. Einige wurden bereits mit derben Stößen die Treppen zum Lagerraum hinabgetrieben. Die Piraten versorgten die eigenen Wunden oder halfen anderen.

Mishia erschien mit besorgtem Gesicht an Deck und sah sich um. Cediras Stimme hatte sie schon gehört, und als sie sah, daß auch Thalon bis auf ein paar kleinere Wunden den Kampf überstanden hat, leuchteten ihre Augen. Sie lief auf die beiden zu und nahm erst Cedira, dann Thalon für einen kurzen Augenblick in den Arm. Cedira schmunzelte, während Thalon verwirrt, aber auch beglückt diesen Freundschaftsbeweis entgegennahm. Dann eilte Mishia davon, um nach Erthe und ihren anderen Freundinnen zu sehen. Erthe und Irsha ging es gut. Kabotao blutete entsetzlich und war benommen, hatte aber keine tödlichen Verletzungen davongetragen. Nur für Tessaki konnte niemand mehr etwas tun. Sie lag mit aufgeschlitztem Bauch auf den Decksplanken.

Mishia verschwand unter Deck und kehrte mit Tüchern und einer Schale voller getrockneter Pflanzenblätter zurück. Sie kaute einige der Blätter, legte sie Thalon auf die Armwunde und verband sie. Dann wandte sie sich Kabotao zu. Später versorgte sie andere Piraten, die Hilfe benötigten, darunter auch Thomjhak.

Gegen seinen Willen empfand Thalon ein warmes Gemeinschaftsgefühl mit den Piraten, die mit ihm Seite an Seite gekämpft hatten und plötzlich nur noch wie müde, erschöpfte Krieger aussahen. Mit einiger Mühe erinnerte er sich daran, daß die gleichen Piraten vielleicht schon morgen durchaus wieder fähig sein mochten, über Alina herzufallen.

»Sie ist ein liebes Mädchen«, sagte Cedira, die bemerkt hatte, daß Thalon Mishias Wirken verfolgte. »Ich wünschte, ich könnte die Kleine ein bißchen glücklicher machen.«

»Du tust doch schon eine Menge für sie«, sagte Thalon. »Genau wie für mich und Alina.«

»Nicht genug«, sagte die Zwergin brüsk. »Sie hätte mehr verdient.« Abrupt wechselte sie das Thema. »Hobolo hat nicht nur mit dir, sondern danach auch mit Shanka geredet. Zum Schein ist sie auf sein Angebot eingegangen.«

Thalon ging plötzlich ein Licht auf. »Deshalb also konnte sie unbehelligt zum Vorderkastell gehen.«

Cedira nickte. »Hobolo glaubte, sie hätte mich erschlagen. Das war unser Glück. Ich konnte mich nicht an Deck sehen lassen. Shanka vermutete, Hobolo hätte sofort zugeschlagen, wenn ich aufgetaucht wäre, weil es für ihn bedeutet hätte, daß ich den vermeintlichen Zweikampf mit Shanka gewonnen hätte.«

»Warum hat sich Shanka nicht vorher mit dir abgesprochen?«

Die Zwergin schaute sich um, ob es keine Zuhörer gab. Dann senkte sie die Stimme und grinste. »Angeblich blieb dafür keine Zeit mehr. Aber wenn du meine Meinung hören willst, Spatz, dann konnte sich die Hure nicht entscheiden und wollte sich auf die Seite der Gewinner schlagen. Ich habe ein paarmal den Namen Eiserne Maske erwähnt, und das scheint geholfen zu haben.«

»Wirst du *kulko* Eiserne Maske deinen Verdacht mitteilen?« flüsterte Thalon.

Cedira schüttelte den Kopf. »Vielleicht tu ich der *rashu* ja auch Unrecht. Und es zählt ja nicht, was sie vielleicht in ihrem Schneckenhirn gedacht, sondern was sie getan hat.«

Nach und nach waren alle überlebenden Piraten an Deck erschienen, auch jene, die in den Quartieren gekämpft oder nur wenig von den Ereignissen mitbekommen hatten. Wer von diesen Leuten mit Hobolo verbündet gewesen war, aber dann doch nicht zur Waffe gegriffen hatte, ließ sich nicht mehr feststellen.

Fünfzehn Meuterer und sieben Getreue waren tot. Neben den vier Meuterern, die sich ergeben hatten, überlebten sechs Verwundete, darunter auch zwei von Thalons Gegnern. Die Frau mit dem kahlrasierten Schädel war aus ihrer Besinnungslosigkeit erwacht, und Barid hatte man den Armstumpf abgebunden und die Wunde anschließend mit einem Brandeisen verschlossen. Viel Zeit, um sich über den Tod des Zwillingsbruders und die fehlende Hand zu entsetzen, würde ihm allerdings nicht bleiben, wenn Eiserne Maske von den Ereignissen erführe. Weitere vier Piraten, die zu Cedira gehalten hatten, waren so schwer verwundet, daß sie in den nächsten Tagen nicht für seemännische Arbeiten eingesetzt werden konnten.

224

Von den gut sechzig *zusha* und *gesha* blieben somit nur noch vierundzwanzig Piraten, die das Schiff segeln konnten. Genug allerdings für die Lorcha, die zur Not auch mit weniger Leuten auskam, sofern kein Sturm aufzog und kein weiterer Kampf bevorstand.

Cedira teilte die Deckswachen neu ein, aber für Thalon änderte sich nichts. Er blieb Shanka zugeteilt, damit er sich weiter im Alina kümmern konnte. Dann ließ die *kulko* Riva zum Wachwechsel glasen und verschwand wortlos unter Deck. Shanka übernahm das Kommando. Sie blutete aus mehreren Fleischwunden, aber das schien ihr nichts auszumachen. Das Blut würde trocknen, und auf ein paar Narben mehr kam es ihr nicht an. Die *rashu* reichte Erthe ein Fernrohr und schickte sie als Toppsgast in den Mastkorb. Kaum hatte es sich die Piratin dort oben bequem gemacht, kam schon ihre erste Meldung.

»Schiff Steuerbordbug voraus!«

Cedira, die kaum Zeit genug gehabt hatte, ihre Streitaxt in der *taba* zu verstauen, hatte den Ruf gehört und kehrte geschwind an Deck zurück, das eigene Fernrohr in der Hand. Sie suchte in der angegebenen Richtung den Horizont ab. Shanka tat es ihr gleich.

»Heho, ihr Piraten!« schrie Cedira plötzlich über das Deck. Ihre Stimme überschlug sich fast. »Dankt Praios oder wem immer ihr wollt: Es ist die *Schwarze Rose!*«

10. Kapitel

Auf der Festung

Im Kamin glommen die Reste eines Feuers. Mit einer verächtlichen Handbewegung packte Gorm ein paar Holzscheite und warf sie in die Glut. Dann ließ er sich wieder am Tisch nieder. Er schob Nhood einen Teller mit Speiseresten hin, die vom Abendmahl übriggeblieben waren. Nhood hatte zuviel Hunger, um sich Gedanken darüber zu machen, ob einzelne der Fleischbrocken schon mit den eitrigen Händen des Praefos in Berührung gekommen waren oder gar in seinem Mund gesteckt hatten. Er stopfte sich das Essen mit den Fingern in den Mund und lehnte auch den angebrochenen Becher Wein nicht ab, den der andere ihm anbot.

Alles in allem nahm Praefos Gorm es leichter, als Nhood Murenbreker befürchtet hatte.

»Fadim o'Chim«, murmelte Gorm verächtlich. »Ein Meister seiner Kunst, wie? Bei Boron, *meinen* Folterknechten hätte Swattekopp sogar erzählt, wie er früher seinen Schwanz beim Wichsen angefaßt hat, als er dazu noch fähig war!«

Nhood war nicht der Meinung, daß die Folterkammer des Praefos bessere Ergebnisse erbracht hätte, aber er ging nicht auf den Vorwurf ein. Statt dessen sagte er: »Sie haben es gewagt, den Hauptmann deiner Garde anzugreifen, Praefos! Das wirst du ihnen nicht durchgehen lassen, oder?«

»Haben sie dich erkannt?« fragte Gorm nüchtern.

»Ich weiß es nicht«, mußte Nhood zugeben. »Namen wurden nicht genannt, und ich trug einen Umhang. Die Maske hatte ich allerdings abgelegt. Sie könnten mein Gesicht gesehen haben. Und falls Swattekopp ...«

»Du hast ihnen nicht gesagt, daß du der Hauptmann der Praefosgarde bist und sie sich verpissen sollen?«

»Natürlich nicht. Ich wollte nicht, daß sich ihr Zorn gegen dich richtet.«

»Ein Advokat würde jetzt behaupten, dann könne man den Angreifern auch nicht vorwerfen, den Praefos mißachtet zu haben.« Gorm lachte. »Aber was kümmert mich die Meinung von Advokaten? Ich mache meine eigenen Gesetze. Im übrigen glaube ich, das Murenbreker-Gesindel wußte sehr wohl darüber Bescheid, wer sich Swattekopp vorgenommen hat.«

»Also wirst du meine Mutter zur Rechenschaft ziehen?« fragte Nhood hoffnungsvoll. »Dann fiele uns das Handelshaus zu, und wir könnten ...«

»Bei Boron, hör endlich auf, wie eine armselige Krämerseele zu denken!« polterte der Praefos. »Ich habe dir doch gesagt, daß ich Kunus in das Handelshaus setze. Mach dir lieber Gedanken darüber, wer uns verraten hat.«

»Das habe ich schon getan«, antwortete Nhood und wischte sich die fettigen Finger an der Hose ab. »Es kann nur der Junge gewesen sein, der uns belauscht hat. Er ist mir vermutlich zum Kai gefolgt und hat dann Hilfe geholt.«

»Hmmm«, machte der Praefos. »Wenn das richtig ist – und es spricht wohl einiges dafür –, dann wird er alles ausgeplaudert haben, was er aufgeschnappt hat. Laß mich überlegen ... Wahrscheinlich weiß die Murenbreker nun, daß ich vorhabe, dich zu meinem Nachfolger zu machen. Gut, das bleibt ohnehin nicht mehr lange ein Geheimnis. Aber sie weiß auch, daß wir ihr das Handelshaus nehmen wollen. Was wird sie tun? Was kann sie tun?«

»Die Gilde gegen uns aufbringen! Ihre treuesten Leute bewaffnen! Wir sollten sofort ...«

»*Ich* bin der Praefos, Nhood Murenbreker! *Ich* treffe die Entscheidungen!«

Nhood schwieg wütend.

Nicht mehr lange, Praefos *Gorm!*

Shevanu, dieses dralle Weib, Priesterin der Dienerschaft, besaß nicht nur Schenkel, die sich willig öffneten, sondern verfügte auch über verschworene Helfershelfer. Die Spinner haßten Gorm, weil er ihren Kult unterdrückte, und versprachen sich etwas davon, wenn sie statt seiner ihn, Nhood, an die Macht brachten. Nhood kam dies sehr gelegen. Es würde Widerstände in der Praefosgarde geben, wenn Gorm mit durchschnittener Kehle aufgefunden würde und Nhood sich zum neuen Praefos ausrufen ließe. Die Gorm ergebenen Söldner der Garde mußten zuvor entwaffnet oder getötet werden. Das konnten die Diener übernehmen. Nhood würde eine neue Garde aufstellen mit Leuten, die ihm persönlich ergeben waren. Die Diener waren nur nützliche Toren auf diesem Weg. Wenn Nhood Murenbreker erst einmal Praefos war, würde er auch die Dienerschaft übernehmen. Oder sie endgültig vernichten, falls sich die Diener ihm widersetzten.

»Ich lasse mich nicht unter Druck setzen!« fuhr der Praefos fort. »Der Vorzug meiner Pläne besteht darin, selbst den Zeitpunkt zu bestimmen, an dem das Handelshaus Murenbreker übernommen und die Gilde der Reeder und Kaufleute zerschlagen wird. Es gilt dabei, die Reihenfolge streng einzuhalten: *erst* die Murenbreker töten, *dann* Kunus das Handelshaus übergeben und *am Ende* die Gilde zerschlagen. Jeder Schritt läßt die Zahl der Widersacher schrumpfen, weil die Feiglinge unter ihnen sich beizeiten dünn machen oder die Fronten wechseln können. Wenn ich jetzt alles auf einmal versuche, wird der Gegendruck auch am größten sein, weil selbst die Feiglinge sich in die Ecke gedrängt fühlen.«

Gorm sah seinen Hauptmann abwartend an, als erwarte er Beifall für seine Ausführungen.

»Du hast natürlich recht, Praefos«, beeilte sich Nhood zu sagen. »Wie immer.«

Der Praefos nickte zufrieden. »Diesen Gefallen werden wir unseren Feinden nicht erweisen. Wir ändern unsere Pläne. Ich kenne deine elende Mutter seit langem und frage mich, was sie zu tun gedenkt. Was meinst du, Nhood? Versetz dich in ihre Lage. Dein Feind greift sich einen Freund der Familie und versucht ihn auszuquetschen. Du weißt auch, warum er das tut: Er argwöhnt, daß du dich gegen ihn verschworen hast, und sucht Beweise. Was wirst du tun?«

»Ich werde den Feind umbringen, bevor er mich umbringt«, erklärte Nhood.

»Narr!« befand Gorm. »Ich wollte nicht wissen, was du selbst tun würdest, sondern was die Murenbreker tun wird.«

Nhood steckte den Verweis grimmig ein, ohne sich etwas anmerken zu lassen.

Warte nur, du wirst mich nicht mehr lange herumstoßen! Niemand stößt mich herum!

»Die Murenbreker ist eine Krämerseele«, sagte er und griff absichtlich das Wort auf, das Gorm zu Unrecht auf ihn gemünzt hatte. »Sie wird alles wegstecken, um das Handelshaus nicht zu gefährden.«

»Du kennst deine Mutter weniger gut als ich, Dummkopf!« fuhr ihn Gorm an. »Bei Boron, sie *ist* eine Krämerin, aber sie ist auch zäh und durchaus gefährlich. Sie möchte mich töten, aber sie weiß, sie ist zu schwach dazu. Und sie will das Handelshaus retten, aber nicht um jeden Preis. Was wird sie also tun?«

Er sah Nhood an, doch dieser zuckte nur die Schultern.

»Bei Boron, es liegt doch auf der Hand!« fluchte der Praefos. »Sie wird Angst haben, daß ich ihrer Rache zuvorkomme. Was immer sie mit den Piraten vorhatte, sie will es nun vorziehen. Sie will es sofort! Sie wird so schnell wie möglich Ghurenia verlassen! Und damit arbeitet sie uns in die Hände, ohne es zu wissen.«

»Wie das?« Nhood verstand beim besten Willen nicht, worauf Gorm hinauswollte.

»Ich denke beständig darüber nach, wie es meinen Feinden gelingen könnte, mich zu besiegen, und ich komme immer wieder zu dem gleichen Ergebnis. Sie müssen mich aus der Festung locken und gleichzeitig meine Garde vernichten. Nur so kann auch der Plan der Murenbreker aussehen. Sie hat es schon einmal versucht, zusammen mit dem dreimal verfluchten Murenius. Ich habe damals den Spieß umgedreht, und das werde ich jetzt wieder tun! Und ich mache es wieder wie damals, entgegen meinen ursprünglichen Absichten. Denn die Dinge haben sich schon zu weit entwickelt, und mir ist klargeworden, daß nur ich allein in der Lage bin, meine Pläne zum Erfolg zu führen.«

Der Praefos machte eine Pause, und Nhood wartete.

»Sie will, daß ich die Festung verlasse? Gut, ich werde ihr den Gefallen tun. Aber sie will, daß ich mich erst herauslocken lasse, wenn die Piraten auf der Lauer liegen. Da spiele ich nicht mit! *Jetzt* ist der Zeitpunkt gekommen, sie zu jagen und zu töten! Auf See, bevor die Murenbreker die Piraten erreicht hat und diese eine Möglichkeit bekommen, die Festung anzugreifen. Für Ghurenia wird sie in ferne Lande verschwunden sein. Keine Vorwürfe, kein Verdacht, wenn Kunus das Handelshaus übernimmt. Und dann knacken wir die Gilde. Das ist die richtige Reihenfolge, verstehst du?« Selbstgefällig lehnte sich Gorm zurück, zog sich einen neuen Becher heran, goß Wein ein, stürzte den Becher hinunter, ohne sich darum zu kümmern, daß ihm die Hälfte davon am Mund hinunter auf das Wams lief.

Nhoods Herz tat einen Hüpfer. Er grinste.

Du machst es mir leichter, als ich dachte! Shevanu soll ihre Diener zur Festung bringen. Ich kehre als neuer Praefos nach Ghurenia zurück. Aber erst soll er mit meiner Mutter abrechnen. So schlage ich zwei Fliegen mit einer Klappe.

Gorm bemerkte das Grinsen und legte es falsch aus. »Du hast wenig Grund zum Grinsen, Kerl. Daß ich die Sache selbst in die Hand nehmen muß, liegt vor allem an deinem Versagen! Mit deinem Scheitern bei Swattekopp hast du mir erneut bewiesen, daß dir noch die Erfahrung fehlt, wichtige Dinge zuverlässig zu erledigen.«

Nhood verzichtete darauf, diese Feststellung in Frage zu stellen.

»Und noch etwas«, fuhr Gorm mit brennenden Augen fort. »Du hast mich vorhin gefragt, ob ich es einfach durchgehen lasse, daß man meine Garde angreift. Nein, verdammt, ich lasse es ihr nicht durchgehen! Die Metze hat mich schon einmal verraten, und offenbar habe ich sie damals dafür zu sanft angefaßt! Diesmal wird sie sterben, und bei Boron, ich will verdammt sein, wenn ich dem Weib nicht höchstpersönlich den Schlund abschneide! Und noch lieber will ich zuvor, vor ihren eigenen Augen, ihre Tochter vögeln! Das ist ein weiterer gewichtiger Grund, die Sache selbst in die Hand zu nehmen!«

Gorm hatte sich derart in Wut geredet, daß ihm der Geifer den Mund hinablief und sich auf dem Wams mit den Weinflecken vermengte.

Einen Augenblick lang spürte Nhood eine Aufwallung in sich, als er Gorm in dieser Weise über seine Mutter und seine Schwester reden hörte. Undeutlich

231

fühlte er so etwas wie Verbundenheit seiner Familie gegenüber. Aber der Augenblick verging. Er erinnerte sich selbst daran, daß seine Mutter ihn bis heute wie einen kleinen Jungen behandelt und mit Verboten belegt hatte. Er haßte diese Frau aus tiefster Seele. Und was mit seiner Schwester geschah, konnte ihm herzlich gleichgültig sein. Sie war der Liebling ihrer Mutter, eine Piratenhure, die nichts Besseres verdiente.

In mancher Beziehung kann ich immer noch von Gorm lernen. Rücksicht ist Schwäche. Soll der Praefos mir nur die Arbeit abnehmen.

Statt dessen dachte Nhood fieberhaft in eine andere Richtung. Er mußte so schnell wie möglich herausbekommen, wie viele Leute seiner Garde der Praefos mitnehmen wollte und wie es in seiner Abwesenheit auf der Festung aussehen würde.

»Wer wird die Festung befehligen, wenn wir beide auf See sind?« fragte Nhood und versuchte es beiläufig klingen zu lassen.

»Quotos«, antwortete Gorm.

Der junge Murenbreker runzelte die Stirn. »Ich hoffe, du wirst vorher deutlich machen, daß sich daraus nichts ableiten läßt und ich der nächste Praefos werde.«

Gorm lachte. »Sei unbesorgt, ich werde zuvor die Gardisten auf dich als meinen Stellvertreter und Nachfolger einschwören.« Boshaft fügte er hinzu: »Aber bilde dir nur nicht ein, daß du ohne mich mit der *Faust des Praefos* zurückkehren wirst.«

Nhood zog ein säuerliches Gesicht. »Warum unterstellst du mir solche Dinge, Praefos? Macht dein Mißtrauen denn vor niemandem halt?«

»Ich bin gut damit gefahren, niemandem zu vertrauen. Betrachte es einfach als Warnung, bestimmte Gedanken gar nicht erst in Erwägung zu ziehen. Im übrigen bist du es, der meine Worte auf sich gemünzt hat. Betrachte es als Auftrag, im Kampf mit deinem

Leben für meines einzustehen. Nur mit mir wirst du Praefos, nicht gegen mich.«

Das, Praefos Gorm, wird sich als dein größter Irrtum erweisen, dachte Nhood.

Laut sagte er: »Ich halte es für möglich, daß Valerion ihr seine Bewaffneten mit auf die Reise gibt, wenn er nicht sogar selbst daran teilnimmt. Auch einige der Seeleute werden Waffen tragen. Was wollen wir dagegen einsetzen?«

»Zwei Schiffe«, knurrte der Praefos. »Und hundert Gardisten.«

Das wollte ich wissen, triumphierte Nhood. *Mit dem Rest unter Quotos können die Diener fertig werden.*

Shevanu hatte ihm versichert, sie könne in kürzester Zeit über hundert Leute nach Ghurenia bringen. Nhood würde Lederpanzer aus der Waffenkammer der Gardisten beiseite schaffen. Es mußte jetzt alles sehr schnell geschehen, aber Nhood sah darin keinen Hinderungsgrund. Die Brustpanzer mit dem Symbol der Faust würden den Dienern Zugang zur Festung verschaffen. Die Festung würde fallen!

Der Praefos schenkte sich und Nhood noch einmal von dem Roten ein, aber Nhood nippt nur an dem Becher. Er mußte jetzt einen kühlen Kopf bewahren.

»Wann rechnest du mit dem Aufbruch der Murenbreker?« fragte Nhood und vermied es bewußt, sie als seine Mutter zu bezeichnen. Er wollte sich nicht noch einmal durch abgestandene Gefühlsreste verwirren lassen.

»In den nächsten Tagen«, gab der Praefos zurück. »*Efferds Braut* liegt im Hafen und dürfte in Kürze zum Auslaufen bereit sein. Erinnerst du dich? Auf ihr solltest du in die Verbannung geschickt werden. Ich nehme an, daß die Murenbreker dieses Schiff nehmen wird, weil es schnell ist. Aber die *Faust des Praefos* und *Praefos Gorm* sind schneller. Ich lasse morgen Verpflegung an Bord bringen. Wie auch immer, wir geben ihr einen Tag Vorsprung, damit die Hure nicht vorzeitig gewarnt ist und es sich anders überlegt.« Gorm sah seinen Hauptmann mit fiebrigen Augen an und grinste verzerrt. »Weißt du was? Ich bin heilfroh, wieder einmal in einen Kampf zu ziehen. Viel zu lange mußte ich das entbehren. Man rostet hier ein. Und ich bin froh, Nhood, daß ich dir persönlich dabei helfen kann, Gefallen an Borons Düften zu finden. Wir werden das Gesindel, das sich für die Murenbreker verdingt hat, mit Mann und Maus abschlachten. Freu dich darauf, mein Sohn.«

»Und ob ich mich darauf freue!« bestätigte Nhood, und diese Worte entsprachen seinen Gedanken. Es gab so manchen unter den Bediensteten des Murenbreker-Klans – ob Stauer, Packer oder Seeleute –, dem er nichts Gutes wünschte. Sie hatten ihn immer spüren lassen, daß nicht er, sondern seine Mutter das Heft in der Hand hielt. Er wollte ihnen zeigen, daß sie sich zu ihrem eigenen Schaden auf die falsche Seite geschlagen hatten.

»Borons Düfte…« Der Praefos schien nicht loszukommen von seinen raubtierhaften Gelüsten am Töten um des Tötens willen; er suhlte sich in der Vorstellung des Genusses, den gewaltsamer Tod brachte und zurückließ. »Ich selbst bin zu weich geworden – und meine Garde ebenfalls. Ich werde sie wieder stählen. Sie soll das Töten wieder *lieben* lernen. Ich will, daß sie sich als Golgaris Schnabel und Schwingen begreift. Es ist *göttlich*, den Tod zu bringen! Und vor dem Tod kommt das Leiden. Auch das Leiden zu erteilen, ist *göttlich*!«

Nhood hörte stumm zu; er war sich seiner Gefühle nicht sicher. Zum einen kehrte die alte Bewunderung für den Praefos zurück, die Bewunderung für einen Mann, der sich nahm, was er haben wollte, der sich nicht um das Gezeter anderer kümmerte, der alle Schwächlinge verachtete. Zugleich spürte er aber auch, daß Gorm nicht mehr einfach nur das tat, wonach es ihn gelüstete, sondern inzwischen sein Tun zu rechtfertigen versuchte. Zweifellos ein deutliches Zeichen für Alter und Schwäche, auch wenn es nach außen hin wie das Gegenteil davon wirkte.

Gorm, du bist ein lächerlicher Furzer geworden, wenn du dich hinter Boron verkriechen mußt. Oder hältst du dich schon selbst für jemanden, der den Zwölfen ebenbürtig ist? Das wäre genauso töricht. Aber mir soll es recht sein, wenn du dich überschätzt!

Gorm trank erneut von dem Wein. Seine Zunge war bereits schwer geworden. »Ich habe nachgedacht über meine Herrschaft und auch über meine Versäumnisse. Ich habe den Gilden zuviel Raum gelassen, vor allem den Kaufleuten und den Beleuchtern. Das wird sich ändern.« Schlau blinzelte er Nhood zu. »In Al'Anfa kennt man den Meuchlerorden des Schwarzen Raben. Wir werden ihn auch in Ghurenia gründen, ihn aber den Besonderheiten von Efferds Tränen anpassen. Er soll meine Garde und die Gilden durchdringen und mit harter Hand auf Kurs bringen. Wir werden alles miteinander verschmelzen, im Dienst an Boron. Niemand wird sich verweigern können, ohne des Hochverrats an Boron bezichtigt zu werden. Der Boronkult soll die Klammer sein, die alle miteinander verbindet. Alle in Ghurenia sollen mich fürchten *und* lieben. Gefürchtet werde ich seit langem, aber ich will, daß sie in mir den Willen Borons sehen und mich dafür *lieben!*«

Verrückt oder nur besoffen? dachte Nhood. *Wahrscheinlich beides.*

»Bei Boron, hörst du mir überhaupt zu?« herrschte ihn der Praefos an. »Ich tue es nicht allein für mich, sondern auch für dich, der du meine Macht erben und fortführen sollst!«

»Ich habe aufmerksam zugehört«, beteuerte Nhood und entschloß sich zu einer derben Schmeichelei. »In mir hast du längst einen Hauptmann und Stellvertreter gefunden, der dich bewundert, deinen Zorn fürchtet *und* dich zugleich liebt wie einen Vater! Und ich will sein wie du!«

Gorm stierte ihn an. »Ist es so, Nhood? Nun, das freut mich zu hören. Dann laß uns gemeinsam dem Pöbel zeigen, daß er uns zu fürchten und in dieser Furcht zu lieben hat!«

Schwankend erhob sich der Praefos, gürtete das Schwert und stapfte zur Tür. Er winkte Nhood, ihm zu folgen.

Die Männer stiegen über mehrere Treppen und Zwischenhöfe in den Festungshof hinab, der sich im düsterroten Licht von zwanzig oder mehr rußenden Pechfackeln erstreckte. Die Fackeln steckten in Eisenringen an den Wehrgängen.

Gorm kletterte die überdachten Holzstiegen zum Wehrgang hinauf, Nhood weiterhin im Gefolge. Der Hauptmann der Praefosgarde fragte sich, was Gorm wohl vorhaben mochte. Das Gesicht des Praefos war vom Wein gerötet, und die eitrigen Geschwüre blühten darin wie Löwenzahn in einem Mohnblumenfeld. Doch sein Schritt wirkte inzwischen sicherer. Die frische, von der See heranwehende Luft schien ihn etwas ernüchtert zu haben.

Zwei Wachsoldaten salutierten, indem sie die Faust gegen die Brust schlugen. Gorm nahm keine Kenntnis davon, aber Nhood grüßte auf die gleiche Weise, wenn auch nachlässiger zurück. Die Männer passierten eine der Schweren Torsionsgeschoßschleudern, von denen insgesamt vierzehn die breiten Wehrgänge säumten, und sauber aufgeschichtete Steinkugeln, die als Munition dienten.

Zur Rechten wanderte hoch über ihnen das Leuchtfeuer des Leuchtturms auf dem Schroffen langsam über die Festung und verschwand, als die Leuchtkammer sich der See zuwandte, gedreht vom Windrad oder, falls der Wind zu schwach war, von Beleuchtern, die das Tretrad bedienten.

Gorm trat an eine der Zinnen und steckte den Kopf durch die Öffnung. Dann beugte er sich zurück und befahl Nhood, ebenfalls hinauszusehen. Der Hauptmann tat ihm den Gefallen. Tief unter ihm lag Ghurenia. Er sah vereinzelte Lichter und das Wasser des Hafens, das sich im Licht des Madamal spiegelte. Es gab nicht mehr und nicht weniger zu sehen als sonst auch.

»Und?« fragte Gorm, als Nhood den Kopf zurückgezogen hatte. »Was hast du gesehen?«

Nhood zuckte die Schultern. »Ghurenia – oder besser den kleinen Teil von Ghurenia, der sich dem Dunkel der Nacht nicht entzieht.«

»So? Ich habe mehr gesehen«, erklärte der Praefos. »Ich habe Macht gesehen. Macht über eine Stadt. Macht, die von dieser Festung ausgeht. Das habe ich gesehen!« Er deutete zu der schmalen Einfahrt zwischen dem Runden und dem Schroffen. »Dort unten lief vor fünfundzwanzig Jahren ein schwer gerupftes Schiff in den Archipel ein. Sagte ich Schiff? Es war eher ein schon halb abgesoffenes Wrack mit einem Notmast und ein paar Segelfetzen. Wir waren froh, daß uns der Kahn nicht unter dem Arsch weggesackt war, bei Boron! Aber schon damals, zwischen dem Runden und dem Schroffen, habe ich mehr gesehen als eine Stadt und einen Leuchtturm. Ich habe den Runden gesehen und die *Macht*, die man von dort über Efferds Tränen ausüben konnte.« Er schneuzte sich in eine Hand, schleuderte das Ergebnis zu Boden und wischte die Hand am Wams ab. »Nach fünf Jahren gab es diese Festung. Niemand kommt in den Archipel oder den Hafen hinein oder aus beiden heraus, wenn ich es nicht will. Und niemand wird diese Festung erobern. Man kann sie nicht erobern. Wer sie angreifen will, muß die steilen Pfade heraufklettern, im letzten Abschnitt ohne jede Deckung. Es mögen Tausende kommen, und wir schießen sie ab die Hasen, einen nach dem anderen. Wenn sie Rotzen, Hornissen oder Aale heranbringen wollen, müssen sie die gleichen Pfade benutzen, und wir schießen sie ab wie die Hasen. Und wenn sie Nachschub heranbringen wollen, müssen sie durch die schmale Einfahrt segeln und …«

»…wir schießen sie ab wie die Hasen«, ergänzte Nhood. Er ließ sich nicht anmerken, wie sehr ihn das trunkene Geschwätz des Praefos anödete. Was Gorm verkündete, wußte schließlich jeder, der in Ghurenia groß geworden war.

Gorm grinste. »Genau.« Er rülpste und, als hätte ihn dies auf einen Gedanken gebracht, furzte ausgiebig. »Diese Festung ist Macht, schiere Macht!«

Ja, Praefos Gorm, das habe ich längst erkannt, und ich bin dir dankbar dafür, daß du die Festung für mich hast bauen lassen. Du hast nur eins vergessen: Auch unbezwingbare Festungen können übernommen werden, nämlich von innen.

Der Praefos war ein besserer Beobachter, als Nhood ihm das zugetraut hatte. Trotz des unsteten Lichts hatte er das geringschätzige Lächeln gesehen, das Nhoods Lippen umspielte. »Du Bastard hältst das alles für besoffenes Geschwätz, wie?« knurrte Gorm. »Dein Praefos wird dir jetzt zeigen, was Macht bedeutet. Und erinnere dich daran, was ich dir über Borons Düfte, über den Orden des Schwarzen Raben und über den Pöbel gesagt habe, der uns fürchten *und* lieben soll!«

Er wandte sich um und brüllte den beiden Wachsoldaten zu: »Heda, Praefosgardisten! Her zu mir!«

Die Gardisten, ein Mann und eine Frau, die sich in respektvoller Entfernung gehalten hatten, kamen im Laufschritt heran und salutierten. Gorm musterte die

Gesichter unter den Helmen. »Marusa, kehr zurück auf deinen Posten!«

Die große Frau mit dem irgendwie zu klein geratenem Kopf schlug abermals die Faust gegen den ledernen Brustpanzer und kehrte im Laufschritt zu ihrer Wachposition zurück.

Gorm wandte sich dem Mann zu. Der Gardist war noch jung und erst seit kurzem auf der Festung. Man hatte ihn in Ghurenia geworben. Er wirkte nicht sonderlich aufgeweckt, und von den abstehenden Ohren abgesehen, fielen weder sein Gesicht noch seine Statur besonders auf. Irgendein Fischerjunge, der sein Glück machen wollte. Nhood versuchte sich an den Namen zu erinnern. Enrico? Nein, Winrico hieß der Junge.

Gorm hatte keine Mühe, sich an den Namen zu erinnern. »Praefosgardist Winrico, wie gefällt es dir in meiner Praefosgarde?« fragte er mit falscher Freundlichkeit.

»Ich … bin sehr zu-zufrieden, Praefos«, stammelte der Mann.

»Sehr zufrieden?« forschte Gorm nach. »Sehr zufrieden ist man nach dem Scheißen. Von Praefosgardisten verlange ich mehr, als daß sie sehr zufrieden sind!«

Der Gardist verstand den Wink. »Ich fühle mich groß-großartig und bin-bin stolz darauf, in der Praefosgarde dienen zu dürfen, Praefos!«

»Das klingt schon besser«, sagte Gorm. »Macht es dir Spaß zu töten, Praefosgardist Winrico?«

»Jawohl, es macht mir Spaß zu töten, Praefos!« kam es von dem Mann zurück, diesmal schnell, sicher und ohne Stammeln.

»Wie viele Männer und Frauen hast du schon getötet?« wollte der Praefos wissen.

Der Gardist kehrte zu seinem Stammeln zurück. »Noch k-keinen, Praefos. Ich-ich hatte noch keine Gelegenheit …«

»Dann wird es aber Zeit, wie, Praefosgardist?«
meinte Gorm scheinbar gutgelaunt.

»Jawohl, Praefos!« Der Gardist schlug die Faust vor
die Brust.

Gorm zog Nhood ein Stück zur Seite und flüsterte:
»Du kennst den Mann erst flüchtig, aber ich nehme an,
du hast ihn schon bei den Übungen beobachtet. Was
hältst du von ihm?«

Nhood zuckte die Schultern. »Er versucht sein Bestes, aber ich halte ihn für eine Memme.«

»Gutes Auge«, lobte Gorm. »Bei Boron, er *ist* eine
Memme.«

Er drehte sich um und kehrte zu dem Mann zurück,
der immer noch in steifer Haltung mitten auf dem
Wehrgang stand. »Dein Hauptmann hält dich für eine
Memme«, verkündete Gorm grinsend. »Was sagst du
dazu, Praefosgardist?«

Der Gardist saß sichtlich in der Zwickmühle. Er
konnte den Vorwurf nicht auf sich sitzen lassen, traute
sich aber auch nicht, dem Hauptmann der Garde zu
widersprechen. »Ich-ich ... ich hoffe, daß ich den ungünstigen Eindruck, den ich auf Hauptmann Murenbreker gemacht habe ...« Er verlor den Faden und
schloß mit: »Praefos.«

»Aber gewiß, aber gewiß«, beruhigte ihn Gorm,
»dazu wirst du schon noch Gelegenheit bekommen.«
Im Plauderton fuhr er fort: »Deine Leute wohnen da
unten in Ghurenia, wie?«

»Ja, Praefos«, antwortete der Mann, erleichtert dar-
über, daß das Gespräch offenbar eine Wende nahm.
»Meine Mutter und meine jüngeren Geschwister. Mein
Vater ist auf See geblieben, Praefos.«

»Wo wohnen deine Leute, Praefosgardist?« wollte
Gorm wissen. »Kann man das Haus von hier oben aus
sehen?«

»Jawohl, Praefos!« sagte der Junge.

»Dann zeig es mir, Praefosgardist.« Gorm winkte ihn zur Zinne.

Der Gardist zeigte auf eine Stelle, die auf halber Höhe des Runden lag. Dort kauerten einige Hütten wie Schwalbennester in einer Felsnische. Es waren armselige Behausungen, die Wände bestanden aus roh behauenen Stämmen und Lehm, die Dächer aus Schilf. Dort lebten vor allem Tagelöhner oder in Not geratene Familien.

»Welches der Häuser ist es?« fragte Gorm.

»Das am weitesten links stehende, Praefos«, antwortete der Gardist. »Wo das Licht durch das Fenster schimmert. Meine Mutter wird noch am Spinnrad sitzen.«

»Es heißt Praefos!« herrschte Gorm ihn an.

»Jawohl, Praefos! Meine Mutter wird noch am Spinnrad sitzen, Praefos.«

»Hat man dich schon an den Rotzen ausgebildet, Praefosgardist?« erkundigte sich Gorm, scheinbar versöhnt.

»Jawohl, Praefos!«

»Wie hat man deine Fähigkeiten beurteilt, Praefosgardist?«

»Ich wurde gelobt, Praefos«, gab der Mann stolz zurück. »Ich hatte sechs Treffer bei zehn Schüssen.« Bevor er erneut gerügt wurde, beeilte er sich hinzuzufügen: »Praefos.«

»Das ist ordentlich, Praefosgardist«, lobte Gorm. Er zeigte auf die Schwere Rotze. »Dieses Haus, das du mir gezeigt hast – liegt es in der Reichweite dieses Geschützes?«

Der Mann erstarrte.

»Praefosgardist, ich habe dich etwas gefragt!« herrschte ihn Gorm an.

»Jawohl, Prae-Praefos«, stammelte der Mann.

»Was jawohl, Praefosgardist?« kam es schneidend von Gorm.

»Das Haus liegt in der Reichweite des Geschützes, Praefos«, antwortete der Mann mit tonloser Stimme.

»Sehr gut«, sagte Gorm. »Praefosgardist, an das Geschütz! Ich befehle dir, das Haus zu beschießen! Und, bei Boron, du wirst es treffen, wenn dir dein Leben lieb ist!«

Der Mann stand steif da und rührte sich nicht vom Fleck.

Gorm zog das Schwert blank. »Praefosgardist!« schrie er den Mann wild an. »Dein Praefos hat dir einen Befehl erteilt. Du wirst gehorchen oder sterben!«

Der Mann schluckte. »Jawohl, Praefos.«

»Was jawohl?« brüllte Gorm.

»Ich gehorche, Praefos.« Mit steifen Schritten begab sich der Mann zu der Schweren Rotze und zog die Abdeckung aus gewachstem Segeltuch von dem Geschütz.

»Nun, warum nicht gleich so?« knurrte Gorm. Er behielt das Schwert in der Hand und beobachtete den Gardisten.

Gardist Winrico legte eine Steinkugel in den Abschußkanal. Er drehte die Spannschrauben, und der Schleuderbock mitsamt dem Stein bewegte sich nach hinten. Die Drillspindeln kamen in Bewegung, die Zugseile strafften sich. Mit zitternden Fingern richtete der Mann das Geschütz aus, peilte das Ziel an und nahm die Feineinstellungen vor. »Geschütz abschußbereit, Praefos!« meldete er mit brüchiger Stimme.

»Abschuß freigegeben«, sagte Gorm beinahe heiter.

Der Mann hatte die Hand an der Entriegelung, aber er rührte keinen Finger.

Nhood hatte dies alles stumm und aufmerksam beobachtet. Er war gespannt, ob der Gardist gehorchen würde. Jetzt hielt er die Zeit für gekommen, sich als Hauptmann der Garde beim Praefos in Erinnerung zu bringen. Es konnte sonst sein, daß ihm Gorm fehlende Unterstützung vorwarf.

»Du sollst feuern, verdammter Scheißkerl!« rief er.

Der Mann gab den Riegel noch immer nicht frei. Im nächsten Augenblick stand Gorm neben ihm und drückte ihm die Schwertspitze gegen die Brust. Seine Augen hatten sich zu winzigen Schlitzen verengt. Er sprach mit gefährlich leiser Stimme. »Hör gut zu, Praefosgardist, denn ich sage es nur einmal. Du wirst auf die bezeichnete Hütte schießen. Dann wirst du die Rotze neu laden und wieder schießen. Insgesamt zehnmal. Und ich will mindestens sechs Treffer sehen. Solltest du nicht sechsmal treffen oder gar überhaupt nicht schießen wollen, wird Praefosgardistin Marusa deine Aufgabe übernehmen. Du wirst dabei zusehen, wie sie das Haus zertrümmert. Und anschließend wirst du einen Tod erleiden, wie ihn noch niemand auf dieser Festung erlitten hat. Ich lasse dir bei lebendigem Leibe die Haut abziehen, das verspreche ich dir. Also, was gedenkst du zu tun?«

»Ich gehorche, Praefos«, sagte der Mann tonlos und betätigte die Entriegelung.

Die Steinkugel verließ die Maschine.

Gorm beugte sich über die Zinne. Der Schuß ging fehl. Der Mann hatte die Schleuder wahrscheinlich absichtlich so eingestellt, daß der Schuß zu kurz lag.

Der Praefos wandte sich um, steckte das Schwert weg und nickte. »Nachstellen und nächster Schuß. Denk daran, Praefosgardist: Sechs von zehn Schüssen sind Treffer, oder ich lasse dein gegerbtes Fell über die Latrine spannen. Dann werden andere durch dein Arschloch scheißen!«

Wie eine willenlose Puppe stellte der Mann die Maschine neu ein, legte eine neue Steinkugel ein, spannte und schoß. Der Praefos hatte ein ausziehbares Fernrohr aus dem Wams gezogen und beobachtete das Ziel.

243

Schon der zweite Schuß war ein Treffer, der das Dach durchschlug. Der dritte erwies sich als Volltreffer. Die der Festung zugekehrte Wand der Hütte barst. Das Licht hinter dem dünnen Pergamentfenster erlosch. Für immer.

Gorm ließ den Mann noch sieben Steinkugeln abschießen. Fünf davon trafen. Nach dem Beschuß lag die Hütte in Trümmern. Gorm reichte Nhood das Fernrohr, damit er sich das Werk der Zerstörung ansehen konnte. »Praefosgardist Winrico mag eine Memme sein, aber er ist ein brauchbarer Schütze«, sagte er so laut, daß auch Winrico ihn hören konnte.

Der Gardist stand mit starrem Gesicht neben dem Geschütz.

»Ja, das kann sich sehen lassen«, meinte Nhood, nachdem er die Stelle betrachtet hatte, wo einst die Hütte gestanden hatte. Er entdeckte Lehmbrocken, zersplittertes Holz und die dunklen Umrisse regloser menschlicher Körper. Er reichte Gorm das Fernrohr zurück. »Ich denke, der Gardist Winrico kann in Zukunft selbstbewußter antworten, wenn er gefragt wird, ob er schon getötet hat.« Er wandte sich dem Mann zu. »Wie viele waren es, Praefosgardist? Drei, vier?«

»Sieben«, flüsterte Winrico.

Einen Wimpernschlag lang war Nhood erschrocken. Aber dann gewann ein Gefühl widerwilliger Bewunderung für den Praefos die Oberhand. Die Art und Weise, wie er den Mann gezwungen hatte, seine Familie auszulöschen, nötigte ihm Achtung ab. In dieser Beziehung konnte er von Gorm nur lernen.

Gorm steckte das Fernrohr achtlos weg, zog wieder das Schwert und trat zu dem Gardisten, der starr zu Boden sah. Er tippte ihn mit der Spitze des Fernrohrs an, bis der Mann aufsah.

»Begreifst du, warum ich dir befahl, das zu tun?«
fragte er.

Der Gardist schüttelte stumm den Kopf.

»Narr!« fuhr ihn Gorm an. »Ich habe dir die Gnade
erwiesen, Borons Arm zu sein!« Er setzte dem Mann
die Schwertspitze unter das Kinn und zwang seinen
Kopf so weit hoch, daß er ihm in die Augen blicken
mußte. »Fürchtest du mich, Praefosgardist Winrico?
Fürchtest du mich so sehr, wie du Boron fürchtest? Los,
rede, Kerl!«

»Ja, Preafos.«

»Was ja, Praetosgardist?«

»Ich fürchte Euch so sehr, wie ich Boron fürchte,
Praefos.«

»Gut.« Gorm drückte die Spitze des Schwerts noch
etwas tiefer in das Fleisch. »Aber liebst du mich auch
so sehr, wie du Boron liebst, Kerl?«

Praefosgardist Winrico schwieg.

»Ich habe dich etwas gefragt, Praefosgardist Winrico!« knurrte Gorm.

»Rede, Praefosgardist!« fluchte Nhood.

»Ja, ich lie-liebe den Prae-Praefos so sehr, wie ich
Boron liebe«, stammelte der Mann.

Gorms Augen funkelten vor Zufriedenheit. Er zog
die Schwertspitze vom Kinn des Gardisten zurück.
Dann stieß er dem Mann das Schwert mit voller Wucht
in den Bauch.

Mit Augen, die vor grenzenloser Verständnislosig-
keit weit aufgerissen waren, sank der Gardist zu
Boden. Er gab keinen Laut von sich. Blut lief auf den
Wehrgang hinab, bildete eine Pfütze und tropfte in den
Innenhof der Festung. Gorm zog sein Schwert aus der
Wunde und drehte es dabei. Gedärme ringelten sich
durch die Bauchdecke. Die Augen des Mannes bra-
chen, und er sank leblos zurück.

»Aber warum …« begann Nhood.

»Weil er eine feige Memme war und mich angelogen hat!« sagte Gorm wütend. »Und er hat es gewagt, meinen Befehlen zu trotzen!«

»Wäre es nicht sinnvoller gewesen, ihn bei nächster Gelegenheit in die vorderste Linie zu stellen?« fragte Nhood. »Dann hätte uns sein Tod größeren Nutzen gebracht.«

»Falsch!« erwiderte der Praefos. »Du scheinst es noch immer nicht begriffen zu haben. Dieser Kerl war es nicht wert, *für etwas* zu sterben. Das bleibt jenen vorbehalten, die fürchten *und* lieben. Gardisten, die ihr Leben freudig wegwerfen. Gardisten, auf die ich mich verlassen kann.«

Ich habe es für eine seiner Launen gehalten, dachte Nhood. *Aber er scheint es ernst zu meinen. Offenbar ist er dabei, den Verstand zu verlieren. Mir wird es genügen, wenn meine Gardisten mich fürchten. Lieben muß mich niemand.* Gleichzeitig fühlte Nhood sich unwohl. *Das ist ein gefährliches Spiel, Praefos. Du bringst deine eigenen Leute gegen dich auf!*

Niemand rührte sich in der Festung. Weder Marusa noch die anderen Wachsoldaten ließen erkennen, ob sie das Schauspiel verfolgt hatten.

Plötzlich wurde auf dem Nordsöller der Gong geschlagen.

Gorm fuhr herum. »Was ist los?« brüllte er.

Der Kopf eines Wachsoldaten tauchte an den Zinnen des Nordsöllers auf. »Ein Schiff verläßt den Hafen, Praefos.«

Gorm und Nhood eilten den Wehrgang entlang, bis sie die Nordmauer erreicht hatten. Gorm steckte den Kopf durch die Öffnung der Zinne und sah mit dem Fernglas zur Hafeneinfahrt hinüber. Auch ohne Glas erkannte Nhood, daß sich ein größeres Schiff aus der Einfahrt schob und auf die schmale Meerenge zwischen den Felsen zu bewegte. Nur die Stagsegel waren angeschlagen. Das Schiff führte Positionslichter. Nichts deutete darauf hin, daß man es auf Heimlichtuerei angelegt hatte. Und doch war es mehr als ungewöhnlich, daß ein Schiff vor Anbruch der Morgendämmerung den sicheren Hafen verließ.

»Bei Boron, es ist die *Vumachan!*« fluchte der Praefos.

»Costalds Schiff?« rief Nhood. »Verdammt, ich hätte es mir denken können! Die *Vumachan* war schneller seeklar zu machen als *Efferds Braut* oder die *Stolz von Ghurenia*. Wahrscheinlich ist die Karavelle auch schneller, denn Costald hat die Zahl der Segel vergrößert. Meine Mut…« Er verbesserte sich rasch. »Die Murenbreker flieht zu den Piraten. Wir müssen sie aufhalten! Sobald die *Vumachan* die Einfahrt erreicht hat, liegt sie im Schußbereich der Rotzen. Wir…«

Gorms schwere Hand legte sich auf Nhoods Oberarm und drückte so fest zu, daß dieser um ein Haar aufgeschrien hätte, wenn auch mehr vor Überraschung als vor Schmerz. »Ich sagte, wir lassen ihnen einen Tag Vorsprung«, sagte der Praefos mit der gleichen leisen, gefährlichen Stimme, mit der er vorhin zu Winrico gesprochen hatte. »Und dabei bleibt es. Notfalls lassen wir ihr auch zwei Tage. Sie entkommt uns nicht.« Er senkte die Stimme zu einem Flüstern. »Ich kann meine Gardisten das Fürchten lehren und auch eine Tagelöhnerhütte zerstören. Aber ich kann die *Vumachan* nicht vor Efferds Tränen versenken lassen! Noch nicht. Es wäre eine Kampfansage an jedermann. Hab Geduld. Das Ziel ist nahe.«

Erbittert sah Nhood zu, wie die *Vumachan* die Einfahrt zum Archipel passierte und die Segelfläche vergrößerte. Dann verschwand das Schiff in der Nacht.

11. Kapitel

Im Südmeer

Murenius stand auf dem Achterkastell der Galeere und blickte zur offenen Seite der Bucht aufs Meer hinaus. Er fühlte sich unwohl. Mindestens eine weitere Woche würden sie auf See verbringen und diesmal die Sicherheit der nahen Küsten verlassen müssen. Die Gefahr wuchs, in schlechtes Wetter zu geraten und ihm trotz der gewaltigen Kraft, die hinter den hundert Ruderblättern steckte, nicht entgehen zu können. Würde die Galeere dem Sturm standhalten? Er hatte sich diese Frage schon unzählige Male gestellt und sich jedesmal mit der Antwort beruhigt, Ch'Ronch'Ra werde sich und das Schiff vor Gefahr zu schützen wissen. Und jedesmal war ein Rest an Zweifel geblieben.

Hinzu kam, daß Murenius sich vor der See fürchtete. Das war eine neue Erkenntnis für ihn. Bisher hatte er immer geglaubt, die See sei ihm gleichgültig, vielleicht eine Spur unangenehm, vorrangig jedoch gleichgültig. Möglich, daß es früher auch so gewesen war. Aber die Erfahrung, in einem sinkenden Schiff eingeschlossen zu sein, angekettet, vom hereinbrechenden Wasser umspült, ließ sich nicht aus seinen Erinnerungen verdrängen. Und doch hatte er kaum daran gedacht, als die Galeere Kurs auf Yongustra nahm. Aber damals brannte in ihm nur das einzige Ziel, die Burg der Rondra-Legisten zu nehmen. Alles andere schien belanglos zu sein, die Seefahrt nichts weiter als ein notwendiges Übel auf dem Weg zu diesem Ziel, nicht der Mühe wert, darüber nachzudenken.

Warum ist es jetzt anders? Das Ziel dieser *Seereise ist wichtiger als die Eroberung von Yongustra.*

Der Hohepriester kannte die Antwort nicht. Er konnte nur Vermutungen anstellen. Der *curga*, der Ch'Ronch'Ras Anweisungen durchbrochen hatte. Das Wissen um die Schwäche der Dienerschaft nach dem verlustreichen Sieg gegen die Rondra-Legisten. Der Zwang, die spärlichen Mittel der Diener für Vorräte ausgeben zu müssen. Nhoods überraschende Ernennung zum Stellvertreter Gorms und seine Gier nach weiterer Macht. Die Flucht Canja Murenbrekers. Die Verfolgung der Murenbreker durch den Praefos höchstpersönlich. Es kam alles so, wie Murenius es geplant oder sich gewünscht hatte. Aber es kam zu früh. Es erforderte rasches Handeln, jetzt und sofort, da eine solche Gelegenheit niemals wiederkehren würde.

Dies alles, die Summe von bohrenden Unzulänglichkeiten und zum Handeln verpflichtender Umstände, nagte an seiner Fähigkeit, die großen Dinge bedingungslos über die kleinen zu stellen, die kleinen Dinge zu lästigen, aber leicht überwindbaren Bagatellen herunterzustufen.

Aber das war längst noch nicht alles. Murenius hatte sich dabei ertappt, daß ihn der Tod von Vinna beschäftigte. Es ging dabei nicht um Mitleid oder Reue. Er hatte kein Mitleid mit der Frau, und er bereute seinen Befehl nicht. Sie war ihm gleichgültig gewesen. Er hatte Ch'Ronch'Ra Menschen geopfert und sie eigenhändig vor dem Steinkopf getötet. Das wurde von ihm als Hohempriester erwartet, sofern nicht ein *h'vas* zugegen war. Es stärkte sein Amt. Diese Todesfälle hatten ihn nicht berührt. Er hatte Hunderte von Dienern in den Tod getrieben, um eine Burg am Ende der Welt zu erobern. Es hatte ihn nicht berührt. Es mußte getan werden, weil Ch'Ronch'Ra es forderte und weil der Kult auf Blut und Wollust gründete. Es war *nötig*. Für die Macht.

Für Murenius war Macht über andere unlösbar mit Tod verbunden. Macht mußte erzwungen werden. Macht mußte gesichert werden. Macht brachte den Tod über jene, die sich nicht beugen wollten oder einfach nur im Weg standen. Murenius liebte die Macht. Er wollte sie für sich erringen, weil sie ihm zukam, seiner Überlegenheit über andere entsprach. Er selbst hatte den Opfern einen schnellen Tod bereitet, aber auch dabei zugesehen, wenn der *h'vas* sie langsam zu Tode quälte. Es hatte ihn nicht berührt. Grausamkeit störte ihn nicht, wenn sie der Macht diente. Aber Grausamkeit um ihrer selbst willen bedeutete ihm nichts. Dafür war er ein viel zu nüchtern denkender Mensch. So wenig er Mitleid fühlte, wenn Opfer starben, so wenig empfand er Lust an ihrem Tod oder ihren Qualen.

Er schalt sich selbst einen Narren, weil er den Tod Vinnas nicht wie den Tod eines beliebigen Opfers sehen konnte – zumal er einem sabbernden Körper galt, in dem keine Seele mehr wohnte. Die Diener hätten sie vermutlich auch ohne seinen Befehl über Bord gestoßen oder sie verhungern lassen.

Tatsächlich haben sie es getan, weil ich es befahl. Ich mußte es befehlen, weil ich sie eine Verräterin nannte, die sie nicht war. Und ich mußte sie zur Verräterin machen, um Ch'Ronch'Ra zu decken, der nicht fähig war, den curga *vom Angriff auf einen Diener abzuhalten.*

Beinahe erleichtert verstand er endlich die Wurzeln seines Unbehagens. Nicht der von ihm angeordnete Tod belastete ihn – was ihn tatsächlich verwundert hätte –, sondern der Zweck dieses Todes. Alle Toten zuvor dienten der *Stärke* des Ch'Ronch'Ra und der Dienerschaft. Vinna hingegen war der *Schwäche* des Ch'Ronch'Ra geopfert worden.

Die Schwäche des Ch'Ronch'Ra steht hinter allem, was mir Sorgen bereitet. Die Unfähigkeit des Dämons, seinen h'vas am Leben zu erhalten. Die Unfähigkeit, ihm die Gabe des Redens zu verleihen. Die Unfähigkeit, uns leichte Siege über unsere Gegner zu ermöglichen. Die Unfähigkeit, einen untergeordneten Dämon in die Schranken zu weisen.

Obwohl das Wissen um die Ursachen des Unbehagens die Ursachen selbst nicht beseitigte, fühlte sich Murenius ein gutes Stück besser. Er wandte sich wieder dem Schiff zu. Alle Vorräte waren unter Deck verstaut, alle Diener an Bord. Die Bireme war zum Auslaufen bereit. Kapitänin Harubas wartete nur noch auf sein Signal, den Anker zu lichten.

Ch'Ronch'Ra schien die Galeere wie einen Körper zu fühlen. Er würde zu rudern beginnen, wenn er den Anker nicht mehr spürte und der Bug, von den schwarzen Segeln bewegt, sich dem Meer zuwandte. So wie er damit aufhörte, wenn das Schiff der Küste oder einem Riff zu nahe kam. Wäre dies anders gewesen, hätte Murenius versuchen müssen, über die arkanen Fäden mit dem Dämon in Kontakt zu treten, um ihn auf sich aufmerksam zu machen. Er versuchte dies zu vermeiden. Ch'Ronch'Ra würde sich in seinem Hohenpriester ausbreiten, um die Ursache der Störung zu erfahren, durch seine Augen sehen und durch seine Ohren hören. Murenius fürchtete diese Augenblicke, obwohl der Dämon versprochen hatte, ihn nicht wie einen *h'vas* zu benutzen.

Der Hohepriester nickte Harubas zu. »Anker lichten und Kurs Nordnordwest. Unser Ziel heißt Nosfan. Für Ch'Ronch'Ra!«

»Für Ch'Ronch'Ra!« gab die Kapitänin zurück. Dann schrie sie zum Mitteldeck: »Acht Leute an das Ankerspill! Anker lichten! Acht Leute an das Gangspill! Hiev! Hiev! Hilfssegel aufgeien!«

Gorm sah eine Weile bei den Übungen der Gardisten zu. Dann wandte er sich ab. »Lauter Milchgesichter um mich herum«, knurrte er. »Bei Boron, das soll meine Praefosgarde sein?«

»Sie mögen jung sein, aber es sind die härtesten Kerle und Weiber von Ghurenia«, sagte Nhood, der ihm nicht von der Seite wich. »Warum beschwerst du dich, Praefos? Du hast die Leute selbst ausgesucht.«

Gorm spuckte aus. »Weil nichts Besseres zu haben war. Du hättest die Söldner sehen sollen, die in Al'Alfa unter meinem Kommando standen. Beinhart, durch nichts kleinzukriegen. Im Kämpfen so gut wie im Ficken und Saufen. So etwas findet man heute nicht mehr.«

Das angeberische Geschwätz eines alten Mannes, dachte Nhood. In seinen Augen zeigte die Nörgelei nur, daß Gorm jedes Maß verloren hatte und eher in der Vergangenheit als in der Gegenwart lebte. Es wurde wirklich Zeit, daß ein neuer Praefos auf der Festung Einzug hielt.

Wenn ich mich nicht beeile, Gorm zu erledigen, wird es ein anderer an meiner Stelle tun. Vielleicht geistert schon in diesem oder jenem Gardistenschädel der Gedanke herum, den alten Furzer einfach abzustechen und sich selbst zum Herrscher auszurufen.

»Bei Boron, der Kahn muß härter gesegelt werden!« brüllte Gorm zum Achterkastell hinauf. »Yortas, ich setz Euch als Kapitänin ab und laß Euch dreimal kielholen, wenn Ihr mein Schiff nicht schneller macht.«

»Wir haben jeden Fetzen Stoff gesetzt, der sich anschlagen läßt, Praefos!« rief die hagere Kapitänin zurück. »Der Wind gibt einfach nicht mehr her. Wenn Ihr mit meinen Maßnahmen nicht einverstanden seid, dann bitte ich Euch, selbst das Kommando über Euer Schiff zu übernehmen. Ich tue mein Bestes, aber ich kann nicht zaubern.« Sie deutete nach achtern, wo die Segel des anderen Schiffes zu sehen waren. »Ihr seht ja, die *Faust des Praefos* ist auch nicht schneller.«

Der Praefos stieß einen unflätigen Fluch aus. »Werdet nicht dreist, Kapitänin. Ich bin Euer Praefos! Bei Boron, vergeßt das niemals! Und was die *Faust des Praefos* angeht: Das ist nur eine verdammte Karracke, während ich Euch meine Karavelle anvertraut habe. Versteckt Euch nicht hinter unfähigen Seeleuten auf anderen Schiffen. *Ihr* sollt *unser* Schiff schneller segeln, verdammt!«

»Zu Befehl, Praefos!« antwortete Kapitänin Yortas mit versteinertem Gesicht. Dann brüllte sie ein halbes Dutzend Befehle nach allen Seiten.

Seeleute flitzten über Deck, kletterten in die Wanten und machten sich an den Rahen zu schaffen. Nhood verstand wenig vom Segeln, aber er war überzeugt davon, daß die Kapitänin dem Praefos nur seinen Willen ließ, um ihn nicht weiter zu reizen. Die Befehle würden wohl kaum etwas bringen. Gorm, der früher selbst ein Schiff befehligt hatte, mußte dies erst recht wissen.

»Na also, es geht doch«, sagte Gorm mürrisch zu Nhood. »Man muß diesem Pack nur Beine machen. Es ist immer dasselbe mit dem Seegesindel. Alles Faulenzer. Dabei bilden die sich auch noch ein, etwas Besseres zu sein!« Er schickte einen bösen Blick zur Kapitänin hinauf, die noch immer Befehle schrie und dabei so wichtig tat, als müsse sie ein Schiff in höchster Not durch einen Sturm bringen.

Obwohl Nhood der Ansicht war, daß sich Gorm mit seinem Gehabe nur lächerlich machte, teilte er doch die Ungeduld des Praefos. Die schlanke Karavelle hätte die *Vumachan* längst einholen sollen. Er fieberte dem Augenblick entgegen, da die Segel des Kauffahrers am Horizont auftauchen würden. Dann würden die Dinge zu einer Entscheidung gebracht. Er würde sich während des Kampfes in Gorms Nähe aufhalten und ihn bei passender Gelegenheit töten. Es müßte rasch und möglichst ohne Zeugen geschehen. Am besten dann, wenn die Murenbreker – er hatte sich angewöhnt, seine Mutter auch in Gedanken so zu bezeichnen – und Costald bereits tot wären. Dann konnte er sich dieser letzten wichtigen Tat widmen, ohne abgelenkt zu sein. Und wenn einige dem alten Praefos besonders treu ergebene Gardisten im Kampf umkämen, sollte es ihm nur recht sein. Er würde schon dafür sorgen, daß sie in vorderster Front kämpften.

Nhood beobachtete die Matrosen, die mit gleichmütigen Gesichtern Segel refften und gleich darauf wieder anschlugen. Er wußte, die Besatzung der *Praefos Gorm* war nicht sonderlich erbaut davon, daß sich Gorm an Bord befand. Natürlich wagte niemand, sich dies offen anmerken zu lassen, aber Nhood hatte doch die eine oder andere abfällige Bemerkung aufgefangen. Die Seeleute waren daran gewöhnt, ohne Bevormundung auszukommen. Obwohl die *Preafos Gorm* und die *Faust des Praefos* Kriegschiffe waren, konnte es sich Gorm nicht leisten, sie dauernd im Hafen von Ghurenia liegen zu lassen. Sie mußten Geld einfahren. Deshalb schickte er sie abwechselnd zu Missionen aus. Manchmal zu Raubfahrten in fremden Gewässern, von denen außerhalb der Festung niemand etwas wissen durfte, manchmal als Sklavenjäger und Sklaventransporter in Malurdhins Diensten, oft auch als Kauffahrer zu Handelsfahrten. Die Raubfahrten, über die man in der Gilde munkelte, aber auch die Anmaßung, sich selbst als Reeder und Händler zu betätigen, hatten erheblich dazu beigetragen, den Praefos in der Gilde der Reeder und Kaufleute verhaßt zu machen. Nhood, der lange genug die Lage aus der Sicht eines Kaufmanns betrachtet hatte, hielt den Einsatz der Schiffe zu Handelsfahrten für Gorms größten Fehler. Obwohl er plante, als neuer Praefos den Widerstand der Gilde zu brechen und die Wortführer zum Schweigen zu bringen, wollte er sich anschließend klüger verhalten als Gorm. Entweder würde er selbst der Gilde beitreten oder seine Schiffe an die Kaufleute vermieten. Dem Handel die Gewinne zu schmälern, hielt er jedenfalls für keine geeignete Machtstrategie.

Der Praefos setzte sein Fernrohr ans Auge und suchte den Horizont ab. Sein häßliches, aufgequollenes, mit schwärenden Eiterbeulen verunziertes Gesicht wirkte noch düsterer als sonst. »Du bist dir völlig sicher, daß die *Vumachan* diesen Kurs segelt?« fragte er.

»Wir haben Swattekopp bei unserem zweiten Besuch den Kurs herausgeprügelt, bevor wir ihm den Rest gaben«, log Nhood. »Es war dem alten Schwachkopf gar nicht mehr möglich zu lügen. Die Murenbreker und Costald treffen Eiserne Maske vor Nosfan. Wenn sie diesen Kurs nicht segeln, würde das heißen, daß sie flüchten und ihre verräterischen Pläne aufgesteckt haben.«

»Nein, das wird die Murenbreker nicht tun!« sagte Gorm. »Bei Boron, sie will es mir heimzahlen. Sie wird den Plan auch dann nicht aufgeben, wenn sie ahnt, daß Swattekopp den Kurs preisgegeben hat.«

»Sie ahnt nichts davon«, beteuerte Nhood im Brustton der Überzeugung. »Sie glaubte den alten Furzer in Sicherheit. Die Murenbreker mag denken, daß wir die *Vumachan* suchen, aber sie weiß nicht, daß wir ihr Ziel kennen.«

In diesem Punkt war sich Nhood seiner Sache unbedingt sicher. Um Gorm nicht mißtrauisch zu machen, hatte Nhood behauptet, sich zusammen mit Fadim o'Chim Swattekopp noch einmal vorgenommen und den Kurs aus ihm herausgepreßt zu haben. In Wahrheit war es die Priesterin Shevanu gewesen, die ihm kurz vor der Abfahrt das Ziel der *Vumachan* genannt hatte. Die Dienerschaft hatte den Kurs durch die Magie ihres Dämons herausgefunden. Es gab keinen Grund, an Shevanus Angaben zu zweifeln. Schließlich war sie seine Verbündete und erhoffte sich einen eigenen Vorteil davon, wenn es zum Kampf mit der *Vumachan* kam.

»Ich hoffe es für dich«, sagte der Praefos drohend. »Denn wenn sich herausstellen sollte, daß Swattekopp dich belogen hat und die Murenbreker sich an anderer Stelle mit Eiserne Maske trifft, dann kostet dich das den Kopf, mein Sohn. Ich lasse mich nicht zum Narren halten, auch nicht von dir!«

Du bist längst ein alter Narr, dachte Nhood. *Dafür muß man dich nicht mehr halten.*

Nhood fragte sich, was Gorm wohl ohne ihn anfinge. Der Praefos hatte die Verfolgung der Murenbreker befohlen, bevor Nhood damit herausgekommen war, daß er ihr Ziel kannte. Was also hätte Gorm getan, um die *Vumachan* zu finden? Gewiß, die Wahrscheinlichkeit, daß die Karavelle auf Westkurs ging, war wegen der Strömungen und Passatwinde groß. Aber Nordwest, fort von den üblichen Handelswegen, durch Gewässer mit gefährlichen Untiefen? Das hätte Gorm nur raten können. Nhood wollte es genau wissen.

»Wo würdest du die *Vumachan* vermuten, Praefos, wenn ich dir den Kurs nicht genannt hätte?« fragte Nhood betont beiläufig.

Gorm grinste auf gemeine und hinterhältige Art. »Was soll das, du Lump? Willst du, daß ich dich für etwas Selbstverständliches lobe? Vergiß nicht, du hast versagt, als du Swattekopp das erste Mal in die Mangel nahmst.« Er spuckte verächtlich aus. »Ich will dir was sagen, du grüner Junge. Vielleicht lernst du daraus, wie man so etwas anpackt.« Er zeigte zur *Faust des Praefos* hinüber. »Wir haben *zwei* Schiffe, du Narr. Hundert Bewaffnete! Auf jedem Schiff acht Schwere Rotzen! Ich hätte die *Faust des Praefos* auf Südsüdwest geschickt, die *Praefos Gorm* auf Nordnordwest. Nach eine paar Tagen hätte ich die *Faust* auf Zickzackkurs Nord und die *Gorm* auf Zickzackkurs Süd laufen lassen. Das Netz wäre zugeschnürt worden. Ich wette, wir hätten die *Vumachan* erwischt. Und wenn nicht...« Er grinste. »Wenn nicht, dann hätte ich mir anderweitig Spaß verschafft. Bei Boron, wir hätten alles gekapert, was uns über den Bug gelaufen wäre, hätten ausreichend etwas für die Schwertspitzen und für die Schwänze zu tun gekriegt. Und dann wäre ich zufrieden nach Ghurenia zurückgekehrt. So einfach ist das.«

Nhood erkannte, daß es für Gorm tatsächlich so einfach war. Der unverbesserliche Söldner in ihm wollte vor allem seinen Spaß haben, und den würde er in jedem Fall bekommen. Wenn die Murenbreker, wenn Alina nicht für seine Rachegelüste zur Verfügung stünden, dann nähme er zur Not auch mit anderen vorlieb. Nhood war sich nicht ganz im klaren darüber, ob er den Praefos für diese Lebenseinstellung bewundern oder verachten sollte. Im Grunde war es ihm auch nicht wichtig. Wenn man wie der Praefos vorrangig seinen Trieben folgte, mußte man zugleich die Macht besitzen, diesen Kurs abzusichern. Und damit wäre es bald vorbei! Für Gorm wäre es bald mit allem vorbei. Bei Boron, dafür wollte Nhood Sorge tragen!

Canja beobachtete eine Ratte, die ohne große Scheu über das Mitteldeck trippelte, die Nase witternd in den Wind steckte und plötzlich unter eine geteerte Persenning huschte. Die Kaufherrin wandte sich zur Seite und beugte sich leicht über das Schanzkleid. Sie sah an den Planken hinab, bemerkte die kalfaterten Ritzen, nahm bewußt das langsame Rollen des Schiffes wahr, lauschte dem Branden der Gischt, wenn sich die Wellen an der Bordwand brachen oder der Bug das Wasser teilte und zur Seite lenkte. Ihre Gedanken irrten ab.

Eine Hand legte sich sanft auf ihre Schulter. Canja Murenbreker zuckte zusammen und fuhr herum. Sie sah in das betroffene Gesicht von Valerion.

»Aber, aber«, sagte er begütigend. »Es tut mir leid, daß ich dich erschreckt habe, Canja. Ich dachte, du hättest mein Kommen bemerkt.«

»Du mußt dich nicht entschuldigen«, sagte sie und entspannte sich. »Ich bin in diesen Tagen etwas … unruhig.«

»Was ich nur zu gut verstehen kann«, antwortete der Kaufherr leise. »Du denkst an Alina, nicht wahr?«

Canja schüttelte unwillig den Kopf. »Mehr an das vor uns Liegende. Was aus dem Handelshaus werden mag, aus Mirios Schiffen. Was Alina angeht … Oh, natürlich ist sie in meinen Gedanken, aber nicht in dem Maße, wie du es dir vielleicht vorstellst. Sie hat ihre eigene Entscheidung getroffen und muß damit leben. In mancher Weise bin ich sogar froh, daß sie einmal die härteren Seiten des Lebens kennenlernt. Das sorgenfreie, verwöhnte Leben in Ghurenia war keine gute Schule, um einmal Kaufherrin zu werden.«

»Das klingt sehr hart«, sagte Valerion verwundert. »Liebst du sie denn nicht mehr?«

»Ich liebe sie, wie man sein eigenes Kind nur lieben kann!« stieß Canja hervor. »Wie kannst du daran zweifeln, Valerion? Sie ist ein Teil von mir, wobei ich glaube, daß sie mehr von meinen guten Seiten geerbt hat als von meinen schlechten, und in dem anderen Teil von ihr lebt Mirio fort! Und du weißt, was mir Mirio bedeutet hat! Boron mag auf der Stelle Golgari senden, um mich zu ihm zu führen, wenn ich die Zwölfe nicht angefleht habe, Alina zu schützen und ihr die Schmach

258

zu ersparen, die ihre Mutter erfahren mußte. Aber...
wie soll ich es dir erklären, Valerion? Ich weigere mich
einfach, sie in Gefahr zu glauben. Ich glaube mit aller
Kraft daran, daß sie an Körper und Geist unversehrt
aus dieser Geschichte hervorgeht. Ich *will* es einfach so
sehen. Begänne ich daran zu zweifeln, könnte ich nicht
mehr klar denken. Und ich *will* sie zurückholen. Ihr
Platz ist nicht bei den Piraten!«

»Dein Wille ist sehr stark, Canja«, sagte Kaufherr
Costald mit einem leichten Lächeln. »Das bewundere
ich an dir, wie du weißt. Ohne deinen starken Willen
hättest du weder das Handelshaus zur Blüte bringen
noch den Praefos in die Schranken weisen können.
Aber erlaube mir...«

»Den Hurensohn Gorm konnte ich keineswegs in
seine Schranken weisen!« widersprach Canja bitter.

Valerion legt ihr die Hand auf die Schulter. »Verzeih,
die Worte waren unbedacht, ich wollte keine alte Wunden aufreißen. Du hast diesen Unhold nicht von deinem Leib fernhalten können, weil er abgrundtief ver-
dorben ist und kein Gewissen kennt. Und doch hast du
dich immer wieder gegen ihn durchgesetzt, Canja! Er
hat Angst vor dir und der Gilde! Vor deiner Macht! So
viel Angst, daß er jetzt sogar versuchen muß, dich zu
töten.«

»Macht, die zum Tod führt! Macht, die schon vielen
Freunden Gesundheit und Leben gekostet hat. Ein
schöner Trost, Valerion!«

»Sei nicht ungerecht mit mir, Canja, und noch weniger mit dir selbst! Ich weiß, daß du mir im Innern recht
gibst. Du bist sogar stolz darauf, Gorm die Stirn geboten und ihm die Grenzen der eigenen Macht aufgezeigt
zu haben. Und du hast guten Grund, stolz darauf zu
sein. Es war die beste Art, sich an ihm zu rächen.«

Canja nickte zögernd. »Valerion, manchmal glaube
ich fast, du kennst mich besser als ich selbst. Ja, es ist

wohl wahr, ich habe einen großen Teil meiner Kraft aus dem Wunsch gezogen, mich an diesem Eitergeschwür zu rächen. Ich lebe immer noch dafür, endgültig das Verderben über ihn zu bringen. Deshalb sind wir unterwegs zu Eiserne Maske! Ich bin bereit, mich sogar mit dem Namenlosen zu verbünden, um Praefos Gorm zu vernichten!«

Der Kaufherr schwieg und schaute auf das Meer hinaus. »Versuch trotzdem, Alina gerecht zu werden«, bat er schließlich. »Verzeih mir, wenn ich das sage, aber ich habe den Eindruck, du siehst sie immer noch zu sehr als Kind, das von dir erzogen werden muß. Du kannst sie vielleicht zwingen, den von dir gewählten Weg zu gehen, aber wenn du es tust, unterdrückst du ihr Bestes.« Er machte eine kleine Pause. »Das wollte ich dir als dein Freund gesagt haben. Betrachte es bitte nicht als Einmischung.«

»Ich habe deinen Rat nie als Einmischung betrachtet«, entgegnete Canja Murenbreker unvermutet sanft.

Valerion lächelte. »Dann laß uns nicht mehr davon reden.«

Sie seufzte leise und wandte sich wieder dem Meer zu, schaute über das leicht gekräuselte Wasser bis hin zum Firmament. Irgendwo in der Ferne zeichnete sich die Küste einer Insel ab, die wie ein Walbuckel aus dem Wasser ragte. Darüber hatte sich ein Gebirge aus weißen Wolken aufgebaut, das wie eine phantastische Landschaft aussah. Sie erinnerte sich flüchtig, daß sie als kleines Mädchen ernsthaft daran geglaubt hatte, man könne in die Wolken hinaufsteigen, wenn man nur die rechten Stiefel dafür besitze. Und der Wunsch, dies tun zu können, lebte noch immer in ihr, der Wunsch, dieses ferne, fremde Land zu betreten, in dem alles weich, rund und sanft war, dieses Land zu betreten und niemals mehr zurückzukehren.

Valerion stand hinter ihr und hielt sie sanft umfaßt.

Er war einen halben Kopf größer als sie, und sie spürte seinen Atem in ihrem Haar. Er beugte sich leicht hinab und küßte zärtlich ihren Nackenansatz. Sie erschauderte wohlig.

»Wenn ich dich nicht hätte ...«, flüsterte sie.

»Du würdest sehr gut auch allein mit allem fertig«, stellte er fest. »Du hast es längst bewiesen, über viele Jahre hinweg, gequält von grausamen Prüfungen. Aber wenn du mir sagen willst, daß dir bei alledem etwas gefehlt hat und daß ich es dir geben kann, dann nehme ich dies gern an. Mir geht es ebenso.«

Sie nahm stumm seine Hand und drückte sie.

»Weißt du, wie lange es her ist, daß ich mich zuletzt Efferds Reich anvertraut habe?« fragte sie nach einer Weile. »Sechs Jahre! Alina und Balos waren bei mir, und wir reisten zu den Waldinseln. Bei Praios, Alina war damals erst elf und Balos fünfzehn ...«

»Je älter wir werden, desto schneller scheinen die Jahre dahinzufliegen. Das gilt besonders für die Zeit ab vierzig. Erst wenn du mein Alter erreicht hast, fängst du wieder an, die Tage zu zählen, die dir noch bleiben, und versuchst sie festzuhalten.«

»Du hast recht, Valerion. Aber ist es keine Schande, daß ich Efferd, dem ich die Schiffe und meinen ganzen Wohlstand verdanke, so selten die Ehre erweise?«

»Du erweist Efferd auf andere Art die Ehre«, erwiderte Valerion. »Er verlangt von uns Kaufleuten nicht, daß wir die Waren selbst herbeischaffen, mit denen wir Handel treiben.«

»Dich und Mirio hat er weitaus häufiger auf den Meeren gesehen.«

Valerion lachte. »Ja, das ist wahr, aber er hat es uns nicht immer gelohnt. Was natürlich nicht heißt, daß ich mich beschweren will, denn bisher ließ er mich jeden Sturm überleben. Manchmal allerdings wurden wir so sehr gerupft, daß ich nicht mehr an ein Entkommen zu denken wagte. Hoffen wir, daß er dich, seinen seltenen Gast, mit seiner ganzen Freundlichkeit begleitet.« Er sah zu den nur leicht geblähten Segeln, den sich wiegenden Wanten, Pardunen und Stagen hinauf. Kapitän Meraldus hatte Vollzeug setzen lassen, um nicht den leisesten Windhauch der schwachen Brise ungenutzt zu lassen. »Ein bißchen mehr Wind könnte Efferd uns allerdings wohl gönnen, ohne gleich Rondra mit einem Sturm zu Hilfe zu rufen.«

Schritte näherten sich auf dem Achterdeck. Jemand blieb stehen und räusperte sich, um auf sich aufmerksam zu machen. Kaufherr Costald wandte sich um, ohne Canja loszulassen. »Was gibt es, Kapitän Meraldus?«

Der kleine dicke Mann mit den Hamsterwangen und den herabhängenden Augenlidern sah auf den ersten Blick eher wie ein Krämer denn wie ein Seemann aus, wären da nicht die durchdringenden blauen Augen und die breiten, vom Zupacken rissigen Hände gewesen. Der riesige breitkrempige Hut, der mit einem Kinnband gesichert war, wirkte für einen Kapitän ungewöhnlich, aber Meraldus liebte ihn und tauschte ihn erst dann gegen eine Wachskappe mit Nackenschutz ein, wenn die Stärke des Windes und hereinschlagende Gischt dies unbedingt erforderten.

»Ich möchte Euch bitten, Kaufherrin Murenbreker und Kaufherr Costald, mit mir zusammen die Seekarten zu betrachten«, sagte Meraldus mit tiefer, bedächtiger Stimme. »Ich meine, eine Abkürzung gefunden zu haben, die beim derzeit nur geringen Tiefgang der *Vumachan* passierbar sein müßte. Wir könnten dadurch einen vollen Reisetag einsparen. Ich wüßte aber gern insbesondere Euren Rat, Kaufherrin Murenbreker, da Ihr die Gewässer besser kennen werdet.«

»Ich schaue mir das gern an, glaube aber nicht, daß ich Euch eine große Hilfe sein werde«, sagte Canja Murenbreker. »Ich kenne die Tücken der Gewässer um Efferds Tränen, aber ich bin keine Seefrau. Ich kann auch keine Karten lesen. Ich wünschte, Swattekopp wäre bei uns.« Ein Schatten huschte über ihr Gesicht.

»Wir kommen gleich zu Euch in Eure Kajüte«, versprach Costald.

Kapitän Meraldus nickte. Er zog leicht an der Krempe seines Huts. »Wind kommt auf«, sagte er. »In ein oder zwei Glasen. Ich spüre seinen fernen Atem schon an meinem Hut. Es ist die Art, wie der Filz atmet und die Krempe sich anfühlt. Ihr dürft mir glauben, Kaufherren. Ich habe mich noch nie getäuscht.«

»Wir könnten ihn wahrhaftig gut gebrauchen, Kapitän«, sagte Costald.

Meraldus verneigte sich leicht und kehrte auf das Achterkastell zurück.

»Wenn der Wind wirklich auffrischt, können wir uns die Abkürzung schenken«, sagte Canja.

»Ich weiß nicht«, erwiderte Valerion. »Kommt er aus Südost, nützt er zuerst unseren Verfolgern. Ich frage mich, wie lange sie gebraucht haben, um nach unserem plötzlichen Aufbruch eines der Schiffe seeklar zu machen. Ich fürchte, nicht länger als einen Tag. Ich habe die Praefos-Schiffe im Hafen gesehen. Eine Karavelle und eine Karracke. Beide sind schnell.«

»Sie kennen unseren Kurs nicht«, erwiderte Canja.

»Sie kreuzen und fragen bei allen Schiffen an, die ihnen begegnen, ob man eine Karavelle gesichtet hat. Wir hatten einige Sichtungen. Gehen wir einfach davon aus, daß Nhood uns früher oder später im Nacken sitzt. Ich bleibe dabei, daß uns eine Abkürzung nur recht sein kann.«

»Wir dürfen das Schiff aber nicht gefährden, Valerion«, sagte Canja. »Auch wenn wir es eilig haben.«

»Wir werden es nicht gefährden«, sagte Valerion. »Meraldus ist ein äußerst sorgfältiger und vorsichtiger

263

Mann, ein guter Rechner und sehr beschlagen in allen nautischen Dingen. Er lenkt sein Schiff nicht, sondern er fühlt es und versucht ihm nur Gutes zu tun. Wenn er einen geeigneten Seeweg zwischen Untiefen gefunden hat, können wir ihm vertrauen. Wir müssen lediglich darauf achten, ob seine Seekarte nicht überholt ist. Ich denke, du weißt von deinen Kapitänen, wo es in den letzten Jahren im Südmeer Versandungen oder Anhebungen des Grundes gegeben hat.«

Canja nickte. »Wenn es nur darum geht, dann kann ich helfen. Jeder Reeder in Ghurenia kennt die gefährlichsten Stellen der Keraldischen Sände.«

»Dann lassen wir Meraldus doch nicht länger warten«, sagte Valerion.

»Edle Dame und edler Herr«, kam es irgendwo von oben aus den Wanten.

Als Canja und Valerion hinaufschauten, sahen sie ein pausbäckiges Gesicht aus dem Mastkorb lugen und zu ihnen herabwinken. Im nächsten Augenblick kletterte ein rundlicher kleiner Junge eine der Wanten herab und bewegte sich dabei fast genauso flink, wie man dies von ihm gewohnt war, wenn er festen Boden unter den Füßen hatte. Artig zog er vor ihnen die Kappe, als er das Mitteldeck erreicht hatte. »Der arme kleine Babbil wollte Euch nur seinen Dank dafür ausdrücken, daß Ihr ihn die Wunder der See habt schauen lassen. Praios sei gepriesen, aber Babbil hätte sich niemals träumen lassen, daß ein Schiff noch viel aufregender ist als alle Gassen Ghurenias und selbst die verschwiegensten Winkel des Suds.«

Valerion schmunzelte. »Preise Praios oder einen anderen der Zwölfgötter besser erst dann, wenn du den ersten Sturm hinter dich gebracht hast, Junge. Vielleicht wirst du den Gassen Ghurenias noch einmal nachtrauern. Was immer man gegen sie einwenden mag: Aber sie schaukeln gewiß nicht.«

»Ach, edler Herr, auch das größte Schaukeln wird mir bestimmt nichts ausmachen.«

Der Kaufherr fand Gefallen daran, daß der Junge sich so schnell an das Bordleben gewöhnt hatte. Er wußte, daß Babbil unter dem besonderen Schutz von Kapitän Meraldus stand. Meraldus hatte sofort einen Narren an ihm gefressen. Vielleicht erinnerte Babbil ihn an seine eigene Jugend. Tatsächlich ließ sich auch, vom erheblichen Altersunterschied abgesehen, eine gewisse Ähnlichkeit der beiden nicht leugnen. Man konnte Babbil geradezu für Meraldus' Sohn halten.

»Denk daran, Babbil, du bist mir als Messejunge zugeteilt. Du mußt nicht in den Wanten herumturnen, wenn du es nicht magst.«

»Aber der arme kleine Babbil *mag* es!« hielt der Junge dagegen. »Dort oben muß man nicht zu den anderen hinaufsehen, sondern kann auf sie hinabspukken. Nicht daß Babbil dies täte. Aber er könnte es, wenn Ihr mich versteht.«

»Wenn ich Spucke von den Kleidern wischen muß, weiß ich wenigstens, an wen ich mich zu halten habe«, schmunzelte Valerion. »Nun gut, wenn es dir dort oben gefällt, will ich dir die Freude daran nicht vermiesen. Aber werde mir nicht übermütig. Du wärest nicht der erste Schiffsjunge, der seine Kräfte überschätzt hätte und über Bord gegangen wäre. Selbst gestandenen Matrosen widerfährt dies gelegentlich. Also Obacht geben, Babbil! Wir möchten deine erquickende Gesellschaft noch ein Weilchen genießen.«

»Danke, edler Herr, und gewiß wird sich der arme kleine Babbil in acht nehmen«, beeilte sich Babbil zu versichern. »Wißt Ihr, was mir an diesem Schiff am besten gefällt?« Er grinste verschmitzt. »Ich will es Euch verraten. Es ist der Raum, den man Kombüse nennt. Und erst der Bewohner dieses Raumes! Ein ausnehmend edler und liebenswürdiger Herr. Der Herr Chutos ist nicht etwa nur ein Koch, sondern ein wahrer Künstler. Nie in seinem Leben hat Babbil so gut und so reichlich zu essen bekommen! Wenn der arme kleine Babbil nicht aufpaßt, wird er kugelrund und muß über das Deck gerollt werden.«

Canja und Valerion mußten laut lachen. Babbil fiel fröhlich mit ein.

Ihr Lachen wurde jäh unterbrochen.

»Schiff backbord von achtern!« schrie der Toppsgast aus dem Mastkorb.

12. Kapitel

Im Südmeer

Ein Stück voraus ragte die Steilküste der Stachelinsel aus dem Meer. Zahllose Felsnadeln und abweisende Klippen zeigten, daß die Insel ihren Namen zu Recht trug. Unter der salzigen Seeluft lag der Geruch von Blut und Tod. Mit einem mulmigen Gefühl im Magen beobachtete Thalon das sich nähernde Schiff. An der Kreuzmasttopp flatterte die schwarze *falon*, die Totenkopfflagge der Piraten. Bald konnte Thalon einzelne Gestalten an Deck ausmachen. Die Piraten winkten, schwenkten Hüte und Kappen oder reckten Waffen in die Luft. Von der *Seewolf* wurde ihnen in gleicher Weise geantwortet. Wildes Geschrei und lautes Gelächter jagten von Schiff zu Schiff. Auf dem Achterdeck sah Thalon eine schlanke Gestalt in einer goldbetreßten schwarzen Offiziersjacke. Das ungebändigte rote Haar wehte im Wind. Sogar die Rüschen des weißen Hemdes, die über den Kragen der Jacke hinausragten, erkannte Thalon. Er mußte nicht erst auf die Eisenmaske oder die Hakenhand starren, um zu wissen, wer dort neben dem Ruder stand und mit dem Fernrohr das Achterdeck der *Seewolf* absuchte.

Kulko Eiserne Maske! Der Piratenkapitän, der ihm mit dem Florett die Brust geritzt und die blutige Wunde geküßt hatte, um ihn zu einem seiner Leute zu machen. Der ihm zweimal das Leben gerettet hatte.

Und der seinen *zusha* ins Meer gestoßen hatte, als dieser in das rettende *gordium* des *fhadiff* hatte klettern wollen! Der ihn zum Tode verurteilt hatte, um die eigene Haut zu retten.

Du wirst mir gehorchen und dein Leben für mich hingeben, wenn ich es verlange. Die Worte, die Eiserne Maske gesprochen hatte, als er ihn zu einem *zusha* der *Schwarze Rose* machte, erklangen plötzlich wieder in Thalons Ohren. Jetzt bekamen sie eine ganz andere Bedeutung als damals. Und doch wußte Thalon, daß Eiserne Maske nicht wirklich gemeint hatte, seine *zusha* müßten in der See ersaufen, um ihm das Überleben zu sichern. Der *kulko* wollte, daß jeder Pirat bereit war, im Kampf zu sterben. Nicht mehr und nicht weniger. Jeder Pirat an Bord der *Schwarze Rose* verstand es so. Jeder einzelne der *zusha* und *gesha*, mochte er selbst auch ohne einen Funken Ehrgefühl und Gewissen sein, war überzeugt davon, daß *kulko* Eiserne Maske niemanden seiner Kameraden opferte, um selbst mit heiler Haut davonzukommen. Im Gegenteil. Mit seinen tollkühnen Taten war es der *kulko*, der immer wieder in die Bresche sprang, wenn er sah, daß einem seiner Leute Gefahr drohte. Neben seiner gefürchteten Härte und seinem wilden Kämpferherz war es die Aura von Gerechtigkeit und unbedingter Loyalität der Mannschaft und dem Schiff gegenüber, die Eiserne Maske die Verehrung seiner Leute eingebracht hatte.

Ich bin der lebende Beweis dafür, daß Eiserne Maske zugleich auch ein Feigling ist, der zuerst an sich denkt. Er kann mich nicht am Leben lassen!

Thalon ertappte sich dabei, daß er sich unwillkürlich klein zu machen und hinter dem stehenden Gut zu verstecken versuchte, als das Fernrohr des *kulko* in seine Richtung zeigte. Obwohl Thalon sich seiner Angst nicht schämte, ging ihm dieses unwillkürliche Verhalten dann doch zu weit. Er atmete tief durch und trat aufrecht ins Freie.

Eiserne Maske ließ das Fernrohr sinken und winkte mit der Hakenhand. Die Zwergin, die neben Thalon stand, schwenkte die geballte Faust und schrie: »Bin ich froh, dich wiederzusehen, du verdammter Hurenbock!«

Es war zweifelhaft, daß Eiserne Maske sie gehört hatte, denn die Schiffe lagen noch zu weit auseinander, aber der *kulko* machte eine freundlich gemeinte lüsterne Geste mit den Fingern der gesunden Hand und wandte sich dann seinem Rudergänger zu.

Im ersten Augenblick war Thalon trotz seiner Angst fast enttäuscht darüber, daß Eiserne Maske keine Überraschung gezeigt hatte, ihn neben Cedira zu sehen. Aber dann erkannte er, daß der *kulko* einzig und allein nach der Zwergin, seiner alten Vertrauten, Ausschau gehalten hatte. Wenn er den blonden jungen Burschen neben ihr überhaupt wahrgenommen hatte, dann hielt er ihn für eines der vielen neuen Gesichter, die kamen und gingen. Wie sollte er ihn auch wiedererkennen? Vier lange Jahre mit wer weiß wie vielen Kaperungen und Kämpfen waren vergangen, seitdem er Thalon in die See gestoßen hatte. Thalon vergaß dies immer wieder, weil ihm die Erinnerung an die vier Jahre fehlte. Für ihn schien die letzte Begegnung mit Eiserne Maske erst wenige Wochen, höchstens ein paar Monde zurückzuliegen. Aber in Wahrheit hatte auch sein Körper vier Jahre durchlebt, in Ghurenia, in Hôt-Alem und womöglich noch an anderen Orten, von denen er nicht einmal etwas ahnte. Aus dem sechzehnjährigen Jungen war ein Mann von zwanzig Jahren geworden. Er selbst hatte sich kaum wiedererkannt, als er sein Spiegelbild sah. Wie sollte dies Eiserne Maske auf Anhieb gelingen, zumal er Thalon seit vier Jahren bei den Fischen wähnte!

Die See war rauher geworden, und es schien nicht ratsam, die Schiffe zu eng aneinander heranzuführen. Der Toppsgast der *Schwarze Rose* schwenkte die Signalflagge. Cedira studierte die Signale und nickte fröhlich. »*Kulko* Eiserne Maske fordert mich auf, an Bord zu kommen«, sagte sie zu Thalon. »Darauf habe ich schon lange gewartet. Dachte schon, ich müßte ihn dran erinnern, daß es allerlei Neues zu bequatschen gibt. Ein Riesenglück, daß die *Schwarze Rose* früher als erwartet eingetroffen ist! Verdammt, bin ich froh, diesen elenden Kahn zu verlassen. Soll Shanka sich wieder damit herumärgern!«

Die Zwergin sah sich suchend um, entdeckte niemanden, der die Flaggensignalsprache beherrschte, und kletterte fluchend selbst in den Mastkorb über der Großmars. Es dauerte eine Weile, bis sie die festgezurrten Flaggen entwirrt hatte. Dann schwenkte sie drei verschiedene Flaggen in unterschiedlicher Weise, wartete, bis die Nachricht von der *Schwarze Rose* bestätigt worden war, und kehrte auf das Mitteldeck zurück. »Die *Seewolf* wird wieder Euer, *rashu*«, sagte sie zu Shanka und redete sie förmlich an. »Ich habe eine Jolle von der *Schwarze Rose* angefordert und lasse mich mit Thalon und Mishia übersetzen. Alina nehmen wir auch mit. Traurig genug, daß wir abgeholt werden müssen, statt selbst hinüberzurudern. Aber dieser Kahn hat ja sein einziges Beiboot im Sturm verloren.«

»Verloren?« meinte die Steuerfrau. »Ich wette, es wurde damals von dem Hurensohn Hobolo losgeschnitten, genau wie er wohl auch das Ruder angesägt hat.«

Cedira nickte. »Möglich. Fragen können wir ihn ja nicht mehr. Seht zu, daß ihr bald ein neues besorgt. Wie wollt ihr sonst die Beute in Sicherheit bringt, wenn ihr 'nen andern Kahn kapert?«

»Mach ich, *kulko*.« Die *rasho* grinste. Es war nicht zu

übersehen, daß sich Shanka darauf freute, wieder das Kommando zu übernehmen, auch wenn die Mannschaft zusammengeschrumpft war. Die würde man bei nächster Gelegenheit wieder ergänzen. In allen Häfen des Südmeers gab es Galgenvögel, Gestrauchelte, Verzweifelte oder einfach nur abenteuerlustige Frauen und Männer, die auf eine Gelegenheit warteten, ihr Glück bei den Piraten zu versuchen. Vielleicht wurde man schon auf Nosfan fündig.

»Was ist mit den Meuterern?« fragte sie.

Cedira zuckte die Achseln. »Das wird *kulko* Eiserne Maske entscheiden. Vielleicht läßt er sie holen, vielleicht kommt er auch an Bord der *Seewolf* und hängt sie hier an die Rahen.«

Cedira eilte die Treppe zum Achterdeck hinauf, wo Thalon wartete. »Na los, Spatz, komm in Schweiß!« rief sie fröhlich. »Hilf mir, meine Brocken zusammenzulegen. Dann tragen wir Alina an Deck und verschwinden!«

Obwohl Thalon über die Art, wie sich die Dinge entwickelten, nicht ernstlich überrascht sein konnte, fühlte er sich überrumpelt. Gegen alle Vernunft hatte er insgeheim darauf gehofft, noch etwas Aufschub zu erhalten. Aber Cedira schien es wirklich eilig zu haben, das ungeliebte Schiff zu verlassen. Und Alinas Zustand duldete ohnehin keinen Aufschub. *Die Schwarze Rose* mit Haya und Diss'Issi bot jetzt die letzte kleine Hoffnung, das Mädchen zu retten.

Innerlich einsam und verzweifelt traf Thalon eine Entscheidung, während er der Zwergin in die *taba* folgte. »Cedira … ich muß mit dir reden«, sagte er stockend.

»Dann red mit mir, du verdammter Bengel«, erwiderte Cedira fröhlich, während sie ihre persönlichen Dinge zusammenpackte und in die Seekiste warf. Sie wandte sich Mishia zu. »Was guckst du, Mädchen?

Jetzt gehen wir auf ein *richtiges* Piratenschiff! Na los, Kleine, hol deine Siebensachen! Du kommst mit uns auf die *Schwarze Rose*.«

Als Mishia die *taba* verlassen hatte, packte Cedira die Streitaxt zuoberst in die Kiste und schloß den Deckel. Fragend sah sie Thalon an. »Also, ich höre.«

Thalon war steif stehengeblieben und wußte nicht recht, wie er beginnen sollte. Er spürte Cediras forschenden Blick über sein Gesicht wandern. Die Angst, Cedira als mütterliche Freundin zu verlieren, drohte ihn zu ersticken. Aber er mußte es endlich sagen, denn sonst wäre es vielleicht für immer zu spät.

»Als ich damals ins Wasser fiel …«, begann er. Dann brach er ab und fiel mit der Tür ins Haus. »*Kulko* Eiserne Maske hat versucht, mich zu töten«, sagte er schlicht. »Wenn er mich jetzt lebendig sieht, wird er es vielleicht erneut versuchen.«

Die Zwergin war erstarrt; alle Farbe war aus ihrem Gesicht gewichen. Unwillkürlich glitt ihre Hand zu dem Dolch, der in ihrem Gürtel steckte. Aber sie zog ihn nicht. »Wie war das?« fragte sie, und es klang beinahe wie ein Knurren.

Hastig sprudelte Thalon hervor, was sich vor vier Jahren und einigen Monden ereignet hatte. Daß Eiserne Maske ihm einen Tritt gab und ihn in die See stieß, um statt seiner in die Sicherheit des treibenden *gordium* zu gelangen. Daß er dem *kulko* nicht zürnte, weil dieser ihm zuvor das Leben gerettet und ihm auch gegen Parazzin geholfen hatte. Daß er außer Alina niemandem davon erzählt hatte. Und daß er nun fürchtete, Eiserne Maske könne ihn für immer zum Schweigen bringen, vielleicht auch Alina.

Cedira war auf den Sessel des *kulko* gesunken und starrte ihn an, ohne ein Wort zu sagen. Mishia kehrte zurück, einen Seesack in der Hand. Als sie die beiden in brütendem Schweigen vorfand, sah sie verwirrt erst

Cedira, dann Thalon an. Wenig später schloß sie die Tür der *taba* wieder von außen.

»Das sind schlimme Anschuldigungen, die du da erhebst«, sagte Cedira schließlich mit düsterer Stimme. »Würde ich dich nicht lieben wie 'nen eigenen Sohn und wüßte ich nicht, daß du frei von Lug und Trug bist, hätt ich dich dafür auf der Stelle getötet. Du weißt, ich bin die engste Vertraute des *kulko* Eiserne Maske. Ich teile Geheimnisse mit ihm, von denen kein dritter was weiß. Ich kenn den *kulko*, wie niemand sonst unter den Piraten ihn kennt. Ich weiß, wie er handelt und wie er nicht handelt. Er verlangt von seinen *zusha* und *gesha* alles, wirklich *alles*, auch ihr Leben, wenn es sein muß. Aber er ist auch bereit, alles, wirklich *alles*, für sie zu geben. Auch *sein* eigenes Leben. Das gilt ganz besonders für die *zusha*, die Seeleute, und erst recht für jene, die ihm am Herzen liegen. Und du lagst ihm am Herzen, Spatz! Ich kann deshalb nicht glauben, daß er dein Leben opfern wollte, um seines zu retten. Niemand unter den Piraten würde das glauben.«

»Ich hätte es ja selbst nicht geglaubt«, sagte Thalon tonlos. »Aber es ist geschehen.«

»Schön.« Cedira schien eine Entscheidung getroffen zu haben und erhob sich. »Ich verstehe, warum du diesen Zeitpunkt gewählt hast, um es mir zu erzählen. Aber draußen legt gleich das Boot an, und wir müssen Alina an Deck tragen. Ich weiß nicht, ob ich dir oder meinem Wissen über *kulko* Eiserne Maske glauben soll. Hast du mal daran gedacht, daß deine Erinnerungen dich trügen können? Daß ein Magier dir falsche Erinnerungen eingegeben hat, um uns Piraten zu entzweien? Etwa dieser Hurensohn Murenius? Wie auch immer, ich werde über die Sache nachdenken und bei passender Gelegenheit mit Eiserne Maske darüber reden.« Cedira schien sich innerlich einen Ruck zu geben und wirkte jetzt fast wieder so munter wie vorher. »Sei unbesorgt, Spatz, *kulko* Eiserne Maske wird dir nichts antun. Ich wache über dich, und du kannst auf meinen Beistand zählen – gegenüber *jedem*! Und ich bin stolz darauf, daß du mir dein Geheimnis anvertraut hast, du verdammter Bengel. Aber red mit keinem anderen darüber, hörst du?«

Thalon, der sich fortwährend unruhig auf die Lippe gebissen hatte, nickte. Er war froh darüber, daß er endlich mit Cedira gesprochen hatte. Er fühlte sich wie befreit. Jetzt erst spürte er, welche Last auf ihm geruht hatte. Er beschloß, ernsthaft darüber nachzudenken, ob die Erinnerung an das schändliche Handeln von *kulko* Eiserne Maske in der Tat auf Magie beruhen mochte. Tief in seinem Innern spürte er jedoch, daß kein Magier in der Lage gewesen wäre, ihm die Enttäuschung und die Todesangst, die er damals empfunden hatte und die noch immer wie Brandmale auf seiner Seele lagen, so eindringlich und lebensecht vorzugaukeln.

Cedira hatte auch ohne Thalons Hilfe ihr Eigentum zusammengetragen und in der Seekiste verstaut. »Steh mir nicht im Weg rum«, murrte sie und versetzte ihm einen leichten Stoß. »Hol deine paar Siebensachen aus dem Mannschaftsquartier. Schick Mishia zu mir, wenn du sie irgendwo siehst. Und glotz mich nicht an wie ein Ölgötze!«

Die Zwergin sprühte förmlich vor Tatendrang. Als Thalon schon an der Tür war, hatte sie es sich bereits wieder anders überlegt. »Nein, warte, sag Mishia, sie soll den größten Seesack besorgen, den es auf diesem Scheißkahn gibt. Es haben genug Lumpenhunde den Arsch zugekniffen – da wird doch wohl ein großer Seesack aufzutreiben sein.« Als Thalon sie fragend ansah, fügte sie hinzu: »Alina muß hineinpassen, jedenfalls das meiste von ihr. Anders kriegen wir sie bei der kabbeligen See nicht sicher in das Boot.«

Thalon nickte und wandte sich der Treppe zu. Am

oberen Ende kauerte Mishia auf den Stufen, neben sich einen prallen Seesack und ein Bündel. Thalon bemerkte, daß sie eine Weste aus derbem, dickem Leder trug, die wohl in ihrem Gepäck keinen Platz mehr gefunden hatte. Außerdem steckte eine zierliche Doppelaxt in ihrem Gürtel, deren schwarzer Stiel mit bunten Bändern verziert war. Obwohl nur zwei Spann lang, verliehen die sichelförmigen, rasiermesserscharf geschliffenen Schneiden der Waffe das Aussehen tödlicher Zuverlässigkeit. Thalon zweifelte nicht, daß Mishia damit umzugehen verstand, obwohl er sie bisher nur mit Messer oder Dolch hatte hantieren sehen.

Das Mädchen sprang auf, als er herankam, und sah ihn unsicher an. Der Spannung, die sie vorhin zwischen Cedira und Thalon gespürt hatte, schien sie zu bedrücken. Ihre Miene glättete sich, als sie die Erleichterung in Thalons Gesicht erkannte. Thalon gab weiter, was die Zwergin ihm aufgetragen hatte. Mishia nickte und eilte davon.

Das Boot von der *Schwarze Rose* hatte bereits am Schanzkleid der *Seewolf* festgemacht. Holz rieb sich quietschend und knarrend an Holz, als die Wellen die Festigkeit der Verbindung prüften. Thalon eilte in das Backbordquartier, stopfte seine Habseligkeiten in seinen Seesack und kehrte an Deck zurück, ohne sich noch einmal umzusehen. Cedira und Shanka trugen bereits Alinas regungslosen Körper die Treppe zum Mitteldeck hinab. Thalon spürte einen Stich im Herzen, als er sah, wie Alinas Kopf auf der Brust ruhte, die Augen geschlossen, das schmale Gesicht eingerahmt von dunklen Locken. Mit ihrer weißen, fast durchsichtigen Haut wirkte Alina beinahe unnatürlich schön und friedvoll, zugleich aber auf traurige Art zerbrechlich, gezeichnet vom Glanz des Jenseitigen. Die Angst, daß Alina niemals mehr in das Reich der Lebendigen zurückkehren könnte, wurde einen Wimpernschlag lang übermächtig in Thalon, und am liebsten hätte er seinen Kummer laut hinausgeschrien. Er überwand sich, sprang hinzu und half dabei, Alinas schlaffen Körper in den riesigen Seesack zu stecken, den Mishia auf den Planken ausgebreitet hatte. Er reichte Alina bis fast zu den Achseln.

Cedira ordnete an, die Arme des Mädchens über den Seesack ragen zu lassen. Dann verknotete sie die Schnur des Seesacks, damit er sich nicht zuziehen und Alina den Atem abschnüren konnte, und machte zwei Seilenden daran fest.

Mehrere Piraten hatten inzwischen das Gepäck, auch Thalons kaum ausgebeulten Seesack, an Seilen zum Boot hinabgelassen. Mühe bereitete ihnen allein Cediras schwere Seekiste, die mehrmals gegen die Schanzwand krachte, bevor sie im Boot verstaut war.

»Verdammtes Piratenpack!« schrie Cedira schon beim ersten Krachen, ohne jedoch von ihrer Arbeit aufzusehen. »Wenn die Kiste zu Bruch geht, tauche ich eure Ärsche in Lampenöl und zünde sie an!«

Endlich schien die Zwergin mit ihrer Arbeit zufrieden zu sein. Sie warf Shanka und Thalon die freien Seilenden zu.

»Ihr gebt von oben Seil nach!« ordnete sie an und kletterte dann gewandt wie eine Katze in die schwankende Jolle hinab.

Vorsichtig hievten Shanka und Thalon den Körper des Mädchens über den Rand des Schanzkleids. Alina war ein Leichtgewicht, aber das Rollen des Schiffes machte das Hinablassen einer jeden Außenbordlast zu einem schwierigen Unterfangen. Thalons Rechte hatte sich vor Alinas Brust in dem Seesack verkrallt, die Linke umklammerte eines der beiden Seile. Shanka hingegen hielt sich mit einer Hand am stehenden Gut fest, während die andere das am Seesack befestigte Seil führte. Das freie Ende hatte sie sich als Schlinge über

Schulter und Brustkorb gelegt. Die Piratin handelte wie eine erfahrene Seefrau, aber Thalon traute ihr nicht. Er war darauf vorbereitet, daß sie einfach losließ, und wollte lieber kopfüber über das Schanzkleid gehen, als seinen Griff zu lockern.

Shanka brüllte den anderen Piraten zu, sie und Thalon zu halten. Im nächsten Augenblick packte die breite Pranke eines Piraten Thalon am Gürtel, während zwei andere Piraten ein Seil um Shankas Hüfte schlangen. Trotz des frischen Seewinds roch Thalon den üblen Atem des hautnah bei ihm stehenden Piraten und die Ausdünstungen seines ungewaschenen Körpers. Der Mann roch wie eine Kloakenratte, aber Thalon hieß den Gestank willkommen, etwa so, wie ein halb Erfrorerer den Mief einer warmen Hütte begrüßt.

Thalon schaute nach unten. In dem tanzenden Boot reckten sich Hände nach oben. Er ließ die Last langsam auspendeln, löste den Griff vom Seesack und packte statt dessen mit beiden Händen das Seil. Dankbar nahm er wahr, wie der Pirat neben ihm breitbeinig förmlich in die Planken zu sinken schien und ihm mit kraftvollem Zug am Gürtel hielt. Shanka packte jetzt ebenfalls mit beiden Händen zu. Gleichmäßig ließen die beiden Seil nach, und Alinas Körper senkte sich dem Boot entgegen, ohne das Schanzkleid zu berühren.

Im nächsten Augenblick griff ein langer Pirat bereits nach dem untere Ende des Seesacks. Cedira sprang auf der anderen Seite hinzu. Sie packte Alinas Beine, als sich der Seesack etwas tiefer hinabsenkte.

»Runter damit!« schrie sie, als das Boot gerade auf einem Wellenkamm ritt.

Shanka und Thalon gaben sofort Leine nach, und Alinas Körper sackte ein gutes Stück nach unten. Das Seil entspannte sich. Erleichtert sah Thalon, daß Cedira und der andere Pirat die Last sicher aufgefangen hatten und auf den Boden der Jolle gleiten ließen.

Shanka und Thalon warfen den Rest der Seile in das Boot hinab. Die Piraten, die ihnen Halt verschafft hatten, wandten sich ab. Mishia kletterte über die Bordwand und verschwand auf der Seeseite.

»Danke für alles!« rief Thalon den Piraten zu und sah dabei vor allem Shanka an. Er meinte es ehrlich, und innerlich leistete er ihr Abbitte.

Die *rashu*, jetzt wieder *kulko* der *Seewolf*, grinste. »Vergiß nicht, zwischen meinen Schenkeln ist immer Platz für deinen kleinen Großen. Für den Fall, daß du es mal nötig hast. Aber nun laß die anderen nicht länger warten und verpiß dich!«

Thalon grinste zurück und kletterte über den Rand des Schanzkleids. Zwei lose Seilenden baumelten herab, zwei andere wurden von den Piraten im Boot straff gezogen, um die Jolle nahe am Schanzkleid der *Seewolf* zu halten. Thalon umklammerte mit Händen und Füßen eines der straffen Seile und ließ sich nach unten gleiten. Derbe Fäuste packten ihn und zogen ihn in die Jolle.

Thalon ließ sich neben Alina auf den Boden des Bootes gleiten. Mishia kauerte auf der anderen Seite. Sie hatte bereits dafür gesorgt, daß Alinas auf dem Rücken lag. Thalon bettete Alinas Kopf auf seinem Schoß. Gischt spritzte über die Bordwand der Jolle. So gut wie möglich schützte Thalon Alina Gesicht, indem er sich über sie beugte. Er wischte ihr mit dem Hemdsärmel ein paar Wasserspritzer aus dem Gesicht. Ihm selbst lief das Wasser an den Wangen und der Nase herab. Seine Zunge glitt über die Lippen und nahm den salzigen Geschmack des Wassers auf.

Cedira stand aufrecht neben ihm in der Jolle und steckte das Gesicht kampfeslustig in den Wind. Aufmunternd versetzte sie Thalon einen derben Schlag auf den Rücken. »Paßt gefälligst auf, ihr lausigen Landratten!« brüllte sie dann den beiden Piraten zu, welche die

Leinen eingeholt hatten und die Jolle mit den Riemen vom Schanzkleid der *Seewolf* wegdrückten. »Wollt ihr, daß unsere Nußschale am Rumpf dieses elenden Kahns zerschellt?«

Die Zwergin nörgelte offenbar aus purer Gewohnheit und um zu zeigen, daß sie das Sagen hatte, denn am Geschick der beiden *zusha* gab es nichts zu tadeln. Ohne Gefahr zu laufen, mit der rollenden *Seewolf* zusammenzustoßen, löste sich die Jolle von dem größeren Schiff. Die insgesamt vier *zusha* legten sich kräftig ins Zeug und pullten. Heftig schaukelnd, aber zügig bewegte sich die Jolle auf die *Schwarze Rose* zu. Cedira stand im Bug und starrte der Schivone entgegen, ohne sich um die Gischt zu kümmern, die sie von Kopf bis Fuß durchnäßte. Sie sah aus, als wäre sie ein unverrückbarer Teil der Jolle, eine nach innen versetzte Galionsfigur. Cedira blickte nach vorn und nicht zurück. Der *Seewolf* gönnte sie keinen Blick. Es schien, als hätte sie die Lorcha bereits aus ihrem Leben gestrichen.

Thalon starrte der *Schwarze Rose* fast genauso starr entgegen wie die Zwergin, aber in ihm gärte es. Bewußt nahm er die für eine Schivone ungewohnten Linien des Achterkastells wahr. Auf der Steuerbordseite gab es eine merkwürdige Ausbuchtung wie ein Geschwür, eine Art Hornwulst. Der *basha*-Panzer des *gordium*, die Behausung des *fhadiff* Diss'Issi. Ein sicheres Zeichen dafür, daß der *fhadiff* sich an Bord befand. Auf der anderen Seite befände sich ein weiterer *basha*-Panzer, die *masha*, in der Diss'Issi seine magischen Utensilien aufbewahrte. Das *gordium* erinnerte Thalon unangenehm an seine letzte Begegnung mit Eiserne Maske, als das abgesprengte *gordium* wie ein Boot im Meer schwamm und der *kulko* ihn mit Fußtritten von der rettenden Öffnung wegstieß …

Je näher die Jolle an die *Schwarze Rose* herankam, desto stärker wurde das flaue Gefühl in Thalons

Magen. Er versuchte dagegen anzukämpfen. Er dachte an Kämpfe und Gefahren, die er überstanden hatte, an Ereignisse, bei denen er mit besserem Grund Angst hätte empfinden können. Aber es half wenig. Die Befreiung, die er vorhin empfunden hatte, war dahin. Die Angst kam tief aus seinem Innern, war so wenig greifbar wie der Schrecken, den er auf Minlo empfunden hatte, als der Name Malurdhin fiel. Es war, als würde etwas in ihm die Vergangenheit über die Gegenwart stellen. Oder kannte dieses Etwas in ihm etwa die Zukunft und versuchte ihn zu warnen?

Unwillig schüttelte Thalon den Kopf, als könnte er damit die düsteren Gedanken und Gefühle vertreiben. Vielleicht lag es einfach daran, daß er im Innern noch kein richtiger Mann, sondern ein sechzehnjähriger Junge war, dem man ein Stück seines Lebens gestohlen hatte.

Die Jolle hatte die *Schwarze Rose* erreicht. Piratengesichter tauchten über dem Schanzkleid auf, Leinen wurden herabgeworfen und von den Leuten im Boot aufgefangen. Es gab ein häßliches Geräusch, als sich der wulstige Bordrand der Jolle am Schanzkleid rieb, ein paar Holzsplitter herausbrach und selbst einige Splitter lassen mußte. Dann hatten die *zusha* an Bord der Schivone und in der Jolle die Sache im Griff. Die Leinen strafften sich, und die Jolle tanzte einträchtig neben der *Schwarze Rose* auf den Wogen.

In Cedira war das Leben zurückgekehrt. Wie eine Kakerlake sprang sie im Bug der Jolle umher. »Zuerst das Mädchen!« schrie sie. »Und vorsichtig, ihr verfluchten Halunken! Sie ist eine verdammt kostbare Fracht!«

Ihre Stimme war laut genug, um auch von den Leuten an Deck der *Schwarze Rose* gehört zu werden. Cedira genügte das nicht. Sie steigerte das Schreien zu einem Brüllen und starrte am Schanzkleid entlang nach oben. »Habt ihr gehört, *zusha*? Wir bringen einen Gast mit, und das Mädchen ist lebendig, obwohl es wie tot aussieht! Behandelt ihren Körper wie ein rohes Ei, denn sonst spalte ich euch die Ärsche, das könnt ihr mir glauben!«

»Hehe, mich sollen die Meergeier holen, wenn das nicht Cedira ist!« antwortete eine Männerstimme von oben. »Die Stimme dringt einem durch Mark und Knochen. Schön, dich wieder in der Nähe zu haben, alte Zwergenfotze!«

»Shuuk, du verfilzter Schnarchsack, halt die Fresse und pack mit an!« schrie Cedira zurück. »Du bist mir persönlich dafür verantwortlich, daß die Kleine sicher an Bord kommt! Ich mach Hackfleisch aus dir, wenn sie auch nur die kleinste Beule davonträgt!«

Sie wandte sich an Thalon. »Los, Spatz, komm in die Hufe! Hilf Shuuk dabei, Alina an Bord zu ziehen!«

Thalon war froh, daß er etwas zu tun bekam, und arbeitete sich an einem Seil am Schanzkleid der *Schwarze Rose* hinauf. Oben packten kräftige Arme zu und zogen ihn an Deck. Thalon blickte in das vernarbte Gesicht eines breitschultrigen Mannes mit rasierter Glatze und struppigem dunklen Vollbart. In den geweiteten Augen des Mannes stand ungläubiges Erstaunen. »Habe ich richtig gehört – *Spatz*? Jeu, ich will verdammt sein, wenn das nicht … Thalon, du kleiner Scheißer, du bist es, nicht wahr? Und inzwischen ein ausgewachsener Mann! Verdammte Scheiße, Hurensöhnchen, wir dachten alle, dich hätten längst die Fische gefressen! He, Zipp, Ada, Haya! Efferd hat unseren alten Schiffsjungen wieder ausgespuckt!«

Im nächsten Augenblick drückte ihn Shuuk an die breite Brust und quetschte ihm begeistert die Rippen. Thalon hatte den Piraten, der als einziger Parazzin entgegengetreten war, sofort wiedererkannt. Von ein paar frischen Narben und Silberfäden im Bart abgesehen,

281

hatte sich Shuuk kaum verändert. Thalon spürte die aufrichtige Wiedersehensfreude des Mannes, und er selbst empfand genauso. Er erwiderte die Umarmung.

Irgendwo hinter ihm erhoben sich johlende Stimmen. Offenbar hatten ihn jetzt auch einige der anderen Piraten wiedererkannt, die lange genug an Bord der *Schwarze Rose* waren, um sich an ihn zu erinnern. Ob die Kunde schon zu Eiserne Maske vorgedrungen war? Shuuks Umarmung hinderte Thalon daran, zum Heckkastell hinüberzuspähen, wo er den *kulko* vermutete.

»Jetzt erst mal an die Arbeit!« brummte Shuuk und gab Thalon frei. »Aber nachher mußt du uns unbedingt erzählen, wie du Efferds kalten Armen entkommen bist!«

Thalon nickte.

»He, Gelbhaar, fang auf!« rief jemand.

Thalon griff nach dem Seil, das ihm ein Pirat zuwarf. Der Mann, der am Oberkörper dicht beharrt war, grinste und nickte ihm zu. Thalon erkannte Hucki, den er nicht gerade als Freund in Erinnerung hatte, der aber nach Parazzins Tod die Fahne gewechselt hatte. Thalon drängte alles andere beiseite, versuchte auch nicht, nach Eiserne Maske Ausschau zu halten, beugte sich über den Rand des Schanzkleides und warf das Ende seiner Leine hinab. Das andere Ende schlang er sich um den Körper und dann um einen Belegnagel. So hatte er sicheren Halt auf dem rollenden Schiff.

Neben ihm hatte Shuuk bereits ein anderes Seil herabgeworfen. Cedira und Mishia befestigten die Seile an dem Seesack, in dem Alina steckte. Die Zwergin überprüfte noch einmal den sicheren Sitz der Knoten. Dann gab sie das Kommando, den Körper des Mädchens hinaufzuziehen.

»Und hiev!« rief Shuuk ein über das andere Mal.

Mit gleichmäßigen Bewegungen zogen die beiden

Männer das Mädchen an Deck. Es geschah alles erstaunlich schnell und sicher. Als Alinas Kopf über dem Rand des Schanzkleides auftauchte, sprang eine hochaufgeschossene Utulu hinzu, zog den Körper des Mädchens an Deck und bettete ihn auf den Planken. Thalon erkannte Haya, die *rashu* der *Schwarze Rose*. Die Frau verzog die Mundwinkel zu einem knappen, aber freundlichen Lächeln. Dunkle Augen funkelten in einem strengen, kantigen Gesicht, das von einem durch die Nase gezogenen Knochen sowie ebenholzdunkler Haut geprägt und von kraus gewelltem Haar eingerahmt war. »He, Blonder, hast den Haien wohl nicht geschmeckt?«

Cediras Kopf tauchte über dem Schanzkleid auf. Sie sprang an Deck. Ihr Kettenhemd rasselte, und die Zöpfe wippten, als sie aufkam. Sie deutete auf Alinas reglosen Körper. »Gift und unbekannte Magie«, erklärte sie Haya. »Vielleicht kannst du etwas für das Mädchen tun. Oder laß den *fhadiff* ran. Sie ist die Tochter der Kaufherrin Murenbreker, unserer neuen Verbündeten, und verdient Hilfe und Achtung.«

Haya hob eines von Alinas Augenlidern an und musterte den Augapfel. Dann griff sie nach dem Dolch. Thalon machte unwillkürlich eine abwehrende Bewegung, als er sah, daß sich die Dolchspitze Alinas Körper näherte. Aber Haya war viel zu schnell, als daß er sie hätte aufhalten können. Erleichtert sah er, daß die *rasho* dem Mädchen nur einen winzigen Kratzer am Handgelenk zufügte, aus dem ein einziger Blutstropfen perlte. Haya beugte sich über Alinas Hand und leckte den Blutstropfen auf. Eine Weile prüfte sie den Geschmack. Dann spuckte sie auf die Planken. »Seltenes Fischgift«, sagte sie. »Führt langsam zu Lähmung und Tod. Dagegen kann ich etwas tun. Aber du hast recht, Ced, das ist es nicht allein.« Sie richtete sich auf, schaute in die Runde, erblickte einen mageren, ver-

283

pickelten Jungen und schrie ihn an: »Halt nicht Maulaffen feil, Beskomario! Hol Diss'Issi!«

Der Junge rannte zum Achterdeck und verschwand hinter dem Großsegel. Thalon kniete neben Alina nieder und bewachte sie wie einen Schatz. Als er aufblickte, sah er, daß auch Cedrira zum Heckkastell unterwegs war.

Wenig später kehrte der Schiffsjunge in Begleitung des *fhadiff* zurück. Diss'Issi wirkte älter und noch gebrechlicher, als Thalon ihn in Erinnerung hatte. An dem giftigen Habichtsblick des schmächtigen Waldmenschen hatte sich indessen nichts geändert. Der *fhadiff* trug einen Lendenschurz, darüber einen Umhang aus verschiedenen Tier- und Fischhäuten und eine kleine Knochenkeule an einer Schnur um den Hals. Diss'Issi stank erbärmlich, woran vor allem der Umhang schuld war. Thalon erinnerte sich, daß der *fhadiff* den Umhang nur dann trug, wenn er Magie einsetzen wollte.

Diss'Issis Miene ließ sich nicht entnehmen, ob er Thalon erkannt hatte. Ungeduldig gab er Thalon mit dem spitzen Ellbogen einen Knuff, weil dieser ihm den Weg versperrte. Obwohl Thalon den *fhadiff* nicht leiden konnte und auch ein wenig fürchtete, machte er bereitwillig Platz. Er starrte voller Hoffnung auf Diss'Issi, als dieser sich über Alina beugte, leise zu singen begann und die Knochenkeule über dem Körper des Mädchens kreisen ließ. Derzeit spielte es für Thalon keine Rolle, ob er freundliche oder ablehnende Gefühle für den *fhadiff* hegte. Es kam einzig und allein darauf an, ob Diss'Issi als Schamane etwas taugte, ob er im Verbund mit seinen Ahnen in der Lage war, Alina zu helfen.

Vorerst beschränkte sich der *fhadiff* darauf, abgehackt zu singen, zu röcheln, zu gurren und dabei unablässig die Knochenkeule zu bewegen.

Thalon spürte, daß seine Hoffnung sank, und richtete sich auf. *Röcheln und gurren – ist das alles, was du kannst,* fahdiff? Dann ermahnte er sich selbst zur Geduld. Schließlich konnte man den Einfluß von Magie nicht sehen wie … wie ein Florett, das sich mit der Waffe des Gegners maß. Nur ein anderer Magier vermochte zu beurteilen, ob Diss'Issi seine Unfähigkeit hinter rituellem Firlefanz versteckte oder tatsächlich magische Kräfte einsetzte. Und Thalon wußte, daß er Diss'Issi unrecht tat, wenn er seine Fähigkeiten anzweifelte. Schließlich war er dabei gewesen, als der *fhadiff* mit magischen Kräften Jaddar o'Chattas Kontakt zu Murenius aufspürte. Und wie machtvoll Diss'Issis Magie sein konnte, hatte sich erwiesen, als der magisch verstärkte Bug der *Schwarze Rose* die *Schwert des Praefos* in den Grund gerammt hatte.

Als Thalon flüchtig aufsah, sah er Cedira neben Eiserne Maske auf dem Achterdeck stehen. Die beiden tuschelten miteinander, und die Zwergin zeigte zu ihm herüber. Das flaue Gefühl im Magen kehrte zurück. Er fragte sich, was Cedira dem *kulko* wohl gerade erzählte. Düster malte er sich aus, welcher Entschluß hinter der eisernen Gesichtsmaske reifen mochte.

Wieder blickte er auf Alina und Diss'Issi hinab. Der *fhadiff* stöhnte und wehklagte, daß es einem angst und bange werden konnte. Dann wieder giggelte, keckerte, fauchte und grunzte er, als hätten sich sämtliche Tierseelen Aventuriens in seinem spindeldürren Körper versammelt und wollten über seine wulstigen Lippen springen.

Plötzlich spürte Thalon, wie sich ihm etwas Spitzes von der Seite in die Rippen bohrte. Ohne zu denken, sprang er einen Schritt nach links und griff an den Gürtel. Ein helles Lachen ertönte.

Thalon starrte in das Gesicht von Eiserne Maske. In den ausdrucksvollen meerblauen Augen des *kulko* blitzte es. In der gesunden rechten Hand führte er ein

Florett, das Thalons Bewegung gefolgt war und noch immer seine Rippen berührte. Eiserne Maske brauchte nur beiläufig zuzustoßen, um Thalons Herz zu durchbohren.

Cedira war neben Eiserne Maske aufgetaucht. Sie blickte besorgt, und ihre Rechte lag verdächtig nahe an ihrem im Gürtel steckenden Beil. Doch wenn Eiserne Maske jetzt Ernst machte, konnte auch sie ihn nicht mehr hindern.

»Ich hatte erwartet, du schlägst mir das Florett mit deiner Waffe blitzschnell aus der Hand, Junge!« sagte der *kulko* spöttisch, zog die Waffe mit einer eleganten Bewegung zurück und steckte sie in den Gürtel. »Aber wie mir scheint, hast du in den Jahren, seit wir uns das letzte Mal gesehen haben, keine guten Lehrmeister gehabt.«

Thalon atmete tief durch. Wie gebannt starrte er dabei in diese unglaublich leuchtenden, unendlich tief erscheinenden Augen des Mannes. Er konnte den Blick nicht daraus lösen, versuchte in ihnen zu lesen. Was spiegelte sich darin? War es unterdrückte Wut, am Ende sogar Mordlust? Vielleicht irgendwo in der Tiefe, aber nicht an der Oberfläche. Thalon hatte den *kulko* erlebt, als dessen Augen vor ungebändigtem Haß sprühten. Davon konnte im Augenblick keine Rede sein. Die Grausamkeit der Katze, die mit der Maus spielt? Belustigung? Oder einfach nur Freundlichkeit? Am Ende sogar Wiedersehensfreude? Thalon vermochte es nicht zu sagen. Diese Augen gaben ihr Geheimnis nicht preis.

»Ich freue mich wirklich, daß du wieder bei uns bist«, sagte Eiserne Maske, und jetzt glaubte Thalon tatsächlich aufrichtige Freude in den Augen des *kulko* zu sehen, die aber sofort durch etwas anderes, etwas Wildes, ersetzt wurde. »Trägst du noch mein Zeichen, *zusha*, und weißt du noch, worauf es dich verpflichtet?«

Das war, auch in der Schärfe der Stimme, eindeutig

eine Warnung, aber Thalon fühlte sich beinahe erleichtert. Über die versteckte Drohung hinaus sah er darin auch die Bereitschaft des *kulko*, ihn wieder in die Mannschaft aufzunehmen.

»Ich trage das Zeichen und bin bereit, zu meinen Verpflichtungen zu stehen, *kulko*«, gab er leise zurück und hoffte, daß er das Wort ›meine‹ nicht stärker betont hatte als die anderen Wörter.

»Etwas anderes habe ich von dir auch nicht erwartet«, erwiderte Eiserne Maske mit bohrendem Blick. Dann wandte er die unerbittlichen Augen ab und sah flüchtig auf Alina und Diss'Issi hinab. Der *fhadiff* hatte sich durch das Erscheinen des *kulko* nicht ablenken lassen, obwohl sein Stöhnen und Singen leiser geworden waren.

Eiserne Maske wandte sich an Haya. »*Rashu*, du läßt die junge Murenbreker in meine *taba* bringen, sobald Diss'Issi mit ihr fertig ist. *Sie steht unter meinem persönlichen Schutz!* Danach will ich dich, Pock und die *chica* in der Offiziersmesse sehen. Das gilt auch für den *fhadiff*. Wir haben wichtige Dinge zu besprechen.«

Der *kulko* drehte sich um und schrie zum Achterdeck: »*Rasho* Pock! Segel brassen! Kurs Südsüdwest, Ziel Nosfan! Signal an die *Seewolf* geben, uns zu folgen! Laß so viele Segel setzen wie möglich, ohne die *Seewolf* aus den Augen zu verlieren!«

»Jawohl, *kulko*!« kam die Antwort vom Heckkastell.

Eiserne Maske schwang auf dem Absatz herum und sah Thalon wieder an. »Thalon, du …«, begann er.

»Ich möchte gern bei Alina bleiben und dabei helfen, sie in die *taba* zu bringen, *kulko*!« sagte Thalon schnell, bevor er einen gegenteiligen Befehl erhielt.

Erst sah es so aus, als wolle Eiserne Maske ihn für die Unbotmäßigkeit züchtigen, aber dann besann er sich anders. Vielleicht hatte die Inständigkeit der Bitte ihn besänftigt.

»Du scheinst immer noch deinen eigenen Kopf zu haben«, sagte der *kulko* leise, und die zuckende Hakenhand verriet die innere Anspannung. »Aber das gefällt mir an dir. Vielleicht gebe ich dir eines Tages sogar ein eigenes Schiff. Doch hüte dich davor, zu weit zu gehen und Befehle zu mißachten!« Er machte eine kleine Pause. »Also gut, du kümmerst dich um die junge Murenbreker. Anschließend kommst du zu uns in die Messe. Ich weiß durch Ced in groben Zügen über die Lage Bescheid, habe jedoch noch Fragen an dich.«

Brüsk wandte sich Eiserne Maske um und schritt mit klackenden Stiefeln zum Achterdeck. Cedira zwinkerte Thalon kaum merklich zu, um dann dem *kulko* zu folgen.

Thalon nahm an, daß Cedira ihn mit dem Zwinkern hatte aufmuntern wollen. Oder steckte mehr dahinter? Hatte sie am Ende schon mit Eiserne Maske über dessen Verhalten beim Untergang der *Schwert des Praefos* gesprochen? Vorstellen konnte sich Thalon das eigentlich nicht. Dafür war weder die richtige Zeit noch der richtige Ort. Es gab Widrigkeiten, die dringlichere Aufmerksamkeit forderten.

Diss'Issi, dessen Singsang immer leiser und dessen Bewegungen zunehmend fahrig geworden waren, verstummte, kauerte aber immer noch wie ein abgemagerter Geier über Alina, den stinkenden Umhang wie Schwingen über das Gesicht des Mädchens gebreitet. Thalon hatte Angst, der *fhadiff* werde sie damit ersticken, wagte es aber nicht, einzuschreiten und Diss'Issi zu stören. Er war nur froh, daß Alina in ihrem Zustand den Aasgestank des scheußlichen Umhangs nicht wahrnehmen konnte.

Endlich schien der Schiffsschamane aus seiner Trance zu erwachen. Der Umhang bewegte sich, und Diss'Issi kam auf die Beine. Ohne Alina noch ein einziges Mal anzusehen, machte er sich auf nackten Sohlen davon. Er kümmerte sich weder um Haya, Thalon noch um die Handvoll anderer Piraten, die sich an Deck versammelt und zugeschaut hatten. Seine Miene war abweisend und grimmig, aber die Augen flackerten unstet, als habe er Dinge gesehen, die ihm lieber verborgen geblieben wären. Im übrigen hielt er es sicher für unter seiner Würde, jemand anderem als dem *kulko* darüber zu berichten, was er herausgefunden hatte. Wenn er denn überhaupt etwas über Alinas Zustand zu sagen hatte...

Die Piraten, die sich Diss'Issis Wimmern und Stöhnen stumm und mit einer gewissen Scheu vor der magischen Macht des *fhadiff* angehört hatten, erwachten wieder zum gewohnten Leben. Einige fluchten, einer rief laut genug, daß Diss'Issi es noch hören konnte: »Alter Stinker, du solltest mal deinen Arsch waschen!«

Der Mann erntete Johlen und lautes Gelächter.

»Der frißt nur angegammelte Fischkadaver, und bei seinen Fürzen fallen die Wanzen von der Decke«, behauptete eine am nackten Körper über und über tätowierte Piratin. Ihre Bemerkung wurde ebenfalls mit Gelächter aufgenommen.

Thalon mußte nicht erst den Silberring betrachten, den sie sich durch eine der Schamlippen gezogen hatte, um Kusna wiederzuerkennen. Allerdings tat sie Diss'Issi in diesem Fall unrecht, wie Thalon wußte, denn der Schamane ernährte sich ausschließlich von Nüssen und Pflanzenbrei.

»Kusna, hilf Thalon, das Mädchen in die *taba* zu bringen«, befahl Haya.

Die anderen Piraten trollten sich. Thalon ergriff Alina unter den Armen, während Kusna den Seesack dort packte, wo sich die Beine des Mädchens befanden. Vorsichtig trugen sie ihre Last über das Deck, die Treppe zum Achterkastell hinauf und schließlich den Niedergang zur *taba* hinab. Haya nahm die Aufgabe ernst, die ihr der *kulko* übertragen hatte, und folgte ihnen wachsam bis hinein in die *taba*. Dort schickte sie Kusna fort, um einen Strohsack zu holen, und half Thalon dabei, das Mädchen von dem Seesack zu befreien. Statt Kusna tauchte Mishia mit dem Strohsack auf. Offenbar hatte sie sich die ganze Zeit über in der Nähe aufgehalten und Kusna die Aufgabe abgenommen.

»Das ist Mishia, eine gute Freundin von Alina und Cedira«, erklärte Thalon, als er Hayas mißtrauischen Blick bemerkte. »Sie ist stumm.«

Haya nickte und sah zu, wie Thalon und Mishia den reglosen Körper des Mädchens auf den Strohsack betteten. »Komm jetzt«, sagte sie schließlich. »Der *kulko* wartet auf uns.«

Thalon überließ es Mishia, sich weiter um Alina zu kümmern. Er zweifelte nicht daran, daß Mishia sich anschließend vor der Tür der *taba* kauern und außer dem *kulko* niemanden hineinlassen würde. Er glaubte nicht, daß Mishia Arbeit bekommen würde. Auf der *Schwarze Rose* würde es niemand wagen, das Heiligtum des *kulko* ohne dessen ausdrückliche Einwilligung zu betreten.

Die anderen waren bereits versammelt, als sich Haya und Thalon in die Offiziersmesse begaben. Eiserne Maske saß, in eine vor ihm ausgebreitete Seekarte vertieft, am Kopfende des Tisches, Cedira ihm zur Rechten auf einer der beiden Sitzbänke. Auf der gegenüberliegenden Sitzbank erkannte Thalon die stämmige Tiffa, eine der beiden Gefechtsmeisterinnen, die ihm flüchtig zunickte. Die beiden Männer kannte er nicht. Es mußte sich um den anderen *chica* sowie um den *rasho* Pock handeln. Der eine war füllig und schnaufte. Schweiß perlte ihm auf der Stirn, die genauso rotfleckig aussah wie das restliche aufgedunsene Gesicht. Langes fettiges Haar hing ihm in Strähnen bis auf die Schultern. Der andere wirkte groß und kräftig und besaß eine seltsame Frisur: der Nacken war bis in Höhe der Ohren ausrasiert, während sich darüber grob zurechtgestutzte schwarze Zotteln ringelten. Dem *kulko* gegenüber hockte der in sich versunkene Diss'Issi und rührte sich nicht. Er hatte den Umhang abgelegt und trug nur seinen Lendenschurz. Die runzlige braune Haut seines Körpers wies zahllose graue Flecke auf. Entweder pflegte er sich nicht zu waschen, oder er hatte sich aus rituellen Gründen mit einem magischen Mittel eingerieben, vielleicht mit Maldhiser Staub.

Haya gab Thalon mit einer Handbewegung zu verstehen, sich neben Cedira hinzusetzen, was Thalon nur recht war. Rasch leistete er der Aufforderung Folge. Haya quetschte sich neben ihn auf die Bank und rümpfte deutlich die Nase, als sie der Duft des *fhadiff* erreichte. Sie zog einige getrocknete Pflanzenblätter, die einen scharfen, erfrischenden Duft verströmten, aus ihrem Brustbeutel, zerkrümelte sie auf dem Handrücken und tupfte sie sich in die Nasenlöcher.

»Gutes Mittel gegen Stinkfieber«, sagte sie und lächelte sparsam. Sie blickte in die Runde. »Noch jemand? Du vielleicht, Pock? Du hast einen ähnlich ungünstigen Platz wie ich.«

Der Mann mit dem roten Gesicht grinste. »Mir macht das nichts aus. Kann von Geburt an nichts riechen.«

Haya zuckte die Schultern und verstaute den Beutel wieder.

Eiserne Maske hatte flüchtig aufgesehen, als die Nachzügler eintraten, und sich dann wieder dem Studium der Seekarte gewidmet. Jetzt rollte er sie zusammen und räusperte sich. Flüchtig glitt sein Blick über Thalon hinweg und blieb dann an Diss'Issi hängen. »Bist du jetzt soweit, um uns Bericht zu erstatten, *fhadiff?*« fragte er beinahe sanft. In seiner Stimme lag unzweifelhaft Respekt. Die anderen Piraten begegneten dem ungeliebten *fhadiff*, der sich ihrer Meinung nach

291

als Schiffsschamane zu wenig um ihre Krankheiten und Wunden kümmerte, mit einer Mischung aus Angst und Spott. Den *kulko* hingegen verband etwas mit Diss'Issi, das so wenig greifbar war wie das besondere Verhältnis zu Cedira.

Diss'Issi blickte auf. Er wimmerte leise. Thalon vermochte nicht zu beurteilen, ob der Mann schauspielerte oder wirklich noch unter der Nachwirkung seiner Magie litt.

»Das große schwarze Tier…«, lispelte er. »Es hockt auf der Brust der jungen Frau und will nicht weichen.«

»Ein großes schwarzes Tier, sagst du?« fragte Eiserne Maske ungläubig.

»In der anderen Welt, nicht in unserer«, schniefte der *fhadiff*. »Es ist ein Dämon, der uns vernichten will. Sein Körper steckt in der anderen Welt, aber ein wenig davon ist auch in dieser. Er ist das große schwarze Tier mit einem Kopf aus Stein und tausend Ruderarmen. Er weiß von uns und Nosfan und bewegt sich auf uns zu. Er hat die junge Frau genommen, um *den* da zu seinem Sklaven zu machen.« Diss'Issi richtete einen schmutzigen Finger auf Thalon.

»Wenn das so aus, sollten wir die beiden einfach über Bord werfen«, äußerte sich der *chica*, der zwischen Tiffa und Pock saß.

»Halt deine ranzige Fresse, Orlino!« fuhr ihn Cedira an. »Du verdammter *gesha* weißt ja überhaupt nicht, worum es geht.«

Der *chica* sah sie mehr beleidigt als ärgerlich an und verzichtete auf eine Antwort.

»Es hülfe ohnehin nichts, die beiden über Bord zu werfen.« Cedira erhielt Unterstützung von Diss'Issi. »Das große schwarze Tier wird trotzdem versuchen, uns zu vernichten.«

»Das schwarze Biest hat einen Namen«, sagte Cedira. »Es ist der Dämon Ch'Ronch'Ra, den seine Diener für einen Gott halten. Die Verräter Hobolo und Jaddar o'Chatta gehörten zu seinen Dienern – und Murenius, der uns damals für ein Bündnis gegen den Praefos gewinnen wollte. Erinnerst du dich, *kulko*? Offenbar hat er jetzt die Seiten gewechselt.«

»Ich habe den Hurensohn nicht vergessen«, gab Eiserne Maske zurück. »Damals wollte er uns für seine Zwecke benutzen. Dieser Murenius hat nicht die Seiten gewechselt, denn er ist immer nur auf einer Seite: seiner eigenen.« Aus der nächsten Frage, die er an Diss'Issi richtete, sprach der Sinn des *kulko* für die nüchternen Dinge dieser Welt. »Ist der Dämon stark und gefährlich?«

»Seine Magie ist wohl stark, aber in ihrer Anwendung begrenzt«, erwiderte der *fhadiff*. »So sagen es die Ahnen. Er beherrscht keine Kampfzauber. Er ist nur so stark, wie es seine Diener sind.«

»Wie stark?« wollte Eiserne Maske wissen.

»Es sind an die hundert, und sie kommen mit einem sehr großen und sehr alten Schiff.«

»Pah, die schlagen wir zu Brei, samt ihrem schwarzen Schoßhündchen!« stieß Haya verächtlich hervor.

»Was sagen die Ahnen darüber, *fhadiff*?« fragte Cedira mit einer gewissen Ironie in der Stimme. »Wird Hayas Voraussage eintreffen?«

»Die Ahnen sehen Dinge, die sich entwickeln, aber nicht Dinge, die enden«, orakelte Diss'Issi. »Sie haben mir nur gesagt, daß ein verbündetes Schiff in den Kampf eingreift.«

»Um das zu wissen, brauch ich keine Ahnen zu befragen«, meinte Haya verächtlich. »Das verbündete Schiff ist die *Seewolf*.«

»Das verbündete Schiff ist nicht die *Seewolf*, sondern ein anderes«, erwiderte der *fhadiff* säuerlich.

»Ein anderes verbündetes Schiff?« meinte Cedira. »Das kann nur die Murenbreker sein, die nach allem, was wir wissen, zu uns unterwegs ist und sich mit uns gegen den Praefos verbünden will.«

Thalon rutschte unruhig auf der Bank hin und her. Er wartete die ganze Zeit über ungeduldig darauf, daß Diss'Issi sich zu Alinas Heilung äußerte.

»Was ist mit Alina?« platzte er schließlich heraus. »Wird sie wieder gesund?«

Erst sah es so aus, als habe Diss'Issi, der die ganze Zeit hindurch selbst dann nur den *kulko* angestarrt hatte, wenn er die Fragen der anderen beantwortete, nicht die Absicht zu antworten. Aber dann bequemte er sich doch zu einer Antwort. »Das große schwarze Tier weicht von ihr, wenn es den Kampf verliert und in die andere Welt zurückkehren muß. Die junge Frau wird erwachen, wenn der Sklave des Tiers stirbt. Sonst ist sie verloren.«

»Was soll das heißen, ›der Sklave des Tiers‹?« fragte Cedira ärgerlich. »Du meinst doch wohl nicht Thalon damit, oder?«

Diss'Issi verschränkte verstockt die Arme vor der Brust. »Darüber haben mir die Ahnen nichts gesagt.«

»Du hättest sie fragen sollen!« sagte Cedira patzig. Sie wandte sich besorgt an Thalon: »Laß dich bloß irre machen, mein Spatz. Diss'Issi ist ein reichlich dämlicher und blinder Prophet. Wahrscheinlich meinen die Ahnen, daß die Bestie erledigt ist, wenn in dem alten Kahn, der zu uns unterwegs ist, der letzte Diener Ch'Ronch'Ras bei den Fischen ist. Und du hast ja gehört, was Haya versprochen hat: Von den Götzendienern wird uns niemand entwischen.«

Rasho Pock wirkte weniger siegessicher. »Hundert Feinde … Das kann hart werden.«

Der *kulko* lachte. »Hundert *Feinde*, Pock? Hundert *Landratten*! Wir senden sie alle zu den Fischen, basta! Und du, Junge, hörst auf, Trübsal zu blasen!«

Thalon hatte der Atem gestockt, als er Diss'Issi reden

hörte. Gern wollte er Cedira glauben, aber tief in seinem Innern fürchtete er, die bösartige Magie des Ch'Ronch'Ra könne tatsächlich seinen Tod mit Alinas Leben verknüpft haben. Unwillkürlich schluckte er. Er träumte davon, mit Alina zu leben. Aber wenn es sein mußte, wollte er auch für Alina sterben. Innerlich schwor er den Zwölfen einen Eid, daß er sich selbst töten oder im Kampf den Tod suchen werde, falls dies der einzige Weg wäre, die Geliebte zu retten.

Er spürte, daß nicht allein die Augen des *kulko*, sondern mehrere Augenpaare ihn forschend ansahen. Er versuchte sich nichts anmerken zu lassen und wandte sich an Haya. »Aber das Fischgift ...«

»Der *fhadiff* redet von Magie«, erwiderte Haya. »Davon verstehe ich zu wenig. Das Gift, das sich in ihr befindet, werde ich nachher mit Chibiswurz aus ihrem Körper vertreiben. Sie wird wieder leichter atmen und sich ein bißchen erholen. Was den Rest angeht, hast du ja den *kulko* gehört.«

Thalon nickte und tat so, als sei er beruhigt. Aber in ihm hatte sich eine tiefe Traurigkeit eingenistet. Er glaubte nicht mehr daran, daß es ihm vergönnt sei, Alina wieder lebendig zu sehen. Er bekam allerdings keine Gelegenheit, sich dieser Stimmung hinzugeben. Eiserne Maske richtete eine Reihe von Fragen an ihn, um sich aus erster Hand ein Bild über die Lage in Ghurenia machen zu können.

Die anderen Piraten, von Cedira einmal abgesehen, begannen sich sichtlich zu langweilen. Pock, Tiffa, Orlino und Haya waren Männer und Frauen der Tat, die Konflikte mit der Waffe in der Hand lösten und sich wenig um die Hintergründe scherten. Und was Diss'Issi anging, so schien er sich außer um seine Magie sowieso um nichts anderes zu kümmern. Die Piratenoffiziere gähnten ungeniert oder tuschelten leise miteinander, und Pock verlangte, ein Messejunge solle

Wein holen, ihm werde die Kehle zu trocken. Eiserne Maske brachte ihn mit einer unwirschen Handbewegung zum Verstummen.

Endlich war die Wißbegierde des *kulko* befriedigt. Schweigen senkte sich über die Runde.

»Du hast noch nicht entschieden, was mit den überlebenden Meuterern der *Seewolf* geschehen soll, *kulko*«, erinnerte ihn Cedira.

»Eine Meuterei auf der *Seewolf*?« stieß Haya ungläubig hervor.

»Hobolo war der Rädelsführer«, klärte Cedira ihn auf. »Der Hundsfott von einem *drastag* hat den Verrat mit dem Tod gebüßt. Hinter der Meuterei steckten ebenfalls die Diener, die uns den Krieg erklärt haben – das große schwarze Tier, Ch'Ronch'Ra.«

Cedira stieß Thalon mit dem Fuß an, und dieser antwortete auf die gleiche Weise. Er hatte verstanden und war Cedira dankbar dafür, daß sie nur die halbe Wahrheit gesagt hatte. Es mußte in dieser Runde nicht unbedingt jeder wissen, daß die Meuterei dem Ziel gedient hatte, Thalon an Ch'Ronch'Ra auszuliefern. Die Piraten, die ohne Aussicht auf kostbare Beute gegen die Diener Ch'Ronch'Ras kämpfen sollten, wären möglicherweise noch auf dumme Gedanken gekommen.

Eiserne Maske ließ die Hakenhand auf den Tisch krachen. Die Augen hinter der Maske funkelten zornig. »Das ehrlose Gesindel hat den schlimmsten und grausamsten Tod verdient! Aber angesichts des bevorstehenden Kampfes werde ich den Verrätern Gelegenheit geben, in diesem Kampf einen kleinen Teil ihrer Schuld zu begleichen. Wenn wir vor Nosfan ankern, werde ich die Verräter vor die Wahl stellen, von mir auf der Stelle aufgeschlitzt zu werden oder in vorderster Linie gegen den Feind zu kämpfen.«

Damit schien alles gesagt zu sein. Eiserne Maske ergriff die zusammengerollte Seekarte und erhob sich. Die meisten anderen Piraten waren froh, daß die Besprechung ein Ende hatte, und verließen die Messe, allen voran Diss'Issi, der gebeugt, aber hurtig davonhuschte. Sein durchdringender Gestank blieb allerdings in der Luft der Messe hängen. Pock fluchte über die ›dreisten Landärsche und ihr Dämonenungeziefer‹, während er hinausging. Orlino riß eine Zote, die Tiffa mit einem schrillen Lachen beantwortete.

»Habe ich die Erlaubnis, in der *taba* nach dem Mädchen zu sehen, *kulko?*« fragte Haya, als sie bereits den Türknauf in der Hand hatte.

Eiserne Maske nickte, und die dunkelhäutige Frau verschwand.

Thalon fühlte sich plötzlich überflüssig und verloren. Er hatte sich ebenfalls erhoben, blieb aber stehen. Er wartete darauf, einer Wache zugeteilt zu werden. Cedira schien ebenfalls auf Befehle zu warten.

Der *kulko* sah Cedira freundlich an. »Ich bin froh, daß ich dich auf die *Seewolf* geschickt habe, Ced. Ohne dich hätte ich jetzt wahrscheinlich ein Schiff weniger, denn ich glaube nicht, daß Shanka allein mit der Meuterei fertig geworden wäre. Hat es dir gefallen, den *kulko* zu spielen? Willst du zurück?«

»Ich scheiß drauf«, erwiderte die Zwergin und spuckte aus. »Wenn ich *kulko* sein wollte, wäre ich es. Hast du vergessen, daß ich schon Kapitänin eines Piratenschiffs war, als du noch ...« Sie brach ab. »Aber das tut nichts zur Sache. Du weißt, daß ich die stolzere Aufgabe darin sehe, an deiner Seite zu sein, *kulko*.«

»Was ich zu schätzen weiß, Ced«, gab Eiserne Maske zurück. »Deshalb will ich dich und Thalon in meiner Wache haben.« Er machte eine kurze Pause. »Du kannst gehen, Ced. Thalon, du begleitest mich in die *taba*. Ich muß das eine oder andere über das Mädchen wissen.«

297

Cedira machte noch keine Anstalten zu gehen. »Da ist noch etwas, *kulko*«, sagte sie.

Thalons Herz tat einen Sprung. Einen schrecklichen Augenblick lang dachte er, Cedira wolle Eiserne Maske hier und jetzt fragen, ob es stimme, daß er Thalon vor vier Jahren dem Ertrinken preisgegeben habe. Aber dann sagte die Zwergin lediglich: »Ich habe ein Mädchen von der *Seewolf* mitgebracht. Sie heißt Mishia und ist für mich fast so etwas wie eine Tochter geworden. Sie hat sich um Alina Murenbreker gekümmert, und ich möchte gern, daß sie es auch weiterhin tut.«

»Einverstanden«, sagte Eiserne Maske knapp. »Sonst noch was?«

Cedira schien ganz kurz zu zögern. Thalon hatte den Eindruck, daß sie tatsächlich drauf und dran war, die Ereignisse beim Untergang der *Schwert des Praefos* anzusprechen. Aber dann sagte sie: »Das war's fürs erste, *kulko*.«

Die Zwergin drehte sich brüsk um und verschwand.

Eiserne Maske drängte sich an Thalon vorbei, verließ die Messe und winkte ihm zu folgen. Die *taba* des *kulko* lag am anderen Ende des Ganges. Vor der Tür wartete Mishia.

»Mishia?« fragte Eiserne Maske.

Das Mädchen nickte und senkte den Kopf.

Thalon glaubte ein ärgerliches Blitzen in den Augen des *kulko* zu sehen. Er fürchtete, Eiserne Maske könne die junge Piratin anherrschen oder züchtigen, weil sie ihm nicht gebührlich geantwortet hatte. Schnell sagte er: »Mishia ist stumm, *kulko*.«

Der Ärger verschwand aus den Augen des *kulko*. Statt dessen war da etwas anderes. Etwa Mitleid? Betroffenheit? »Mishia, du kümmerst dich weiterhin um die junge Murenbreker«, sagte er beinahe sanft. Mit befehlsgewohnter Stimme fuhr er fort: »Aber du hast zu klopfen, bevor du eintrittst, verstanden?!«

Eiserne Maske stieß die Tür auf und sah flüchtig auf die still daliegende Alina. »Mishia«, rief er durch die offene Tür, »du bleibst draußen, am Ende des Ganges! Sag Bescheid, wenn Haya mit ihrem Gegengift anmarschiert!«

Er schloß die Tür und wandte sich Thalon zu. »Es wird eine Weile dauern, bis Haya den Sud gekocht hat. Setz dich!«

»Ja, *kulko*«, erwiderte Thalon gehorsam und hockte sich neben Alina auf den Boden.

»Nicht dort, *zusha*, sondern hier!« befahl Eiserne Maske und deutete auf den Schemel, der vor dem Kapitänsschreibtisch stand. Er selbst setzte sich in den Sessel hinter dem Schreibtisch.

Thalon kam der Aufforderung nach. Er erinnerte sich daran, daß er schon einmal auf diesem Schemel gesessen hatte. Damals hatte Eiserne Maske heftig dem Wein zugesprochen und von seinen Träumen erzählt. Thalon vermied es, den *kulko* anzusehen, und beobachtete statt dessen, wie sich eine Kielfeder und ein fast rundes Stück Siegelwachs beim Rollen des Schiffes trudelnd von einer Seite des Tisches zur anderen bewegten. Über die Tischkante hinausragende Holzleisten hinderten sie daran, auf den Boden zu fallen.

Die Hakenhand des *kulko* krachte auf die beiden Gegenstände und begrub sie unter sich. »Sieh mich an, *zusha!*«

Thalon hob den Blick und blickte Eiserne Maske beinahe trotzig in die Augen. Keiner von beiden senkte den Blick. Eine ganze Weile starrten sie einander stumm in die Augen. Dann war es Eiserne Maske, der den Blick löste und zu der getäfelten, mit Schnitzereien reich verzierten Decke aufsah. Innerlich feierte Thalon dies als einen kleinen Sieg.

Der Blick des *kulko* kehrte zurück und bohrte sich erneut in Thalons Augen. »Ich freue mich aufrichtig, dich am Leben zu sehen, *zusha*, und es tut mir leid, daß ich dich damals in die See stoßen mußte. Aber der *basha*-Panzer wäre mit drei Leuten an Bord gesunken. Und Diss'Issi konnte ich schließlich nicht hinauswerfen, oder?«

»Ich bin nicht nachtragend«, erwiderte Thalon. »Ich wäre nicht zurückgekehrt, wenn es anders wäre.« Er hielt es für überflüssig zu erwähnen, daß besondere Umstände nötig gewesen waren, ihn auf die *Schwarze Rose* zurückzuführen.

»Das darfst du auch nicht sein!« sagte Eiserne Maske mit schneidender Stimme. »Und hüte dich ja zu glauben, ich hätte mich bei dir entschuldigt! Es gibt nichts und niemanden, bei dem ich mich für irgend etwas zu entschuldigen habe. Du bist *mein zusha*, und ich verlange von dir, daß du jederzeit bereit bist, dein Leben für mich hinzugeben!« Etwas ruhiger, aber nicht weniger eindringlich fuhr der *kulko* fort: »Es liegt mir daran, daß du *verstehst*, was damals vorgefallen ist. Mein Leben bedeutet mir wenig. Aber ich bin der *kulko* der *Schwarze Rose* und für meine Leute verantwortlich. Und ich bin mehr als nur ein Piratenkapitän. Ich befehlige sieben Schiffe. Ich kämpfe für die Sache der Flibustier! Ich kämpfe gegen Hurensöhne wie den Praefos! Gegen Sklavenhändler, Sklaventreiber und gewissenlose Kaufherren, die sich an den Ärmsten der Armen bereichern! Gewiß, es gäbe auch ohne mich Piraten im Südmeer. Aber nicht die Einheit der Flibustier, nicht den Plan, die Inseln des Südmeers von Schmeißfliegen wie Gorm zu befreien und einen kämpferischen Orden der Flibustier zu gründen, eine Gemeinschaft der Gleichen unter Gleichen, die ihre Kapitäne wählen, aus deren Mitte ein König bestimmt wird! Verstehst du, Junge? Deshalb habe ich dich in die See gestoßen. Nicht um mich zu retten, sondern um die Idee zu retten! Du mußt mir jetzt nicht antworten, aber ich hoffe, du wirst es eines Tages verstehen, wenn du Zeit hattest, darüber nachzudenken.«

Thalon war dankbar dafür, daß ihm keine Antwort abgenötigt wurde. Er fragte sich, ob Eiserne Maske wirklich an seine Worte glaubte, oder ob alles nur eine Ausrede war, um einen Augenblick der Feigheit zu vertuschen. Vielleicht ging Eiserne Maske seine Mission wirklich über alles. Möglicherweise lag die Wahrheit aber auch in der Mitte, und der *kulko* hatte sich selbst eingeredet, sein Handeln sei eine Notwendigkeit gewesen. Thalon wollte die Wahrheit auch gar nicht wissen. Erstaunlich fand er eigentlich nur, daß ein Mann, der Dutzende, wenn nicht Hunderte von Menschen umgebracht hatte, sich die Mühe machte, einen einzigen versuchten Mord zu rechtfertigen. Die nächsten Worte des *kulko* verschafften ihm Klarheit und bestätigten seine eigenen Überlegungen wie seine Befürchtungen.

»Die Idee ist mir wichtiger als alles andere, Junge. Abgesehen vielleicht von der Rache, die ich an Gorm nehmen werde. Aber ich weiß, daß die meisten meiner Flibustier schlichter im Geist sind als du und ich. Sie verstünden vielleicht nicht, warum ich dich ins Meer gestoßen habe. Weißt du, daß ich an Deck mit dem Gedanken gespielt habe, dich einen Verräter zu nennen und auf der Stelle zu töten? *Das* hätten sie verstanden! Aber ich lüge nicht gern, und ich töte lieber Feinde als einen *zusha*, der sich bisher untadelig verhalten hat. Deshalb habe ich es nicht getan. Und Ced zuliebe. Aber ich könnte dich jederzeit ohne Angabe von Gründen zu einer *malrhas* fordern, vergiß das nicht!«

Eiserne Maske machte eine kleine Pause und lehnte sich in seinem Sessel zurück. Sein Blick wanderte wieder hinauf zur Decke. »Weißt du, warum ich eine Maske trage? Natürlich nicht, du kannst es nur vermuten. Es sind Geschichten im Umlauf, aber niemand weiß, wie es sich in Wahrheit verhält. Ich habe nicht die Absicht, dir den wahren Grund zu verraten. Obwohl also niemand weiß, wer sich hinter der eisernen Maske verbirgt und welches Schicksal die Zwölfe oder wer auch immer ihm aufgebürdet haben, aber eins weiß jeder: daß Eiserne Maske ein Flibustier ist, der unerbittlich grausam seinen Feinden und unerbittlich gerecht seinen *zusha* und *gesha* gegenübertritt! Ich wünsche nicht, daß auch nur der kleinste Schatten auf diesen Ruf fällt. Schweig gegenüber jedermann über das, was geschehen ist, und auch über diese Unterredung. Hörst du: gegenüber jedem, ob Mann ob Frau, ob Freund ob Feind. Dann werden wir prächtig miteinander auskommen. Und nun geh!«

Thalon erhob sich. Ihm lag das Eingeständnis auf der Zunge, daß er sich bereits Alina und Cedira anvertraut hatte. Aber er fand nicht den Mut dazu. Zu barsch hatte die Drohung des *kulko* geklungen.

Wortlos ging er hinaus und schloß die Tür der *taba* hinter sich.

13. Kapitel

Im Südmeer

Mißmutig hob Murenius den Blick von der Kristallkugel. So schwer war es ihm noch nie gefallen, Magie anzuwenden. Die nebelhafte Gegenwart von Ch'Ronch'Ra in seinem Kopf erlaubte ihm kaum die nötige Konzentration. Und der Dämon breitete sich immer mehr aus...

Immerhin war es ihm am Ende doch noch gelungen, durch Hobolos Augen zu sehen, so lange, bis diese brachen. Murenius konnte sich das Scheitern der Meuterei auf der *Seewolf* beim besten Willen nicht erklären. Fast alle *gesha* hatten sich durch Hobolos Versprechungen von goldenen Zeiten im Dienste Ch'Ronch'Ras ködern lassen, dazu einige *zusha* der Stammbesatzung. Es hätte eigentlich alles bestens gelingen müssen, auch dann, wenn der Plan an die Zwergin verraten worden wäre, was offensichtlich eingetroffen war. Das hatte Murenius in Kauf genommen, um den kostbaren *h'h'vas* nicht zu gefährden. Statt dessen hatte er durch Hobolos Augen sehen müssen, daß eine Übermacht von kampferprobten *gesha* gegen ein paar Getreue von Eiserne Maske unterlag. Mehr noch, die *gesha*, allen voran der Versager Hobolo, hatten sich in ihrer Wut dazu hinreißen lassen, den *h'h'vas* auf Leben und Tod anzugreifen. So gesehen war das Scheitern der Meuterer immer noch besser als ein Sieg bei gleichzeitigem Tod des *h'h'vas*.

Er mußte diesen Thalon in seine Gewalt bekommen, mochte es kosten, was es wollte! Dies war wichtiger noch als die Eroberung Ghurenias. Ch'Ronch'Ra wurde immer ungeduldiger. Er wollte einen neuen Körper. Wenn er den nicht bald bekäme, würde er seinen Hohenpriester so versklaven, wie er es bei einem *h'vas* tat. Murenius spürte, wie sich der Dämon in ihm immer mehr ausbreitete. Irgendwann wäre die Grenze erreicht, und dann gäbe es kein Zurück mehr. Murenius wäre ein Gefangener in seinem eigenen Körper. Der Körper würde sich wehren, und er würde enden wie alle anderen *h'vas*.

Ch'Ronch'Ra will ein Gott sein, dabei ist er kaum mehr als ein Narr mit etlichen besonderen Kräften! Er giert nach Blut und Wollust. Wäre er klüger, begriffe er, wie sehr es unseren gemeinsamen Plänen schadet, wenn er seinen Hohenpriester dem Verderben ausliefert!

Der Gong des Leibdieners ertönte.

»Du darfst eintreten«, sagte Murenius und legte ein Tuch über die Kristallkugel.

Der Diener steckte den Kopf zur Tür herein. »Shevanu wünscht Euch zu sprechen, mein Hoherpriester.«

Murenius überlegte, ob er sie abweisen sollte. Aber dann entschied er sich dagegen. Er brauchte jemanden, mit dem er sich bereden konnte. Selbst wenn es nur dieses dumme Weib war.

»Führ sie zu mir«, verlangte er.

Der Diener verbeugte sich und verschwand. Wenig später betrat Shevanu das Gemach. Sie war züchtig in die Kutte der Dienerschaft gehüllt, aber das hatte bei ihr wenig zu sagen. Eine Kutte ließ sich schnell abstreifen. Aber Murenius stand der nicht Sinn danach, sich fleischlichen Lüsten hinzugeben.

»Was schaust du mich so finster an, Ramon?« fragte die Priesterin, die ein waches Auge besaß und sofort erkannt hatte, wie es um Murenius' Laune bestellt

war. »Ist dir eine Laus über die Leber gelaufen?«
Ohne sich lange bitten zu lassen, setzte sie sich auf
einen Schemel.

»Ich frage mich, ob es klug war, Nhood das Ziel der
Vumachan zu verraten«, meinte Murenius düster, ohne
auf Shevanus Bemerkung einzugehen.

Die Priesterin lachte. »Das fragst du dich recht spät,
mein Lieber. Jetzt ist es nicht mehr zu ändern.« Plötzlich veränderte sich ihre Miene und zeigte Unmut.
»Oder willst du mir das anlasten? Ich habe nur getan,
was du mir befohlen hast. Es war *dein* Plan, nicht
wahr?«

»Ich leugne nicht, daß es zu meinem Plan gehörte«,
erwiderte Murenius verdrießlich. »Es handelte sich
aber nur um einen Teil des Plans, der mit anderen Teilen sorgsam abgestimmt war.«

»Und was stimmt plötzlich nicht mehr mit dem
Plan?«

»Mein Plan war und ist ohne Fehl und Tadel!« stieß
der Hohepriester ärgerlich hervor. »Zu schaffen macht
mir allein das Versagen von unfähigen Dienern, die
nicht in der Lage sind, ihre ohnehin nur bescheidenen
Aufgaben zu erledigen!«

Shevanu rümpfte die Nase. »Mich kannst du damit
ja wohl nicht meinen, oder? Ich habe dem ungehobel-
ten Nhood erlaubt, mich zu nehmen, obwohl er ein
Schwein ist, roh und gemein. Er hat mich beim Vögeln
und danach geschlagen und gewürgt. Ein solcher
Dreckskerl ist der.«

Murenius winkte ab. »Verschon mich mit den Einzelheiten. Nein, du hast nicht versagt, wohl aber der verdammte Hobolo!« Als er Shevanus fragenden Blick bemerkte, fügte er hinzu: »Hobolo war mein Spion auf
dem Piratenschiff, mit dem der *h'h'vas* unterwegs ist.
Er hatte den Auftrag, das Schiff in seine Gewalt und
den *h'h'vas* zu mir zu bringen. Oder wenigstens die *See-*

wolf daran zu hindern, mit Eiserne Maske zusammen-
zutreffen. Er hat alles verpatzt, obwohl er eine Übermacht an Meuterern zur Verfügung hatte und überhaupt nicht fehlen konnte.«

Shevanu zuckte geringschätzig die Schultern. »Und
wenn schon. Was hat das mit Nhood und dem Praefos
zu tun?«

»Du begreifst die Zusammenhänge nicht!« fuhr Murenius sie an. »Warum hält die Galeere Kurs auf Nosfan?«

»Warum? Natürlich um Nhood zu helfen, mit den
Piraten fertig zu werden, falls er die Murenbreker nicht
vorher abfangen und dabei auch Praefos Gorm töten
kann.«

»Jaaaaaa.« Murenius dehnte das Wort beleidigend
lange. »Aber ich wollte die Diener nicht gegen *zwei* Piratenschiffe kämpfen lassen und obendrein noch wie
ein Luchs darauf achten müssen, daß dem *h'h'vas*
nichts geschieht. Verstehst du jetzt? Das andere Piratenschiff außer Gefecht zu setzen *und* Ch'Ronch'Ra seinen *h'h'vas* zuzuführen, war Hobolos Aufgabe. Jetzt
haben wir es nicht allein mit zwei Piratenschiffen zu
tun. Du hast selbst miterlebt, wie Ch'Ronch'Ra die Diener mitreißen kann, wenn er einen *h'vas* besitzt. Darauf
müssen wir nun ebenfalls verzichten, wenn es zum
Kampf kommt.«

»Ch'Ronch'Ra hat doch dich, Ramon«, meinte Shevanu honigsüß, wobei ihr nicht anzumerken war, ob
dies eine Schmeichelei oder Häme sein sollte.

Murenius war innerlich zu aufgewühlt, um auf feine
Untertöne zu achten. »Ja, er hat mich«, sagte er tonlos.
»Aber er darf mich nicht als *h'vas* benutzen, weil er seinen Hohenpriester damit töten würde und nicht mehr
zu seinen Anhängern spräche. *Ich* bin der Baumeister
der Dienerschaft. Ohne mich bricht alles zusammen.
Aber ich bin in großer Sorge, daß Ch'Ronch'Ra in sei-

nem Hunger auf einen *h'vas* dies alles aufs Spiel setzen könnte.«

»Angst, Ramon?« fragte Shevanu spöttisch.

»Nicht um mich«, behauptete Murenius steif, »sondern um die Sache, auf die ich jahrelang hingearbeitet habe.«

»Hmmm.« Shevanu überlegte. »Kann Ch'Ronch'Ra denn nicht aus der Ferne nach dem *h'h'vas* greifen?«

»Wenn das möglich wäre, hätten wir Thalons Mädchen nicht lähmen müssen, um sie als Köder zu benutzen. Selbst dafür war es nötig, Gift als Medium und einen Rissodruiden einzusetzen.«

»Einen Rissodruiden? Wieso?«

»Weil die Achaz für Ch'Ronch'Ras Magie besonders empfänglich sind und sie in abgeschwächter Form weitergeben können. Das Gift hilft dabei, den Widerstand zu verringern.«

Shevanu dachte stets geradlinig und nicht so verschlungen wie der Hohepriester. Ihr wollte das Ganze nicht einleuchten. »Warum hat der Risso statt des Mädchens nicht gleich den *h'vas* gelähmt? Wäre das nicht sinnvoller gewesen?«

»Dieser Thalon besitzt, ohne daß er es weiß, ein arkanes Geflecht, das ihn vor dieser Art von Magie schützt. Das macht ihn ja eben zum *h'h'vas*. Es bedarf der ganzen Kraft des Ch'Ronch'Ra, ihn zu bezwingen. Selbst der *curga* kann ihm nichts mehr anhaben. Thalon weiß inzwischen, wie er sich gegen den *curga* wehren kann. Abgesehen davon, daß der *curga* Ch'Ronch'Ra nicht mehr gehorcht. Es gibt nur einen Weg, Thalon wieder zu einem *h'h'vas* zu machen: Ch'Ronch'Ra muß die Möglichkeit haben, Thalon Auge in Auge gegenüberzustehen und niederzukämpfen. Nur dann kann er ihn als Wirtskörper besetzen. Mit anderen Worten: Wir müssen den *h'h'vas* vor den Steinschädel schleppen!«

307

»Wie habt ihr Thalon denn damals in eure Gewalt gebracht?«

»Damals hat der *curga* ihn aufgespürt. Es waren Thalons verborgene arkane Fähigkeiten, die den *curga* aufmerksam machten. Damals hielt sich der Seelenräuber noch an die Vereinbarung mit Ch'Ronch'Ra. Er ist in ihn eingedrungen, ohne ihn auszusaugen. Nur ein paar Erinnerungen hat er ihm genommen. Wir brauchten ihn nur abzuholen und zu Ch'Ronch'Ra zu bringen.«

»Wie war es dann möglich, daß Ch'Ronch'Ra ihn wieder verlieren konnte?« fragte Shevanu verwundert.

Murenius zögerte mit der Antwort. Sollte er Shevanu eines der Geheimnisse des Ch'Ronch'Ra enthüllen? Dann entschied es sich, daß es nicht schaden konnte. Wenn die Dienerschaft siegreich aus dem sich anbahnenden Kampf hervorginge, hätte Shevanu nicht mehr lange Gelegenheit, ihr Wissen für sich zu verwenden. Gegenwärtig allerdings konnte es nützlich sein, sie einzuweihen. Er benötigte ihre volle Unterstützung, vielleicht sogar ihre persönliche Hilfe.

»Die Dienerschaft benötigte Geld, viel Geld«, erklärte er. »Es war zu wenig, was die Diener selbst aufbringen oder sich durch kleinere Raubzüge aneignen konnten. In Brabak, wo wir unser heimliches Hauptquartier errichtet hatten, war nichts mehr zu holen. Die meisten reichen Bürger der Stadt sind Kaufleute, die ihr Geld in Waren und Schiffen angelegt haben. Damit war uns nicht gedient. Aber ich erinnerte mich an einen reichen Mann in Ghurenia, der in seiner Villa sehr viel Gold und Geschmeide gehortet hatte. Es war Malurdhin, der Sklavenhändler, den Thalon vor zwei Wochentagen getötet hat. Aber Malurdhin war nicht nur eine geldgierige Ratte, sondern auch äußerst vorsichtig. Seine Villa war fast so uneinnehmbar wie die Festung des Praefos. Aber Thalon, den Ch'Ronch'Ra gerade erst übernommen hatte, war zuvor ein Dieb gewesen und daher äußerst geschickt. Ch'Ronch'Ras Wille fügte ihm Stärke, Schnelligkeit und Ausdauer hinzu. Er schien unüberwindbar zu sein. Thalon – oder besser Ch'Ronch'Ra – kletterte Felsen hinauf, die sonst kein Lebender hätte meistern können, und drang in Malurdhins Villa ein. Malurdhin überraschte ihn und rief seine Leibgarde, aber Thalon konnte mit einigen Beuteln Gold entkommen. Das reichte für eine Weile, um die Ausgaben der Dienerschaft zu bestreiten.«

Shevanu hatte aufmerksam zugehört, konnte ihre Ungeduld aber nicht verbergen. »Was hat das alles …«

»Ich bin noch nicht am Ende!« fuhr ihr Murenius über den Mund. »Vor einigen Monden, bevor du zu uns gekommen bist, benötigten wir erneut dringend Geld. Was lag näher, als es wieder dort zu holen, wo wir schon einmal fündig geworden waren? Allerdings hielt sich Malurdhin zur Zeit in Hôt-Alem auf, wo er ebenfalls eine Villa besitzt, und wir wußten, daß er seine Schätze stets mit sich führt. Also schickte Ch'Ronch'Ra seinen *h'h'vas* erneut zu Malurdhin, diesmal in Hôt-Alem. Aber dieses Mal mißlang der Plan. Malurdhin hatte aus dem ersten Raub gelernt und eine Falle aufgebaut. Er begann damit, Thalon zu foltern, um zu erfahren, wer ihn geschickt hatte. Ch'Ronch'Ra sah sich gezwungen, seinen *h'h'vas* aufzugeben.«

»Wieso?« fragte die Priesterin mit großen Augen.

»Bewahre dieses Geheimnis, Weib, sonst bist du des Todes!« erwiderte Murenius. »Ch'Ronch'Ra ist ein grausamer Gott, aber er selbst kann keinen körperlichen Schmerz ertragen, jedenfalls nicht solchen Schmerz, wie er durch Folterung zugefügt wird. Er ist …, nun, er ist geflüchtet. Er hat den Körper seines *h'h'vas* verlassen. Verstehst du?«

»Und Thalon?« fragte Shevanu.

Murenius zuckte die Schultern. »Obwohl nichts von Ch'Ronch'Ra in ihm zurückgeblieben war, konnte er seinen eigenen Körper nicht so ohne weiteres wieder übernehmen. Zu Anfang fehlte ihm sogar jegliche Erinnerung an sein Vorleben. Erst später kehrte der größte Teil zurück. Wie wir inzwischen wissen, hat Malurdhin, der sparsam war und so leicht nichts verschwendete, Thalon sein Sklavenzeichen eingebrannt und in den Steinbruch auf Minlo bringen lassen. Dort haben ihn die Piraten aufgespürt und befreit.«

Obwohl Shevanu in der Dienerschaft den zweithöchsten Rang einnahm, hatte Murenius sie bisher nur in Dinge eingeweiht, die für ihr Amt unbedingt nötig waren. Sie wußte, daß er eifersüchtig seine Geheimnisse zu wahren suchte, um seine Macht nicht zu schmälern. Daß er ihr diese Besonderheit Ch'Ronch'Ras anvertraut hatte, grenzte schon an ein Wunder. Doch im Grunde kümmerten Shevanu die Hintergründe wenig, nicht einmal alle Einzelheiten von Murenius' Plänen. Deshalb verzichtete sie darauf, weitere Fragen zu stellen. Es bereitete ihr jedoch eine gewisse Genugtuung, daß der überhebliche Hohepriester in der Klemme steckte und gesprächig wurde. Seine oberschlauen Pläne schienen Lücken und Schwachpunkte zu haben.

Zugleich wußte Shevanu, daß es ratsam war, Murenius zu helfen, falls sie dazu in der Lage war. Sie wollte auf keinen Fall zu ihrem alten Leben zurückkehren und sich wieder als billige Kaschemmenhure für ein Silberstück besteigen lassen. Das Leben als Priesterin sagte ihr weitaus mehr zu. Daß sie auch hier die Schenkel spreizen mußte, machte ihr wenig aus. Im Gegenteil, meistens gefiel es ihr. Dem *h'vas* eines Gottes die Schenkel zu öffnen, bescherte ihr unbeschreibliche Wonnen, und dieser Gott in einem menschlichen Körper war wild und verlangend wie kein zweiter. Selbst Murenius empfand sie als vergleichsweise angenehmen Liebhaber, mit dem sie es gern trieb. Und Lumpen wie Nhood nahm sie in Kauf. In den Kaschemmen hatte sie Schlimmeres erlebt. Dies alles wollte sie bewahren und ausbauen. Murenius und der Dienerschaft zu helfen, mußte daher ihr ureigenes Anliegen sein.

»Vielleicht kann ich Thalon verführen und auf die Galeere locken«, schlug sie vor. In ihren Augen glitzerte es lüstern. »Dann kann ich mich schon einmal an den neuen Körper des Ch'Ronch'Ra gewöhnen. Es könnte reizvoll sein, die Buhle eines Mannes zu sein, dessen Schwanz später nicht mehr ihm selbst, sondern einem Gott gehören wird.«

Murenius sah sie ärgerlich an. »Wir haben weder die Zeit noch die Gelegenheit, deine Geilheit zu befriedigen. Außerdem hättest du es schwer mit ihm, denn der Junge scheint auf die junge Murenbreker versessen zu sein. Nein, die Sache wird im Kampf entschieden. Ich möchte ...«

Plötzlich verdrehte der Hohepriester die Augen und hielt sich am Tisch fest.

Shevanu war aufgesprungen. »Was ist mit dir, Ramon?« stieß sie beunruhigt hervor.

»Ich ...«, röchelte er. »Es ... es geht schon wieder gut ...« Sein Gesicht wirkte fiebrig. Schweiß trat ihm in dicken Perlen auf die Stirn.

»Bist du krank?« fragte Shevanu besorgt. Die Sorge galt nicht so sehr dem Mann Ramon Murenius, sondern dem Hohenpriester. Sie wußte, daß sie auf Gedeih und Verderb mit ihm verbunden war. Wenn er stürbe, würden die Diener von ihrer Priesterin erwarten, daß sie die Dienerschaft führte und mit Ch'Ronch'Ra sprach. Dem einen fühlte sie sich nicht gewachsen, und zu dem anderen war sie eindeutig nicht fähig. Sie ahnte, was enttäuschte Kultisten mit unfähigen Führern anstellen würden. »Soll ich den Heiler rufen?«

Murenius würgte. »Nein! Er könnte mir ... ohnehin nicht helfen ... Es ist ... es ist Ch'Ronch'Ra ... Er ist in mir ... Er bewegt sich und greift nach mehr ...«

311

Unvermittelt rutschte Murenius vom Stuhl und kam mit den Knien hart auf den Schiffsbohlen auf. »O Ch'Ronch'Ra!« winselte er in einer viel zu hohen Stimmlage und streckte die Arme nach oben. Wie ein kleines Kind in Todesangst sprudelte er die nächsten Worte hervor. »Höre deinen Hohenpriester! Ich flehe ... flehe dich an! Ch'Ronch'Ra, du mußt ... du mußt mir ... zuhören! Du ... du darfst deinen ... deinen Hohenpriester nicht ... beschädigen! All unsere Pläne ... all unsere Pläne ... all unsere Pläne ... Nein!«

Jetzt wälzte sich Murenius am Boden. Er geiferte und sabberte, Schaum trat ihm vor den Mund. Er schlug mit Händen und Füßen um sich. »Ich ... ich kann nicht ... Shevanu!« kreischte er. »Tu ... tu etwas! Halt ... halt ihn auf! Halt ...«

Was immer jemand gegen die Priesterin einwenden mochte, sie war nicht nur eine sinnliche, sondern auch eine handfeste Frau, die mit ihren Fähigkeiten und Talenten in der diesseitigen Welt fest verankert war. In den Kaschemmen und Badehäusern hatte sie sich schon mit Sturzbetrunkenen und Wahnsinnigen jeder Art auseinandersetzen müssen. Einige davon hatten sogar zu toben begonnen, während sie zwischen ihren Schenkeln lagen, sei es aus irrer Verzückung oder aus überschäumender Gier. Sie war genau die richtige Frau, um mit einer solchen Lage fertig zu werden. Obendrein erinnerte sie sich gut daran, was Murenius gesagt hatte: Ch'Ronch'Ra konnte keinen Schmerz ertragen.

Shevanu griff mit beiden Händen eine weingefüllte Amphore, stemmte sie in die Höhe und ließ sie mit voller Wucht auf Murenius' Kopf hinabsausen.

Die Amphore zerbarst, der rote Wein schwappte über den Kopf und den Leib des Hohenpriesters. Es sah aus, als wäre der Kopf wie eine dicke reife Blutblase geplatzt. Tatsächlich vermochte Shevanu im er sten Augenblick nicht zu sagen, ob ihr Wein oder Blut oder eine Mischung aus beidem entgegenspritzte.

Murenius war auf der Stelle verstummt, als die Amphore an seinem Schädel zerschellte. Das Herumfuchteln erstarb. Schlaff sackte der Körper zu Boden.

Meraldus behielt recht. Der Wind wurde stärker. Die Segel blähten sich, die Pardunen und Stags knirschten und sangen leise. Am östlichen Horizont hatten sich tiefhängende Wolken gebildet, die bis fast an die Kimm reichten. Kleine Schaumkronen bildeten sich auf den Wellen, und einzelne Wogen brachen sich.

»Droht uns ein Sturm?« fragte Canja.

Valerion musterte die heranziehende Wolkenfront. Die Wolken waren graudunkel, aber nicht schwarz. »Steifer Südost, würde ich sagen, vielleicht ein bißchen mehr. Guter Schubwind. Ich glaube nicht einmal, daß wir die Segel verkürzen müssen. Was dort herannaht, scheint von Efferd zu kommen, nicht von Rondra. Aber warten wir's ab.«

Der Wind machte sie schneller, aber er half ihnen nicht gegen die Verfolger. Im Gegenteil, der Wind hatte sie früher erreicht, die Segel ihrer Schiffe gebläht und sie an die *Vumachan* herangetragen.

Wieder flog eine schwere Eisenkugel heran und platschte achtern ins Meer. Der Schuß aus dem Schweren Geschütz lag nicht dicht genug am Heck der *Vumachan*, um das Schiff zu gefährden, aber nahe genug, um Besorgnis zu erregen. Das Geräusch der ins Wasser tauchenden Kugel war auf dem Achterkastell deutlich zu hören.

»Die Geschützmeister des Praefos verstehen ihr Handwerk nicht«, sagte Kapitän Meraldus abschätzig. »Praios sei Dank, daß es sich so verhält. Ein guter Geschützmeister würde auf die schweren Kugeln verzich-

313

ten und leichtere Steine als Munition verwenden. Sie könnten uns damit die Segel zerfetzen.«

»Früher oder später werden sie diese Möglichkeit erkennen«, meinte Valerion sorgenvoll. »Holen sie weiter auf, Kapitän?«

Meraldus kratzte sich bedächtig im Nacken. »Schwer zu sagen, Kaufherr. Die Karracke scheint langsam abzufallen. Aber die *Praefos Gorm* bleibt hart an uns dran. Sieht nicht danach aus, als könnten wir ihr davonsegeln. Jedenfalls nicht auf Westnordwest-Kurs.«

»Können uns die Praefos-Schiffe in die Keraldischen Sände folgen?« fragte Valerion.

»Sie liegen beide schwer im Wasser«, gab Meraldus zur Antwort. »Zuviel Ausrüstung und Leute, würde ich sagen. Wäre ich Kapitän auf der *Faust* oder der *Gorm*, würde ich es nicht wagen. Es sei denn, ich würde darauf setzen, die *Vumachan* zu erwischen, bevor sie die Keraldischen Sände erreicht hat.«

»Können sie uns einholen, wenn wir überraschend brassen?« wollte Valerion wissen.

»Auf Südsüdost haben wir sofort den gesamten Wind, der zudem weiter auffrischt«, erläuterte Meraldus. »Wenn der Namenlose nicht mit ihnen im Bunde ist, segeln wir einen Vorsprung heraus, der uns aus Reichweite ihrer Rotzen bringt, und halten ihn auch. Bei hartem Wind von achtern hat die *Vumachan* bessere Segeleigenschaften als die beiden anderen Schiffe.«

Kaufherr Costald wandte sich an Canja. »Wir müssen uns jetzt entscheiden. Der Kurs zu den Keraldischen Sänden kann unsere Rettung sein, aber wir brauchen ebenso die Gunst der Zwölfgötter, um auch durchzukommen. Zumal dann, wenn aus dem steifen Wind ein Sturm werden sollte. Andererseits haben wir über die Gunst der Götter hinaus einen ausgezeichneten Kapitän, dem ich zutraue, daß er die Untiefen bei jedem Wetter meistert.«

Meraldus verbeugte sich leicht.

Canja zögerte noch immer. Die Erinnerung an zwei stolze Schiffe, die vor fünf Jahren in einer Sturmnacht auf den Keraldischen Sänden gestrandet waren, ließ sich nicht so leicht aus ihrem Kopf verdrängen. Das Unglück hatte das Handelshaus Murenbreker nahe an den Abgrund geführt. Canja mußte damals viele Waren unter Preis und dazu einen Speicher verkaufen, um das Handelshaus zu retten. Andererseits blieb ihnen wohl kaum eine Wahl.

»Es ist dein Schiff, Valerion«, sagte sie, um Zeit zu gewinnen.

»Das ich dir zur Verfügung gestellt habe«, stellte Valerion richtig. »Vor allem jedoch ist es *deine* Mission, *deine* Rache am Praefos und *deine* Tochter, die du zurückholen willst. Ich kann und will mir nicht anmaßen, über deinen Kopf hinweg zu entscheiden.«

»Kurs Keraldische Sände!« sagte Canja mit belegter Stimme.

»Ihr habt es gehört, Kapitän!« rief Valerion erleichtert aus. »Worauf wartet Ihr noch?«

In Meraldus' Augen war ein kämpferisches Glitzern getreten. Für ihn bedeutete der neue Kurs mehr als die Hoffnung auf Entkommen. Die Keraldischen Sände bildeten eine seemännische Herausforderung, der er sich freudig stellte.

»Deckswache!« rief er mit lauter Stimme. »Fertigmachen zum Brassen! Freiwache an Deck! Leute, jetzt zeigen wir es dem Praefos-Gesindel! Jetzt wird hart gesegelt!«

Zwei Glasen waren vergangen, seit der Ausguck die Segel der Karavelle gesichtet hatte. Unendlich langsam schob sich die *Praefos Gorm* an das andere Schiff heran, während ebenso langsam die *Faust des Praefos* zurückfiel. Aus der Vermutung, daß es sich bei dem Schiff vor ihnen um die *Vumachan* handeln könne, war inzwischen Gewißheit geworden. Gorm hatte sich höchstpersönlich das Fernrohr reichen lassen, das Heck des Seglers studiert und den Namen des Schiffes erkannt. Schon vorher allerdings war kaum noch ein Zweifel möglich gewesen. Es war offensichtlich, daß die Karavelle mit Vollzeug und Ausweichmanövern alles versuchte, um sich dem Verfolger durch Flucht zu entziehen.

Der Praefos schien bester Laune zu sein, obwohl die ersten Schüsse aus den Schweren Geschützen zu kurz lagen. Der steife Südost würde das Rennen früher oder später entscheiden. Jeder Schuß lag näher an der *Vumachan*. Gorm überlegte bereits, wie man das Entern durchführen sollte. Er ließ den Backbord-Geschützmeister kommen.

»Ich will nicht, daß der Kahn absäuft«, sagte er. »Ich erwarte Deckstreffer von Euch. Bei Boron, ich ziehe jedem Schützen das Arschloch von unten durch die Gurgel, der einen Unterwassertreffer landet. Ist das klar?«

»Zu Befehl, Praefos!« Der kräftige Söldner mit der Hasenscharte kehrte zu seinen Leuten zurück und gab Gorms Weisung weiter. Die Drohung ebenfalls.

»Eine weise Entscheidung«, lobte Nhood. Er war zufrieden mit Gorm. Wenn der Praefos versucht hätte, die *Vumachan* zu versenken, wäre es Nhoods Bestreben gewesen, ihn davon abzubringen. Nur der Kampf an Deck des anderen Schiffes bot die Möglichkeit, Gorm unauffällig zu töten. »Wir können das Schiff gut gebrauchen. Es läuft schneller als die *Faust des Praefos*.«

Gorm grinste hämisch und verbeugte sich leicht. »Freut mich, daß dir meine Befehle gefallen, Bastard. Sehr gütig von dir, mich zu loben. Ist heute Borontag? Es macht einen alten Soldaten ganz dusselig vor Seligkeit, wenn ein Grünschnabel ihm Anerkennung zollt.«

Nhood wurde rot vor Wut, versuchte es aber als Verlegenheit darzustellen. »So war es nicht gemeint, mein Praefos, und ich denke, du weißt dies auch.«

Gorm machte eine abfällige Handbewegung. »Meinetwegen. Aber du irrst dich, wenn du glaubst, es ist mir nur um das Schiff zu tun. Mit dem Geld der Murenbreker können wir uns neue Schiffe bauen lassen. Nein, ich will die Hure lebend. Was habe ich davon, wenn sie mir absäuft, ohne daß ich sehe, wie sie leidet? Wie ein Stück Scheiße hat sie mich behandelt, und das soll sie mir büßen! Ich will sie winseln hören, bevor ich ihr den Stahl zu schmecken gebe. Und sie soll Zeuge sein, wie ich mir ihre Tochter vornehme, sobald wir die *Seewolf* gekapert haben. So lange bleibt sie am Leben. Also Finger weg von der Murenbreker, Junge! Die anderen werden niedergemacht. Bei Boron, keiner von denen soll später das Maul aufreißen können!«

Nhood nickte, obwohl er seine eigenen Vorstellungen hatte. Daß keiner der Seeleute der *Vumachan* überleben durfte, war ganz in seinem Sinn. Aber war der Praefos erst einmal tot, würde Nhood nicht zögern, auch der Murenbreker einen raschen Tod zu gewähren. Er grinste in sich hinein. *Immerhin ist sie deine Mutter. Daß Söhne ihre Mütter foltern, gehört sich nicht, oder?*

Was Alina anging, so wußte Nhood noch nicht, was er mit ihr anstellen würde. Gelänge es ihm nicht, Gorm an Bord der *Vumachan* oder später während des Gefechts mit der *Seewolf* zu töten, mochte der Praefos mit Mutter und Tochter tun, was ihm beliebte. Dann bestünde Nhoods Hauptsorge darin, Thalon zu bestrafen und zugleich nach einer neuen Möglichkeit zu suchen, um Gorm loszuwerden. Flüchtig schoß ihm der Gedanke durch den Kopf, ob er Gorm töten sollte, während er sich Alina vornahm. Erstens wäre der Praefos dann anderweitig beschäftigt und hinreichend abgelenkt. Und zweitens würde die Garde Nhoods Handeln vielleicht als Racheakt entschuldigen, wenn nicht sogar billigen.

Daß ein Bruder seine Schwester verteidigt, dürfte auch dem letzten Klotzkopf einleuchten. Vielleicht vermag es mir sogar den Ruf eines aufrechten und unbestechlichen Praefos einzubringen. So etwas kann nicht schaden. Gorms Unberechenbarkeit ist sogar seinen engsten Vertrauten ein Dorn im Auge. Niemand fühlt sich mehr sicher, jeder fürchtet, er könne als nächster den Launen des Praefos zum Opfer fallen.

Nhood fand Gefallen an seinem Einfall. Er überlegte, ob er seine Pläne abändern und ganz auf Alina abstellen sollte. Aber dann entschied er sich dagegen. Das Ziel, Gorm möglich schnell und überraschend zu töten, hatte Vorrang vor allem anderen. Ergäbe sich die Möglichkeit während eines Gefechts, würde er sie auch nutzen. Ergäbe sie sich nicht, könnte er immer noch Alina für seine Zwecke benutzen.

»Bei Praios, was machen die denn?« fluchte Gorm plötzlich.

Fast im gleichen Augenblick rief der Topgast: »Karavelle dreht ab an Backbord und braßt die Segel!«

Kapitänin Yortas eilte zu Gorm und wartete auf seine Entscheidung. Nhood hatte den Eindruck, daß die Frau beflissener als in den vergangenen Tagen dreinschaute. Offenbar hatte sie sich Gorms Drohung zu Herzen genommen, sie ungeachtet ihres Rangs kielholen zu lassen.

»Was machen die Arschlöcher?« wiederholte der Praefos wütend. »Sind die wahnsinnig geworden? Bei Boron, die nehmen doch wahrhaftig Kurs auf die Keraldischen Sände!«

»Die Karavelle scheint nur leicht beladen zu sein«, merkte Yortas an. »Jedenfalls liegt sie recht hoch im Wasser.«

»Sie wird trotzdem stranden!« behauptete Gorm.

»Könnte es der Versuch sein, uns in die Untiefen zu locken?« fragte Nhood.

Der Praefos sah ihn stirnrunzelnd an. »Gar nicht einmal so dumm gedacht«, knurrte er. »Ja, die Murenbreker sieht ihre Felle davonschwimmen und setzt vielleicht darauf, irgendwie entkommen zu können, während wir auf eine Sandbank laufen. Aber den Gefallen werden wir ihr nicht tun!« Er wandte sich an Yortas. »Kurs halten und Topsegel reffen! Beschuß einstellen! Laßt die *Faust* aufkommen und signalisiert ihr, die Verfolgung abzubrechen. Wir segeln gemeinsam nach Nosfan!«

»Zu Befehl, Praefos!« sagte die Kapitänin und verbeugte sich leicht. Dann wandte sie sich ab und rief ihre Befehle.

Der Praefos hatte sich auf die überraschende Wendung der Dinge eingestellt und rieb sich jetzt sogar die Hände. »Soll die Hure es ruhig versuchen«, sagte er. »Kommt sie durch, schnappen wir sie uns vor Nosfan. Bleibt sie hängen, kapern wir die *Vumachan* auf der Rückfahrt.«

»Und wenn die Arglist darin besteht, nicht allzutief in die Keraldischen Sände einzudringen, zu warten, bis kein Verfolger mehr in Sicht ist, und dann nach Ghurenia zurückzukehren?« fragte Nhood.

Gorm grübelte kurz. »Bei Boron, nein! Dann müßten sie gegen den Wind kreuzen, und das ist so gut wie unmöglich. Sie müssen Efferds guten Willen bis zum äußersten beanspruchen, um sich auf Kurs Südsüdwest durch die Sände zu schlängeln. Auf Gegenkurs zu kreuzen, bedeutet die sichere Strandung. Und was hätten sie in Ghurenia zu gewinnen? Sie waren glücklich genug, von dort fliehen zu können!«

»Ihr habt recht, wie immer, mein Praefos«, antwortete Nhood schmeichlerisch. Dabei überlegte er fieberhaft, was dies alles für seine Pläne bedeutete.

Es ändert sich nicht viel. Allerdings werden wir es mit zwei Gegnern gleichzeitig zu tun bekommen. Wenn wir Pech haben und Eiserne Maske schon vor Nosfan liegt, sogar mit dreien. Aber wir haben selbst zwei Schiffe, dazu mit mehr Waffen und Bewaffneten an Bord, als die Gegner mit drei Schiffen aufbringen können. Die Vumachan *und die* Seewolf *sollten uns keinen Kummer bereiten. Und Eiserne Maske? Shevanu hat versichert, daß mir die Dienerschaft den Piraten vom Hals halten wird. Es war von einer Galeere die Rede, die rechtzeitig vor Ort sein wird. Wohlan, mag es zur großen Abrechnung kommen. Ich werde als Sieger daraus hervorgehen!*

14. Kapitel

Die Bucht von Nosfan

Angestrengt starrte Thalon zu der Jolle hinüber, die sich von der *Vumachan* löste und Kurs auf den Strand nahm. Außer den beiden Ruderern befanden sich fünf Personen darin, die nacheinander das Fallreep der Karavelle hinabgeklettert waren. Er glaubte in einer der Personen die schlanke Gestalt von Alinas Mutter zu erkennen, war seiner Sache aber nicht sicher. Die Jolle war noch zu weit entfernt, als daß er Einzelheiten ausmachen konnte. Die Wahrscheinlichkeit sprach allerdings dafür, daß die Kaufherrin in dem Boot saß. Wer sonst sollte die Verhandlungen mit Eiserne Maske führen?

»Muffensausen, Spatz?« fragte Cedira, die neben ihm im Sand hockte. Sie hatte sich eine Dattel in den Mund geschoben und spuckte gerade den Kern aus.

»Es ging mir schon schlechter«, erwiderte Thalon. »Allerdings auch schon besser.«

Tatsächlich sah er der Ankunft der Kaufherrin mit gemischten Gefühlen entgegen. Er sah auf Alina hinab, die im Schatten der Persenning lag. Mishia, die hinter ihr im Schneidersitz hockte, hatte Alinas Kopf in den Schoß gebettet. Hin und wieder betupfte sie die Stirn des noch immer wie tot daliegenden Mädchens mit einem feuchten Schwamm. Selbst hier im Schatten des Unterstands, den Eiserne Maske am Strand hatte bauen lassen, lastete brütete Hitze auf den Wartenden. Allein der leichte Seewind machte die Hitze halbwegs erträglich.

Alinas Gesichtsfarbe wirkte rosiger als noch vor einer Woche. Hayas Gegengift schien gewirkt zu haben. Thalon war beinahe übel geworden, als er gesehen hatte, wie die Utulu Alina den Sud mit einem Trichter eingeflößt und nach ein paar Stunden einen Aderlaß durchgeführt hatte. Weil das Blut nur zäh floß, hatte Haya sich kurzerhand über die Armwunde des Mädchens gebeugt und ihr Mund für Mund einen halben Krug Blut ausgesaugt und wieder ausgespuckt. Mit dem Rest des vom Chibiswurz gebundenen Fischgifts werde der Körper von allein fertig, behauptete sie. Sie schien recht zu behalten. Man konnte fast glauben, Alina schlafe nur und werde jeden Augenblick die Augen aufschlagen. Aber Thalon wußte, daß sich diese Hoffnung nicht erfüllen würde, solange Ch'Ronch'Ras Magie auf ihr lastete.

Thalon sah wieder zu der Jolle hinüber. Sie hatte die Hälfte der Distanz zwischen der *Vumachan* und dem am Strand wartenden *kulko* Eiserne Maske überwunden. Die *Vumachan* hatte nahe dem Ausgang der o-förmigen Bucht Anker geworfen, in respektvollem Abstand sowohl von der *Schwarze Rose* als auch von der *Seewolf*. Gewiß geschah dies auch mit dem Hintergedanken, notfalls rasch den Anker lichten und das Weite suchen zu können. Das allerdings konnte die *Schwarze Rose* leicht vereiteln, wenn *rashu* Haya es darauf anlegte. Auf ausdrücklichen Befehl von Eiserne Maske lag sie mit nur zum Teil gerefften Segeln und einsatzbereiten Torsionsgeschützen vor der Felsgruppe, die die Bucht im Nordosten einschnürte. Von See aus war die Schivone nicht zu entdecken, und ihre Anwesenheit mußte für die Leute auf der *Vumachan* eine Überraschung dargestellt haben. Eiserne Maske hatte diese

Vorsichtsmaßnahme allerdings nicht getroffen, weil er von der Murenbreker Verrat fürchtete. Vielmehr lag die *Schwarze Rose* auf der Lauer, um das Schiff der Diener zu beschießen, sobald es die Einfahrt in die Bucht passierte. Eiserne Maske glaubte seinem *fhadiff* und hegte keinen Zweifel, daß Ch'Ronch'Ras Diener früher oder später Nosfan ansteuern würden.

Wieder betrachtete Thalon Alina. Er sah sie lange und liebevoll an, prägte sich noch einmal jede Linie ihres feingeschnittenen Gesichts ein, die seidenen Wimpern ihrer Augenlider, die vollen Lippen, die sanft gerundete Stirn, die zierliche Nase und das weiche braune Haar, das sich wie ein Vlies über Mishias Schoß ergoß. Er hatte das Gefühl, hier und jetzt von ihr Abschied nehmen zu müssen. Er fühlte sich elend. Bevor die Trauer ihn übermannen konnte, sah er wieder zum Strand. Wahrscheinlich würde die Kaufherrin ihre Tochter auf der Stelle auf die *Vumachan* bringen lassen, obwohl man dort nicht mehr für sie tun konnte, als es den Piraten hier am Strand möglich war. Vermutlich würde Canja Murenbreker Thalon und Mishia daran hindern, Alina zu begleiten. Thalon wollte es hinnehmen. Er hatte sich bereits an den Gedanken gewöhnt, sterben zu müssen, damit sie leben konnte. Er würde es auch ertragen, die letzten Stunden von ihr getrennt zu bleiben.

Unbehaglich dachte er daran, wie die Kaufherrin sich verhalten würde. Eiserne Maske hatte ihr durch Zipp, seinen Signalgast, die Bitte übermittelt, zu Verhandlungen an Land zu kommen. Über Alina war nichts mitgeteilt worden. Daß sich Alina in der Gewalt von Eiserne Maske befand, konnte sich die Kaufherrin ausrechnen, nachdem sie die *Seewolf* erblickt hatte. Vielleicht rechnete sie damit, ihr am Strand zu begegnen. Es würde eine böse Überraschung für sie werden, ihre Tochter in diesem Zustand zu sehen. Thalon vermutete, daß die Kaufherrin ihn dafür verantwortlich machen würde. Und war es nicht auch so? Letztendlich trug er die Schuld daran, daß Alina in diese Lage geraten war.

Thalons Blick irrte ab zu den Fischerhütten am anderen Ende der Bucht, die zum Dorf Nosfan gehörten. Einige Häuser aus Stein gehörten ebenfalls dazu, darunter eine Kaschemme mit dem pompösen Namen *Krone des Südmeers*. Der Wirt lebte fast ausschließlich von dem Durst der Piraten, deren Schiffe gelegentlich in der Bucht vor Anker gingen. Bisher wartete man in der Kaschemme allerdings vergeblich auf Kundschaft. Eiserne Maske hatte den Besatzungen der *Schwarze Rose* und *Seewolf*, die seit sechs Tagen in der Bucht ankerten, nahezu jede Art von Landgang verboten. Am Rande der Ortschaft lag die verfallene Ruine eines früheren Borontempels, die darauf verwies, daß Nosfan einst erheblich mehr Einwohner und eine bescheidene Bedeutung als Umschlagplatz für Waren besessen hatte.

Von den Bewohnern ließ sich niemand sehen. Alle schienen zu spüren, daß sich bedeutende Dinge anbahnten, und zogen es vor, in ihren Behausungen zu bleiben, um nicht in irgend etwas hineingezogen zu werden. Nicht einmal die Fischer waren zum Fang hinausgefahren. Die wenigen abenteuerlustigen Männer und Frauen des Ortes, die meisten davon Gestrandete oder sonstwie Entwurzelte, die in der *Krone des Südmeers* sehnsüchtig auf Ereignisse jedweder Art gewartet hatten, waren längst als neue *zusha* oder *gesha* in die Piratenschar aufgenommen worden und an Bord der unterbesetzten *Seewolf* gelandet.

Eiserne Maske hatte Wert darauf gelegt, die Kaufherrin weder an Bord der *Schwarze Rose* noch in Nosfan zu empfangen. Er wollte sie nicht abschrecken oder unter Druck setzen. Und er wollte keine heimlichen Zuhörer. Noch weniger kam für ihn in Frage, die *Vumachan* aufzusuchen. Das wäre in seinen Augen ein zu großes Zugeständnis gewesen. Aus diesem Grunde hatte er einigen seiner Leute befohlen, am Strand, fernab des Ortes, einen Unterstand zu bauen. Nur Cedira und Thalon sollten außer ihm an dem Treffen teilnehmen.

Diese Entscheidungen hatte Eiserne Maske gleich nach der Ankunft getroffen. Als der Ausguck endlich ein fremdes Schiff sichtete und sein »*Atar-ator!*« über das Deck schallte, befahl der *kulko*, auch Alina an Land bringen zu lassen, um der Kaufherrin zu zeigen, daß er sie weder gefangenhielt noch für ihren Zustand verantwortlich war. Mishia durfte ebenfalls an Land, um für Alina zu sorgen. Alle anderen Piraten blieben auf den Schiffen, und es herrschte Alarmbereitschaft.

Die Piraten kannten die Schiffe der Murenbreker recht gut. Deshalb sorgte das fremde Schiff anfangs für Verwirrung, und man glaubte schon, es mit Ch'Ronch'Ra und seinen Dienern zu tun zu haben. Dann jedoch entdeckte Haya mit ihrem Fernrohr am Fockmast die Murenbrekersche Flagge – eine weiße Kogge auf blauem Grund segelte durch eine auseinanderbrechende Mauer –, und die Welt war für die Piraten wieder in Ordnung.

Die Jolle war bis auf zehn Schritte an den Strand herangefahren.

»Beweg deinen Arsch, Ced!« rief Eiserne Maske. »Und bring den Jungen mit!«

Cedira und Thalon sprangen auf und rannten zum *kulko*, der ein Stück vom Unterstand entfernt regungslos dem Boot entgegengestarrt hatte. Im Laufen klopften sie sich den Sand aus den Kleidern. Als Thalon aus den Augenwinkeln Eiserne Maske betrachtete, stellte er fest, daß dessen Augen noch eindringlicher leuchteten als sonst. Er glaubte auch den Grund zu kennen. Seit Jahren hatte der *kulko* auf diese Begegnung hingearbeitet und Vorleistungen erbracht, indem er seinen Kapitänen befohlen hatte, die Murenbreker-Schiffe bei Kaperungen zu verschonen. Das Bündnis, jetzt greifbar nahe, mußte für ihn ein entscheidender Schritt zur Verwirklichung seiner Träume sein.

Endlich erreichte die Jolle der *Vumachan* den Strand und bohrte sich knirschend in den Sand. Eine ältere, aber gelenkige Tulamidin mit rituell geflochtenem Haar sprang als erste ins Wasser und watete an Land. Sie sah aus wie eine Söldnerin. Auf dem Rücken trug sie einen mächtigen Säbel in einer Scheide, die an einem Kreuzband befestigt war. Eine schlanke Frau von etwa vierzig Jahren mit grauen Strähnen im kurzgeschnittenen dunklen Haar folgte ihr. Sie trug eine enganliegende Hose, ein Lederwams, bis zu den Knien reichende Stiefel und ein langes Messer im Gürtel. Sie wirkte männlicher und kämpferischer, als Thalon sie in Erinnerung hatte, aber er erkannte Canja Murenbreker sofort wieder. Etwas bedächtiger kletterte hinter ihr ein älterer weißhaariger Mann aus der Jolle, der einen würdigen und freundlichen Eindruck machte. Auffällig an ihm war eine schwarze Samtkappe, auf der einige Edelsteine funkelten. Es folgte ein dicker kleiner Mann mit einem riesigen breitkrempigen Hut. Die beiden Ruderer blieben auf ihren Bänken sitzen.

Eiserne Maske stand breitbeinig da und sah den Ankömmlingen entgegen. Die goldbetreßte, sorgsam gebürstete Jacke stand offen, war an den Hüften locker zurückgeschlagen und entblößte das blitzende Florett im Gürtel des *kulko*. Der kunstvoll ziselierte Handschutz blinkte, als sich die sengenden Strahlen der Praiosscheibe darauf brachen. Die frischgewichsten Stiefel glänzten. Die offene Jacke erlaubte den Blick auf ein makellos sauberes weißes Rüschenhemd. Die gesunde Rechte des *kulko* lag nahe beim Florett, die Hakenhand zeigte leicht angewinkelt nach vorn, das rote Haar bewegte sich im schwachen Seewind. Der *kulko* bot ohne Frage einen eindrucksvollen Anblick, und es gab keinen Zweifel daran, daß er dies auch wußte.

Canja Murenbreker verzichtete auf eine Begrüßung. »Wie sollen wir zu einem vertrauensvollen Bündnis gelangen, *kulko* Eiserne Maske, wenn Eure *Schwarze Rose* den Ausgang der Bucht bewacht und uns den Fluchtweg abzuschneiden droht?« sagte sie ärgerlich, noch bevor sie trockenen Sand unter den Stiefeln hatte.

Eiserne Maske ließ ein helles Lachen ertönen und verbeugte sich leicht vor der Kaufherrin. »Ihr seid geradeheraus, und das gefällt mir, Kaufherrin Murenbreker. Genauso habe ich mir Euch vorgestellt. Aber Ihr tut mir unrecht. Die *Schwarze Rose* bedroht nicht Euer Schiff, sondern schützt uns beide. Wir erwarten Besuch von Feinden. Wir erhielten Kenntnis davon, daß Euer früherer Vertrauter, der Götzendiener Murenius, einen Angriff plant.«

Die Kaufherrin wirkte kaum überrascht. »Wenn ich mich recht entsinne, habt Ihr mir erst kürzlich mitteilen lassen, Murenius sei ein Verbündeter. Ihr solltet euch für das eine oder für das andere entscheiden.«

Eiserne Maske verbeugte sich abermals leicht. »Der Hurenbock Murenius ist unser Feind. Verzeiht mir die List, Kaufherrin. Ich hoffte, Euch damit einen weiteren Grund zu liefern, in dieses Treffen einzuwilligen.«

»Eine List, die mein Freund Valerion Costald sofort durchschaute und die Euch keine guten Dienste erwies«, erwiderte Canja Murenbreker. »Wir zweifelten daraufhin an Eurer Aufrichtigkeit.«

»Das bedaure ich«, sagte Eiserne Maske. »Seid versichert, daß ich aufrichtig das Bündnis mit Euch suche. Aber ich glaube, Ihr wißt das auch. Wir beide teilen einen Haß, der uns zusammenschmiedet!«

Die Kaufherrin erwiderte unbeirrt seinen stechenden Blick, und für einen Augenblick schien in ihren Augen die gleiche Härte zu schimmern und der gleiche Zorn zu lodern wie in denen des *kulko*. »Ich bin geneigt, Euch in diesem Punkt recht zu geben, *kulko*.«

»Darf ich Euch zu dem Unterstand geleiten?« fragte Eiserne Maske höflich. »Dort ist es erträglicher, wir sind ungestört, und es warten Erfrischungen auf uns. Leider habe ich auch eine für Euch sicherlich äußerst schmerzvolle ...«

»Einen Augenblick, *kulko*!« unterbrach ihn die Kaufherrin. »Und verzeiht mir meine Manieren, die sonst besser sind. Aber bevor wir Verhandlungen irgendwelcher Art führen, unsere Begleiter vorstellen oder Höflichkeiten austauschen, muß ich Euch davon in Kenntnis setzen, daß möglicherweise die Ankunft weiterer Feinde bevorsteht. Die Lage in Ghurenia hat sich verändert, seit Eure Leute von dort aufgebrochen sind. Praefos Gorm sucht die offene Machtprobe, und wir mußten fliehen. Zwei Schiffe des Praefos haben uns verfolgt, und wir konnten sie nur abschütteln, weil uns Kapitän Meraldus« – sie machte eine Kopfbewegung in Richtung des Kapitäns, und der Mann mit dem großen Hut verbeugte sich leicht – »durch die Keraldischen Sände lotste. Wir müssen damit rechnen, daß die Schiffe früher oder später vor Nosfan auftauchen und nach uns suchen.«

Die Augen des *kulko* verengten sich zu schmalen Schlitzen. »Zwei Praefos-Schiffe, sagt Ihr?« vergewisserte er sich.

Canja nickte. »Wahrscheinlich werden sie von Nhood befehligt, einem Schurken, den ich einmal meinen Sohn nannte und der sich inzwischen mit Haut und Haaren Gorm verschrieben hat.«

»Wir fürchten die Schiffe des Praefos nicht«, erwiderte Eiserne Maske. »Ihr wünscht, daß Nhood im Kampf geschont wird?«

»Nein!« widersprach die Kaufherrin mit harter Stimme. »Ich sagte bereits, daß er nicht länger mein

Sohn ist. Er hat seine Familie verraten, und sein Treiben verhöhnt Praios, Efferd, Phex und Travia. Mindestens diese, wenn nicht alle Zwölfe. Ich habe ihm das Leben geschenkt, und ich schäme mich dafür. Er hat es längst verwirkt. Ich betrachte es als meine Pflicht, dabei zu sein, wenn er seine Strafe erhält. Ich bestehe darauf, am Kampf teilzunehmen.«

Der weißhaarige Mann legte begütigend den Arm um die Schultern der Frau. Canja wandte sich ihm zu. »Laß mich, Valerion. Ich weiß, was ich sage. Wegschauen oder Verkriechen waren noch niemals meine Art.«

Der Blick des *kulko* glitt abschätzend an ihrem Körper hinab. »Ich bewundere Euren Mut, Kaufherrin Murenbrecher. Aber bei allem Respekt, Ihr seid keine Kriegerin. Die Grausamkeit des Kampfes könnte Euch entsetzen.«

»Wenn Ihr glaubt, Blut und menschliche Qual seien mir fremd, dann irrt Ihr Euch. Ich habe davon mehr gesehen, als mir lieb ist. Praefos Gorm hat dafür gesorgt, daß mein Leben nicht in Seidentücher gehüllt war. Ich fürchte die Dinge des Lebens so wenig wie die Dinge des Todes. Meine Entscheidung ist unumstößlich.«

»Ihr könntet bei dem Kampf selbst zu Tode kommen, Kaufherrin.«

»Wenn die Zwölfe mir dies zugedacht haben, will ich es klaglos auf mich nehmen. Ich bin kein junges Mädchen mehr, *kulko*, dessen Leben wie eine Knospe erst noch erblühen soll. Und sterblich – das muß ich Euch, *kulko*, kaum sagen werde – sind wir alle.«

»So sei es denn, wie Ihr es wünscht«, sagte Eiserne Maske. »Aber mit Eurer Erlaubnis werde ich ein Auge auf Euch haben.«

»Ich bin ebenfalls kein Krieger«, sagte Valerion in das Schweigen hinein. »Aber ich werde an deiner Seite sein, Canja.«

Die Kaufherrin nahm stumm seine Hand und drückte sie.

Eiserne Maske wiederholte die Einladung, sich in den Schatten zu begeben, und nun folgte die Gruppe seiner Aufforderung. Von der Jolle kam plötzlich ein Geräusch, als sei ein schwerer Gegenstand ins Wasser gefallen. Ruckartig blieben die Männer und Frauen stehen. Wie durch Zauberei hielt Eiserne Maske plötzlich das Florett in der Hand. Die Spitze zeigte leicht kreisend auf das Boot.

»Nehmt den armen Babbil mit!« krähte eine helle Jungenstimme. Im nächsten Augenblick zeigte sich auf der dem Wasser zugekehrten Seite der Jolle die tropfnasse Gestalt eines dicklichen kleinen Burschen, die erstaunlich flink dem Strand zustrebte.

»Willst du wohl hierbleiben, du Lausebengel!« fluchte einer der beiden Ruderer und zeigte drohend die erhobene Faust.

»Edler Thalon!« rief Babbil, der sich nicht um den Ruderer kümmerte und den Strand bereits erreicht hatte. »Wartet auf mich! Ich muß Euch warnen. Der schlimme Nhood hat es vor allem auf Euch abgesehen. Nehmt Euch in acht vor ihm!«

Canja Murenbreker, Valerion und Kapitän Meraldus konnte ein Schmunzeln nicht unterdrücken.

»Babbil?« staunte Thalon. »Bei den Zwölfgöttern, wie kommst du denn hierher?«

»Der arme kleine Babbil ist ein Seemann geworden!« rief Babbil stolz.

»Du solltest doch in der Jolle bleiben!« ermahnte der Kapitän den Jungen.

»Aber der arme kleine Babbil mußte den edlen Thalon doch warnen, wenn sein Leben bedroht ist!« widersprach Babbil.

»Der Junge ist ein treuer Freund Thalons aus Ghurenia, und man kann ihm vertrauen«, sagte die Kaufherrin zu Eiserne Maske. »Wir haben ihm viel zu verdanken. Deshalb entsprachen wir seiner Bitte, mit uns zum Strand zu rudern. Allerdings hatte er strikte Anweisung, sich ruhig zu verhalten. Aber wie Ihr seht, lassen sich Jungen seines Alters nicht leicht bändigen.«

Eiserne Maske steckte das Florett wieder in den Gürtel. Er wirkte belustigt. »Er stört mich nicht, aber er mag hier am Strand warten. Hörst du, Junge? Zu deinem eigenen Besten wartest du hier und versuchst ja nicht zu lauschen!«

»Jawohl, edler *kulko* Eiserne Maske«, gab Babbil ehrfürchtig zurück. »Der arme kleine Babbil wird Euch keinen Kummer bereiten. Aber der edle Thalon muß sich unbedingt vor dem schlimmen Nhood in acht nehmen.«

»Das sagtest du bereits«, sagte Eiserne Maske. Der *kulka* schaute Thalon an. »Mir scheint, du hast viele Feinde, die dir nach dem Leben trachten, *zusha*.« Die Worte enthielten einen unüberhörbaren ironischen Unterton. »Wenn du so weitermachst, kannst du es in dieser Beziehung bald mit mir aufnehmen.«

Die Gruppe ging weiter. Thalon winkte Babbil freundlich zu. »Danke für die Warnung, Babbil. Ich weiß sie zu schätzen.«

Babbil winkte zurück und setzte sich in den Sand.

»Ich wurde vorhin unterbrochen«, wandte sich Eiserne Maske an Canja Murenbreker. »Ich wollte Euch warnen. Es geht um Eure Tochter.« Mit dem Kopf deutete er in Richtung auf den Unterstand.

Einen Augenblick lang stockte der Schritt der Kaufherrin. Dann ging sie um so schneller und reckte im Gehen den Hals. »Alina? Was ist geschehen?« fragte sie mit tonloser Stimme. »Ist sie – tot? Haben Eure Leute sie ...«

»Nein«, schnitt ihr Eiserne Maske das Wort ab.

»Meine Leute haben ihr nichts angetan, und sie lebt. Aber sie steht unter einem magischen Bann.«

Canja stürzte an Eiserne Maske vorbei zum Unterstand, bückte sich unter die herabhängende Persenning und beugte sich über den leblosen Leib ihrer Tochter. Mishia war sofort zurückgewichen und sah stumm zu, wie die Kaufherrin Alina in den Arm nahm.

»Mein armes Kind«, murmelte Canja und sah ihr lange ins Gesicht. Zärtlich gab sie Alina einen Kuß auf die Stirn. Mit fahrigen Bewegungen ordnete sie die Kleider des Mädchens, obwohl diese tadellos aussahen. Dann straffte sich ihre Gestalt. Die Kaufherrin erhob sich wieder, trat zu den anderen, die auf kostbaren Teppichen Platz genommen hatten und sich von Mishia Wein einschenken ließen. Sie setzte sich ebenfalls und nahm den angebotenen Weinbecher mit einem Nicken entgegen. »Wer ist für den Zustand meiner Tochter verantwortlich?« fragte sie dann in die Runde.

»Erlaubt, daß ich antworte, Kaufherrin«, meldete sich Cedira zu Wort. »Ich war *kulko* der *Seewolf*, als es geschah. Ein Rissodruide kam unbemerkt an Bord und überraschte sie, als sie allein in der *taba* ...«

»Ich will wissen, warum man meiner Tochter das angetan hat«, verlangte die Kaufherrin unbeherrscht. »Wer und was steckt dahinter?«

»Ch'Ronch'Ra«, antwortete die Zwergin. »Alina wurde zu einer Figur im Machtspiel des hinterhältigen Dämons ...«

»Also Murenius!« stieß die Kaufherrin hervor. »Wie kann er es wagen, mir so etwas anzutun? Aber ich hätte es wissen müssen. Dieser gewissenlose Magier kennt keine Grenzen, wenn es darum geht, Macht und Einfluß zu gewinnen!« Sie atmete tief durch, um die Beherrschung zurückzuerlangen, und wandte sich dann an Eiserne Maske. »Kann man irgend etwas für Alina tun?«

»Was zu tun ist, wurde getan«, versicherte der *kulko*.
»Es geht ihr zumindest etwas besser als noch vor
Tagen. Unser *fhadiff*, ein kundiger Schamane, behaup-
tet, sie werde erwachen, sobald Ch'Ronch'Ra besiegt
ist. Helft uns dabei, den Dienern eine vernichtende
Niederlage zu bereiten, und Eure Tochter wird leben.«

Thalon war sowohl Cedira als auch Eiserne Maske
dankbar dafür, daß sie die ihm zugedachte Rolle im
perfiden Spiel Ch'Ronch'Ras und seines Hohenpriesters unterschlagen hatten.

»Zindha und ihre Leute werden versuchen, das Ihre
dazu beizutragen«, versicherte Valerion an deren Stelle
und nickte der stämmigen Obfrau der Waffenknechte
zu, die das Geschehen bisher stumm verfolgt hatte.

»Ich werde Alina zu mir an Bord der *Vumachan* nehmen«, entschied die Kaufherrin.

»Wenn Ihr es so wünscht, soll es geschehen«, sagte
Eiserne Maske. »Aber ich halte es für keine kluge Entscheidung. Wenn die *Vumachan* während der Kämpfe
sinkt oder vom Feind erobert wird, ist Eure Tochter
verloren. Am sichersten ist sie hier am Strand, wo sie
von Mishia versorgt wird.«

Canja Murenbreker zögerte kurz und sagte dann:
»Ich glaube, Ihr habt recht. Einstweilen ist sie hier besser aufgehoben.«

Thalon atmete tief durch. Also blieb ihm eine Gal-
genfrist.

»Ich bin kein Freund langer Worte«, erklärte der
kulko, nachdem alle dem Wein zugesprochen hatten.
»Darf ich nach allem bisher Gesagten davon ausgehen,
daß unser Bündnis gegen die Pestbeule Gorm verabredet ist, Kaufherrin? Immer vorausgesetzt, wir überstehen siegreich die kommenden Kämpfe.«

»Das dürft Ihr, *kulko*, wenn Ihr uns zusichert, Ghurenia nicht zu plündern«, gab Canja zurück.

»Ich will nicht Ghurenia, ich will den Kopf des Praefos!« versicherte Eiserne Maske. »Die Festung muß fallen, aber ich schwöre, die Stadt bleibt unversehrt.«

»Ihr wollt das Bündnis, obwohl meine Stellung geschwächt ist?« fragte die Kaufherrin.

»Ihr habt Geld und Leute nicht allein in Ghurenia«, sagte Eiserne Maske. »Ich erwarte von Euch, daß Ihr uns mit Waffen versorgt und meine Flibustier in Ghurenia einschleust. Alles andere laßt meine Sorge sein.«

Canja nickte und hob die Weinbecher. »Darauf laßt uns trinken.«

Der *kulko* kam der Aufforderung nach und lehrte seinen Becher in einem Zug.

Nachdem Canja einen Schluck getrunken und den Becher wieder abgestellt hatte, sagte sie: »Ich frage mich, warum Ihr den Praefos nicht längst allein besiegt habt. Es heißt, Ihr könntet weitaus mehr Leute aufbringen als Gorm.«

»Die Festung kann nur von innen bezwungen werden«, erwiderte Eiserne Maske. »Meine Flibustier und ich fürchten den Tod nicht, aber das heißt nicht, daß wir uns sinnlos abschlachten lassen.«

»Habt Ihr nicht längst andere Verbündete in Ghurenia, die Euch den Weg zur Festung bahnen könnten?« warf Valerion ein.

»Nicht genug«, antwortete der *kulko* knapp. Er wandte sich wieder an Canja Murenbreker. »Und wenn Ihr noch Zweifel hegt und befürchten solltet, daß ich Ghurenia insgeheim doch erobern will, dann wisset eins: Ich bin keine Landratte und will kein Herrscher über Händler und Handwerker sein. Wenn wir unser gemeinsames Ziel erreicht haben, werden sich unsere Wege wieder trennen. Ich habe Grund, Gorm zu vernichten. Das ist die Klammer, die uns verbindet. Ich will außerdem, daß kein anderer Praefos in Ghurenia herrscht. Regiert die Stadt, wie es Euch beliebt, aber duldet keine Sklaverei und schickt keine Schiffe gegen mich aus. Doch ansonsten bin ich ein Pirat. Wenn wir uns eines Tages wieder draußen auf den Meeren begegnen, werde ich Euer Feind sein. So verhält es sich um die Dinge, so ist es uns bestimmt.«

Neidlos mußte Thalon zugestehen, daß dies eine gute und überzeugende Rede war, die Eiserne Maske da gehalten hatte. Was ihn anging, so glaubte er dem *kulko*. Was Eiserne Maske gesagt hatte, entsprach den Träumen, die er Thalon enthüllt hatte.

Canja und Valerion schienen ebenfalls überzeugt zu sein und hoben erneut die Becher.

»*Atar-ator!*« gellte es plötzlich über die stille Bucht.

Jemand stieß einen Fluch aus, ein anderer verschüttete Wein auf dem Teppich. Alle, die in der Runde beieinander saßen, waren aufgesprungen.

Ob das an der Kimm aufgetauchte Segel einem der Praefos-Schiffe oder dem unbekannten Fahrzeug der Diener Ch'Ronch'Ras gehörte, vermochte zunächst keiner zu sagen. Aber niemand zweifelte daran, daß es zwischen den Rahen eines feindlichen Schiffes hing.

Es blieb Zeit genug, sich in Ruhe auf den Kampf vorzubereiten. Eiserne Maske ließ sich, Haya, Cedira und Thalon zur *Vumachan* hinüberrudern und inspizierte die Bewaffnung der Karavelle. Sie bestand aus zwei mittelschweren Rotzen und drei Hornissen. Für einen Kauffahrer war das beachtlich, aber den Praefos-Kriegsschiffen wäre die *Vumachan* nicht gewachsen. Eiserne Maske pfiff allerdings durch die Zähne, als ihm Kapitän Meraldus die Munition zeigte, die in leicht zugänglichen Gatts unmittelbar unter den Geschützen lagerte. Sie bestand ausschließlich aus leichten Tongefäßen mit Mengbillaner Feuer. Hunderte dieser Geschosse türmten sich in den Gatts.

»Es handelt sich um ein besonders leicht entzündliches Brandöl«, erklärte Meraldus mit einem gewissen

Stolz. »Hergestellt nach der geheimen Rezeptur eines Magisters, der mit Kaufherr Costald befreundet ist. Das Zeug macht mir graue Haare, seit es an Bord ist, und es muß an heißen Tagen wie heute ständig mit Wasser begossen wird, damit es sich nicht von allein entzündet. Aber jetzt bin ich froh, daß wir es haben.«

»Oho«, sagte Eiserne Maske, »das hätte eine schlimme Überraschung für uns werden können, wenn wir uns früher begegnet wären und wir Euer Schiff eines kleinen Besuchs für würdig befunden hätten.«

»Zumal die Hornissen umgebaut wurden, um Feuererbsen statt Bolzen zu verschießen«, ergänzte Zindba, die sich an dem Rundgang beteiligt hatte. »Sechs oder sieben winzige Gefäße mit Mengbillaner Feuer in der Minute. Allein damit haben wir einem dreisten Piraten so lange Brandlöcher in die Segel geschossen, bis er beidrehen und die Jagd aufgeben mußte.« Zufällig sah sie Eiserne Maske in die Augen, entdeckte darin etwas offenbar Bedenkliches und stammelte: »Da ... das mit dem dreisten Piraten ist mir so herausgerutscht, *kulko*.«

»Jeder von uns muß sich daran gewöhnen, daß sich sein Arsch heute auf ungewohnten Stelzen bewegt«, erwiderte Eiserne Maske. »Aber nehmt Euer Maul in acht, wenn meine Leute in der Nähe sind. Manchen sitzt das Messer recht locker, müßt Ihr wissen.«

Von der Kampfstärke der Besatzung war der *kulko* weniger angetan. »Sorgt dafür, daß Eure Leute die Geschütze schnell und sicher bedienen«, sagte er zu Meraldus, »aber haltet sie möglichst aus Nahkämpfen heraus. Schießt und verteidigt ansonsten das Schiff. Den Rest übernehmen meine Flibustier. Ich werde Euch einen Trupp davon an Bord schicken. Sie haben allen Grund, ein feindliches Schiff todesmutig zu entern, und zum Henker, ich werde dafür sorgen, daß sie es auch tun!«

Hinter der eisernen Maske schien sich ein Plan zu

entwickeln, und offensichtlich spielten darin die Meuterer der *Seewolf* eine Rolle.

Die *Schwarze Rose* ankerte weiterhin in der Deckung der in die Bucht hineinragenden Felsen. Sie sollte vom Meer aus nicht gesehen werden, und umgekehrt konnte man von der *Seewolf* aus das Meer nicht beobachten. Auf den beiden anderen Schiffen suchte jeder, der ein Fernrohr besaß, die Linie zwischen Meer und Horizont ab. Bevor jedoch Einzelheiten über die Bauart des Schiffes offenbar wurden, tauchte ein zweites Segel nordöstlich des ersten auf. Damit schien die Frage beantwortet, mit welchem der beiden erwarteten Feinde sie es zu tun bekamen. Bei den beiden offensichtlich im Verbund segelnden Fahrzeugen konnte es sich nur um die Praefos-Schiffe handeln.

Eiserne Maske beriet sich mit Canja Murenbreker, Valerion Costald und Meraldus. Dann ließ er Haya und Pock von der *Schwarze Rose* sowie Shanka von der *Seewolf* auf die *Vumachan* kommen und besprach mit ihnen Einzelheiten seines Plans.

Die Piratenoffiziere kehrten auf ihre Schiffe zurück. Wenig später pendelten die vorhandenen Jollen zwischen den drei Schiffen hin und her und tauschten Teile der Besatzung aus. Die Freiwache des Kauffahrers wurde zu rein seemännischen Aufgaben auf die beiden Piratenschiffe geschickt, um die *zusha* der beiden Schiffe zu entlasten. Einige *zusha* der *Schwarze Rose* verstärkten die Mannschaft der *Seewolf*. Vierzig besonders kampferprobte *zusha* und *gesha* ließ Eiserne Maske zu sich auf die *Vumachan* kommen. Darunter waren Shuuk, Raghi und Kusna, dazu eine paar finstere Gestalten, die Thalon nicht kannte, die aber den Eindruck machten, als habe jeder höchstpersönlich das Hauen und Stechen erfunden. Schließlich wurden die Meuterer von der *Seewolf* auf die *Vumachan* gebracht. Eiserne Maske hatte ihnen schon bei der Ankunft in der Bucht eröffnet, was er von ihnen erwartete, ihre Wunden versorgen lassen und befohlen, ihnen gut zu essen zu geben. An Bord der *Vumachan* wurden ihnen die Ketten und Fesseln abgenommen und die Waffen zurückgegeben. Die zehn Männer und Frauen, die Hälfte davon mit kaum verheilten Wunden, boten ein trostloses Bild. Den kläglichsten Eindruck machte Barid mit seinem schaurig aussehenden Armstumpf, der mit dem Brandeisen behandelt worden war.

Thalon schaute vom Achterkastell aus zu, wie der *kulko* sich mit blank gezogener Waffe vor der abgerissenen Schar auf dem Mitteldeck aufbaute. »Ihr wart einmal meine *zusha* oder *gesha*«, sagte er. »Stolze Piraten! Jetzt seid ihr nur noch Abschaum, Verräter, der allerletzte Dreck. Ihr habt euren *kulko* Cedira angegriffen. Ihr habt den Eid gebrochen, den Ihr *mir* geschworen habt!« Man konnte Eiserne Maske ansehen, wie die Wut in ihm hochkochte. Nur mühsam bewahrte er die Beherrschung. »Ich sollte euch Ungeziefer auf der Stelle abstechen, aber ich will euch wie versprochen die Gelegenheit geben, einen würdigen Tod zu sterben. Kämpft wie jene Piraten, die ihr einmal wart, gegen unsere Feinde! Mehr noch, kämpft wie die wildesten Piraten, die jemals auf einem meiner Schiffe gefahren sind! Stellt alle in der Schatten, die für unsere Sache gestorben sind! Jeder von euch soll mindestens drei Feinde mitnehmen, bevor er selbst den Arsch zukneift! Seid gewiß, ich werde die Strecke der Kadaver auszählen, wenn der Kampf vorbei ist. Überleben werdet ihr diesen Kampf nicht, aber wenn ihr ihn ehrenvoll hinter euch bringt, will ich euren Verrat aus meinem Gedächtnis streichen und euch in meiner Erinnerung wieder *zusha* und *gesha* nennen.«

Thalon war der Meinung, daß Eiserne Maske sich ungeschickt verhielt. Seiner Meinung nach sollte er den Leuten Hoffnung machen, den Kampf überleben und in Ehren wieder bei den Piraten aufgenommen werden zu können. Nur so konnte er erreichen, daß die Meuterer Kampfeswillen zeigten. Thalon versuchte sich in ihre Lage zu versetzen. Die Worte des *kulko* würden alles andere als Begeisterung in ihnen weckten. Schließlich beschimpfte Eiserne Maske sie als allerletzten Abschaum und bot ihnen nichts als ein fragwürdiges Angedenken nach ihrem Tod, falls sie sich heldenhaft genug schlugen.

Aber Thalon sollte sich gründlich täuschen. Zu seiner grenzenlosen Überraschung standen in allen Gesichtern Begeisterung und grenzenlose Ergebenheit. Die zerlumpte, waidwunde und gedemütigte Truppe hob die Waffen, jubelte dem *kulko* frenetisch zu und ließ ihn hochleben. Obwohl Thalon wußte, wie wichtig jeder zusätzliche Waffenarm in der bevorstehenden Auseinandersetzung wäre, fühlte er so etwas wie Bestürzung. Mehr als alles andere zeigte das Verhalten der Meuterer, welche Macht Eiserne Maske über Menschen besaß, wie er ihnen seinen Willen aufzwang und sie gleichzeitig dazu brachte, diesen Zwang obendrein als befreienden Akt zu empfinden. Thalon war nicht sicher, ob Eiserne Maske seine Tat beim Untergang der *Schwert des Praefos* nur schöngeredet hatte oder wirklich glaubte, was er sagte. In einem allerdings hatte der *kulko* wohl wirklich recht: Er selbst war als charismatische Führungsgestalt der Flibustier nicht zu ersetzen. Ohne ihn wären die Piraten nichts weiter als Seeräuber, die jede blutige Gelegenheit suchten, um Beute zu machen, sich aber niemals für ihren jeweiligen Anführer in den Tod werfen würden.

Eiserne Maske gab den Befehl, an jeden *zusha* und *gesha* einen halben Becher Rum auszuschenken, was ihm weitere Hochrufe von allen Seiten einbrachte. Dann wandte er um und stieg die Treppe zum Achterkastell hinauf.

Er sah zu den Praefos-Schiffen hinüber, die jetzt bereits ohne Fernrohr zu erkennen waren und mit Vollzeug vor dem leicht auffrischenden Wind lagen. Das zweite Schiff hatte aufgeschlossen. Nur einen Steinwurf voneinander entfernt, segelten die Karavelle und die Karracke auf die Öffnung der Bucht zu. Die Zeit der Entscheidung lag nicht mehr fern.

Eiserne Maske sprach kurz mit Canja Murenbreker und Valerion Costald. Im Augenblick besaß man noch den Vorteil, vom Mastkorb aus die feindlichen Schiffe beobachten zu können, während dem Feind durch die bewaldete Landzunge im Nordwesten die Sicht versperrt wurde. Vom Meer aus könnte man von der *Vumachan* und der *Seewolf* nur die obere Hälfte der Mastbäume erkennen. Das würde sich erst ändern, wenn die Feindschiffe die Einfahrt der Bucht erreichten.

Trotzdem gab Eiserne Maske vorsorglich Befehl, alle entbehrlichen Leute unter Deck zu schicken. Der Feind sollte den Eindruck gewinnen, die *Vumachan* und die *Seewolf* seien leicht zu übertölpeln. Davon ausgenommen waren die zehn Meuterer. Eiserne Maske befahl Barid zu sich und befahl ihm, mit seinen Leuten in die Jolle zu steigen und gegenüber der *Schwarze Rose* Stellung zu beziehen.

Der *kulko* wartete, bis die Jolle im Schutz der Landzunge auf Position gegangen war. Dann gab er Meraldus Anweisung, den Anker zu lichten sowie Besan- und Stagsegel zu setzen, um die *Vumachan* manövrierfähig zu machen. Meraldus gab die Befehle umgehend weiter. Sofort sprangen mehrere seiner Matrosen in die Gangspill und stemmten sich mit rhythmischem Gesang gegen die Holme. Andere enterten die Wanten hinauf. Die Ankerkette klirrte und quietschte. Langsam hob sich der schwere Stockanker aus dem Wasser. Auch auf der *Schwarze Rose* und der *Seewolf* wurden die Anker gelichtet, auf der *Seewolf* ebenfalls kleine Segel gesetzt. Als die Segel der *Vumachan* festgemacht waren, scheuchte Meraldus die verbliebene Decksmannschaft zum Backbrassen. Die Brise drückte die *Vumachan* und die *Seewolf* zu sehr gegen den Strand. Meraldus und Shanka mußten gegen den Wind kreuzen, um mit ihren Schiffen die strategisch günstigen Positionen an den Breitseiten der Bucht zu halten. Hoch oben am Großmast turnte Babbil in einer Want herum, grinste und winkte Thalon zu, als er dessen Blick auf sich spürte.

Eiserne Maske sah kurz zu Thalon hinüber, der an Lee neben Cedira am Schanzkleid lehnte.

»Ced! Thalon!« rief er. »Was treibt ihr da? Glaubt ihr, die Sache ginge euch nichts an? Bewegt eure Ärsche! Ich will euch an meiner Seite sehen!«

Die beiden beeilten sich, der Anordnung Folge zu leisten, und bewegten sich nach Luv, wo Eiserne Maske das Fernrohr bereits wieder ans Auge gesetzt hatte und das Deck des voraussegelnden Praefos-Schiffes absuchte. Der *kulko* ließ das Fernrohr sinken und sah Cedira an. »Was tätest du, wenn du Nhood wärst, Ced?«

»Kann mich nicht in so 'nen Kotzbrocken reinversetzen«, murrte die Zwergin. »Außerdem ist er 'ne blöde Landratte. Aber ich kann dir sagen, was ich als Kapitänin des Kahns täte.«

»Genau das will ich von dir hören«, sagte Eiserne Maske. »Spuck es aus.«

»Ich würde darauf wetten, daß die halbe Mannschaft besoffen in der Kaschemme hockt, und darauf setzen, daß sie nicht mehr rechtzeitig herbeigeholt werden kann. Deshalb würde ich mit vollen Segeln in die Bucht preschen, um meinen Vorteil wahrzunehmen.«

»Genau das macht der Kahn, Ced. Und weiter?«

»Ich würde die *Vumachan* angreifen, weil sie schlechter bewaffnet ist, und dem zweiten Schiff Weisung geben, mich gegen Angriffe der *Seewolf* abzuschirmen.

Ist die *Vumachan* geknackt, kann man gemeinsam die *Seewolf* erledigen.«

»Ausgezeichnet, Ced!« lobte der *kulko*. »Du bist zu den gleichen Ergebnissen gekommen wie ich. Jetzt können wir nur noch hoffen, daß der Bastard Nhood oder sein Kapitän tun, was wir von ihnen erwarten. Aber im Grunde bleibt ihnen nicht viel anderes übrig, wenn sie den Kampf in der Bucht und nicht auf See entscheiden wollen.«

»*Atar-ator!*« schrie Zipp, den Eiserne Maske zusätzlich zu Babbil in den Ausguck am Großmast geschickt hatte, um mit einem Fernrohr die Kimm abzusuchen. »Schwarzes Segel über Backbordbug! Drittes Schiff nähert sich!«

Eiserne Maske fluchte und enterte selbst in die Großmastwant. Trotz seiner Hakenhand bewegte er sich geschickter und schneller als jeder andere an Bord der *Vumachan*. Ungeduldig riß er Zipp das Fernrohr aus der Hand und sah eine Weile hindurch. Dann kehrte er genauso schnell zum Achterkastell zurück, wie er es verlassen hatte.

Canja und Valerion sahen ihn fragend an.

»Ein seltsam großes und breites Schiff«, erklärte der *kulko*. »Hab so was noch nie gesehen. Scheint eine Galeere mit zusätzlichen Segeln zu sein. Kommt rasch auf. Viel schneller, als es eigentlich dürfte.«

»Ch'Ronch'Ra?« fragte die Kaufherrin mit gerunzelter Stirn.

»Anzunehmen«, gab Eiserne Maske zurück. Seine Augen blitzten voller Kampfeslust. »Die Dämonendiener kommen mir gerade recht. Dann ist es ein Abbacken. Ich freue mich schon darauf, den Kahn auseinanderzunehmen. Als Nachtisch.«

Den besorgten Gesichtern nach zu urteilen, schienen Canja und Valerion die Unbekümmertheit des *kulko* nicht zu teilen. »Wird es die Bucht erreichen, bevor die

Schlacht mit den Praefos-Schiffen beendet ist?« fragte Valerion.

Eiserne Maske zuckte die Schultern. »Schon möglich.«

Canja und Valerion schwiegen. Bisher besaß man den Vorteil, zwei Feindschiffen mit drei eigenen Schiffen begegnen zu können. Mit der Ankunft der Galeere zöge der Feind gleich.

»Für eine Änderung der Strategie ist es ohnehin zu spät«, sagte Meraldus, der zugehört hatte. Entschlossen zog er sich den großen Hut noch tiefer in die Stirn.

Fast im gleichen Augenblick tauchte der Bug des ersten Praefos-Schiffes an der Einfahrt der Bucht auf, drehte sich in die Bucht hinein. Das Schiff ging auf Südwestkurs und segelte geradewegs auf die *Vumachan* zu.

Eiserne Maske zwinkerte Cedira zu. »Nhood ist nicht nur ein Bastard, sondern auch ein Hornochse!« rief er ihr triumphierend zu. Dann trat er an das Geländer des Achterkastells, hieb die Hakenhand so heftig hinein, daß das Holz splitterte, holte tief Luft und schrie gellend über das Mitteldeck: »*Atar-ator!* Alle Mann an Deck! Raus, ihr Ärsche, zeigt der verwanzten Praefosgarde eure Muskeln! Flibustier! Seeleute! Hackt dem Gesindel die Rüben von den Schultern!«

Seine Stimme war über die ganze Bucht hinweg zu hören.

Ein Strom von johlenden, waffenschwingenden Kämpfern ergoß sich aus sämtlichen Niedergängen der *Vumachan* an Deck. Auch auf den Decks der *Seewolf* und der *Schwarze Rose* wimmelte es alsbald von Piraten. Waffen blitzten im Licht der Praiosscheibe, *geshas* stürzten zu den Geschützen, ein vielstimmiges Kampfgeschrei erscholl von einem Ende der Bucht zum anderen.

Das Praefos-Schiff kam mit geblähten Segeln rasch näher. An Bord schimmerten Helme und Waffen, glänzten gewachste Lederpanzer, auf denen in roter Farbe über dem Herzen eine geballte Faust aufgemalt war, das Symbol der verhaßten Praefosgarde. Dazwischen waren auch Männer und Frauen ohne Rüstungen zu erkennen. Offensichtlich hatte sich alles an Deck versammelt, was Waffen tragen konnte. Auf dem Bug prangte der Name der Karavelle: *Praefos Gorm*.

Das Praefos-Schiff änderte den Kurs nicht, obwohl die Schiffsführung inzwischen entdeckt haben mußte, daß man ihnen eine Falle gestellt hatte. Das Geschrei und das Gewimmel an Bord der *Vumachan* und der *Seewolf* straften die Annahme Lügen, es mit verwaisten Schiffen zu tun zu haben, gegen die man einen Überraschungsschlag führen konnte. Und der Anblick der *Schwarze Rose*, die sich aus der Tarnung der Klippe gelöst hatte und in den Wind drehte, mußte den Praefosgardisten als weiterer harter Schlag erschienen sein.

»Bei Boron!« fluchte Praefos Gorm, als er sah, daß man es mit drei Schiffen zu tun hatte. »Eiserne Maske ist bereits in der Bucht!«

»Was sollen wir jetzt tun?« fragte Nhood unsicher. Alles hatte so einfach ausgesehen. Die hinter ihnen segelnde *Faust des Praefos* sollte das Piratengesindel der *Seewolf* vom Kampf fernhalten, während die *Praefos Gorm* für klare Verhältnisse auf der *Vumachan* gesorgt hätte.

»Scheiß dir nicht in die Hosen, Kerl!« herrschte der Praefos ihn an. »Es wird ein bißchen rauher, aber dafür haben wir den ganzen Spaß auf einmal. Jetzt kann die Praefosgarde zeigen, was sie kann!«

Für eine Änderung der Strategie war es ohnehin zu spät. »Weiteres Schiff nähert sich backbord über Heck!« rief der Ausguck.

»Noch ein Pirat?« brüllte Gorm den Mast hinauf.

»Sieht wie eine altertümliche Galeere aus, mein Praefos«, kam die Antwort zurück. »Schwarzes Holz, schwarze Segel.«

»Galeere?« knurrte Gorm. »Dann ist es kein Pirat.«

Nhoods Herz tat vor Freude einen Sprung. Bei der Galeere konnte es sich nur um das Schiff der Diener des Ch'Ronch'Ra handeln. Damit kam das Kräfteverhältnis nicht nur wieder ins Lot, sondern wandelte sich eindeutig zu ihren Gunsten.

Zu meinen *Gunsten,* stellte er für sich richtig. Er grinste und sagte: »Um die müssen wir uns wirklich keine Sorgen machen.«

Der Praefos sah ihn mißtrauisch an. »Woher willst du das so genau wissen?«

Nhood war wütend, daß ihm die Bemerkung hinausgerutscht war. Er versuchte seinen Fehler wiedergutzumachen. »Ich? Ich weiß gar nichts. Wart Ihr es nicht, Praefos, der gerade eben sagte, es könnten keine Piraten sein?«

»Blödes Arschloch!« Gorm wandte sich an Yortas. »Hart steuerbord und klar bei den Geschützen!«

Die Kapitänin gab den Befehl an den Rudergänger und die Geschützmeister weiter.

Die *Faust des Praefos* drehte jetzt ebenfalls in die Bucht und nahm wie befohlen Kurs auf die *Seewolf.* Aber der Weg zu ihr wurde ihr von der *Schwarze Rose* versperrt. Wie ein Keil schob sie sich zwischen die beiden Praefos-Schiffe. Langsam drehte sich das Piratenschiff, bis es der *Praefos Gorm* den Bug und der *Faust des Praefos* die Breitseite zukehrte. Die Schweren Rotzen des Piratenschiffs begannen ihr Fracht gegen die *Faust des Praefos* zu spucken. Der Kurswechsel der *Praefos Gorm* brachte nicht die erwünschte Wirkung, da die *Vumachan* sofort gegensteuerte und auf das Praefos-Schiff zuhielt. Fast im gleichen Augenblick flogen die ersten

Geschosse aus den Geschützen der *Seewolf* und der *Vumachan* auf die *Praefos Gorm* zu.

»Schießt zurück, verdammt noch mal!« schrie der Praefos mit zornrotem Gesicht.

Die Schweren und Mittelschweren Rotzen schleuderten Eisenkugeln gegen die beiden feindlichen Schiffe, obwohl der Schußwinkel nicht besonders günstig war.

Die Schlacht hatte begonnen.

15. Kapitel

Die Bucht von Nosfan

Murenius starrte dem Eiland Nosfan entgegen, das sich wie ein borstiges Gewächs aus dem Meer erhob. Tatsächlich wirkte es jetzt, da die Galeere Kurs auf die Einfahrt der Bucht nahm, eher wie ein gewaltiger Venushügel. In den Wäldern wollte er Schamhaar erkennen, in der Felspforte zur Bucht eine Lustgrotte mit bizarr geformten Schamlippen. Murenius fragte sich, ob das seine eigenen Gedanken waren oder Ch'Ronch'Ra weiter in ihm wuchs und ihn mit seinen gierigen Phantasien überschwemmte.

Fast krampfhaft umklammerte Murenius die Reling, beugte sich leicht über das Schanzkleid und sah auf den dünnen Wasserstrahl, der stetig aus den Speigatts ins Meer floß, von emsig schuftenden Dienern aus der Bilge der Galeere gepumpt. Darunter bewegten sich in schnellem Schlag die Ruderblätter, nach vorn, eintauchend, durchziehend, heraustauchend, wieder voranschnellend, unerbittlich, in vollendetem Gleichklang, bewegt von einer Kraft, die niemals ermüdete. Neben ihm stand Shevanu, die mit dem Rücken am Schanzkleid lehnte und müßig zusah, wie die Diener ihre Waffen gürteten und die Helme aufsetzten. Murenius nahm die Priesterin kaum wahr, und die Dienersoldaten wollte er im Augenblick noch gar nicht sehen.

Mühsam nur wahrte er das Gesicht des Befehlshabers, des obersten der Diener, des Hohenpriesters von Ch'Ronch'Ra. Er hatte den Eindruck, daß ihm alles entglitt. Er konnte sich kaum lange auf irgend etwas konzentrieren, fühlte sich wie ein Tier, das nicht plante, sondern von seinen Instinkten getrieben wurde. In diesem Fall waren es nicht einmal seine eigenen Instinkte, sondern die des Dämons. Seit Ch'Ronch'Ra überfallartig versucht hatte, sich seines Körpers zu bemächtigen, war Murenius nur noch ein Schatten seiner selbst. Er war Shevanu dankbar dafür, daß sie das einzig Richtige getan und ihn niedergeschlagen hatte. Nur so war Ch'Ronch'Ra zu vertreiben gewesen. Einen zweiten Angriff dieser Art hatte Ch'Ronch'Ra bisher nicht versucht, möglicherweise aus einer gewissen Einsicht heraus, aber Murenius wußte, daß der Dämon jederzeit in der Lage war, seine Attacke zu wiederholen. Die schleichende Übernahme verfolgte er ohnehin weiter. Die dunklen Kräfte, die Ch'Ronch'Ra antrieben und bestimmten, gierten nach einem neuen *h'vas*. Früher oder später würde der Dämon sich nicht mehr zügeln können und Murenius' Hirn ganz und gar überschwemmen. Der Hohepriester glaubte nicht, daß ihn noch einmal ein beherzter Schlag der Priesterin retten konnte. Unbewußt spürte er, wußte er, daß der nächste Angriff schneller und gründlicher erfolgen würde, eine Inbesitznahme, die niemand mehr rückgängig machen konnte. Murenius kannte das Schicksal der *h'vas*, die vor ihm Ch'Ronch'Ra gedient hatten. Niemand hatte sein eigene Persönlichkeit behalten. Bis auf einen, den *h'h'vas*. Und dieser eine war zu Murenius letzter Hoffnung geworden. Er klammerte sich wie ein Ertrinkender an die Aussicht, Thalon in seine Gewalt zu bringen und vor den Steinkopf zu zerren. Er versuchte, Ch'Ronch'Ra diese Vorstellung zu vermitteln, und hoffte, daß dieser verstanden hatte. Ob er sich allerdings so lange zu bezähmen vermochte, war eine andere Sache.

Murenius fragte sich, wie weit Ch'Ronch'Ra bereits in seine Gedankenwelt eingesickert war. Er spürte die Gier des Dämons nach geschlechtlichen Energien, nach Gewalt, Blut, rauschhaftem Töten. Je näher sie Nosfan kamen, desto höher züngelten die Flammen des dämonischen Feuers in ihm. Und desto größer wurde die Angst, Ch'Ronch'Ra werde sich seinen Begierden hingeben, nichts anderes mehr gelten lassen, den Körper seines Hohenpriesters übernehmen, um seine Triebe auszuleben. Wenn er Murenius' Gedanken wirklich lesen könnte, betriebe er die Übernahme aus einem weiteren Grund. Denn Murenius wußte, daß Ch'Ronch'Ra es im Körper von Murenius nicht nötig hatte, Thalon zum Steinkopf bringen zu lassen. Es reichte aus, den *h'h'vas* mit dem Blick des Dämons zu bannen, ihn vielleicht mit Murenius' Händen zu berühren, um den Kontakt wieder herzustellen und in den neuen Wirtskörper einzudringen. Fieberhaft und verzweifelt versuchte Murenius, diesen Gedanken wieder tief in seinem Innern zu verstecken.

Ch'Ronch'Ra sprach nicht mehr mit ihm, konnte es wahrscheinlich nicht mehr. Er schien die Technik vergessen zu haben, sich artikuliert mitzuteilen, oder legte keinen Wert mehr darauf. Wahrscheinlich betrachtete er Murenius' Körper längst als sein Eigentum. Statt sich mit seinem Hohenpriester zu verbinden, beider Kräfte zu bündeln, überlagerte Ch'Ronch'Ra den Geist seines *h'vas* immer mehr und erdrückte ihn. Das schlimmste daran war, daß Murenius nicht mehr in der Lage war, Magie anzuwenden. Immer wieder versuchte er Ch'Ronch'Ra mitzuteilen, es sei ein Vorteil, seinen Hohenpriester freizugeben und ihm zu erlauben, die Gestalt des Adlers anzunehmen. Doch der Dämon hörte ihn nicht oder wollte ihn nicht hören.

349

Murenius richtete die Augen wieder auf die Insel. Das letzte der beiden Praefos-Schiffe passierte gerade die Einfahrt zur Bucht. Um die angeschlagene Dienerschar zu schonen, wäre es Murenius lieb gewesen, Ch'Ronch'Ra hätte die Galeere etwas langsamer an die Insel herangerudert. Aber die Inbesitznahme des *h'h'vas* duldete keinen Aufschub, ebensowenig wie die Vernichtung der Piraten und der Tod des Praefos. Falls Murenius im Besitz des eigenen Willens aus der Auseinandersetzung hervorginge, falls er fähig wäre, danach wieder seine eigene Pläne zu verfolgen, müßte Nhood nach der Schlacht der Sieger und neue Praefos von Ghurenia sein.

Murenius wandte sich um und sah die wartenden Diener an. Er faßte Xonto und Fenu ins Auge, die seine Führerschaft längst in Zweifel zogen. Kapitänin Harubus schaut grimmig vom Ruderstand herüber. Murenius fuhr sich fahrig über den Kinnbart, der längst nicht mehr so gepflegt aussah wie früher. Dann nahm er den letzten Rest seiner Überzeugungskraft zusammen und schwor die Männer und Frauen darauf ein, im bevorstehenden Kampf noch einmal alles zu geben. Für Ch'Ronch'Ra!

Canja Murenbreker blickte durch das Fernrohr und suchte das Heckkastell der *Praefos Gorm* ab. Plötzlich stieß sie einen erstickten Schrei aus und ließ das Fernrohr sinken.

»Du hast Nhood entdeckt?« fragte Valerion leise.

Canja nickte. Ihr Gesicht war kalkweiß. Sie biß sich auf die Unterlippe. Ihre Stimme klang rauh, als sie sprach. »Aber sein Anblick erschreckt mich nicht. *Er* ist an Bord.«

»*Er?*« erwiderte Valerion Costald. »Du meinst…«

»Ja, Valerion!« Sie hob die Stimme und schrie es beinahe hinaus: »Gorm, dieser Erzschurke! Der Praefos von Ghurenia befindet sich an Bord seines Flagg-schiffs!«

Die es gehört hatten, erstarrten einen Augenblick lang. Auch Thalon und Cedira erging es so. Sie glaubten ihren Ohren nicht trauen zu können. Was tat der Praefos hier draußen in der Bucht von Nosfan? Seit Jahren verschanzte er sich in seiner Festung in Ghurenia und zwang seine Gegner zu den abenteuerlichsten Manövern und Plänen, um an ihn heranzukommen. Und plötzlich begab er mit nur zwei Schiffen hinaus auf die See? War der Despot einfach nur leichtsinnig, oder hatte ihn der Wahnsinn in den Griff bekommen?

Kulko Eiserne Maske riß das eigene Fernrohr hoch, bevor die Kaufherrin noch zu Ende gesprochen hatte. Fieberhaft suchte er das Achterkastell des feindlichen Schiffs ab. Plötzlich stieß er einen wilden Triumph-schrei aus, der jedes andere Geräusch an Bord über-tönte. Mit einem gewaltigen Sprung schnellte er sich zum Rand des Achterkastells, schlug die Hakenhand in das stehende Gut und brüllte über das Deck: »Flibu-stier! *Zusha* und *gesha*! Unser schlimmster Feind, den wir in all den Jahren nur ein einziges Mal vor die Messer bekommen haben und der uns damals entwischt ist, befindet sich auf dem Schiff dort drüben: der arsch-geborene Hurensohn Gorm, der sich Praefos von Ghurenia nennt, die größte Pestbeule des Südmeers! Piraten! Kampfgefährten! Meine Kinder! Heute ist der Tag der Tage! Dies ist die Schlacht der Schlachten! Ich verlange euer Äußerstes! Nehmt den verdammten Kahn auseinander! Metzelt alles nieder! Jeden Schwanz und jede Fotze! Aber laßt die fetteste aller Nattern für mich! Tod der Praefosgarde! Schnappt sie euch! Jeden einzelnen! Tod der Stinkbeule Gorm!«

Rauhes, begeistertes Geschrei, das sich zu einem infernalischen Orkan steigerte, antwortete ihm von allen Seiten. Die Piraten hieben mit ihren Säbeln durch die

Luft, fuchtelten mit Messern und Enterhaken herum, stachen mit Lanzen und Degen nach unsichtbaren Gegnern. Die Männer und Frauen waren kaum aufzuhalten. Die ersten schienen drauf und dran zu sein, ins Wasser zu springen, um dem verhaßten Feind so schnell wie möglich auf die Pelle zu rücken.

Mit glühenden Augen, aus denen beinahe Funken zu stieben schienen, wandte sich Eiserne Maske um. »Endlich! Für diesen Tag habe ich gelebt! Diesmal entkommt er mir nicht! Ihr Kaufherren, schätzt Euch glücklich! Es wird alles viel einfacher, als wir es uns vorgestellt haben! Wir werden Gorm hier und jetzt töten. Höchstpersönlich werde ich ihm den Kopf abschneiden und auf den Bugspriet spießen. Mit seiner Beulenfratze voran werden wir nach Ghurenia segeln!«

Valerion sprach aus, was alle dachten. »Was kann den Praefos dazu gebracht haben, den Schutz seiner Festung zu verlassen?«

Der *kulko* zuckte die Achseln. »Fragt einen Irren nicht, warum er irre ist. Nehmt es hin und nutzt es! Aber wenn Ihr es denn unbedingt wissen wollt: weil er alt wird und weiß, daß er nicht mehr viel Zeit hat. Weil er noch einmal im Blut baden will, den alten Zeiten als Söldner nachtrauert. Und weil er mich genausogern töten möchte wie ich ihn!«

»Wir dürfen nicht leichtsinnig werden, *kulko!*« warnte Cedira. »Der Schuft versteht etwas vom Krieg. Mit Nhood, dem grünen Hemdenschisser, hätten wir es einfacher gehabt. Gorm wird seine Leute antreiben. Sie werden ihn bis zum letzten Blutstropfen verteidigen.«

»Werden Sie das tun?« Eiserne Maske lachte. »Söldnerpack! Landratten! Die springen ins Meer, wenn es hart auf hart kommt!«

»Nicht wenn der verfluchte Praefos ihnen mit dem Degen im Nacken sitzt«, widersprach die Zwergin.

»Und wenn schon!« gab der *kulko* unbekümmert

zurück. »Schau dir unsere Leute an, Ced! Möchtest du einer solchen Horde gegenüberstehen? Ich habe von meinen *zusha* und *gesha* verlangt, das Schiff auseinanderzunehmen und jeden Schwanz und jede Fotze zu töten, die sie dort drüben finden. Bis auf die Pestbeule Praefos Gorm. Und genau das, ich schwöre es dir, werden meine *zusha* und *gesha* auch tun!«

Während er redete, beobachtete Eiserne Maske genau, was die *Praefos Gorm* tat. Als Gorm das Ruder herumreißen ließ, sprang Eiserne Maske höchstpersönlich zum Steuerrad der *Vumachan*, stieß die verdutzte Rudergängerin zur Seite und stemmte sich wie ein Wahnsinniger in das Rad. Die *Vumachan* schwang herum, drehte aus dem Schußbereich der Breitseite des Gegners heraus und nahm Kollisionskurs auf die *Praefos Gorm*.

»An die Geschütze!« schrie Eiserne Maske, während er noch am Steuerrad stand. »Schießt dem Drecksack die Segel in Brand! Ihr da vorn an den Aalen! Harpunen schießen, sobald wir nahe genug dran sind. Zieht mir das verdammte Praefos-Schiff heran! Alles zum Entern klarmachen!«

Auf der *Praefos Gorm* wurde erneut der Kurs gewechselt und gebraßt. Die *Vumachan* auf der einen sowie die *Seewolf* auf der anderen Seite gingen das Manöver mit und verhinderten, daß die *Praefos Gorm* in eine bessere Schußposition gelangte. Die ersten Eisenkugeln aus den Geschützen des Praefos-Schiffes flogen wirkungslos über die Piratenschiffe hinweg. Gleichzeitig spuckten die Rotzen und Hornissen der *Vumachan* ihre Feuerfracht aus. Eiserne Maske, der noch immer am Ruder stand, schaffte es, daß die *Vumachan* eine langgezogene S-Kurve beschrieb, bei der die Breitseite der Karavelle in eine schußgünstige Position hinein- und schnell wieder hinausdrehte, bevor sich die Geschützoffiziere der *Praefos Gorm* auf die veränderte

Lage einstellen und Treffer landen konnten. Matrosen enterten die Wanten der *Praefos Gorm* und refften die Hauptsegel, um das Schiff auf engem Raum manövrierfähiger zu machen. Aber das Manöver kam zu spät. Der Geschoßhagel der Piratenschiffe zeigte Wirkung. Zwei Gefäße mit Mengbillaner Feuer trafen das Mitteldeck und setzten es in Brand, mehrere Treffer mit Steingeschossen der *Seewolf* zertrümmerten mittschiffs einen Niedergang und rissen ein Loch in die Bugaufbauten. Die kleinen Geschosse mit Mengbillaner Feuer, die von den Hornissen der *Vumachan* abgeschossen wurden, brannten Löcher in die Segel und setzten das Kreuzmarssegel in Brand. Auf dem Praefos-Schiff rannten Matrosen und Praefosgardisten durcheinander. Mit Feuerpatschen drosch man auf die züngelnden Flammen an Deck ein. Eine Löschkette bildete sich und schaffte es, Dutzende von Wasserpützen zu den Brandherden durchzureichen. Wie es aussah, bekam man die Brände allmählich unter Kontrolle. Der Preis dafür war ein heilloses Durcheinander an Bord des Praefos-Schiffes.

Eiserne Maske stemmte sich erneut in das Steuerrad und ließ den Bug der *Vumachan* wieder auf die *Praefos Gorm* zutreiben.

Die leichten Torsionsspannungsgeschütze am Bug, in der Seemannssprache Aale genannt, spuckten die ersten Harpunen aus, deren Laufleinen sich von den sauber geschichteten Stapeln abrollten. Schon die erste Harpune fraß sich in das Schanzkleid der *Praefos Gorm*. Matrosenfäuste packten die Leine, belegten damit einen Poller und zogen sie straff. Die nächsten drei Schüsse gingen fehl, aber die vierte Harpune verfing sich im stehenden Gut des Praefos-Schiffes. Bald strafften sich zwei Seile. Eine weitere Harpune krachte gegen den Bug, prallte jedoch ab und fiel ins Wasser.

Eiserne Maske überließ der Rudergängerin wieder das Schiff und brüllte den *chica* zu, den Beschuß einzustellen. Auch auf der *Seewolf* kamen die Rotzen zur Ruhe. Die Gefahr, statt der *Praefos Gorm* das verbündete Schiff zu treffen, war zu groß geworden. Statt dessen landete die *Seewolf* ebenfalls einen Harpunentreffer. Die *Vumachan* und die *Seewolf* nahmen die *Praefos Gorm* spitzwinklig in die Zange und drifteten über Bug langsam auf Enterposition heran. Das Praefos-Schiff konnte ihnen nicht mehr entkommen.

Deutlich waren jetzt die Gestalten auf dem Achterkastell zu erkennen. Der Praefos, Nhood und einige Offiziere brüllten durcheinander und gaben Befehle, die einander zum Teil widersprachen und nur für weiteres Durcheinander sorgten. Der wild gestikulierende Gorm setzte seiner Kapitänin einen Faustschlag zwischen die Augen und schickte sie zu Boden. Gegen Nhoods Rücken führte er einen wuchtigen Schlag mit der Breitseite seines Schwertes. Nhood zuckte zusammen und griff wütend nach dem eigenen Schwert, ließ es dann aber doch stecken. Nachdem er seine Gefährten zum Schweigen gebracht hatte, schrie er: »Wir müssen wieder auf Schußdistanz gehen! Kappt die Kaperleinen, ihr räudigen Hunde!«

Mehrere mit Beilen bewaffnete Matrosen arbeiteten sich zum Bug vor und versuchten die Leinen zu kappen. Eiserne Maske schrie nach Bogenschützen, um die feindlichen Seeleute aufzuhalten. Zwei Piraten eilten mit Langbogen die Treppe zum Bugkastell hinauf.

»Zindba!« rief Valerion. »Drei unserer Leute sollen ihnen helfen!«

»Zu Befehl, Kaufherr!« antwortete die Obfrau der Waffenknechte, die ihre Leute bisher zusammengehalten hatte, um Canja und Valerion gegen Gefahren abzuschirmen. Sie schlug mit dem Säbel den Holzkeil einer Luke entzwei, öffnete das darunter verborgene

Waffenlager und ließ drei ihrer Untergebenen Armbrüste und Bolzen entnehmen. Im nächsten Augenblick
eilten die Waffenknechte, ein Mann und zwei Frauen,
zum Bug.

Auf der *Seewolf* stand eine Utulu im Bug, die etwas
plumper als Haya war, ihr ansonsten aber stark
ähnelte, und schickte gerade einen dünnen gefiederten
Pfeil aus ihrem Blasrohr zum Bug der *Praefos Gorm*. Der
Pfeil flog mit dem Wind, senkte sich hinab, ritzte den
Oberarm einer Matrosin und blieb in einer Planke
stecken. Trotz der winzigen Wunde fiel die Frau nach
wenigen Schritten zu Boden und wälzte sich schreiend
auf den Planken. Offenbar war die Spitze des Pfeils in
Gift getaucht worden.

Ein weiterer Matrose brach zusammen, als ihn der
Pfeil eines Langbogens im Bauch traf. Drei anderen
Matrosen gelang es, sich bis zu einer der Leinen vor-
zukämpfen. Zindbas Leute hatten das Vorderkastell
der *Vumachan* erreicht und spannten die Armbrüste.
Auf der *Praefos Gorm* wurde die erste Leine mit einem
Beilhieb gekappt. Bevor die drei Matrosen sich die
nächste Leine vornehmen konnten, kippte einer von
ihnen ins Meer. Ein Armbrustbolzen steckte ihm im
Hals. Ein zweiter wurde von dem Pfeil eines Bogenschützen am Oberschenkel verwundet und kroch blutend hinter eine Taurolle. Eine Frau, die sich als einzige
des Kommandos noch bewegen konnte, entschied sich
für den besseren Teil der Tapferkeit und robbte hinter das Schanzkleid. Einen weiteren Versuch, zu der
nächsten Harpunenleine vorzudringen, unternahm sie
nicht. Zwei weitere Harpunen bohrten sich in das
Schanzkleid der *Praefos Gorm* und machten den Verlust
der gekappten Leine mehr als wett. Zudem saßen die
Schüsse zu tief, als daß die Leinen von Bord aus erreicht werden konnten.

Die Praefosgardisten erwiderten den Beschuß. Zwei

Piraten brachen zusammen, darunter einer der beiden Bogenschützen.

Nur noch wenige Spannen trennten die Buge der *Vumachan* und der *Praefos Gorm* voneinander.

»Flibustier! Piraten! Wölfe der Meere!« schrie Eiserne Maske wie von Sinnen. »Denkt an meine Worte! Packt sie! Stecht sie ab! Schlitzt sie auf! Vernichtet das Praefos-Gesindel! Entert den verfluchten Kahn!«

Ein vielstimmiges Echo kam von allen Seiten. Die Piraten stürmten zum Bug. Enterleinen schlangen sich um Rahen und stehendes Gut. Piraten schwangen sich durch die Luft, Messer zwischen den Zähnen. Einige benutzten nur eine Hand, um sich am Seil festzuhalten, und reckten den Feinden mit der anderen Hand Beile, Enterhaken oder Säbel entgegen. Die ersten Piraten sprangen aus der Luft auf das Deck der *Praefos Gorm*.

Eiserne Maske zog das Florett und wandte sich an Canja und Valerion. Seine Augen funkelten wie die eines Raubtiers, das zum Sprung ansetzt. »Es gilt, Ihr Kaufherren! Wenn Ihr immer noch entschlossen seid, mit dem Lumpenpack abzurechnen, müßt Ihr mir folgen. Mich hält hier nichts mehr! Ced! Thalon! Ich will euch an meiner Seite haben!«

Der *kulko* stürmte los. Die Zwergin hatte ihre Streitaxt gepackt und fegte hinter ihm her. Thalon folgte ihr mit blank gezogenem Florett auf den Fersen. Aus den Augenwinkeln beobachtete er, daß Canja Murenbreker und Valerion Costald sich ihm anschlossen. Danach kamen Zindba und die verbliebenen sechs Schiffsknechte.

Der Rumpf der *Vumachan* erzitterte, als die Buge der beiden Schiffe aufeinandertrafen. Wenig später gab es einen zweiten, weniger heftigen Ruck. Der Bug der *Seewolf war* auf der anderen Seite mittschiffs gegen die *Praefos Gorm* geprallt. Auf dem Praefos-Schiff klirrte und klapperte es, als die Stöße etliche der Söldner von den Beinen holten und durcheinanderwarfen. Am Heck des Praefos-Schiffes tauchten verzerrte, blutgierige, zu allem entschlossene Piraten auf, deren Gesichter kaum noch menschlich zu nennen waren, sondern eher Dämonenfratzen glichen.

Die Jolle der Meuterer hatte die *Praefos Gorm* erreicht. Die von Eiserne Maske zum Tod verdammten Piraten stürzten sich mit unerbittlicher Entschlossenheit in ihre letzte Schlacht. Sie bekamen es auf der Stelle mit Gorms härtesten Söldnern zu tun, die sich um den Praefos auf dem Achterkastell versammelt hatten. Die ersten Söldner und Piraten sanken blutend auf die Planken, ein abgeschlagener Piratenkopf rollte über das Deck und blieb knapp vor Gorms Stiefeln liegen. Er versetzte dem langhaarigen Haupt einen verächtlichen Tritt.

Trotz der an Zahl, Rüstung und Waffen überlegenen Söldner brachte der Ansturm der Piraten-Meuterer die Phalanx der Praefosgarde ins Wanken. Hauend, stoßend und fechtend mußten sie einen Teil des Hecks freigeben. Praefos Gorm keifte und spuckte vor Wut. Mit dem blanken Schwert trieb er seine Leute vor sich her und stellte sie vor die Wahl, entweder unter den Hieben der Piraten oder unter seinen eigenen zu sterben. Die Söldner droschen mit dem Mut der Verzweiflung auf die Piraten-Meuterer ein.

Eiserne Maske hatte sich über eines der zurückschwingenden Seile auf das Vorderkastell der *Praefos Gorm* geschwungen. Im gleichen Augenblick, als sich der *kulko* auf den Planken des Praefos-Schiffes abfederte, durchdrang sein nach vorn gerichtetes Florett bei einem der Gardisten bereits die Fuge zwischen Brustpanzer und Helm, bohrte sich von unten in das Gehirn des Mannes. Blitzschnell zog Eiserne Maske die Waffe zurück und wandte sich bereits einem zweiten Söldner zu, der mit einem Schwert auf ihn eindrang. Der *kulko* wich dem Hieb elegant aus und jagte dem Gegner die Klinge in den Unterleib.

Cedira und Thalon nutzten wie Eiserne Maske freie Enterleinen, um sich an Bord des Praefos-Schiffes zu schwingen. Vor und hinter ihnen enterten Piraten das Schiff, einige an Leinen hängend, andere, indem sie Enterhaken oder Messer in das Schanzkleid stießen und sich daran hinaufzogen. Die *gesha*, die an den Hornissen gestanden hatten, warfen jetzt Wurfanker, und bald hingen weitere freie Leinen in der Luft. Wo sich die Buge der Schiffe berührten, konnte man auch ohne derartige Hilfsmittel hinüberklettern. Die Mehrheit der Angreifer wählte diesen Weg, darunter auch Canja, Valerion, Zindba und die Waffenknechte. Canja Murenbrekers führte die Gruppe an. Ihr Gesicht glühte. Sie trug ein zwei Spann langes Messer in der Rechten, hatte nur Augen für den blutigen Weg des *kulko* durch die Reihen seiner Feinde und drängte ihm nach. Für einen entschlossenen Söldner wäre die zierliche Frau wahrscheinlich eine leichte Beute gewesen, aber Canja hatte Glück. Alle Söldner mußten sich gegen angreifende Piraten ihrer Haut wehren. Niemand beachtete sie.

Auf Valerions eindringlichen Befehl hin stürmte Zindba an Canjas Seite und versuchte sie abzuschirmen. Valerion selbst schloß ebenfalls auf. Er führte einen kostbar verzierten Degen in der Rechten. Obwohl man ihm ansah, daß auch er kein schlachterprobter Recke war, zudem ein in die Jahre gekommener Mann mit nicht immer flüssigen Bewegungen, wirkte er wachsam und entschlossen.

Thalon kämpfte neben Cedira gegen drei Söldner. Die Zwergin hieb ihrer gepanzerten Gegnerin die Axt derart wuchtig in das Bein, daß der Knochen oberhalb des Knies durchschlagen wurde. Als die Söldnerin einknickte, fiel das nur noch an Hautfetzen hängende Bein ab, und ein Blutschwall schoß aus der Wunde. Thalon hatte es ebenfalls mit einer Frau zu tun, die ihn mit ihrem Kurzschwert attackierte. Die Frau war kräftiger als er und schlug mit unglaublicher Wucht zu. Einen Schlag parierte Thalon mit dem Florett und entging einer tödlichen Verwundung nur deshalb, weil es ihm im letzten Augenblick gelang, die Hiebrichtung mit dem Faustkorb seiner Waffe abzulenken. Dann, nur einen winzigen Augenblick lang, sah er eine Lücke in der Deckung seiner Gegnerin und stieß zu. Das Florett drang der Frau unter der Achselhöhle in die ungeschützte Flanke. Mit einem ungläubigen Gesichtsausdruck brach die Söldnerin zusammen.

Der dritte Söldner war ein Glatzkopf, der im Kampf bereits den Helm verloren hatte. Die einzigen Haare, die der Mann im Gesicht trug, bildeten gewaltige Koteletten. Der Söldner starb, als Thalon und Cedira ihre Waffen gleichzeitig auf seinen Körper hinabsenkten. Niemand vermochte zu sagen, ob der Stich ins Herz oder der Axthieb zwischen die Augen seine Lebensflamme zum Erlöschen brachte.

»He, Spatz, bin begeistert von dir!« keuchte die Zwergin, bevor sie sich dem nächsten Gegner zuwandte.

Ringsum klirrten die Waffen, starben Praefosgardisten und Piraten. Auch einer der Waffenknechte zahlte den Versuch, Valerion vor einem Angreifer zu schützen, mit seinem Leben. Bevor der Söldner die Waffe aus dem Bauch des Gefallenen gezogen hatte, stieß Valerion ihm den Degen in den Hals.

Noch immer waren die Piraten in der Unterzahl, und man mußte den Praefosgardisten zubilligen, daß sie ihre Haut teuer zu Markte trugen. Dann jedoch fluteten die Flibustier von der *Seewolf* auf das Praefos-Schiff und kehrten das Kräfteverhältnis auf Bugkastell und Mittelschiff um. Langsam wurden die Söldner zum

Heck gedrängt. Eiserne Maske kämpfte an der Spitze seiner Männer und wütete wie entfesselt zwischen den Feinden.

Auf dem Achterkastell waren die meisten der Piraten-Meuterer inzwischen der Übermacht zum Opfer gefallen, aber die restlichen drei Piraten, unter ihnen Barid, ließen keinen Augenblick lang in ihren Anstrengungen nach. Mit ihrem wütenden Ansturm verhinderten sie, daß der geifernde Praefos Gardisten vom Achterkastell abziehen und auf das Mitteldeck schicken konnte. Ein weiterer der ehemaligen Meuterer wurde enthauptet. Neben ihm brach sein Mitstreiter zusammen. Barid sammelte seine letzten Kräfte und stürmte, wilde Axthiebe nach allen Seiten austeilend, mitten in einen Pulk von Gardisten.

»Ich habe sechs von dem Gesindel getötet, *kulko!*« schrie er Eiserne Maske zu. »Und das hier ist mein siebter!« Seine Axt krachte in den Lederpanzer eines Praefosgardisten, so daß er auseinanderklaffte, und legte durchtrennte blutige Rippen frei.

»Du hast deine Sache gut gemacht, *gesha*!« rief ihm Eiserne Maske zu. »Wenn wir alle drüben auf dem anderen Meer sind, fährst du wieder auf meinem Schiff!«

Mehrere Gardisten droschen gleichzeitig auf den Mann ein. Barid verlor jetzt auch den gesunden Arm, der die Axt führte. Ein Kurzschwert bohrte sich tief in seine Lunge.

»Es lebe *kulko* Eiserne Maske!« röchelte Barid. Dann spuckte er einen Schwall Blut aus und sank mit brechenden Augen zu Boden.

Thalon mußte sich gegen einen giftigen Praefosgardisten wehren, der kaum größer als Cedira, aber noch stämmiger als die Zwergin war. Der Mann war schnell und kraftvoll. Sein Schild schien überall zu sein und hatte bisher jeden Stich abgefangen, den Thalon mit seinem Florett gegen ihn führte. Gleichzeitig ließ er die stachlige Kugel seines Morgensterns kreisen und brachte Thalon in ernste Verlegenheit. Plötzlich riß der Gardist den Morgenstern zur Seite. Thalons Florett verfing sich in der Kette und wurde ihm aus der Hand gerissen. Thalon kam durch den Ruck ins Stolpern und rutschte auf den Planken aus, die glitschig waren vom Blut der Gefallenen. Schutzlos und mit geweiteten Augen sah er zu, wie der Gardist die Stachelkugel nach hinten zog, um zu einem gewaltigen Schlag auszuholen.

Plötzlich sauste ein Wurfstern heran und traf den Mann im Gesicht. Obwohl ohne große Wucht geworfen, drang eine der Zacken dem Mann in das linke Auge, und er schrie auf. Der Morgenstern sauste über Thalons Kopf hinweg und krachte gegen das Schanzkleid. Aus den Augenwinkeln sah Thalon, wem er die Rettung zu verdanken hatte. Der vollbärtige Shuuk stand auf der anderen Seite des Decks und grinste ihm zu. Er warf gerade einen weiteren Wurfstern in einen Pulk von Praefosgardisten, bevor er sich wieder mit dem Säbel auf den nächsten Feind stürzte.

Shuuks Attacke hatte Thalon nur eine Atempause verschafft. Der Praefosgardist war auf einem Auge blind, aber keineswegs kampfunfähig. Der Schmerz und die Wut machten ihn noch gefährlicher. Thalon war noch immer waffenlos. Obwohl es ihm gelang, sich zur Seite zu rollen, versuchte er vergeblich hochzukommen. Seine Füße fanden auf dem glitschigen Holz keinen Halt.

Im nächsten Augenblick fiel ein schartiger Säbel vom Himmel und bohrte sich unmittelbar vor Thalon in das Holz.

»Wehrt Euch gegen das abscheuliche Ungeheuer, edler Thalon!« kam eine helle Stimme von der Rahe über ihm.

»Danke, Babbil!« rief Thalon, umklammerte das Heft

des Säbels, zog die Waffe aus dem Holz und wehrte den nächsten Hieb des Angreifers ab. Dann rollte er zur Seite, stemmte sich gegen das Schanzkleid und kam endlich auf die Beine. Mit einer Körpertäuschung unterlief er den Gardisten und schlug mit dem Säbel zu. Er traf den Mann am Hinterkopf, und der Lederhelm vermochte den Hieb nicht aufzuhalten. Der Gardist krachte zu Boden, der Morgenstern rollte davon.

Ein kleiner Schatten huschte über das Deck. Wenig später stand Babbil neben Thalon und reichte ihm, das Heft voran, das davongerollte Florett. »Edler Thalon, ich glaube, mit dem spitzen Ding wißt Ihr besser umzugehen als mit dem Säbel!«

Verdutzt nahm Thalon die Waffe entgegen. Bevor er sich bedanken konnte, war Babbil schon wieder eine Want hinaufgeklettert und turnte zwischen verkohlten Segelfetzen herum.

Der Widerstand auf dem Mitteldeck erlahmte. Die überlebenden Praefosgardisten zogen sich zu ihrem Befehlshaber auf das Achterkastell zurück. Es stand nicht gut für die Sache des Praefos. Gorm tobte herum, drohte den Söldnern, sie persönlich aufzuschlitzen, falls sie nicht mit letzter Kraft für ihn kämpften, schrie ein über das andere Mal, wo denn die *Faust des Praefos* bleibe. Nhood stand stumm an seiner Seite. Er sah blaß aus.

Einen Augenblick lang kamen die Kampfhandlungen beinahe zum Erliegen. Die Piraten beherrschten das mit Leichen übersäte Mitteldeck und sammelten sich zum Sturm des Achterkastells. Thalon nahm am Rande wahr, daß backbord voraus ein Schiff in Flammen stand. Es konnte sich nur um die *Faust des Praefos* handeln. Praefosgardisten sprangen in voller Rüstung in die Bucht, um sich zu retten. Das Schicksal des Praefos schien besiegelt zu sein.

»Arschgeborener Bastard einer Hafenhure!« schrie

Eiserne Maske zum Achterkastell hinauf. »Komm zu mir, Gorm! Bist du zu alt geworden, um Blut zu sehen? Stell dich endlich zum Kampf, du feige Ratte! Laß mich deine häßlichen Beulen aufstechen!«

Das Gesicht des Praefos war krebsrot vor Wut. Die Pusteln und Beulen leuchteten darin wie dicke gelbe Geschwüre, die aussahen, als könnten sie jeden Augenblick platzen und die Umstehenden mit Eiter bespritzen.

»Piratenabschaum!« keifte Gorm. »Ich werde dir die Haut in Streifen herunterreißen und eine glühende Maske aufsetzen, du elender Hundsfott!«

»Versuch es doch, du Scheißhaufen!« erwiderte der *kulko*, während er einen Nachzügler erstach, der vergeblich versucht hatte, die Treppe zum Achterkastell zu erreichen.

Neben Eiserne Maske stand plötzlich Canja. Ihr Gesicht war kalkweiß, die Augen wirkten fiebrig. Sie starrte zum Achterkastell hinauf. Ihr Blick wanderte zwischen Nhood und Gorm hin und her. Dann spuckte sie aus.

Der Praefos hatte Canja erspäht. »He, Metze!« schrie er. »Läßt du es dir jetzt von einem Piratenschwanz besorgen? Kannst nicht drauf verzichten, wie? Keine, die ich je gevögelt habe, hat vor Entzücken so laut gestöhnt wie du!«

Canjas Hand verkrampfte sich um das lange Messer. Aber ihre Stimme klang beherrscht und kalt, als sie antwortete. »Behalt deine dreckigen Lügen für dich, Bastard. Du hast mich zweimal brutal gegen meinen Willen genommen, und wenn ich dabei gestöhnt habe, dann vor Abscheu und Ekel.« Ihr Stimme wurde schneidend, als sie fortfuhr: »Hast du dich jemals gefragt, wie du zu deinen Beulen gekommen bist, du Bestie? *Ich* habe sie dir anhexen lassen! Das war der kleinere Teil meiner Rache, die heute ihre Vollendung er-

364

lebt. Ich werde auf deinen Kadaver spucken, wenn du sterbend auf den Planken liegst!«

Haßerfüllt sah Gorm zu ihr herab. »*Du* warst das, Metze? Ich hätte eigentlich selbst darauf kommen müssen! Das wirst du mir büßen! Nach meinem Sieg lasse ich dich von allen Männern meiner Praefosgarde besteigen und treibe dir dann ein glühendes Eisen in deine ...«

»Praefos Gorm, Ihr seid eine wandelnde Beleidigung für die Zwölfgötter und eine Schande für alles Leben!« brüllte der sonst stets leise und sanfte Valerion mit einer Donnerstimme, die niemand bei ihm vermutet hätte und die sogar Gorm zum Verstummen brachte. »Ihr seid das Geschwür des Südmeers! Die Zwölfe mögen Euch auf ewig verdammen, aber richten werden Euch die Gerechten dieser Welt! Ihr beschimpft sie als Abschaum, aber jeder einzelne dieser Piraten, die Euch einen Abgang aus dieser Welt verschaffen werden, ist hundertmal mehr wert als Ihr!«

Gorm brach in ein häßliches Gelächter aus, während einzelne Piraten Costald hochleben ließen.

»Es reicht, Pestbeule!« rief Eiserne Maske. »Wenn du nicht zu uns herunterkommen willst, dann kommen wir zu dir hinauf. Vorwärts, Piraten! Laßt die Praefosgarde abkacken! Haut das Gesindel in Stücke!«

Johlend stürmten die Piraten zu den Treppen, die zum Achterkastell führten. Andere schwangen sich in die Wanten und kamen über Rahen und stehendes Gut auf das Achterdeck. Einige hangelten sich außen am Schanzkleid entlang. Noch immer verfügte der Praefos über zwanzig oder mehr Gardisten, aber die Zahl der Piraten war doppelt so groß. Sie brandeten mit unwiderstehlicher Gewalt gegen das Achterkastell an. In ihnen steckten die Wut und der Wille des *kulko*, die Praefosgarde bis auf den letzten Mann zu vernichten. Die Gardisten dagegen wußten, daß sie längst auf verlorenem Posten standen. Keinem von ihnen war das Schicksal der *Faust des Praefos* verborgen geblieben. Und wer es nicht glauben wollte, mußte nur aufschauen. Dann sah er, wie das brennende Wrack immer tiefer in die Fluten eintauchte und langsam versank. Allein der Selbsterhaltungstrieb hinderte die Gardisten daran, die Waffen einfach sinken zu lassen und sich zu ergeben. Sie wußten, der Gegner ließe sie nicht lebendigen Leibes davonkommen.

Gorm sah, daß die Gardisten an den Treppen niedergestochen und überrannt wurden. Eine Flut von Piraten drängte über beide Treppen nach oben. Piraten fielen aus dem Himmel herab. Piraten schwangen sich über das Schanzkleid. Piraten sprangen ins Wasser, schwammen zum Heck und kletterten über die Haken und Leinen hinauf, die vom Ansturm der Meuterer zurückgeblieben waren. Im Nu waren bis auf einen Kern um den Praefos herum jedes Schwert und jeder Säbel in einen Kampf verwickelt.

»Kämpft, ihr verdammten Feiglinge!« brüllte Gorm mit gerecktem Schwert, obwohl seine Gardisten bereits um das nackte Leben fochten und nirgendwo mehr ein Plätzchen für Drückeberger zu finden war.

Der Praefos war nicht blind. Die *Faust des Praefos* sank, und auf die wenigen Überlebenden, die vielleicht versuchten, sich auf das Schwesterschiff zu retten, ließ sich keine neue Strategie gründen. Er sah, wie sich die Galeere in die Bucht schob, aber sofort von der *Schwarze Rose* unter Beschuß genommen wurde. Wer immer die Fremden sein mochten, von ihnen war in absehbarer Zeit keine Hilfe zu erwarten. Wenn überhaupt.

Feigheit war eine Eigenschaft, die Gorm für sich selbst nicht gelten ließ. Er nahm es beinahe gelassen hin, daß er auf den Planken seines Flaggschiffs zu Tode kommen würde. Es war ihm lieber, als im Bett zu sterben. Im Grunde hatte er sich einen solchen Tod gewünscht, einen Tod in Blut und Schweiß, inmitten von Borons Düften. Einen Tod, wie er einem Söldner zukam. Aber er wollte noch einige andere mitnehmen. Er wollte der Metze das freche Maul stopfen. Er wollte ihren Gefährten Costald, diesen alten Furzknochen, dafür bestrafen, daß er Piratenabschaum über den Praefos von Ghurenia gestellt hatte. Er wollte seinen alten Freund Malurdhin rächen und dem Sklaven Thalon den Kopf abschlagen. Vor allem aber wollte er jenen einen auf möglichst grausame Weise töten, der ihn wie kein anderer verhöhnt hatte: Eiserne Maske!

»Vorwärts, Nhood!« schrie er. »Jetzt soll Boron zu seinem Recht kommen! Genieß seine Gaben, auch wenn es dich das Leben kostet! Sie sind es wert!«

Der Praefos brach durch den Ring seiner engsten Vertrauten, versperrte einer heranstürmenden Piratin den Weg, drosch mit drei, vier, fünf Schwerthieben auf sie ein und durchbrach mit dem letzten Hieb ihre Deckung. Sein Schwert drang der Frau zwischen Hals und Schulter in das Fleisch, und als sie sterbend zusammenbrach, trennte er ihr den Kopf vom Rumpf. Er lachte und trat gegen das blutige Haupt.

Als er aufsah und Nhood noch immer im Kreis der Gardisten sah, wurde er wütend. »Zu mir, du verdammte Memme! Los, du Feigling! An die Seite deines Vaters! Wir kämpfen Seite und Seite, und wenn es sein muß, sterben wir Seite an Seite!«

Nhood, das Schwert in der Hand, rührte sich nicht vom Fleck. Die Augen waren weit aufgerissen und schienen ihm aus den Höhlen zu treten. »Vater?« fragte er ungläubig.

»Hast du dich nie gefragt, wie es kommt, daß du mir in vielem so ähnlich bist?« höhnte Gorm. »Ja, du und Kunus seid die Kuckuckseier, die ich dem Murenbreker-Klan ins Nest gelegt habe. Schau nicht so blöde, ich hätt's euch schon irgendwann erzählt.«

Wie betäubt tat Nhood ein paar Schritte nach vorn. Plötzlich wurde ihm manches klar. Er haßte Gorm nicht dafür, daß er Canja Murenbreker schon mit Gewalt genommen hatte, als sie selbst noch beinahe ein Kind gewesen war. Das war in Nhoods Augen das Recht des Stärkeren. Aber er haßte den Praefos dafür, daß dieser ihn bei den Murenbrekers hatte heranwachsen lassen, ohne ihm jemals die Wahrheit zu sagen. Gorm hatte ihn um sein Erbe betrogen. Er, Nhood, hätte in der Festung und nicht bei feigen Kaufleuten groß werden sollen, im stolzen Bewußtsein, daß er der zukünftige Herrscher von Ghurenia sein würde. An Kunus, der vielleicht sein Nebenbuhler hätte sein können, verlor er keinen Gedanken.

Aber weder Zeit noch Ort waren geeignet, einem versagten Erbe nachzuweinen. Nhood versuchte, einen Plan zu fassen, wie es ihm noch gelingen konnte, zu überleben und Praefos von Ghurenia zu werden. Eigentlich war ein Plan gar nicht nötig. Er mußte nur durchhalten, bis die Diener Ch'Ronch'Ras die *Schwarze Rose* abgeschüttelt hatten und sich der *Praefos Gorm* zuwenden konnten.

»Vorwärts, Bastardsohn!« schrie der Praefos und stürmte los, als er sah, daß Eiserne Maske das Achterkastell betreten hatte. »Wir töten die Anführer und wenden das Blatt!«

Nhood drängte alles beiseite, was ihm durch den Kopf schoß. Vielleicht hatte Gorm recht. Wenn es gelänge, Eiserne Maske, die Murenbreker und Costald zu töten, würde der Eifer der Piraten rasch erlahmen. Außerdem stand noch eine Rechnung mit seinem Sklaven Thalon offen. Als Nhood den Blonden neben Eiserne Maske entdeckte, stürzte er sich neben Gorm auf die Piraten und schlug mit dem Schwert um sich.

Es gelang ihm, einen bereits vom Praefos verwundeten Soldaten zu töten. Plötzlich bot sich eine Gasse, die geradewegs zu Thalon führte. Der Blonde kämpfte gegen einen Praefosgardisten und bot Nhood die ungeschützte linke Seite dar. Mit wenigen Schritten überbrückte Nhood den Abstand und holte zum Schlag aus.

»Stirb, Sklave!« schrie er.

Thalon hatte Nhood aus den Augenwinkeln heranstürzen sehen. Mit einer blitzschnellen Finte unterlief er den Hieb des Gardisten, schlug den Mann mit dem Heft des Floretts nieder und richtete die Spitze der Waffe gegen den neuen Angreifer. Aber er kam nicht dazu, dessen Schlag zu parieren.

»Stirb selbst, Schwachkopf!« rief eine Stimme neben Nhood. Eine Hakenhand schnellte heran und bohrte sich in Nhoods Oberarm. Das Schwert fiel ihm aus der Hand. Nhood sah in das Maskengesicht des *kulko*. Eiserne Maske zog die Hakenhand aus dem Fleisch des jungen Murenbreker und wandte sich einem angreifenden Praefosgardisten zu. Er wich dessen Säbelhieb aus und vollführte dabei mit dem Florett einen fast beiläufigen Schlenker gegen Nhood. Die Klinge glitt dem jungen Murenbreker nahe dem Schlüsselbein in die Brust, bewegte sich steil nach unten und genauso schnell wieder zurück. Ohne sich weiter um sein Opfer zu kümmern, widmete sich Eiserne Maske dem Praefosgardisten.

Nhoods Körper fiel schwer zu Boden. Die Augen blickten ins Leere, zwischen Hals und Schultern sikkerte hellrotes Blut auf den Brustpanzer.

Neben Thalon kämpfte Zindba. Hinter Zindba standen mit verteidigungsbereiten Waffen Canja Murenbreker und Valerion Costald. Canja hatte gesehen, wie ihr Sohn fiel. Ihre Augen hatten sich einen Wimpernschlag lang geweitet, dies war nach außen hin ihre einzige Ge-

369

fühlsregung. Sie wandte die Augen gerade noch rechtzeitig ab und starrte auf Gorm, der mit erhobenem Schwert zu ihnen durchbrach.

Zindbas riesiger Säbel fing den gegen Canja geführten Schlag ab. Bevor Gorm ein zweites Mal zuschlagen konnte, stand Canja neben ihm, führte das Messer von unten nach oben und rammte es ihm tief in den Unterleib. Im nächsten Augenblick zog sie die Waffe wieder heraus und sprang zurück. Sie schaute das blutige Messer in ihrer Hand an und ließ es fallen, als würde es nicht ihr gehören. Stumm, beinahe verwundert schaute sie den Praefos an. Valerion trat neben sie, legte ihr schützend den Arm um die Schultern und reckte Gorm seinen Degen entgegen. Zindba wollte zuschlagen, aber auf einen scharfen Befehl von Eiserne Maske hin, der plötzlich neben ihr auftauchte, hielt sie inne.

Ungläubig starrte der Praefos an sich hinab. Die Hose, die sich über dem fetten Bauch gespannt hatte, klaffte weit auseinander. Blutige Teile seines Gemächts hingen heraus. Gedärm quoll aus der Wunde, quetschte sich durch den Riß in der Hose und ringelte sich bis zu den Planken hinab.

Eiserne Maske verneigte sich leicht vor Canja. »Wenn jemand außer mir das Recht hatte, ihm ein Messer in den fetten Wanst zu jagen, dann seid Ihr es, Kaufherrin. Nehmt meinen schuldigen Respekt entgegen. Euer Werk findet meinen Beifall. Aber den Rest überlaßt bitte mir!«

Gorm hielt noch immer das Schwert in der Hand, schien aber keine Kraft mehr zu haben, um es zu führen. Er krümmte sich vor Schmerz. Dann blickte er auf und sah Eiserne Maske an. »Du ... du hast meinen Sohn getötet«, stammelte er. »Und so leicht ... Aber es macht nichts. Er war ein Schlappschwanz, seines Vaters nicht würdig.«

»Er war ein dreckiges Arschloch – genau wie sein

Vater!« sagte Eiserne Maske kalt. Er schlug dem Praefos die flache Hakenhand gegen den Bauch. Gorm stöhnte auf, krümmte sich noch mehr und verlor weitere Darmwülste an das Schiff. »Stirb mir bloß noch nicht, Hurensohn!« herrschte Eiserne Maske ihn an.

»Mach es kurz …«, bettelte der Praefos.

Ringsum war der Kampflärm fast völlig verstummt. Die wenigen Praefosgardisten, die den Ansturm überlebt hatten, waren ins Wasser gesprungen und schwammen um ihr Leben.

»Ich mache es, wie es mir paßt«, gab Eiserne Maske mit grausamen Augen zurück. »Eher auf deine Art, das müßte dir doch gefallen. Außerdem hast du längst jedes Recht verwirkt, dir eine Gnade von einem Menschen zu erbitten. Am wenigsten von einem, den du zum Piratenabschaum zählst.«

Er setzte Gorm den Spitze des Floretts auf die Brust. Gorm ließ kraftlos das Schwert fallen und wich zurück. Dabei stolperte er über seine eigenen Därme und fiel zu Boden. Im nächsten Augenblick war Eiserne Maske über ihm. Statt des Floretts hielt er plötzlich ein Messer in der Hand. Er drückte es Gorm gegen die Kehle.

»Ich schneide dir bei lebendigem Leib den widerlichen Kopf ab«, sagte er. »Er wird den Bugspriet meiner *Schwarze Rose* zieren und dort verfaulen. Dein gebleichter Schädel wird noch zur See fahren, wenn niemand mehr deinen verfluchten Namen und deinen lächerlichen Titel kennt, Söldnerkapitän! Aber bevor du stirbst, sollst du wissen, mit wem du das Vergnügen hattest.«

Der *kulko* brachte seine Lippen an das Ohr des Praefos und flüsterte ein paar Worte hinein. Gorms Augen weiteten sich. Eiserne Maske nickte triumphierend. Der Praefos wollte etwas sagen. Aber bevor er ein Wort über die Lippen brachte, schnitt Eiserne Maske ihm die Kehle durch. Gorms Augen waren noch immer nicht gebrochen, und der *kulko* machte seine Ankündigung wahr. Langsam löste er den Kopf des Praefos vom Rumpf. Erst als nicht mehr daran zu zweifeln war, daß Gorm tot war, ließ er sich von Cedira die Streitaxt reichen. Mit einem einzigen wuchtigen Schlag durchschlug er das Genick, packte das beulenübersäte blutige Haupt des Praefos mit beiden Händen und hob es hoch in die Luft.

Ohrenbetäubendes Jubeln löste sich aus den Kehlen der Piraten.

»An die Rah mit dem Kadaver des Hurensohns!« schrie Eiserne Maske.

Mehrere Piraten sprangen hinzu, zerrten hoch, was von Gorm übriggeblieben war, und schleppten es im Triumphzug zum Mitteldeck. Wenig später wurde Gorms Rumpf an der Großrah hochgezogen. Das Gedärm bedeckte viele Schritt lang die Planken. Es stank überall nach Blut, Tod und Fäkalien.

Thalon hatte fortgeschaut, als Eiserne Maske den Kopf des Praefos abtrennte. Er mochte die Art nicht, wie Eiserne Maske sich an seinen Feinden rächte. Canja Murenbreker sah nicht fort. Obwohl Ekel in ihrem Gesicht zu lesen war, nahm sie den Anblick des erniedrigten Feindes tief in sich auf. Zu schwer waren die Wunden, die Gorm ihr geschlagen hatte, als daß sie den Kopf hätte abwenden können.

Thalon schaute hinaus auf die Bucht, aber sein Blick war nach innen gerichtet. Er fragte sich, was Eiserne Maske dem Praefos zugeflüstert hatte. Das würde wohl auf ewig ein Geheimnis bleiben, das der *kulko* für sich bewahrte. Thalon seufzte und ließ den Blick schweifen. Von der *Faust des Praefos* waren nur noch einige Balken, Rahen und Segelreste zu sehen. Dazwischen trieben zahllose Leichen. Die meisten trugen den Brustpanzer der Praefosgarde.

Die *Schwarze Rose*, die den Untergang der *Faust des Praefos* bewirkt hatte, setzte der schwarzen Galeere

372

schwer zu. Die Geschütze schleuderten in steter Regelmäßigkeit Steine, Eisenkugeln und Gefäße mit Mengbillaner Feuer gegen den Rumpf des seltsamen Schiffes. Riesige Löcher klafften bereits im Schanzkleid. Das Segel war zerfetzt. Es brannte an Bord. Dicke Rauchschwaden stiegen in den Himmel.

Der Kampf der Diener schien aussichtslos. Sie verfügten über keine Geschütze, und die *Schwarze Rose* verwehrte ihnen jede Annäherung. Längst waren die meisten Ruderblätter zerfetzt. Die restlichen bewegten sich noch immer rastlos, als würden sie von Zauberhand geführt. Aber sie bewirkten nur, daß sich die Galeere langsam im Kreis drehte und der *Schwarze Rose* immer wieder neue Ziele für die Geschosse darbot.

Es erschien Thalon wie ein Wunder, daß die Galeere noch immer schwamm. Jedes andere Schiff wäre längst gesunken. Er glaubte seinen Augen nicht zu trauen, als er sah, daß das Wasser gar nicht oder allenfalls sehr zögernd in die Löcher eindrang, die sich an und unter der Wasseroberfläche im Schanzkleid befanden. Zudem wirkte das Holz brüchig, und bei jedem neuen Treffer brachen Decksplanken und sogar Spanten wie mürbes Gebäck zusammen. Nur eine starke magische Kraft konnte bewirken, daß die Galeere noch immer über Wasser gehalten wurde, und den Fluten den Zugang verwehren.

Die Ereignisse an Bord des Praefos-Schiffes hatten Thalon daran gehindert, an die Bedrohung durch die Diener und nicht zuletzt den Dämon Ch'Ronch'Ra zu denken. Jetzt stand ihm wieder die tragische Verknüpfung seines eigenes Schicksals wie des Lebens von Alina mit dem Erfolg oder Mißerfolg des Dämons vor Augen. Einen schrecklichen Augenblick lang wünschte er, Ch'Ronch'Ra möge den Kampf siegreich beenden, ihn als seinen Sklaven nehmen und auf seine Fürbitte Alina zu den Lebenden zurückführen. Doch als der Gedanke in seinem Hirn aufblitzte, wußte Thalon bereits, daß Ch'Ronch'Ra so wenig wie seinem *curga* Begriffe wie Mitleid oder Gnade auch nur das mindeste bedeuteten. Gegen Ch'Ronch'Ra war selbst ein Unhold wie Praefos Gorm ein Ausbund an Tugend und Warmherzigkeit.

Thalon konnte die Augen nicht von der Galeere abwenden. Sorgenvoll wartete er darauf, daß Ch'Ronch'Ra Magie einsetzte oder einen entfesselten *curga* Jagd auf die Piraten machen ließ. Aber der Dämon schien voll und ganz damit beschäftigt zu sein, die Galeere über Wasser zu halten. Vielleicht taugte seine Magie auch nicht für den Kampf. Und nirgendwo war weißer Rauch mit roten Augen zu entdecken, die auf die Anwesenheit des Seelenräubers hingedeutet hatten. Statt dessen sah Thalon nur einen großen schlanken Mann in einer schwarzroten Samtrobe über das Deck der Galeere wandern. Das Gesicht war zu einer Fratze verzerrt, die Fäuste ballten sich. Der Mann sah aus wie ein Kopfkranker. Schier ohnmächtig vor Wut schaute er zur *Faust des Praefos* herüber, und Thalon schien es so, als würde er ihm mit Raubtieraugen genau ins Gesicht starren. Das mußte Murenius sein, der Hohepriester des Ch'Ronch'Ra und früher einmal Gorms Berater. Ein Magier. Dem verzerrten Gesicht und dem ziellosen Gang zufolge schien der Mann wirklich nicht ganz bei Sinnen zu sein. Das mochte eine Erklärung dafür sein, daß der Magier seine magischen Künste nicht gegen die Piraten einsetzte. Murenius und Ch'Ronch'Ra, die Diebe von vier Jahren seines Lebens. Jahre, in denen sie ihn zu Dingen gezwungen hatten, über die Thalon nichts wußte und auch niemals etwas zu wissen wünschte. Er hoffte, die Zwölfe würden den Dämon und seinen Diener bestrafen.

Murenius wußte, daß der Kampf verloren war. Die Galeere war übersät mit den Körpern toter Diener, die dem Dauerbeschuß des Piratenschiffes erlegen waren, ohne selbst eine Möglichkeit bekommen zu haben, den Kampf aufzunehmen. Einige waren von Steingeschossen erschlagen worden, den meisten steckten Armbrustbolzen oder Pfeile im Körper. Xonto war tot, Fenu schwerverletzt, von Harubus fehlte jede Spur. Der Hohepriester wußte, daß er als Führer der Diener versagt hatte. Aber die Schuld an der Katastrophe trug allein Ch'Ronch'Ra. Der Dämon nagte an Murenius' Denken, hielt ihn von jedem Plan ab, zwang ihn, seine ganze Kraft dafür aufzuwenden, Herr über den eigenen Körper zu bleiben. Ch'Ronch'Ra berauschte sich am Sterben der eigenen Diener, statt dem Feind den Tod zu bringen. Für den Dämon machte es keinen Unterschied mehr, wer ihn mit seinem Sterben labte. Murenius hatte den Eindruck, daß Ch'Ronch'Ra Stück um Stück seiner Macht einbüßte, nur noch ein Bündel von Trieben war und die Fähigkeit zum klaren Denken weitgehend verloren hatte. Der Dämon schien sich nur noch unbewußt an sein Dasein in dieser Welt zu klammern. Und doch oder vielleicht gerade deshalb wollte er Murenius nicht aus den Klauen lassen.

Wieder sprangen einige der überlebenden Diener ins Wasser und versuchten das rettende Ufer zu erreichen. Auch Shevanu hatte sich auf diese Weise davongemacht, als sie die Aussichtslosigkeit des Unternehmens erkannte. Murenius starrte zu den drei anderen Schiffen hinüber, die miteinander verklammert in der Mitte der Bucht trieben. Die Piraten johlten. Ohne jeden Zweifel hatten sie die Schlacht gewonnen. Der Praefos schien tot zu sein, und tot war wohl auch Nhood, den Murenius auserkoren hatte, ihm den Weg nach Ghurenia zu ebnen. Aber das alles besaß keine Bedeutung mehr. Murenius kämpfte nur noch um das nackte Überleben. Dort drüben auf dem Praefos-Schiff sah er Thalon. Der Blonde schien seinen Blick bemerkt zu haben. Die Rettung schien so nahe zu sein und war zugleich doch so fern. Murenius wußte, daß es seine Kräfte überträfe, hinüberzuschwimmen, Thalon zu überwältigen, ihn irgendwie auf die Galeere zu bringen und vor den Steinkopfaltar zu schleppen. Und selbst wenn Ch'Ronch'Ra seinen *h'h'vas* in Besitz nähme: Würde er seinen Hohenpriester dann freigeben?

Thalon sah, daß Haya die Segel der *Schwarze Rose* backbrassen und das Ruder herumwerfen ließ. Offenbar hatte sie genug von dem Spiel und wollte die Galeere entern, obwohl sich offenbar nur noch wenige Diener an Bord befanden. Wahrscheinlich ging der *Schwarze Rose* allmählich auch die Munition aus. Und daß die Treffer so wenig Wirkung zeigten, trug gewiß zu ihrer Ungeduld bei.

Als die *Schwarze Rose* herumschwang, drehte sich gleichzeitig die Breitseite der Galeere der Breitseite der Schivone zu. Haya schien noch einmal ihr Glück versuchen zu wollen und befahl, die Galeere ein letztes Mal mit allen Schweren Geschützen zu beharken. In schneller Folge wurden Gefäße mit Mengbillaner Feuer katapultiert. Die Schiffe waren einander nahe genug, und die *chica* verstanden etwas von ihrem Handwerk. Jedes einzelne der Gefäße traf auf dem Deck auf, jedes einzelne entfachte einen lodernden Brandherd. Vier Treffer, acht Treffer, zwölf Treffer.

Das letzte der aufschlagenden Gefäße erbrachte eine Wirkung, mit der unter den Piraten niemand mehr gerechnet hatte. Die Brandsätze vereinigten sich plötzlich zu einer hellodernden Feuerwand, aus der Augenblicke später ein Feuersturm wurde, der alles und jeden an Bord einhüllte und verschlang. Eine riesige Stichflamme stieg in der Mitte des Schiffes in die Luft. Mit einem gewaltigen Donnern und Krachen brach die Galeere in der Mitte auseinander und sank wie ein Stein auf den Grund der Bucht.

Auf der *Schwarze Rose* brach unbändiger Jubel los, der wenig später von den Piraten und Seeleuten auf den anderen Schiffen aufgenommen wurde.

Eine wenige Diener hatten sich ins Wasser gerettet. Einige von ihnen ertranken. Andere warfen ihre schwarzen Kutten ab und schwammen an Land. Eine Piratenjolle legte von der *Schwarze Rose* ab und nahm die Verfolgung auf, aber die Überlebenden rannten bereits dem Dorf entgegen. Mit etwas Glück würden sie dort Unterschlupf finden, vielleicht sogar später ihr Glück bei den Piraten versuchen.

Thalons Aufmerksamkeit hatte vor allem Murenius gegolten. Der Mann war dem Feuersturm entgangen, aber Thalon sah deutlich, daß ihn ein schwerer Balken an der Schulter traf, als die Heckaufbauten auseinanderbrachen. Wild um sich schlagend fiel der Hohepriester in die See. Das rot eingefaßte schwarze Gewand war noch kurz auf dem Wasser zu erkennen. Dann war nichts mehr von Murenius zu sehen. Thalon fragte sich, ob der Hohepriester tot und Ch'Ronch'Ra vernichtet war. Dann würde Alina erwachen. Aber er wollte sich nicht zu früh freuen. Irgend etwas sagte ihm, daß der Kampf noch nicht beendet war. Er war bereit, sich für Alina zu opfern, wenn es sein mußte. Daran hatte sich nicht geändert.

Thalon sah auf. Eiserne Maske kehrte ihm den Rükken zu und unterhielt sich leise mit Canja Murenbreker und Valerion Costald. Wahrscheinlich besprachen sie, wie die Festung in Ghurenia erobert werden sollte. Eiserne Maske wirkte entspannt. Wenn man von dem Blut auf seiner Jacke und den Rüschen seines Hemdes absah, erinnerte nichts mehr an den wilden Kämpfer, der die Piraten angefeuert und den Praefos enthauptet hatte.

Thalons Blick wanderte über das Achterdeck. Überall lagen Leichen, die Planken waren blutverschmiert.

377

Unmittelbar vor ihm lagen drei Gefallene, grotesk verrenkt und ineinander verhakt, als würden sie sich umarmen. Der eine war eine Piratin mit blutüberströmten nackten Brüsten, die anderen trugen die ledernen Brustpanzer der Praefosgarde. Plötzlich nahm Thalon eine flüchtige Bewegung wahr. Ein Arm schob sich aus dem Leichenberg. In der Armbeuge lag eine gespannte Armbrust, die wohl der Piratin gehört hatte. Ein Kopf mit einem silbern schimmernden Helm hob sich. Die Kimme der Armbrust bewegte sich auf Eiserne Maske zu, die Faust umklammerte den Abzug.

»*Kulko*, Vorsicht!« schrie Thalon und warf das Florett gleichzeitig wie einen Speer gegen den Arm des Mannes.

Eiserne Maske fuhr herum, aber er hätte wohl kaum eine Möglichkeit gehabt, dem tödlichen Bolzen zu entgehen. Doch im gleichen Augenblick fuhr die Klinge des Floretts dem Feind durch die Hand, die den Abzug gerade nach hinten ziehen wollte. Die aufgespießte Hand zuckte, der Bolzen schnellte zu den Resten des Besansegels hinauf.

Im nächsten Augenblick stand Cedira neben dem Schützen und führte einen wilden Schlag mit der Streitaxt. Der Kopf mit dem silbernen Helm rollte über die Planke, der Helm löste sich, der Kopf trudelte bis zum Schanzkleid und blieb mit dem Gesicht nach oben liegen. Es war Nhood. Diesmal konnte es keinen Zweifel mehr daran geben, daß er tot war.

Eiserne Maske schaute erst den Kopf, dann Thalon an. »Du hast mir das Leben gerettet, *zusha*«, sagte er ernst, beinahe erstaunt.

»Ihr habt es mir mehrmals gerettet«, erwiderte Thalon schlicht.

Cedira schnaufte noch immer vor Anstrengung. Sie schaute Eiserne Maske grimmig an. »Und habt es ihm einmal nehmen wollen. Alles in allem seid ihr jetzt quitt, oder?«

Eiserne Maske erstarrte. Lange schaute er Cedira an, der plötzlich überhaupt nicht mehr wohl in ihrer Haut war. Dann richteten sich die Augen hinter der eisernen Maske auf Thalon. In ihnen war kurz so etwas wie Bedauern zu erkennen, aber dann strahlten sie nur noch eisige Kälte und eiserne Entschlossenheit aus.

»*Zusha*, ich fordere von dir eine *malrhas*«, sagte der *kulko*.

16. Kapitel

Die Insel Nosfan

Der Morgennebel hing noch wie ein silberner Schleier über der Bucht von Nosfan, aber draußen auf dem Südmeer schob sich bereits ein rötlicher Schimmer über die Kimm. Nicht mehr lange, und die Praiosscheibe würde sich majestätisch aus dem Meer erheben.

Eine Jolle löste sich von der *Schwarze Rose* und glitt langsam über das Wasser. Trotz der frühen Morgenstunde waren an Bord der Schivone Gestalten zu sehen. Gesichter reckten sich über das Schanzkleid. Stumm sahen die Piraten der Jolle hinterher. Niemand sprach. Es gab nichts zu bereden. Was dort an Land geschehen würde, wußten alle. Wie es ausgehen würde, wußte niemand – zumindest nicht mit letzter Gewißheit.

Von der *Seewolf* und der *Vumachan* schauten weitere Augenpaare dem Boot hinterher, darunter auch die von Canja Murenbreker und Valerion Costald. Valerion schüttelte den Kopf. Ein kleiner dicker Junge saß im Mastkorb und weinte.

Auch im Boot herrschte Schweigen. Cedira saß in der Mitte und ruderte. Eiserne Maske hockte auf der vorderen Bank, kehrte allem den Rücken zu und starrte dem Strand entgegen. Thalon kauerte auf der hintersten Bank. Das Florett steckte ihm im Gürtel, wie auch der *kulko* seine Waffe trug. Selbst Cedira hatte statt der gewohnten Axt ein Florett umgeschnallt. In Thalon war alles tot. Er dachte nicht, sondern brütete nur vor sich hin. Er empfand nichts, nicht einmal Angst. Er nahm es einfach hin. Die Zwölfe hatten es so bestimmt.

Cedira steuerte jene Stelle am Strand an, wo Eiserne Maske am Tag zuvor seine Verbündeten begrüßt hatte. Noch bevor die Jolle sich in den knirschenden Sand schob, war es so hell geworden, daß ein Stück weiter der Unterstand zu erkennen war.

Mishia hatte das Boot gesehen und erwartete sie am Strand. Ihr Gesicht, jedenfalls jene Hälfte, die Gefühle ausdrücken konnte, zeigte Betroffenheit und Trauer. Scheu sah sie Thalon an und senkte den Blick.

Eiserne Maske sprang aus dem Boot, watete durch das flache Wasser und blieb neben Mishia stehen, ohne sie zu beachten.

Cedira und Thalon folgten langsamer. Die Zwergin schien heute einen schweren Schritt zu haben. Thalons Schritte wirkten hölzern, wie eingeübt.

Die Zwergin wandte sich an Mishia. »Wie geht es Alina?«

Die junge Piratin teilte ihr etwas in Zeichensprache mit.

»Unverändert«, übersetzte Cedira. Sie wandte sich um und sah Thalon an. »Möchtest du sie noch einmal sehen?«

Thalon schüttelte den Kopf. »Ich habe bereits Abschied genommen.«

Die Zwergin zuckte die Schultern. Sie zeigte auf eine Baumgruppe, etwa hundert Schritte vom Unterstand entfernt. »Das scheint mir ein geeigneter Ort zu sein.«

»Du bist die *quastore*«, sagte der *kulko* tonlos.

Thalon nickte nur.

Cedira nahm das Florett, das zu lang für ihre kurzen Beine war, zog es blank und deutete damit auf die

Baumgruppe. »Ich bestimme, daß die *malrhas* dort stattfinden soll.« Sie wandte sich an Mishia. »Es ist dir nicht erlaubt, dich diesem Ort zu nähern, Kind. Und du hältst jede Störung von uns fern.«

Mishia nickte, warf Thalon noch einen schnellen Blick zu, lief zum Unterstand und verkroch sich dort.

Cedira behielt das Florett in der Hand und marschierte los. Der *kulko* und Thalon folgten ihr, ohne sich anzusehen. Die Zwergin führte sie am Strand entlang, bis sie sich auf der Höhe der ausgesuchten Baumgruppe befanden. Dann änderte sie fast rechtwinklig den Kurs und marschierte auf die Bäume zu. Bevor die drei hinter den Bäumen verschwanden, sah Thalon ein letztes Mal zurück, nahm das Bild des stillen Unterstands in sich auf, wo Alinas lebloser Körper ruhte, schaute über die Bucht, auf der die ankernden Schiffe auf sanften Wellen dümpelten. Ein kleines Stück von der Praiosscheibe war bereits zu sehen, und der Nebel hob sich allmählich.

Cedira machte halt, als die Gruppe die Mitte zwischen der Baumgruppe überschritten hatte. Vor ihnen lag eine Sandmulde, etwa zwanzigmal zwanzig Schritt groß, an deren Rändern verschiedene Gräser und dichte Büsche wuchsen. In einiger Entfernung ragten zu drei Seiten die Wipfel eines dichten Zedernwaldes auf.

»Dort«, sagte sie und zeigte auf die Mulde. »Der Platz ist von niemandem einsehbar. Er genügt den Regeln.«

Eiserne Maske machte Anstalten, zu der Mulde zu gehen.

»Warte, *kulko*!« befahl Cedira. »Ich will vorher mit euch reden. Hier, nicht am Kampfplatz!«

Eiserne Maske hielt inne. »Es gibt nichts mehr zu bereden, Ced«, sagte er ärgerlich.

»Du hast zugestimmt, daß wir es nach den alten Regeln machen«, erinnerte ihn die Zwergin. »Eine *quastore* hat das Recht, ja sogar die Pflicht zu erkunden, ob sich der Kampf vermeiden läßt.«

»Das hast du bereits die halbe Nacht lang versucht«, erwiderte Eiserne Maske. »Du kennst das Ergebnis.«

Tatsächlich hatte Cedira den *kulko* immer wieder beschworen, auf die *malrhas* zu verzichten. Aber das einzige Zugeständnis, das sie Eiserne Maske abringen konnte, bestand darin, eine *malrhas* ohne Zuschauer auszurichten, die den früher gültigen und Cedira vertrauten Ritualen entsprach, und der Zwergin die Durchführung anzuvertrauen.

»Ich habe es als deine *zusha* und Vertraute getan«, gab Cedira zurück. »Nicht als *quastore* der *malrhas*. Jetzt fordere ich mein Recht als *quastore*.«

»Tu, was du nicht lassen kannst«, gab Eiserne Maske zurück. »Es wird nichts ändern.«

Cedira stach das Florett in den Boden, setzte sich ins Gras und lud die beiden anderen ein, es ihr gleichzutun. Wortlos kamen Thalon und der *kulko* der Aufforderung nach.

Die Zwergin schaute ins Leere und begann zu reden, als trüge sie einen auswendig gelernten Text vor. »Ich stelle fest, daß ein Flibustier einen anderen Flibustier zur *malrhas* aufgefordert hat. Der Forderer ist *kulko* Eiserne Maske, der Geforderte ist Thalon. Es wurde bestimmt, für die *malrhas* das alte Ritual zu wählen und die ehemalige *kulko* Cedira als *quastore* einzusetzen. Es ist Brauch, daß eine *malrhas* nur zugelassen wird, wenn schwerwiegende Gründe vorliegen.« Sie sah den *kulko* an. »*Kulko* Eiserne Maske, gebt uns bekannt, weshalb Ihr eine *malrhas* wünscht.«

»Thalon hat mein Vertrauen mißbraucht und seinen Eid gebrochen«, sagte Eiserne Maske knapp. »Es wurde von ihm verlangt, Stillschweigen über die Ereignisse vor vier Jahren zu wahren, aber er hat sich nicht nur dir anvertraut, Ced, sondern eingestanden, auch seinem Mädchen davon erzählt zu haben.«

»Ich habe mich den beiden anvertraut, bevor ich versprach, mit niemandem darüber zu reden!« begehrte Thalon auf.

»Du hättest mir sagen müssen, daß du bereits andere eingeweiht hast, *zusha!*« zischte Eiserne Maske.

»Dann hättet Ihr mich auf der Stelle getötet!« rief Thalon.

»Das hätte dich nicht abhalten dürfen!« widersprach der *kulko*.

Cedira schaffte es nicht länger, das strenge Ritual durchzuhalten. »Verdammt, *kulko*, der Junge hat sich mir anvertraut, weil er Angst vor dir hatte! Und das zu Recht, wie sich gezeigt hat. Inzwischen hat er dir das Leben gerettet. Verzichte darauf, ihm sein Leben zu nehmen, auch wenn du als *kulko* im Recht sein magst! Ich bin deine engste Vertraute. Niemand wird von mir etwas erfahren. Thalon wird in Zukunft ebenfalls schweigen. Stimmt's, Spatz?«

Thalon nickte. »Ich habe dem *kulko* gesagt, daß ich ihm nichts nachtrage.«

»Und das Mädchen liegt möglicherweise im Sterben«, fuhr Cedira fort. »Falls sie gesunden sollte, wird sie ebenfalls nicht reden. Du kannst die beiden irgendwo absetzen oder nach Ghurenia zurückschicken und wirst nie wieder etwas von ihnen hören. Wozu also das Ganze?«

»Irgendwann wird Thalon reden, auch wenn er jetzt nicht die Absicht hat, es zu tun!« behauptete Eiserne Maske.

»Pah«, machte Cedira. »Was wird im Südmeer nicht alles über Eiserne Maske geredet! Und wieviel davon ist wahr? Wer glaubt diesem Gerede schon!«

»Niemand wirft Eiserne Maske vor, er habe einen *zusha* geopfert, um sein eigenes Leben zu retten!«

zischte der *kulko*. »Niemand wird verstehen, warum ich es getan habe. Nicht einmal du, Cedira, hast es verstanden. Nicht einmal du!«

»Ich gebe zu, es fällt mir schwer …«, begann die Zwergin.

»Ach, es fällt dir schwer!« höhnte der *kulko*. »Und du bist meine engste Vertraute! Du hast mich zu dem gemacht, der ich bin! Du *müßtest* es verstehen!«

»Du wirst mich nicht überzeugen können, wenn du den Jungen tötest!« schrie Cedira ihn an. »Thalon, Mishia und Alina sind für mich wie eigene Kinder!«

»Ja, du wirst mich dafür hassen«, sagte Eiserne Maske wütend. »Aber ich bin es gewohnt, daß man mich haßt. Ich weiß, daß du mir trotzdem weiterhin treu dienen und schweigen wirst, und das allein zählt.«

»So, meinst du das, du Mistkerl?« fluchte Cedira.

»Ja«, sagte Eiserne Maske ruhig. »Weil du, auch wenn du es nie offen zugeben wirst, die gleichen Ziele hast wie ich. Und für diese Ziele müssen andere Dinge geopfert werden.«

Cedira spuckte aus. »Täusch dich nicht, *kulko*! Die Jahre gehen dahin, und wir verändern uns. Dinge, die einmal klein waren und die wir verachtet haben, werden plötzlich als wichtig erkannt. Ich renne nicht mehr den großen Dingen nach, *kulko*!«

Eiserne Maske schwieg, aber Cedira spürte, daß es ihr nicht gelingen würde, den *kulko* umzustimmen. Sie räusperte und sagte mit bitterer Stimme: »Als *quastore* stelle ich fest, daß der Forderer nicht bereit ist, auf seine *malrhas* zu verzichten. Ich stelle weiterhin fest, daß die Gründe ausreichen, eine *malrhas* zu fordern.« Sie erhob sich und griff nach dem Florett. »Die *malrhas* wird nach den alten Regeln ausgetragen, und Regelverletzungen werden mit dem Ausschluß aus der Gemeinschaft der Flibustier bestraft. Erhebt euch.«

Sie wartete, bis Eiserne Maske und Thalon vor ihr

standen. »Die alten Regeln besagen, daß die Kämpfer nackt anzutreten haben und nur eine – und zwar die gleiche – Waffe führen. Dem Geforderten steht das Recht zu, die Waffe zu wählen. Thalon, mit welcher Waffe soll gekämpft werden?«

»Mit dem Florett«, erklärte Thalon. Es war sein Wunsch und bereits vorher so abgesprochen worden.

»Überleg es dir noch einmal, Junge«, sagte der *kulko* durchaus nicht unfreundlich. »Im Florettkampf bin ich nicht zu besiegen. Warum wählst du nicht das Messer? Du hättest bessere Aussichten auf einen Sieg und könntest den Trumpf deiner jugendlichen Kraft und Schnelligkeit eher ausspielen.«

»Das Florett ist die einzige Waffe, die ich wirklich gut beherrsche«, antwortete Thalon. »Es bleibt bei meiner Wahl.«

»So sei es«, sagte Cedira. »Zieht euch aus und geht zum Kampfplatz hinüber. Der Kampf beginnt erst dann, wenn ich ihn freigebe!«

Mit unbewegtem Gesicht begab sich die Zwergin in die Mulde und wartete auf die Kontrahenten. Thalon zog sich aus und warf die Kleidung achtlos zu Boden. Er würde sie nicht mehr benötigen. Ohne sich nach Eiserne Maske umzusehen, griff er nach seinem Florett und schritt zum Kampfplatz. Die ganze Zeit über hatte er sich wie ein unbeteiligter Beobachter gefühlt, der sich außerhalb des eigenen Körpers befand. Doch plötzlich fühlte er seinen Körper wieder. Es war ein seltsames Gefühl, nackt mit einem Florett in den Tod zu gehen. Und dann überflutete ihn die Angst vor dem Sterben, die er so lange Stunden ferngehalten hatte. Er spürte, wie einige seiner Muskeln unwillkürlich zitterten, und konnte nichts dagegen tun. Mit weichen Knien stellte er sich auf Cebiras Zeichen rechts von ihr auf.

Cedira, die unter gewöhnlichen Umständen gewiß

ein paar rüde Späße über seine Blößen gemacht hätte, schien seine Nacktheit überhaupt nicht zu beachten und blieb stumm.

Eiserne Maske kam leichtfüßig heran, das Florett locker im Handgelenk bewegend, und stellte sich Thalon gegenüber auf.

Thalon erstarrte. Ungläubig blieb sein Blick auf dem Schritt des *kulko* haften, wo dichtes feuerrotes Schamhaar zu sehen war, so rot und dicht wie das Haupthaar. Der Mund des *kulko* zuckte, und die Augen guckten spöttisch, als er Thalon beobachtete. Er stellte sich bewußt breitbeinig hin. Anfangs dachte Thalon, ein Unfall, vielleicht der Säbelhieb eines Gegners, habe Eiserne Maske entmannt, aber die deutlich zu erkennende Schamspalte ließ keinen Zweifel mehr.

»Ja, Spatz, Eiserne Maske ist eine Frau«, sagte Cedira ruhig.

Thalons Blick wanderte über den übrigen Körper, der auf den ersten Blick nicht unbedingt sonderlich weiblich wirkte. Schlank und sehnig, die Taille vielleicht etwas betonter als bei einem Mann, ansonsten muskulös und kräftig, kaum weiche Rundungen, dafür zahllose große und kleine Narben. Die Brüste waren wenig ausgeprägt, eigentlich kaum mehr als leichte Schwellungen um die Brustwarzen herum, und natürlich fehlte die Behaarung des Körpers. Daß der bartlose *kulko* mit seiner vergleichsweise hellen Stimme nicht besonders maskulin wirkte, war Thalon schon früher ausgefallen, und er hatte sich nichts dabei gedacht.

Verwirrt schüttelte Thalon den Kopf. »Aber warum...«

Cedira beachtete ihn nicht. »Die Maske, *kulko*«, mahnte sie Eiserne Maske.

»Was soll das, Ced?« fragte die *kulko* wütend.

»Die Regeln verlangen Nacktheit«, erklärte Cedira unbeugsam. »Wer eine Maske trägt, ist nicht nackt. Was hast du zu verlieren, *kulko*? Thalon wird nichts erzählen. Weil er's nicht mehr kann, wenn er unterliegt, und weil die Regeln der *malrhas* ihn binden, wenn er gewinnt. Stimmt's, Spatz?«

»Was ich sehe und was ich höre, behalte ich für mich«, sagte Thalon heiser.

»Du gehst mir mit deinen *malrhas*-Regeln allmählich auf den Geist«, sagte die *kulko* ärgerlich. Aber dann zuckte sie die Schultern, griff sich in das Haar, streifte die Maske ab und ließ sie in den Sand fallen.

Erneut stockte Thalon der Atem. Er hatte mit allem gerechnet. Mit Schwären und Pusteln wie beim Praefos. Mit schrecklichen Narben und Zerstörungen. Mit einem Geburtsfehler. Einem Loch statt einem Gesicht. Statt dessen starrte er in ein ganz und gar menschliches Antlitz mit einer etwas zu langen, leicht gekrümmten Nase, das nicht sonderlich hübsch, aber auch nicht häßlich war. Das eigentlich Bemerkenswerte an diesem Gesicht waren mit oder ohne Maske die durchdringend blauen Augen. Ansonsten war es ein Durchschnittsgesicht, dessen Linien allerdings weiblicher als der restliche Körper wirkten. Das Gesicht einer Frau von vielleicht vierzig Jahren, die Haut – und das galt für den ganzen Körper – noch immer straff und ohne Alterserscheinungen.

Eiserne Maske schien genug vom Anstarren zu haben und zeigte mit der Florettspitze auf Thalons Brust. »Der Kampf soll beginnen«, forderte sie.

»Der Kampf beginnt, wenn ich ihn freigebe!« beharrte Cedira. Sie wandte sich an Thalon. »Ich wollte, daß du den *kulko* … die *kulko* siehst, wie sie wirklich ist. So habe ich sie gesehen, damals, vor fünfundzwanzig Jahren, als wir uns zum ersten Mal begegnet sind. Nackt und ohne Maske.«

»Was sollen die alten Geschichten?« murrte die *kulko*. »Das tut nichts zur Sache und hält uns nur auf.«

»Thalon hat ein Recht darauf, die alten Geschichten

zu hören, wenn er ihretwegen schon sterben muß!«
widersprach die Zwergin. »Ich bin die *quastore* dieser
malrhas und will, daß Thalon alles erfährt.«

»Ich bin deine *kulko*!« herrschte Eiserne Maske sie an.
»Hast du das vergessen? Der Kampf soll beginnen.«

»Ohne mich wärst du'n Dreck«, erwiderte Cedira.
»Du *warst* ein Dreck, als ich kam. Diss'Issi hat dich als
Hure angeboten!«

Das Florett in der Hand der *kulko* zuckte. Thalon
glaubte schon, sie werde die Zwergin kurzerhand nie-
derstechen. Aber Eiserne Maske beherrschte sich. Thalon war überzeugt, daß es außer Cedira niemanden
gab, der sich erlauben durfte, so mit der *kulko* zu sprechen.

»Diss'Issi war der einzige, der mir geholfen und
mich mit seiner Magie beschützt hat«, sagte Eiserne
Maske gepreßt. »Er selbst hat mich niemals angerührt.
Und wenn er mich angeboten hat, dann nur, weil ich es
so wollte.«

»Wenn er dich selbst nicht angerührt hat, dann deshalb, weil der kleine Stinker schon damals keinen
hochbekam«, sagte Cedira verächtlich. »Er treibt es nur
mit seinen Geistern.«

»Laß Diss'Issi in Ruhe!« verlangte Eiserne Maske.
»Er hat sich untadelig verhalten. Er hat mir zu essen
und einen Platz zum Schlafen gegeben, mich sogar in
seine Familie aufgenommen und seinen Ahnen vorgestellt. Das war eine hohe Auszeichnung. Du kleine
Ratte weißt überhaupt nicht, worüber du redest.«

»Na schön«, seufzte Cedira. Sie wandte sich an Thalon. »Ich würd dich wirklich gern hier rausbringen,
Spatz, aber ich kann es nicht, weil Eiserne Maske es
nicht will. Ich dachte, es könnte helfen, sie dran zu erinnern, daß sie nicht immer die gefürchtete Führerin
der Flibustier war. War wohl ein Irrtum. Aber du sollst
wenigstens wissen, wer dich tötet und warum sie's tut.

Geduld, *kulko*, ich mach's kurz.« Sie legte eine kurze Pause ein und fuhr dann fort: »Eiserne Maske, die damals noch Elgarth hieß, war Schiffsmädchen auf dem Söldnerkahn, mit dem sich Gorm im Südmeer verirrte. Der Hurensohn Gorm hat Elgarth mit Gewalt genommen. Elgarth war erst fünfzehn, aber hellwach. Sie wurde zum Kopf einer Meuterei, und Gorm mußte die Meuterer ziehen lassen, als sie auf einer unbekannten Insel strandeten. Aber der Kerl war schon damals ein Scheißefaß ohnegleichen. Was in gleichem Maß für seinen besten Freund Malurdhin galt, der unter Gorm als Offizier fuhr. Nachdem die verbliebenen Söldner das Wrack halbwegs repariert hatten, machten sie Jagd auf die Meuterer und haben einen nach dem anderen umgebracht. Bis auf Elgarth. Die ließ er nur einfangen. Gorm und Malurdhin haben sie immer wieder geschändet und schrecklich gefoltert und hätten sie am Ende auch umgebracht, wenn der Waldmensch Diss'Issi nicht aufgetaucht wäre und die Söldner mit Magie vertrieben hätte. Zum Abschied schrie Elgarth den Lumpen Gorm hinterher, sie werde eines Tages kommen und ihm den Kopf abschneiden.«

Thalon hatte mit immer größerem Erstaunen zugehört. Jetzt endlich verstand er, warum Eiserne Maske den Praefos so sehr gehaßt hatte. Er konnte sich gut vorstellen, was die *kulko* Gorm ins Ohr flüsterte, bevor sie ihm den Kopf abschnitt. Wahrscheinlich ihren richtigen Namen, um ihn wissen zu lassen, daß sie endlich ihr Versprechen einlöste.

»Ist das jetzt endlich alles?« fragte die *kulko* ärgerlich.

»Nein«, sagte die Zwergin ungerührt. »Thalon soll noch wissen, wie deine Legende entstanden ist.« Cedira stützte sich auf das Florett und fuhr fort: »Ich führte damals ein Piratenschiff, eine armselige kleine Zedrakke mit fünfzehn Leuten. Wir brauchten Wasser und Verpflegung und ankerten vor der Insel, kurze

Zeit nachdem Gorm vertrieben worden war. Ich lernte Elgarth kennen und war angetan von ihr. Sie hatte schon damals diese Wildheit und Durchsetzungsfähigkeit, die Gabe, andere zu begeistern und mitzureißen – und ihren bedingungslosen Haß. Und dann diese unglaublichen Augen! Ich wußte, dieses Mädchen würde am richtigen Ort große Dinge bewegen. Was ihr fehlte, war jedoch das gewisse Etwas. Eine Aura. Ein Geheimnis. Eine Legende. Sie wollte sich an dem Dreckhaufen Gorm rächen, aber dazu mußte sie erst mal über eine gewisse Macht verfügen, und er durfte nicht zu früh auf sie aufmerksam werden. Deshalb haben wir uns die Maske ausgedacht. Damit Gorm keinen Verdacht schöpfte, wenn ihm von einer neuen Piratenkapitänin im Südmeer erzählt wurde. Als sie an Bord kam, trug sie bereits die Maske und gab sich als Mann aus. Dann streuten wir Geschichten unter den Leuten aus. Bald hatten wir ein größeres Schiff, und ich ließ ihr den Vortritt als *kulko*. Wir wollten mehr, und wir haben mehr erreicht. Die Jahre sind dahingegangen, und den Rest kennst du.«

Cedira schwieg.

»Ced, der Junge muß trotzdem sterben!« sagte Eiserne Maske nach einer Weile. »Ich bedaure ehrlich, daß er sterben muß. Aber wenn du ihn retten wolltest, hast du den falschen Weg gewählt. Nachdem er jetzt alles weiß, darf er erst recht nicht zurück unter meine Flibustier!«

Ihre Stimme schien Thalon weniger hart als sonst zu klingen. Nackt und ohne Maske, ihre Vergangenheit vor ihm ausgebreitet, erschien sie Thalon ohnehin nicht länger als der gefürchtete, rätselhafte, grausame Piratenkapitän, sondern nur noch als ein Mensch. Ein gefährlicher Mensch, eine Frau, die ihm im Kampf turmhoch überlegen wäre – aber eben doch nur ein Mensch.

Gleichzeitig schwirrte ihm der Kopf von all den Din-

391

gen, die er gehört und die er erlebt hatte. Eiserne Maske, Gorm, Malurdhin und Diss'Issi. Cedira, Canja Murenbreker, Swattekopp, Valerion Costald, Alina, Mishia und Babbil. Murenius, Parazzin, Jaddar o'Chatta, Hobolo und alle anderen. Die Risso, die Diener, der *curga* und die Praefosgarde. Alles schien ihm auf irgendeine verschlungene Art und Weise miteinander verbunden zu sein. Und er war in dieses Geflecht eingebunden, drohte darin zu ersticken. Verzweifelt fragte er sich, wie er da hineingeraten war. Er, der doch nichts weiter als ein Küchenjunge in Charypso gewesen war …

»Mach dem Spiel endlich ein Ende!« verlangte die *kulko.* »Du quälst mich, und du quälst den Jungen.«

Cediras Züge verhärteten sich. »Schön, *kulko.* Aber zwischen uns wird nichts mehr so sein wie früher!«

Die Zwergin trat zwei Schritte zurück. »Macht euch zum Kampf bereit!« sagte sie mit barscher Stimme.

Das Wesen, das einmal Murenius gewesen war, lag hinter einem Busch und hörte den Stimmen zu, ohne zu verstehen, was sie sagten. Der Körper war schwerverletzt und würde nicht mehr lange leben. Ch'Ronch'Ra ekelte sich vor den Schmerzen und konnte sie kaum noch ertragen. Nur mit größter Anstrengung hatte der Dämon den Körper dazu gezwungen, sich vom Strand ins Landesinnere zu schleppen. Aber Ch'Ronch'Ra spürte, daß sein *h'h'vas* in der Nähe war. Noch gab es eine Möglichkeit, die Rückkehr in die andere Welt zu verhindern. Er mußte diesen Körper nur noch ein einziges Mal zwingen, einige wenige Schritte zu gehen …

Cedira reckte ihr Florett nach vorn. »Streckt eure Waffen vor. Berührt mit den Spitzen der Klingen die Spitze meiner Waffe. Wenn ich meine Waffe zurückziehe, soll der Kampf beginnen. Nur der Tod darf diesen Kampf beenden. So wollen es die Regeln.«

Die drei standen regungslos in der Mitte der Mulde. Die Spitzen der Waffen berührten sich. Die Muskeln der beiden nackten Kämpfer spannten sich an.

Plötzlich zog Cedira ihr Florett nach hinten, sprang einen Schritt zurück und rief: »Kämpft!«

Die Klingen der Kontrahenten kreisten umeinander, trafen klirrend aufeinander, die Körper bewegten sich wie in einem wilden Tanz vor und zurück.

Am Rande der Mulde erschien ein Wesen mit glosenden Augen, wirrem Haar und einem Kinnbart, bekleidet mit einer dreckstarrenden, rot abgesetzten Samtrobe. Es sah aus wie eine schrecklich zugerichtete Wasserleiche, der Boron in dieser Welt eigentlich keinen Schritt mehr hätte erlauben dürfen. Das Wesen taumelte den Hang hinab auf die Kämpfenden zu. Die Kämpfenden und Cedira hatten das Wesen bemerkt. Aber keiner von ihnen schenkte ihm Beachtung. Nur der Tod durfte den Kampf beenden.

Eine Finte, ein plötzlicher Sprung nach vorn. Ein Florett durchbohrte ein Herz. Ein Körper fiel regungslos in den Sand.

Das Mädchen, das still auf dem Lager geruht hatte, schlug plötzlich die Augen auf und versuchte sich aufzurichten. Mishia sprang hinzu und stützte den geschwächten Körper.

»Thalon?« flüsterte Alina mit kaum hörbarer Stimme. Mishia konnte ihr keine Antwort geben.

Anhang

Erklärung aventurischer Begriffe

Die Götter und Monate

1. Praios = Gott der Sonne und des Gesetzes – entspricht Juli
2. Rondra = Göttin des Krieges und des Sturmes – entspricht August
3. Efferd = Gott des Wassers, des Windes und der Seefahrt – entspricht September
4. Travia = Göttin des Herdfeuers, der Gastfreundschaft und der ehelichen Liebe – entspricht Oktober
5. Boron = Gott des Todes und des Schlafes – entspricht November
6. Hesinde = Göttin der Gelehrsamkeit, der Künste und der Magie – entspricht Dezember
7. Firun = Gott des Winters und der Jagd – entspricht Januar
8. Tsa = Göttin der Geburt und der Erneuerung – entspricht Februar
9. Phex = Gott der Diebe und Händler – entspricht März
10. Peraine = Göttin des Ackerbaus und der Heilkunde – entspricht April
11. Ingerimm = Gott des Feuers und des Handwerks – entspricht Mai
12. Rahja = Göttin des Weines, des Rausches und der Liebe – entspricht Juni

Die Zwölf = Die Gesamtheit der Götter
Der Namenlose = Der Widersacher der Zwölf

Maße, Münzen und Gewichte:

Meile = 1 km
Schritt = 1 m
Spann = 20 cm
Finger = 2 cm

Dukat (Goldstück) = 250 DM
Silbertaler (Taler, Silberstück) = 50 DM
Heller = 5 DM
Kreuzer = 0,5 DM

Unze = 25 g
Stein = 1 kg
Quader = 1 t

Himmelsrichtungen

Osten (Rahja), Süden (Praios), Westen (Efferd), Norden (Firun)

Glossar aventurischer und seemännischer Begriffe

Aal = Torsionsgeschütz, das Harpunen verschießt
Achaz = Eigenname der Echsenmenschen, wörtlich ›ewiges
    Volk‹
Al'Anfa = wichtigste Handelsmetropole des Perlenmeers
aufgeien = ein Segel an Tauen aufholen
basha = urtümliches, gepanzertes Meeresungeheuer; wahr-
    scheinlich ein Piratenwort für die riesigen Meeresschild-
    kröten, die im restlichen Aventurien als Totalas bekannt
    sind
Backbord = linke Schiffsseite, vom Heck aus gesehen
Belegnagel = Stange aus Holz oder Metall zum Befestigen von
    Tauen
Besanmast = bei Viermastern der hinterste Mast
brassen = Drehen der Rahen in der Horizontalen
Bramsegel = oberstes Segel (nach Hauptsegel und Marssegel)
Ch'Rabka = aus der Echsenmenschen-Sprache übernommener
    Begriff, übersetzt ›Mutter der Schlünde‹, der ein Ungeheuer

bezeichnet, das für die Bildung von Mahlströmen verantwortlich ist

Ch'Ronch'Ra = Wesenheit, das möglicherweise ein Echsengott, vielleicht auch ein Dämon ist

chica = Geschützmeister(in)

colba = Peitsche, Statussymbol der Schiffsoffiziere

curga (chur' chaj) = niederer Dämon aus dem Gefolge des Nirraven; manifestiert sich als weißlicher Nebel mit zwei rotleuchtenden Augen; tilgt Erinnerungen und Wissen aus dem Geist seines Opfers.

drastag = Zahlmeister(in)

Efferds Tränen = ringförmiger Archipel im Südmeer

falon = Piratenflagge

fhadiff = Schiffsschamane

Fockmast = vorderer Mast

Gangspill = Winde bzw. Ankerwinde

gesha = Piraten, die vorrangig Waffendienste leisten

Ghurenia = Stadt am Eingangs des Archipels Efferds Tränen

glahb = Peitsche mit mehreren Schnüren, die meistens mehrere Knoten aufweisen. Manchmal sind in die Knoten Metallsplitter oder sogar Widerhaken eingearbeitet.

gorda = Verschluß des gordiums

gordium = Klause des fhadiff

Großmast = Hauptmast des Schiffes

Gwen-Petryl-Steine = Leuchtsteine, die keine Wärme abgeben. Der Sage nach handelt es sich um Bruchstücke der gleißenden Zitadelle von Alveran

h'vas = Wirtskörper von Ch'Ronch'Ra

h'h'vas = bevorzugter Wirtskörper von Ch'Ronch'Ra

Hornisse = Torsionsgeschütz, das Armbrustbolzensalven verschießt

H'Ranga = echsische Bezeichnung für Gottheit

jhabo = unterrangiger Schiffsoffizier, eine Art Bootsmann

Karracke = Schiffstyp

Karavelle = Schiffstyp

Kogge = Schiffstyp

Kombüse = Schiffsküche

Kommis = Kaufmannsgehilfe bzw. -gehilfin

Krähennest = Mastkorb für den Ausguck

Kreuzmast = bei Dreimastern der hintere Mast

kulko = Kapitän(in) und Befehlshaber(in) der Piraten

Lee = dem Wind abgekehrte Seite

Luv = Windseite

malrhas = Händel zwischen Piraten, oft ein Kampf auf Leben und Tod. Normalerweise sind blutige Kämpfe unter den Piraten auf See verboten. Eine malrhas darf deshalb nur erklärt werden, wenn schwerwiegende Gründe vorliegen.

Marssegel = zweites Segel von unten

masha = Vorratsraum des fhadiff und Gegengewicht zum gordium

Messe = Eßraum

mustag = Segelmeister; in der Regel nur auf kleineren Schiffen

patas = Brei aus Talg, Honig und Brotteig bzw. aufgeweichtem Brot

Potte = Schiffstyp

Praefos = Titel des Herrschers von Ghurenia

Praefosgarde = Leibwache und Elitetruppe des Praefos

quastore = Zeremonienmeister(in) einer malrhas

Rah = quer hängende, in der Mitte am Mast befestigte Segelstange

rasho = Zweiter Steuermann bzw. Zweite Steuerfrau

rashi = Steuerleute

rashu = Erster Steuermann bzw. Erste Steuerfrau

reffas = Proviantmeister

reffen = ein Segel verkürzen

Rotze = Torsionsgeschütz, das Steine, Metallkugeln und Gefäße mit Hylailer Feuer verschießt

Schivone = Schiffstyp

stehendes Gut = Taue, Taljen und andere feste Teile der Takelage

Steuerbord = rechte Schiffsseite, vom Heck aus gesehen

taba = Kajüte des Kapitäns

Thalukke = Schiffstyp

Toppsgast = Ausguck

urfhana = Bronzehorn mit zwei Trichtern

vorschoten = Segel mit Tauen auseinanderspreizen

Want = straff gespannte Strickleiter

zusha = Piraten, die zur Stammbesatzung eines Schiffes zählen und vorrangig seemännische Aufgaben ausführen

Anmerkung:
Eine Reihe von Wörtern, etwa *jhabo* oder *kulko*, entstammen der Piratensprache, sind zum Teil aber auch in die Seemannssprache eingegangen und wurden bisher nur selten schriftlich wiedergegeben. Der Einfachheit halber wurden diese Wörter einheitlich klein geschrieben und kursiv wiedergegeben. Es gibt regional abweichende Bezeichnungen.

HEYNE BÜCHER

Das Rad der Zeit

Robert Jordans großartiger Fantasy-Zyklus!

Eine Auswahl:

Die Heimkehr
8. Roman
06/5033

Der Sturm bricht los
9. Roman
06/5034

Zwielicht
10. Roman
06/5035

Scheinangriff
11. Roman
06/5036

Der Drache schlägt zurück
12. Roman
06/5037

Die Fühler des Chaos
13. Roman
06/5521

Stadt des Verderbens
14. Roman
06/5522

Die Amyrlin
15. Roman
06/5523

06/5521

Heyne-Taschenbücher

Das Schwarze Auge

Die Romane zum gleichnamigen Fantasy-Rollenspiel – Aventurien noch unmittelbarer und plastischer erleben.

Eine Auswahl:

Ina Kramer
Im Farindelwald
06/6016

Ina Kramer
Die Suche
06/6017

Ulrich Kiesow
Die Gabe der Amazonen
06/6018

Hans Joachim Alpers
Flucht aus Ghurenia
06/6019

Karl-Heinz Witzko
Spuren im Schnee
06/6020

Lena Falkenhagen
Schlange und Schwert
06/6021

Christian Jentzsch
Der Spieler
06/6022

Hans Joachim Alpers
Das letzte Duell
06/6023

Bernhard Hennen
Das Gesicht am Fenster
06/6024

Ina Kramer (Hrsg.)
Steppenwind
06/6025

06/6022

Heyne-Taschenbücher